Scarlet
스칼렛

www.bbulmedia.com

악의 꽃

下

SCARLET ROMANCE STORY

셀레네 장편 소설

목차

第 六章
권선징악

　내게 주어진 것은 고통뿐이었건만 네게 주어진 것은 축복뿐이었다. 나는 모든 것을 빼앗겼지만 네게는 모든 것이 주어졌다.

　내가 가지고 있던 것을 빼앗아 그는 네게 주기를 원했고, 그리하였다. 그러나 그가 내게서 가지고 간 것 중에는 어찌하지 못할 마음의 무게가 있었다. 그것은 너를 짓누르고, 목을 조를 것이다. 결국 너를 망가뜨리는 것은 내가 아니라 너를 원한 그와 그를 원한 네가 될 터였다.

　송소화, 주나라의 몰락한 귀족 가문 출신의 소녀가 황후가 되었다. 그것만으로도 나라는 떠들썩하였다. 귀족 출신이긴 했으나 그 가문의 위세가 미력하기 짝이 없어 뒷배 따윈 없는 이가 아니던가. 오직 황제의 총애와 운으로 얻은 자리였다.

어린 여아들은 송 황후의 이야기를 하며 저들 역시 그리되기를 원했다. 황제의 사랑만으로 아무것도 가지지 못한 이가 황후가 되다니 놀랍기 그지없는 일이었다.

황제는 황후 책봉을 이유로 가벼운 죄를 지은 이들을 사면하고, 세금을 삭감하여 주었으며, 과거를 시행하였다. 모든 것이 송 황후가 일으킨 변화였다. 백성들은 송 황후와 황제를 칭송하였다.

"좋은 일이지. 그렇지 않으냐?"

이 재상이 운을 향해 물었다. 운은 세월의 흔적이 고스란히 느껴지는 제 아비를 보았다. 언제부터였을까, 그 아비가 이리 늙은 것은. 작아 보이는 아비의 모습에 그는 잠깐 숨을 멈추었다. 변방에 나가 칼질을 하고 있을 적에도 그는 아비의 위상을 느낄 수 있었다. 모두가 저를 신경 쓰지 않다가도 그 이 재상의 아들이라는 게 밝혀지면 서로서로 저를 데려가려 애썼다. 아비의 그림자는 이 제국을 모두 덮고도 모자람이 없었다.

헌데 지금 그런 아비가 작아 보였다. 제가 큰 것인지 아비가 작아진 것인지 알 수 없었으나 분명 그는 피곤해하고 있었다. 그래서 운은 모든 것이 아비의 뜻대로 이루어질 수 있도록 최선을 다해야겠다고 생각하였다.

"예. 모든 것이 계획된 그대로 될 겁니다."

다부진 아들의 말에 그는 만족스러운 얼굴을 하였다. 그것이면 되었다. 이 재상은 아들과의 시간을 즐겁게 만끽하였다. 모든 것은 순조롭게 진행되고 있었고, 그저 시간문제일 뿐이었다. 황제가 무엇인가 잘못되었다고 느꼈을 때는 이미 늦었을 것이다. 그는 무엇이 문제였던 건지 모든 것을 다시 생각할 테고 결국 후회할 테지. 이 재상은 희윤을 제 발아래 무릎 꿇게 하고 싶었다. 어디 한번 내 손아귀에서 놀아나 보아라. 너 역시 내 딸을 손에 쥐고 흔들었으니 나도 너를 손에 쥐고 흔들어 보련다.

이 재상과 시간을 보낸 후, 운은 무관학교로 돌아갔다. 사내들의 기합 소리와 쇠붙이가 부딪히는 소리가 요란스럽게 귀를 때렸다. 운이 들어서자 지나가던 일꾼들이 밝게 웃으며 인사하였다. 다들 무관학교를 다니는 이들의 가족이었다. 이들의 아들 혹은 남편이 무관학교에서 수련을 하고, 이들은 학교에서 노동을 하며 생활하였다. 많은 돈을 쥐여 주는 것은 아니었으나 대신에 지낼 곳과 먹을 것을 제공받으니 오히려 그들에겐 남는 장사였다.

"오셨습니까."

"응. 다들 어때?"

덩치 큰 사내가 운에게로 다가섰다. 그는 편해 보이는 옷을 입고 있었는데 그것이 땀에 젖어 보기에 좋지는 않았다. 허나 운은 싫어하는 기색 없이 그의 어깨를 툭툭 두드렸다.

키는 좀 작지만 근육질의 다부진 몸을 지닌 사내는 진중한 얼굴로 운의 물음에 답했다.

"무과 시험이 얼마 남지 않아 다들 의욕이 넘칩니다. 뜻밖의 기회가 온 것이니 그럴 수밖에요."

"좋군. 자네가 수고가 많아."

"아닙니다."

운이 사내를 치하했다. 밖으로 도는 저보다 훨씬 많은 일을 해주고 있는 그에게 진정 운은 고마움을 느꼈다.

"단오 사부! 어, 운 사부님 오셨습니까."

어린 사내아이가 단오의 소맷자락을 붙들며 운에게 인사하였다. 투박한 생김새의 단오는 그 외모와 달리 마음이 여린 편이었다. 물론 무인인 만큼 전장에서야 단호하기 그지없지만 아이와 여인들에게는 마음이 너그러워 손해를 보기도 하였다. 사내아이는 아마도 수련하는 누군가의 가족이 분명했다. 이 투박한 외모의 사내는 아이에게 정을 준 것이 틀림없었다.

"흠, 단오. 자네 여전하구만."

운의 말에 머리를 긁적인 그는 꾸벅 운에게 인사를 하더니 아이의 손을 잡고 돌아섰다.

우연한 기회였다. 운이 단오의 목숨을 구한 것은. 그저 칼을 휘두르며 적을 베어 가다 단오를 구하게 된 것이었다. 운은 단오를 구할 생각 따위는 처음부터 하지도 않았다. 그가 사람 좋은 얼굴로 헤실헤실 웃기는 하였으나 그 속내까지 좋은 사람인 것은 아니었다. 그저 귀찮으니 그냥저냥 넘길 뿐이었다. 그가 진정 좋은 사람일 때는 그의 가족과 친우인 희원의 앞뿐이었다. 그나마 검을 휘두를 때 조금의 자유를 느끼는 그로서는 오히려 전장에 있는 것이 더 편안하였다.

단오는 운에게 목숨을 빚진 후, 그 은혜를 갚겠다며 운을 쫓아 다녔다. 그러다 운이 대장군직을 그만두면서 저와 함께하기를 권하자 두말 않고 그를 따랐다. 그런 이들은 몇 더 있었다. 단오같이 목숨을 빚진 이도 있었고, 그저 운의 성격이 마음에 들어 온이도 있었고, 운과 함께라면 지루하지 않을 거 같다며 온 이도 있었다. 그들은 운의 권유에 사직하고 무관학교에서 다양한 것들은 가르치고 있었다.

"어때? 얼마나 합격할 수 있겠나?"

"글쎄. 합격생의 과반수는 이놈들이 되지 않을까 싶은데."

장발을 풀어 헤친 미남자가 단오의 물음에 나긋한 목소리로 답했다. 그는 단상 위에 누워 늘어져 있었는데 그 자리에 모인 이중 어느 누구도 그에게 무어라 하지 않았다.

"창구, 과반수로는 부족해."

단오가 고개를 저었다. 창구는 옷을 여미지 않아 가슴팍이 그대로 보였는데, 매끈한 가슴 근육이 땀에 젖어 반짝였다.

"창구라 부르지 말라 하였지. 미검이라 부르라고!"

발끈하는 창구를 앳된 얼굴의 사내가 가로막았다.

"미검 형님, 참으세요. 단오 형님이 워낙 깜빡깜빡하시지 않습니까?"

"호안이 얼굴을 봐서 참는 줄 알아. 에이씨, 어찌 이리 촌스러운 이름을 주었는지 몰라."

호안은 어색한 얼굴로 미검의 등을 토닥였다. 그는 열아홉의 나이로 이 중 가장 어리지만 워낙 어린 나이부터 변방과 전장을 오가며 심부름을 하였던 터라 실전에 능하고 잔뼈가 굵었다.

창구는 스스로를 미검, 아름다운 검이라 칭하였다. 미검 역시 창구 못지않게 촌스럽고 우스꽝스러운 이름이긴 하였으나 다들 그를 부정하거나 어울리지 않는다 말하지는 못했다. 창구는 전장에서도 검무를 춘다는 평이 있을 정도로 검을 쓸 때 우아하고, 빠르며, 아름다웠다. 게다가 상대의 목숨을 앗아 가는 데에도 거침없었으니 이 중 검술로만 본다면 창구를 이길 자가 없었다. 다만 그 게으름과 자만심이 문제였다.

단오는 워낙 그 성격이 우직하여 미검과 자주 충돌하였는데 항상 열을 내는 것은 미검이었고, 말리는 것은 호안이었으며, 무시하는 쪽은 단오였다. 이 무리의 실질적인 대표는 단오였고, 운 역시 단오를 통해 지시를 전달하였기에 다들 단오에게는 한 수 접어 주고 있었다.

그 외에도 우유부단한 성격 탓에 얼떨결에 운을 따라오게 된 형식, 원래 보필하던 이와의 문제로 인해 운과 함께하게 된 태규, 단오처럼 목숨을 빚진 대찬이 있었다.

미검과 호안, 그리고 대찬은 귀족 가문 출신이었으나 그 세력이 미비한, 중앙으로 진출하지 못한 집안의 자제들이었고, 나머지

들은 평민 출신이었다. 운이 신분을 따지는 이가 아니었고, 미검과 호안, 대찬 역시 신분보다는 실력 혹은 성품이 맞는 이를 더 선호했기에 이들은 모두 잘 섞여 지낼 수 있었다. 이는 귀족 출신인 세 명이 좋은 집안 출신이 아니었으며, 그들이 딱히 제 신분이나 지위에 신경 쓰지 않았기에 가능한 일이었다. 개개인의 실력을 떠나 신분이라는 것은 그들을 지배층과 피지배층으로 갈랐고, 그들이 함께 평화롭게 지낼 수 있는 것은 언제나 지배층의 의지에 달린 것이었다.

"그놈들이 어디 나 같은 줄 알아? 하나를 가르쳐 주면 하나도 제대로 못 하는 놈들이 수두룩하다고."

억울하다는 듯 외치는 미검의 말에 몇몇이 고개를 끄덕이며 동조하였다. 그도 그럴 것이 미검은 그중에서도 유난히 유려한 검술의 소유자였다. 평생 검 한 번 제대로 잡아 보지 못한 이들이 그 가르침을 좇기가 어려운 것은 당연지사였다. 유난히 검에 소질이 뛰어났기에 그는 한 번 시범을 보여 주고 나서, 그를 따라 하지 못하는 이들을 이해하지 못했다.

"그래도 무과 시험 때까지 열심히 해 주게."

단오의 말에 미검은 못마땅한 듯 입술을 삐죽였고, 나머지 이들이 허허 웃으며 그를 토닥였다.

"대장군은 어디 갔어?"

미검이 물었다. 그들은 아직도 운을 대장군이라고 부르고 있었다. 저들끼리야 호형호제하고 있으나 어찌해서인지 운에게는 그리하는 게 어려웠다.

"아마 아친왕 만나러 가셨을 게다."

"난 그 아친왕이라는 작자, 마음에 안 들어!"

자꾸만 투덜거리는 미검으로 인해 다들 이마를 짚었다. 호안만이 그의 곁에서 고개를 끄덕이며 맞장구쳐 주었고, 그는 호안의 머리를 쓱쓱 쓰다듬었다.

"저번 일 때문이지? 이곳으로 오기 전에 한바탕하였다면서?"

"창구가 그 옷자락 하나 못 건들었다지?"

"이 새끼들이 진짜!"

태규와 대찬이 부러 미검을 놀렸다. 미검이 참지 못하고 검을 빼어 들고 두 사람을 쫓기 시작하였다. 나머지 이들이 성을 내는 그를 보며 혀를 끌끌 차더니 곧 제자리로 돌아갔다. 그 와중에도 어디선가 들려오는 사내들의 기합 소리는 멈추지 않고 계속해서 이곳 하늘에 울려 퍼졌다.

무관학교 안, 운의 처소에서 희원과 운은 마주 보고 앉아 이야기를 나누고 있었다.

"많이 바쁠 테지?"

"뭐, 나야 하는 일 없이 빈둥거리고 있으니 말이야. 다른 이들이 수고가 많지."

운의 말에 희원이 웃었다. 말이야 빈둥거리고 있다고 하지만 제 친우가 밤낮없이 바쁜 것을 그는 잘 알고 있었다.

"겸손은. 그나저나 올해는 봄, 가을 두 차례 과거가 시행되겠군."

"몸 쓰는 일이야 다들 괜찮지만, 아무래도 머리 쓰는 일이 문제지."

희원은 고개를 끄덕였다. 높은 직에 오르는 이들은 그 무술 실력만이 중요한 것이 아니었다. 그래서 운 역시 어린 나이 대장군 직까지 올라선 것이 아닌가. 아마 아비의 영향으로 서책과 가까이 지냈던 것이 아니었다면 그 역시 대장군이 되지 못했을 것이다.

"뭐, 방법이야 항상 생기기 마련이니 걱정하지 말게. 그나저나 우는 어찌 지내나? 들여다보고 싶어도 짬이 나지 않으니 말이야. 보는 눈들도 신경 쓰이고."

우의 이야기가 나오자 희원은 그동안의 이야기를 풀어내기 시작하였다. 귀비였던 송 황후를 망신 주었던 일이며, 황제에게 지지 않고 맞섰던 일, 그리고 송 황후의 회임으로 힘들어하지만 잘 견뎌 내고 있다는 것까지. 희원은 사소한 일까지 모두 말하였다. 그 속에 담긴 애정에 운이 설핏 미소 지었다. 제 친우와 누이동생이라, 걱정되지 않는 것은 아니나 좋아 보였다.

"그나저나 우는 자네가 이리 한량인 것을 알고 있나?"

희원이 묻자 운이 헛기침을 하였다. 누이동생 앞에서는 늘 모범적이고 바른 생활을 하는 오라비였던 것이다. 늘 진중한 모습을 보여 주려 그는 애썼다. 그 어여쁜 아이가 눈을 반짝이며 저를 보고 있노라면 실망시킬까 겁이 나 모든 일에 열심히 하였다. 그래서 이 재상은 운의 글공부에 우를 이용하기도 하였더랬다.

"아마 내년 겨울에 여행을 떠날 거 같네."

"같이 가고 싶지만, 나는 이곳에 있어야겠군."

운과 희원은 알 듯 모를 듯 미소를 지으며 서로를 바라보았다. 같은 것을 목표로 두고 함께하고 있는 이 두 사람은 서로를 믿고 있었다.

"박 상궁."

저를 부르는 소리가 들리자 박 상궁은 서둘러 우에게로 향하였다. 우는 모처럼 기분이 좋은 듯하였고, 그 때문에 박 상궁 역시 한껏 상기되어 있었다.

"오늘은 귀비마마께 갈까 하는데."

화들짝 놀란 박 상궁이 묘한 얼굴을 하였다. 그이는 본능적으로 최 귀비를 꺼렸기에 가고 싶지 않았으나 유난히 우에게 친절한 최 귀비를 생각하면 가까이 지내는 것도 나쁘지 않을 거 같아 마음이 오락가락하였다.

"준비해 주게. 아, 그리고 아버지께서 주신 청보라 비단도 챙기게."

청보라 비단을 준비하라는 말에 박 상궁이 입을 쩍 하고 벌렸다다. 그 비싼 것을 선물로 주다니 너무나 아까워 말리고 싶었다. 허나 주인이 시킨 일에 함부로 제 사견을 더할 수는 없는 일, 박 상궁은 조용히 명에 따랐다.

우는 곱게 단장을 하고 제 처소를 나섰다. 봄은 완연하여 햇볕은 따스하였고, 바람도 기분 좋게 피부를 매만졌다.

연한 색의 비단을 걸친 우는 마치 봄꽃 같았다. 그 얼굴만 보아도 박 상궁은 흐뭇한 마음에 히죽히죽 웃었다. 보기만 하여도 자랑스러운 주인이었다.

"고해 주시게."

귀비전에 다다른 우는 귀비전 상궁에게 명했다. 상궁이 우의 방문을 고하자마자 곧장 처소의 문이 활짝 열렸다.

최 귀비는 우의 방문이 기꺼운 듯, 직접 우의 두 손을 잡고 자리로 이끌었다. 인사하려는 우의 행동조차 막은 그이는 인사는 받은 것으로 하겠으니 자리에 앉아 이야기나 하자 하였다.

"미리 기별을 주었으면 좋은 것을 준비하였을 겁니다."

"지금도 충분합니다."

최 귀비는 제 궁의 가장 좋은 것으로 우를 대접하였다. 황제가 오더라도 내놓지 않던 것들이 우의 앞에 가득 놓였다. 그이는 진정 우가 제 처소를 찾아오리라고는 생각하지 못하였기에 깜짝 놀란 상태였다. 초대는 하였으나 기대는 하지 않았다. 그러나 지금 제 눈앞에 봄처럼 반가운 이가 있었다.

"인사가 늦었습니다만 귀비마마가 되신 것을 경하드립니다."

우의 인사와 함께 박 상궁이 선물을 전달하였다. 귀한 청보라 비단을 본 최 귀비는 크게 기뻐하였다.

"고맙게 받겠습니다."

크게 기뻐하는 모습에 박 상궁은 이상한 얼굴을 하였다. 저런 모습의 최 귀비는 본 적이 없었던 것이다. 원래 그 속내를 알 수 없기로 유명한 이가 아니던가.

우는 그저 편안한 얼굴로 그 모습을 지켜볼 뿐이었다. 그러다 최 귀비가 하는 말에 답하며 우는 느긋하게 시간을 보냈다.

"한 가지 여쭈어도 되겠습니까?"

"무엇이든지요."

우가 최 귀비에게 조심스레 물었다. 우의 조심스러운 태도와 달리 최 귀비는 우의 질문을 반갑게 받아들였다.

"제게 어찌 이리 친절하십니까?"

진정 궁금하였다. 우가 생각하기에 최 귀비와 저는 딱히 가까운 사이는 아니었다. 그러나 최 귀비는 끊임없이 우를 찾았다. 황후였을 적에도, 황후 자리에서 폐해진 후로도. 특히나 제가 비가 된 후로 최 귀비는 유난히 제게 다정하게 굴었다. 그저 오랜 세월 같이 지낸 미운 정이라고 생각하기에는 눈앞의 이가 고작 정 따위에 휘둘리는 사람이 아니라는 것을 우는 이미 알고 있었다.

"나는 이비가 싫지 않습니다. 물론, 싫어한 적도 없지만요. 친우로 지내는 것도 좋을 듯합니다."

긴 눈꼬리를 화사하게 접으며 대답하는 최 귀비였다. 매혹적인 미소였으나 우는 그저 생각에 빠져들었다.

친우라, 입궐하기 전에는 또래 여아들과 종종 어울렸었다. 입궐 후에도 몇몇 어울리는 이가 있기는 하였으나 금방 관계는 단절되고 말았다. 황태자비 자리를 놓고 경쟁하는 이들이었고, 우가 황태자비가 되고 난 후에는 그 지위 고하로 인해 서로가 가까이하기 힘들었다. 그런 와중에도 끊임없이 최 귀비는 제 곁을 맴돌았었다. 가까이하지는 않으나 언제나 주위에 있었던 것이다. 무언가 접근하려는 이유가 있는 것인지 생각해 보았지만 짚이는 구석은 없었다.

최 귀비는 생각에 잠긴 우를 바라보았다. 전보다 훨씬 보기 좋은 모습이었다. 송 귀비의 회임으로 인해 많이 힘들어하지 않을까 생각했으나 다행히 우는 잘 이겨 내는 듯하였다. 최 귀비는 우의 생각이 끝나기를 느긋하게 기다렸다.

"좋게 봐 주시니 감사합니다."

우가 인사했다. 최 귀비는 그저 웃을 뿐, 답하지 아니하였다. 그이는 지금의 우가 좋았다. 분명 상처받았을 테지만 극복하고 있는 것이 좋았다. 그 하찮은 존재들로 인해 우가 주저앉아 있는 것은 심기에 거슬렸다. 아마 제가 우였더라면 송 귀비부터 쫓아냈을 것이다. 사랑이 무엇이기에 그렇게까지 숨죽여 가며, 희생했을까. 최 귀비는 우의 그런 모습을 더는 보고 싶지 않았다.

"지금이 좋습니다. 당당한 모습이 보기에 좋습니다."

지금의 제 모습을 당당하다 칭하는 최 귀비의 말에 우는 그저 웃음으로 답했다.

"자주 오세요."

제 처소로 돌아가는 길, 우는 최 귀비를 생각하였다. 가지고 간 선물이 귀한 것이라고는 하나 분명 최 귀비 역시 그보다 귀한 것을 수없이 가지고 있을 것이다. 그저 빈손으로 갈 수 없어 준비한 것이었기에 그토록 흡족해할 줄은 꿈에도 몰랐다. 또한 제게 좋은 대접을 해 주는 것을 좋아해야 할지, 아니면 그를 의심해야 하는지 우는 결정할 수가 없었다. 다만 그 속내에 숨겨진 의도가 있다 하여도 저보다는 송 황후를 대상으로 할 것이 분명하였다. 어쩌면 저를 수단으로 하여 송 황후를 공격할지도 모르나 최 귀비와 가까이 지내는 것을 굳이 피할 이유는 없어 보였다.

"귀비마마께서 도대체 왜 저러시는 걸까요? 이제는 완전히 마마와 친구라도 하실 작정인 거 같습니다."

박 상궁이 투덜거렸다.

"나 역시 잘 모르겠구나. 원래 그 속내를 잘 드러내지 않는 분이지 않으냐."

고개를 끄덕이며 박 상궁이 그 뒤를 따랐다. 박 상궁의 손에는 최 귀비가 쥐여 준 것으로 가득하였다. 그나마 궁녀도 없이 박 상궁뿐이라 주지 못한 것이 더 많았다. 진정 알 수 없는 이였다.

"황후마마 때문에 세력이라도 꾸릴 셈이 아닌가 싶습니다."

"그럴지도 모르지."

모든 것은 시간이 지나야 알 수 있을 터였다. 자기 속내조차 제대로 알 수 없는 일이 부지기수인데, 어찌 최 귀비의 속을 알 수 있을까. 걱정이 되긴 하였으나 우는 최 귀비가 꺼려지지는 않았다. 같은 세월을 궐 안에서 보낸 이가 아니던가. 가까이 지내진 않았지만 얼굴을 보고 지낸 것이 벌써 십 년이 훌쩍 넘었다. 앞으로는 좀 더 최 귀비와 가까이 지내야겠다고 우는 생각하였다. 어쩌면 그이와 힘을 합치게 될는지도 모르니 말이다.

한동안 송 황후는 문안 인사를 받지 않았다. 황제가 건강을 염려하여 회임 초기에는 문안 인사를 받지 않기로 한 것이다. 그것만으로 다행이라 생각했던 송 황후는 지금 굉장히 힘들어하고 있었다. 황후가 해야 할 일들이 제 생각보다 훨씬 많았기 때문이다. 문안 인사를 받지 않아도 좋다고 희윤이 말하였을 때는 쉴 수 있겠거니 생각하였다. 그러나 온종일 자리에 앉아 문서를 들여다보아야만 했다. 그나마도 힘들어 이 상궁이 내용을 일러 주고, 저는 인장만 찍고 있었다. 골이 아팠다. 제가 제대로 하고 있는지도 알 수 없었다. 이 상궁이 아니었다면 이마저도 포기했을 것이 분명하였다.

"어째 일이 줄지를 않아?"

송 황후가 짜증을 부렸다. 그러자 이 상궁이 송 황후가 보고 있던 문서를 거두고는 달짝지근한 차 한 잔을 내어 주었다.

"좀 쉬세요, 마마. 나머지는 제가 읽어 보고 알려 드리겠습니다."

괜히 죄 없는 이에게 신경질을 부렸다는 사실에 송 황후가 한 풀 꺾였다. 따지고 보자면 이 상궁은 저보다도 더 고생하고 있었다.

"제대로 하고 있는 게 맞는지도 모르겠어. 이것을 어찌 이비는 다 하였지? 귀비 역시 하였었지?"

이 상궁이 고개를 끄덕였다. 우가 황후로 있을 적에는 태후가 그 일 처리를 보고 어찌나 우를 칭찬하였는지 모른다. 비빈들 역시 내심 불만은 있었으나 워낙 공정하게 법도대로 일을 처리하는 우에게 무어라 말할 수도 없었다. 하다못해 나누어 주는 하사품 역시 비빈들의 취향을 고려하였으니 다들 혀를 내두를 수밖에 없었다.

최 귀비 역시 그 일 처리가 깔끔하였다. 일 처리는 우와 최 귀비, 둘 다 비슷하였다. 다만 우는 황제의 뜻을 헤아려 그를 위해 움직이려 하였고, 최 귀비는 저 자신을 위해 움직였을 뿐이다. 둘 다 그 능력이 출중하여 흠잡을 데 없는 것은 마찬가지였다.

"어려워."

송 황후가 책상에서 한숨을 내쉬었다. 문안 인사를 받고 있지 않은 지금도 이리 바쁜데, 문안 인사까지 시작되면 오죽할까 걱정이 되었다. 모든 비빈이 벼르고 있으리란 생각에 겁이 나고 말았다.

"처음이라 어려우신 겁니다. 차차 익숙해질 것이니 걱정 마세요."

"정말 그럴까?"

"너무 힘이 드시면 폐하께 고해 출산하시기 전까지는 귀비마마께 맡기셔도 좋을 듯합니다."

잠깐 멈칫했던 송 황후는 이내 고개를 절레절레 저었다. 처음부터 그리할 수는 없었다. 아무것도 못 하는 계집이라는 소리가 듣기 싫었던 탓이다. 다들 해내는 것을 저만 못 해낸다면 그것 또한 괴로울 것이 분명하였다.

"아니야, 좀 더 열심히 해 볼게."

이 상궁은 송 황후가 기특하여 미소 지었다. 송 황후는 혀가 아릴 정도로 단 차로 심신을 달랜 후, 다시 문서를 들여다보기 시작하였다. 지위 순서대로 내려 줘야 할 녹봉을 확인하고, 내명부 소유의 예산을 확인하고, 거두어들인 세금과 물건, 조공까지 모두 확인하였다. 이를 어떻게 골고루 나누어 줄지에 대해 오랜 시간 송 황후는 고민하였다. 하나부터 열까지 모든 것이 너무나 어려웠다. 하다못해 모르는 글자도 많아, 이 상궁에게 무슨 뜻인지 물어봐야 했다. 그때마다 송 황후는 모든 것을 그만두고 싶었으나 희윤과 제 아이를 떠올리며 참았다. 떳떳하게 제 몫을 해내어 희윤에게 도움이 되고 싶었고, 아이에게는 자랑스러운 어미가 되고 싶었다.

"이게 무엇이냐?"

"그것이 이번 하사품이라 합니다."

한비는 눈앞의 물건을 확인하였다. 분노한 한비는 눈앞의 것을 집어 던지고는 교태전으로 향했다. 그곳엔 이미 수많은 비빈이 송 황후를 기다리고 있었다. 다들 같은 이유로 송 황후를 방문한 것이 틀림없어 보였다.

"황후마마께서는 몸이 편치 않으시니 다음에 미리 약속을 하시고 오시지요."

이 상궁이 비빈들에게 말하자 다들 목소리를 높여 호통을 치기 시작하였다. 그도 그럴 것이 이번 하사품은 모두 엉망이었던 것이다. 특히나 한비의 분노는 엄청났는데, 한비가 먹어서는 안 되는 것 하나가 끼어 있었기 때문이었다.

"내게 무슨 억하심정이 있어 그따위 것을 보내셨단 말이냐!"

먹어서는 아니 될 뿐 아니라 가까이에만 있어도 기침이며, 두드러기며 온통 난리가 나기 때문에 유난히 조심하던 한비는 송 황후가 보낸 하사품을 확인하고는 저를 조롱한다며 화가 머리끝까지 난 상태였다. 게다가 하사품을 확인한다고 손을 댄 탓에 벌써 손을 비롯한 팔에는 울긋불긋 꽃이 핀 상태였다. 다른 비빈들이 한비의 상태를 보고는 쑥덕쑥덕하였다. 저들이야 그저 성에 차지 않는 물건을 받고 분해서 왔건만 한비는 그 상태가 남달랐던 것이다.

"어찌 일 처리를 이리하신단 말이냐? 내 그것을 모르고 먹기라도 하였다면 어찌할 뻔했느냐? 나는 꼭 황후마마를 뵈어야겠다!"

한비의 호통에 이 상궁이 쩔쩔매었다. 결국 한비는 교태전으로 들어섰다. 접견실에는 송 황후가 굳은 얼굴로 앉아 있었다. 생각지도 못한 일로 당황한 송 황후는 한비에게 절절매었다.

인사를 올린 후, 자리에 앉은 한비는 곧장 그녀에게 따지기 시작했다.

"어찌 이러십니까?"

"진정 몰랐습니다. 부러 그러한 것이 아니니 마음 푸세요."

"모르셨다고 하셨습니까? 모르셨다 하여 다 괜찮은 것은 아닙니다! 이것 보세요. 벌써 이리되었습니다."

팔을 내밀어 저고리 소매를 걷자 울긋불긋한 팔이 보였다. 송 황후가 깜짝 놀라며 사과하였다.

"미안합니다. 다음부터는 이런 일이 없도록 하겠습니다."

한비가 물러간 후, 송 황후는 침상에 늘어졌다. 처음 겪는 일이었다. 특정 음식을 섭취하면 안 되는 질환이라니 이제껏 몰랐던 것이다. 한비 이외에도 많은 비빈이 하사품에 불만을 가졌다 하니 걱정이 이만저만이 아니었다. 도대체 무엇이 문제인지 송 황후는 알 수 없었다.

"그럴 줄 알았지."

송 황후의 일을 전해 들은 최 귀비가 혀를 찼다. 예상한 그대로
였다. 무턱대고 하사품을 나누어 줬을 것이다.

"어리석긴."

비빈들의 취향을 미리 알아보지도 않았을 터였다. 저에게 묻기
라도 했어야지.

비빈들을 지위별로 나누고, 같은 지위라도 조금 더 오래된 이
에게 좋은 물건을 보내야 하는 것이 기본이었다. 좋은 물건이라도
취향에 맞지 않는 것은 주지 않은 것만 못하니 그것을 파악해야
하는 것도 기본이었고 말이다. 상궁이 신경 쓴다고 썼겠지만 일개
상궁이 그를 모두 알 수는 없었을 것이다. 수많은 비빈의 갖가지
취향을 어찌 기억으로만 다 헤아릴까. 그것은 우처럼 황후 자리에
서 오랫동안 같은 일을 반복해 왔을 때나 가능하였다.

만약 최 귀비가 송 황후였다면, 그는 한비에게 사과하지 않았
을 것이다. 오히려 호통을 쳤겠지. 미리 제 질환에 대해 고하지
않은 것에 대해 벌을 주었을 것이다. 지위란 그럴 때 써먹어야 하
는 것이다. 황후가 일개 비 따위의 질환을 직접 묻기라도 해야 하
냐고 책망했을 것이다.

"내게는 무엇을 보냈던?"

"갖가지 비단과 청옥입니다."

"정말 엉망이구나."

최 귀비는 청옥을 별로 좋아하지 않았다. 청옥이라면 순빈이 사족을 못 썼다. 최 귀비는 상궁에게 청옥을 순빈에게 가져다주라고 명했다. 그이는 혼자 힘들어하고 있을 송 황후를 생각하며 즐거워하였다.

큰 실수는 없었다. 하사품에 비빈들의 불만이 있기는 했으나 큰일은 아니었다. 하지만 이제부터가 시작인 것이다. 아무것도 모르는 철부지가 어찌 황후 자리에 앉는단 말인가. 얼마 버티지 못하거나 큰 사고를 치거나 둘 중 하나가 될 것이었다. 그리고 결국 모든 일 처리가 제게 넘어오리라 최 귀비는 확신하였다.

고민하던 송 황후는 결국 우를 찾았다. 귀비에게는 당한 전적이 있던 터라 무서워 우를 찾아 도움을 요청하려 한 것이다. 송 황후의 부름을 받고, 교태전으로 온 우는 곱게 단장한 모습이었다. 화려하기가 황후 못지않았고, 아름답기로는 황후를 능가하였다.

"어인 일로 찾으셨습니까?"

"부탁할 것이 있어 불렀어요. 내가 처음이라 서툴러 이비의 도움이 필요해요. 비빈들의 녹봉이나 하사품을 지급하는 일을 좀 도와주세요."

우가 보기 좋게 미소 지었다. 그러나 그 보기 좋은 얼굴에서 나온 것은 단호한 거절의 말이었다.

"송구하오나 본디 황후마마를 도와 궐의 살림을 이끌어 나가야 하는 이는 귀비마마이옵니다. 허니 소첩이 아니라 귀비마마를 부르시는 것이 맞습니다."

송 황후가 아득한 얼굴을 하였다. 우가 거절하리라고는 생각하지 못했다. 우는 언제나 저를 도와주지 않았나.

"그럼 그 비빈들의 인적 사항이라도 알려 주세요."

다급하게 말을 꺼냈으나 역시나 우의 반응은 마찬가지였다.

"전날 냉궁으로 가게 되면서 모두 버렸습니다. 필요가 없게 되어 버려서 말입니다."

귀를 간질이는 고운 목소리는 처음부터 모든 것을 거절하고 있었다. 그러나 송 황후는 뭐라 할 수 없었다. 우의 말이 타당하였고, 꼬투리를 잡을 만한 것도 생각나지 않았다. 그저 도움을 요청한 것뿐인데 어찌 이리 매정하게 구나 싶다가도 그동안의 일이 있었으니 당연하다 싶었다. 오락가락하는 마음을 붙잡고 송 황후는 그저 알았다고 하였다. 그러나 그 속이 쓰린 것은 여전하였고, 귀비를 부를 생각에 앞이 암담하였다.

"더 하실 말씀이 없으시다면 이만 돌아가 보겠습니다."

자리를 떠나는 우를 붙잡지 못한 송 황후는 입술을 잘근잘근 깨물었다. 최 귀비를 부르자니 그이가 너무 무서웠다. 희윤 역시 최 귀비에게는 한 수 접어주는 것 같아 더욱 상대하기 어려웠다.

교태전에서 나온 우는 아무렇지 않은 얼굴로 제 처소를 향하였다. 송소화, 이제는 황후가 된 그이의 부름을 받아 오가는 제 처지에 조금은 화가 나기도 하였다. 빼앗긴 자리, 죽은 아이, 그리고 지금 제 자리와 아이를 가진 송 황후, 우는 가슴이 답답하였다.

"괜찮으십니까?"

박 상궁이 조심스레 물었다. 겉이 멀쩡하다 하여 그 속까지 괜찮은 것은 아니었고, 유달리 우는 혼자 속으로 삭이는 일이 많았다.

"괜찮네. 괜찮아."

우의 대답에도 박 상궁은 걱정을 놓지 못했다. 똑똑하고 어여쁜 주인이지만 매번 손해만 보았기 때문이다. 아직도 다친 우를 업고 처소로 돌아갔던 길이, 하혈하며 쓰러지던 우가 눈에 선했다. 그뿐이던가. 말로 하려야 할 수 없을 만큼 수많은 일이 있었다. 그래서 박 상궁은 우를 더 애지중지하였다.

"아마 황후마마께서는 귀비마마를 찾지 않으실 게야. 워낙 사이가 좋지 않아 심적으로 부담이 클 테니 말이야. 결국 폐하께서 무슨 수를 내시겠지."

우의 말을 주의 깊게 들으며 박 상궁은 그 옆에 나란히 서더니 슬쩍 우의 얼굴을 보았다. 그 표정을 확인하고 나서야 박 상궁은 우의 등 뒤로 돌아갔다. 어쩜 뒷모습만 보아도 이리 고울까 하는 생각에 흐뭇한 미소를 지으며 박 상궁은 우의 뒤를 쫓았다. 스쳐 지나가는 이들은 힐끗힐끗 우를 쳐다보기 바빴고, 그에 따라 박 상궁의 턱이 점점 치켜 올라갔다.

슬픔도 잠시 우는 이제부터가 시작임을 알았다. 황후가 되어 첫 하사품을 제대로 주지 못해 비빈들이 시끄러운 것은 잘 알고 있었다. 저 역시 처음엔 어찌해야 하나 몇 날 며칠을 고민하지 않았나. 고민하다 침방 상궁들과 소주방 상궁들을 불러 각 비빈들에 대해 알아보기 시작하였다. 옷 취향이며, 음식 취향 등등 박 상궁을 시켜 각 궁의 궁녀들에게 묻기도 하였고 말이다. 그렇게 알아낸 것을 정리하고, 계절이 바뀔 때마다 반복하였다. 바쁜 와중에도 이처럼 번거로운 일을 거르지 않은 것은 이들이 그런 것에 얼마나 민감하게 구는지 알고 있기 때문이었다. 그뿐 아니라 황실의 자잘한 행사부터 중요한 일까지 모든 일은 우선 알고 있어야 했다. 그것들이 녹봉이나 하사품에 영향을 끼치기도 하였고, 황후가 나서서 주관하는 일 또한 부지기수였다.

그 모든 것을 송 황후가 할 수 있을 리 만무하였다. 그러니 저를 찾았겠지. 가장 쉬운 것부터 이리 어려움을 겪고 있으니 앞으로는 더할 것이 분명하였다. 송 황후의 실수는 황제에게도 영향을 끼칠 것이고, 그것은 제게는 좋은 일이 될 터였다.

"울고 싶겠지."

우가 중얼거렸다. 제가 처음에 그랬었다. 수많은 일을 부여받고 너무나 막막하여 울고 싶었다. 태후는 그저 제게 모든 것을 넘기고는 모르는 체하였다. 박 상궁이 옆에서 도와주긴 하였으나 원칙은 본래 제가 모든 것을 처리하는 것이었다. 궁녀들을 시켜 이리저리 정보를 모으고, 밤새도록 문서를 읽으며 속에 감춰진 것이

있는지 파악하려 애썼다. 매번 꼬박 밤을 새우고 아침이면 꾸벅꾸
벅 졸기를 반복하였다. 그렇게 지내기를 반년이 지나자 그나마 적
응이 되었다. 대부분의 일은 똑같지는 않으나 계속 비슷하게 반복
되기 마련이었고, 우는 점차 제 일을 능숙하게 해 나갔다.

황후였을 적에는 송 귀비, 지금의 송 황후에게 일을 가르치려
하기도 하였다. 아무것도 모르는 이라 찬찬히 가르칠 생각이었다.
황제를 위해서, 궐의 소란을 잠재우기 위해서 말이다. 귀비 자리
에 있으면서도 아무것도 하지 않는 이에게 고운 시선이 갈 리 없
었고, 그것은 황제의 얼굴에 먹칠을 하는 꼴이라 직접 제대로 가
르쳐 줄 생각이었다. 물론 독살 미수 사건으로 흐지부지되었지만
말이다. 이제는 그런 마음 따위는 버렸다. 희윤을 위해서가 아니
라 저를 위해 움직일 것이다. 모든 것은 제 행복을 위해서여야만
했다. 이미 우는 희윤에게 너무 많은 것을 내주었고, 더 이상 내
어 줄 것은 남아 있지 않았다.

제 처소로 돌아온 우는 저를 기다리고 있는 희원을 발견하였
다. 저도 모르게 우는 그에게로 뛰어갔다. 뒤따르던 박 상궁이 아
이고, 하며 우의 뒤를 쫓았다.

제게로 뛰어오는 우를 보며 희원이 활짝 웃었다. 저도 모르게
뛴 우는 숨을 색색 몰아쉬며 희원의 손을 붙들었다.

"종종 오지 말아야겠다. 그래야 이리 반겨 주겠지."

희원이 제 손을 붙잡은 우의 손을 꽉 쥐며 우의 처소 안으로
들어섰다. 워낙에 외진 곳에 있는 우의 처소였으나 사람들의 눈이

걱정된 박 상궁은 주위를 둘러보았다. 그러고는 사람이 없는 것을 확인하고 나서야 처소 안으로 들어섰다.

며칠 보지 못했던 희원의 얼굴이 약간 까칠해져 있었다. 피곤한지 눈에는 핏발이 서 있었다. 그런데도 그는 기분이 좋은 듯 우를 보고 있었다.

"얼굴이 좋지 않습니다."

우가 조심스레 손을 들어 희원의 뺨을 어루만졌다. 그 손길에 기분이 좋은 듯 희원이 살포시 두 눈을 감았다.

손에 닿는 그 온기에 우는 마음 한편이 편안해지는 것을 느꼈다. 그를 향해 뛰었던 순간, 우는 알았다. 제가 희원을 보고 싶어 했다는 것을.

"괜찮다."

저를 향한 우의 마음에 희원은 마음이 부풀었다. 작은 손길, 작은 관심 하나하나가 너무도 기뻤다. 조금씩 우가 다가오는 것을 느낄 때마다 그는 서두르지 않으려, 조급해하지 않으려 노력하였다. 괜한 욕심에 우에게 부담이라도 줄까, 제 마음을 버거워할까 걱정이 되었다. 그는 원래 욕심이 없던 이였다. 황위에도, 재물에도, 권력에도 관심이 없었다. 그저 저를 묶어 놓은 무거운 짐을 벗어나고 싶었던 마음뿐이었는데, 우는 희원에게 없던 욕심이란 것을 느끼게 하였다.

희원은 우의 곁에 나란히 앉았다. 우의 얼굴을 뚫어지게 보더니, 그저 배시시 웃는 것이다. 사랑이었다. 말로 하지 않아도 느껴지는 그 충만한 감정에 우의 얼굴이 상기되었다. 그는 아마 스스로 어떤 눈으로 우를 바라보고 있는지 모르는 것이 분명할 터였다.

"좀 드세요."

애써 다과를 권하며 그의 시선을 돌리려 우가 노력했지만, 그의 시선은 변함이 없었다.

"앞으로는 어찌할 계획인지 물어봐도 괜찮으냐?"

한참을 우를 바라보던 희원이 입을 열었다. 그 물음에 우는 곧장 답하지 못하고 잠시 고민하는 듯하였다.

"실은 잘 모르겠습니다. 전처럼 지내지 않기로 결정은 했지만, 앞으로 어찌해야 할지는 솔직히 모르겠습니다."

혼란스러워 보이는 우의 모습에 희원이 우의 턱을 톡톡 건드려 시선을 제게로 돌렸다.

"천천히, 천천히 하여라. 설사 네가 아무것도 하지 않는다 하여도 괜찮으니 걱정하지 마라."

제 마음은 급할지언정 희원은 우에게 아무런 이야기도 하지 않았다. 그에게 가장 우선은 우의 행복이었다. 모든 것의 중심은 우였다.

마음 같아선 우와 함께 도망이라도 가고 싶었다. 허나 희윤에 대한 마음은 접어 두고서라도 우가 제 가족을 버리고 저와 함께 떠나 온전히 행복할 수 없다는 것을 그는 잘 알고 있었다. 그러니 우가 마음 편히 저를 택할 수 있게 만들어야 했다. 다른 것은 생각하지 않고, 온전히 본인의 행복만을 생각할 수 있도록.

처음으로 욕심낸 것이 사람의 마음이라니. 가장 귀중하고 어려운 것이 아니던가. 그러니 그만큼의 노력과 시간이 필요하다고 희원은 생각했다.

그는 우의 처소에서 시간을 보냈다. 그저 며칠 못 보았을 뿐인데 마치 수개월, 혹은 수년을 보지 못한 듯 절절하였다.

❦

희원은 우의 처소를 뒤로하고 궐을 나섰다. 우를 두고 나와야 한다는 사실에 마음이 좋지 않았다. 그가 알고 있는 궐은 사람이 살 만한 곳이 아니었다. 영원한 적도, 친구도 없는 곳이며, 누구 하나 쉽게 믿어서는 아니 되는 곳이었다. 그저 제 이권을 위해서만 움직이는 이들이 가득하였다. 이 세상이 거의 그러했지만 특히나 궐은 모든 것이 승리자의 뜻대로 이루어지는 곳이었다.

악만 가득한 독화, 우가 얻은 그 오명이 단적인 예시였다. 백성들은 송 황후가 어질고, 여린 이라 생각하겠지만 모든 것은 황제가 만들어 낸 환상에 불과했다. 실로 송 황후는 그저 어리고 무능력한 사람일 뿐이지 않은가.

"왕야! 이제 오십니까?"

신진 인사들이 희원을 반겼다. 희원은 날마다 새로운 이들을 만나고, 술자리를 가졌다. 그중 몇몇은 다시 한 번 따로 만나기도 하였다.

　사람을 만나는 일은 반복하면 할수록 더 진이 빠졌다. 수많은 이에 둘러싸여서 내키지 않는 만남을 하는 것도, 우스갯소리에 실 없이 웃는 것도, 얼굴도 모르는 이들이 제 친우인 듯 행하는 그 모습들도 진저리가 났다. 그러나 희원은 모든 것을 참아 넘겼다. 가진 것이라곤 황족이라는 이름뿐이었으니, 이렇게라도 해야 했 다.

　"궐에 다녀오느라 좀 늦었습니다. 요새 말이 많더군요."

　"그렇습니까?"

　희원의 말에 다들 관심 없는 척하고 있지만, 무슨 일인지 궁금 해하고 있었다. 체면을 지키느라 그저 모르는 척, 관심 없는 척, 듣지 않는 척하고 있는 그들을 희원은 알았다.

　"하사품 때문이지요. 황후께서 하신 일에 여러 마마께서 불만 이 많다 합니다."

　그의 말이 끝나자마자 최 귀비 측 사람인 이가 곧장 말을 이었 다.

　"소인도 들었습니다. 그럴 수밖에요. 배운 바 없는 주나라 여인 을 황후로 올릴 때부터 내 예상했습니다."

　이미 술이 오른 사내는 혀를 끌끌 차며, 목소리를 높여 송 황후 에 대해 말했다. 그런 그를 희원이 온화한 목소리로 만류하였다.

　"큰일 날 소리 하십니다. 황후마마 아니십니까. 그리고 아직 익 숙지 않아 그러하신 게지요. 폐하께서 선택하신 분이 아닙니까."

"왕야는 참 사람이 너무 좋아서 탈이오! 폐하의 욕심이지요! 애첩을 황후로 만들다니."

"그 입 닥치시게! 어디 그따위 말을!"

결국 송 황후 측 사람들은 화가 나 자리에서 일어나고야 말았다. 그들은 자리를 떠나려고 하였는데, 희원이 서둘러 그들을 다독이며 다시 분위기를 풀어 나갔다.

"왜들 이러시오. 폐하께서 황후마마를 선택하신 것에는 이유가 있지 않겠습니까. 게다가 오늘 이 자리는 당파를 떠나 우리 젊은 이들이 나라를 위하는 마음을 다지기 위한 자리니, 서로 나쁜 감정은 묻어 두십시다."

다들 편치 않은 얼굴을 하면서도 희원이 내미는 잔을 두말없이 받아 들었다.

씨앗은 차츰차츰 싹을 틔우고 있었다. 희원은 처음부터 이들이 의기투합하기를 바라지 않았다. 이곳에서 제가 뿌리는 씨앗들을 서로 제 아비에게 들고 가 그들 스스로 싹을 틔우기를 바랐다. 서로 제각각 여론을 형성하고 그를 황제에게 고하겠지. 모든 것은 송 황후로부터 시작될 것이었다.

나라를 위한다느니, 충정이라느니 하는 말들은 전부 다 헛소리였다. 그저 제 집안의 권력을 위해 움직이는 이들뿐이었다. 그나마 그를 위해 폭정을 하지 않으면 다행인 것이지, 순수하게 나라를 위한다는 이가 과연 존재하기는 할까 싶었다.

나라를 부강하게 만들고 싶으면 노비들부터 풀어 줘야 했다.

세금을 내지 않는 그들이 많아질수록 국고는 비어 갔다. 헌데 지금 이곳에 있는 이들은 전부 적게는 수십에서 많게는 수백의 노비를 부리는 이들이었다. 그들은 수많은 노비와 함께 수도뿐만 아니라 지방 곳곳에 넓은 농장을 가지고 있기도 하였다. 농장은 워낙 거대해 그 경계는 산과 하천이 되었다. 그런 이들이 충정을 논하다니 우습지도 않았다.

집으로 돌아가는 길, 희미한 달빛만이 길을 잃지 않도록 빛을 내었다. 짙은 어둠은 모두를 어디로 데려간 것인지 길에는 사람 하나 보이지 않았다. 술에 취하지도 않았는지 정신은 유달리 맑았다. 언젠가 이 길을 우와 함께 걸었던 적이 있었다. 어렸을 적 일이었다. 운은 언제나 제 여동생을 데리고 나오는 것을 주저하지 않았다. 그래서 함께 노는 사내아이라곤 저뿐이었다. 그래서였을까, 낯을 가리던 아이는 점차 저를 익숙하게 여기기 시작했다.

그러던 어느 날인가 운이 녀석이 잠깐 자리를 비운 사이, 비가 쏟아져 내렸고 우의 손을 잡고 서둘러 달려 어느 가게의 처마 밑에서 비를 피했다. 어린아이가 눈치가 빨라서인지, 이해심이 깊었던 것인지 젖은 옷에 짜증을 낼 만도 했으나 우는 그저 입을 꾹 닫고 달달 떨었다. 소나기가 그치고 나서야 운을 만나 우는 집으로 돌아갔다. 아무 생각 없이 그저 얌전한 아이구나 싶었다. 하루가 지나고, 스치는 얼굴에 어색하게나마 인사를 주고받을 때 우는 입궐하였다.

그저 어린 동생 같았다. 제게도 동생이 있다면 이런 기분이지 않을까 하였으나, 그 마음은 우가 황후로 봉해지던 날 산산조각이 났다. 그저 제 착각이었던 것이다.

황실의 일원으로 그는 황후 책봉식에 참가하였다. 금실로 봉황을 수놓은 붉은 비단을 두른 우는 어린아이가 아니라 여인의 태가 나기 시작한 열일곱의 고운 소녀였다. 그때의 그는 막 약관이 된 청년이었다. 희윤에게로 향하는 우의 모습이 그의 뇌리에 남아 잊히지 않았다. 그때였다. 그가 그의 마음을 자각하기 시작한 것은.

붉게 얼굴을 붉히며, 긴장과 설렘으로 가득한 우의 눈이 희윤을 향하고 있음을 알았을 때 그는 상처받았다. 제 마음을 깨달은 그 순간부터 그의 마음은 이미 버림받은 것이었다. 표현할 길 없고, 받아 줄 이 없는 그의 마음은 시작부터 진창을 굴렀다.

"하아."

시원한 밤공기가 희원을 감쌌다. 그는 걸음을 멈추고 하늘을 올려다보았다.

"멀구나. 네게로 가는 길이 너무나 멀구나."

송 황후는 희윤과 함께 아침 식사를 하고 있었다. 다행히 입덧을 하지 않고 무엇이든 잘 먹고 있는 송 황후가 기특한 듯 희윤은 계속해서 반찬을 밥 위에 올려 주었다.

"먹어요."

계속 받아먹던 송 황후가 희윤에게 고기 한 점을 젓가락으로 집어 내밀었다. 자연스럽게 그를 받아먹은 희윤이 부드럽게 웃어 보였다. 평화로운 시간이었다.

"기분은 어떠하냐?"

희윤의 물음에 송 황후가 멈칫하였다. 처음부터 희윤에게 도움을 받고 싶진 않았던 것이다. 당당하게 제힘으로 잘 해내고 싶었다. 송 황후의 망설임을 읽은 희윤은 곧장 이 상궁을 불렀다.

"무슨 일이 있었느냐?"

"그것이 황후마마께서 내리신 하사품에 비빈마마들께서 불만이 많으신지라……."

희윤은 곧장 무슨 일인지 이해하였다. 제 연인이 아직 어리고 궐의 일에 서투른 이라는 것을 잊고 있었던 저를 탓했다. 다들 그 냥 넘어갈 일에도 이리 송 황후를 못살게 구는 것은 그이가 만만 하기 때문이었다. 제깟 것들에게도 이기지 못할 이라는 것을 알고 있기에 그리 오만방자하게 행동하는 것이겠지.

"일단 내명부의 일은 귀비가 주관하도록 하여라. 네가 나서는 것은 우리 아이가 무사히 태어난 후가 좋겠다. 지금은 아이에게 집중하기로 하자."

"하지만……."

망설이는 송 황후의 태도에 희윤이 당장에 종추를 시켜 최 귀비에게 이를 전달하도록 하였다.

희윤은 그러고 나서 송 황후가 태후에게 내명부의 일을 배울 수 있도록 조치를 취해 주겠다 하였다. 그제야 송 황후는 마음이 놓인 듯하였다.

"미안해요. 내가 많이 모자라서."

"모자라다니? 그럴 리가. 내가 네게 바라는 것은 그저 내 곁에 있는 것이다. 궐 생활이, 황후 노릇이 힘들 줄 안다. 내 일일이 신경 써 주지 못할 수도 있을 것이고. 그래도 그저 그 자리에서 잘 버티기만 해 다오. 실수하여도 좋으니, 포기하지만 말아라. 언젠가 익숙해지지 않겠느냐?"

저를 달래는 다정한 목소리에 송 황후가 차오르는 눈물을 꾹 참았다. 언제쯤 저는 도움이 될 수 있을는지 알 수 없었다.

최 귀비는 결국 제게 넘어온 내명부의 일이 오히려 반가웠다. 권한에는 그에 따른 책임이 필요하였다. 그저 이름뿐인 직책 따위는 바라지도 않았다. 황후라는 이름은 송소화가 가졌을지 모르지만, 실질적인 황후의 힘은 제가 가지게 될 것이다.

최 귀비는 가뿐한 마음으로 제게 주어진 일에 임했다. 서둘러 보유하고 있는 물품들부터 확인한 뒤, 그것을 등급별로 분류하는 일부터 시작하였다. 또한, 비빈들의 신상에 특별한 일이 없는지 상궁을 시켜 확인하도록 하였다. 멍청하기 짝이 없는 송 황후는 비빈들을 너무 몰랐다. 그들에게 중요한 것은 자존심이었다. 저보다 품계가 낮은 이가 저보다 좋은 물건을 가지는 것을 그저 보아 넘길 위인들이 아니었던 것이다. 더군다나 그것을 나누어 준 이가 만만한 송 황후라면 가만히 있는 것이 더 이상한 일이었다.

"앞으로는 일주일에 한 번씩 모두 이곳으로 모이라고 전하여라."

직접적으로 칭하지는 않았으나, 상궁은 그것이 문안 인사임을 본능적으로 알아차렸다. 황후의 일, 황후가 받는 문안 인사 모두 최 귀비가 행하고 있었다. 송소화가 황후가 되었으나 결국 최 귀비의 말처럼 모든 것은 최 귀비의 손안에 들어오고 있었다.

최 귀비는 모든 것이 여유로웠다. 황후가 되지는 못하였으나 그 외의 다른 것은 모두 만족스러웠다. 한심한 송 황후는 제 예상을 벗어나지 못하였고, 그것은 황제도 마찬가지였다.

"고맙다고 해야 할까, 아니면 안타깝다고 해야 할까?"

"예?"

손가락으로 톡톡 책상을 두드리며 최 귀비가 나른하게 말했다. 상궁이 그 말에 움찔 놀라 눈치를 보았다. 최 귀비는 뜻 모를 소리를 많이 하였고, 상궁의 머리로는 단번에 이해하기 어려웠다.

"이리 한 치의 오차도 없이 예상대로 행동하니 말이다. 지루하구나."

진정인 듯, 하품마저 하는 최 귀비의 모습에 상궁의 얼굴이 허옇게 질렸다. 오랜 궐 생활을 통해 배운 것이 있다면 최 귀비 같은 이들이 가장 무섭다는 것이었다. 송 황후처럼 어리석긴 하더라도 순진한 이가 모시기엔 편했다. 그도 아니면 한비같이 그 성정이 불같더라도 뒤끝 없는 이가 좋았다. 아니, 상궁은 최 귀비만 아니면 다 괜찮을 거 같았다. 하루 종일 눈치만 보느라 수명이 줄어드는 기분이었다.

"물러가 보거라."

최 귀비의 축객령에 상궁은 다행이라는 듯 서둘러 귀비의 곁을 떠났다. 최 귀비는 홀로 있는 것이 편했다. 제 곁에 다가선 이들은 모두 그들 나름의 이익을 위해 접근한 이들뿐이었다. 하다못해 그 아비조차 그랬다. 어린 자식을 궐로 밀어 넣어 경쟁하게 하고, 높은 자리를 원하지 않았던가. 그러나 최 귀비는 궐이 좋았다. 궐에 들어온 후, 그 아비는 제게 함부로 굴 수 없었던 것이다.

그제야 알았다. 지위라는 것이, 힘이라는 것이 얼마나 중요한 것인지 말이다. 그것이 혈연보다 먼저였다. 더 이상 아비의 그늘에 있지 않은 것만으로도 어느 정도 최 귀비는 만족하고 있었다. 허나 시간이 지나면 지날수록 실감하고 있었다. 그토록 벗어나고 싶었던 아비와 가장 닮은 것이 바로 저라는 것을.

"끔찍하기도 하지."

나지막하게 내뱉는 말에는 아무런 감정도 들어 있지 않은 것처럼 보였으나, 그 실상은 그렇지 않았다.

제 아비가 끔찍한 만큼 벗어나고 싶었다. 지금도 마찬가지였다. 허나 저 역시 그 아비와 집안의 힘이 필요한 것은 분명했다. 그저 서로가 각자의 필요 때문에 이어지고 있는 인연일 뿐이었다.

그이는 한참을 홀로 창밖의 붉은 꽃을 바라보았다. 황금빛으로 빛나는 태양 아래 붉은 꽃이 마치 누군가를 홀리기라도 할 듯 만발하여 있었다. 그것에서 눈길을 거둔 최 귀비는 자리에서 일어나 침실을 벗어났다. 궁녀들이 서둘러 최 귀비의 곁으로 다가섰다.

"이비에게 가겠다."

최 귀비의 말에 다들 그 뒤를 따랐다. 특히나 상궁은 지난번 우의 방문 때. 미처 주지 못했던 물품들을 준비하였다.

최 귀비는 이렇듯 마음이 어지러울 땐, 우를 찾았다. 저와는 다른 올곧은 사람을 보고 싶었다. 그 한결같은 모습이 그이의 마음을 편하게 해 주었다. 그 여리고 순한 마음을 조금씩 엿보는 것도 즐거웠다. 궐 안의 모두가 송 황후가 어리고 착하다 말하지만, 그이는 그저 모자란 사람일 뿐이다. 모든 것에서 눈 돌리고, 황제의 품에서 편안하기만을 원하는 어리석기 그지없는.

우야말로 가장 마음이 여린 이였다. 최 귀비가 보기엔 그랬다. 법도라는 틀 안에서 제가 할 수 있는 가장 너그러운 것을 선택하는 것만 보아도 그랬다. 여리고, 순하지만 제 할 일에서 눈을 돌리지도 않았고, 상처를 받을지언정 바르지 못한 일은 하지 않으려 하였다. 항상 올곧은 사람이었다.

가끔 최 귀비는 생각했다. 우는 결국 황제의 손에서 부서지지 않을까. 그것만은 막고 싶었다. 부서지더라도 그것을 행하는 것은 제가 되어야 했다.

"송구하오나 지금 안에 객이 계신지라……."

박 상궁이 최 귀비에게 어렵사리 말했다. 그것에 최 귀비는 고개를 끄덕이더니 가져온 물건들만을 전하고 다시 뒤돌아 제 처소로 향했다.

"다녀갔다 전해만 주시게."

망설임 없이 돌아가는 최 귀비는 아쉬움을 두고 떠났다. 그 어여쁜 얼굴을 보고 싶었다.

"어서 오세요, 황후."

송 황후는 태후를 찾았다. 희윤의 말대로 태후는 직접 송 황후를 가르치기로 하였다. 태후는 눈앞에 있는 송 황후를 관찰하였다. 동그란 얼굴에 분홍빛 뺨은 아직 아이의 티가 남아 있었다. 그래서인지 황후의 복색이 마치 남의 옷을 훔쳐 입은 듯 보였다. 제 아들이 택한 황후가 눈앞에 있는 이라는 것에 태후는 다시 한번 실망하였다.

송 황후는 태후에게서 압박감을 느껴 차마 고개도 제대로 들지 못하였다. 매번 너그러운 미소와 함께 저를 귀여워해 주던 모습이 아니었던 것이다. 이제야 비로소 태후가 궐 안에서 평생을 싸워 온 사람인 것을 송 황후는 느끼고 있었다.

"많이 부족하지만 열심히 하겠습니다."

태후는 송소화가 황후가 아니었을 적에는 나름 귀여워하였다. 아무것도 모르니 대하기 부담 없었던 것이다. 허나 황후라면 이야기는 달라진다. 제 아들의 곁에서, 아들을 도와 황권을 견고히 하고 내명부를 평화롭게 다스리려면 이래서는 아니 되는 것이다.

"열심히 하는 것은 중요하지 않소. 황후께서는 반드시 해내야만 하오."

단호한 태후의 말에 움찔한 송 황후는 곧장 '예.' 하고 순순히 대답하였다. 그러나 그 얼굴에서 불편한 기색을 지울 수는 없었다.

어디서부터 가르쳐야 할지 태후는 앞이 막막하였다. 이리 표정 하나 숨기지 못하는 이가 무슨 황후 노릇을 한다는 것인지. 결국 태후는 비빈들이 처음 입궐하면 배우는 것부터 가르치기로 하였다.

"그것을 필사하여 오시게."

"전부요?"

서책 한 권을 내민 태후에게 저도 모르게 반문한 송 황후는 태후의 무서운 눈길에 서둘러 입을 다물었다.

"내일까지 해 오시게. 그저 글자를 쓰는 것이 아니라 마음에 새겨 오셔야 하네."

태후와의 만남은 그것이 끝이었다. 차 한 잔 얻어 마시지 못하고 내쫓긴 송 황후의 어깨가 축 처져 있었다. 그이는 손에 서책을 들고 한숨을 내쉬었다. 많이 두껍지 않은 책이긴 하였으나 하루 만에 필사하기엔 조금 빠듯하였다. 오늘 하루는 붓을 손에서 놓지 못할 듯싶었다.

황후가 된 후, 저를 대하는 태도가 싹 달라진 태후로 인해 송 황후는 울적하였다. 귀비였을 적에는 그래도 제게 웃는 낯으로 대해 주었는데 이제는 그 얼굴에서 저를 못마땅해하는 감정만 남아 있는 듯하였다.

"나를 싫어하시는 거 같아. 역시 최 귀비가 좋으셨던 걸까."

"그럴 리가요. 마마를 싫어하셨다면 이리 가르치실 리도 없습니다."

"그런가……."

이 상궁이 송 황후의 곁에서 그를 다독여 주었다. 그나마 다행이었던 것이다. 이리 시간을 벌어 놓았으니 그사이에 태후에게서 여러 가지를 배워 출산한 후, 제대로 된 황후가 될 수 있을 것으로 생각하였다.

"열심히 하세요, 마마. 폐하와 아기씨를 생각하셔서 열심히 하셔야 합니다."

"응, 그래. 그래야지."

이 상궁의 말에 그나마 송 황후는 의욕을 느낀 듯, 크게 고개를 끄덕였다. 제게 소중한 사람들을 위해 열심히 하리라 그는 다짐하였다. 다들 하였으니 저도 할 수 있을 것이라 애써 믿고 있었다.

“읊어 보시게.”

“예?”

송 황후는 태후의 앞에서 곤혹스러운 얼굴을 하였다. 대뜸 필사본과 서책을 받은 태후는 송 황후에게 책의 내용을 암송하라 명했다.

“읊어 보라 하였네.”

잠시간의 침묵 후, 송 황후가 어렵사리 입을 열어 잘 모르겠다고 하였다. 쉬지 않고 한 덕에 필사는 무사히 해 왔건만 이런 것을 시킬 줄은 꿈에도 몰랐다.

“내가 뭐라 하였는지 기억하고 있는가?”

“필사를 해 오라고 하셨…….”

“회초리 가져오너라.”

태후의 말에 곁에 있던 궁녀 하나가 회초리를 하나 가지고 왔다. 그를 보고 송 황후의 얼굴이 하얗게 질렸다.

“교태전 상궁은 앞으로 나오라.”

이 상궁이 차분한 얼굴로 태후의 앞에서 치맛자락을 들어 올렸다. 그 모습에 송 황후가 어찌할 줄 몰라 하였다.

“분명 내 글자만 쓰는 것이 아니라 그 내용을 마음에 새기라 하였네. 회임한 몸으로 회초리질 당할 수는 없으니 앞으로는 교태전 상궁이 대신 벌을 받도록 하지.”

매섭게 바람을 가르는 회초리 소리와 함께 이 상궁의 종아리에는 붉은 선이 새겨지고 있었다. 저로 인해 매질당하는 이 상궁을 보며 송 황후의 얼굴은 잔뜩 일그러져 있었다.

"어허. 어디서 감히 감정을 드러내는 게야? 내 황후께서 그리할 때마다 상궁에게 벌을 내리겠네."

송 황후는 태후의 말에 애써 표정을 숨기려 노력하였으나, 이 상궁의 모습을 보며 저도 모르게 미안하고, 무서운 마음에 인상을 찌푸리게 되었다. 결국 이 상궁의 종아리가 붉은 선으로 가득 메워져 더 이상 회초리 맞는 것이 힘들어질 때가 돼서야 태후의 손이 멈추었다.

"한 번 더 기회를 주겠네. 다시 해 오게."

궁녀들이 이 상궁을 부축하였다. 송 황후 역시 그 곁에서 눈물을 글썽이며 제 처소로 돌아갔다.

"내가 미안해."

송 황후가 엎드린 이 상궁의 종아리에 직접 연고를 발라 주며 울먹였다. 못난 저로 인해 매번 모진 매질을 당하는 이 상궁이 안타까웠다. 이 상궁이 괜찮다며 연거푸 말하였으나 그 종아리에 남아 있는 잔인한 붉은 선이 송 황후의 눈에 가득하여 통하지 않았다. 송 황후는 이 상궁에게 연고를 발라 준 뒤, 제 침실로 돌아가 서책을 펴고 다시 필사를 시작하였다. 그 내용을 암기하기 위해 읽고 또 읽었다. 서책을 계속해서 읽은 송 황후는 결국 밤을 꼬박 새웠다. 눈에는 붉은 핏발이 서 있었고, 눈 밑으론 짙은 그림자가 생겨 있었다.

또다시 이 상궁이 매질당하지 않게 하려면 최선을 다해야 했다. 송 황후는 미안한 마음에 열과 성을 다했다. 이 상궁은 혼자 중얼거리며 서책을 암송하는 송 황후의 모습이 짠하면서 고마워 살짝 웃었다. 그깟 매질이야 궐에서 생활하면서 열 손가락으로는 다 헤아리기 힘들 정도로 많이 당했다. 그리 크게 마음 쓸 만한 일이 아니었던 것이다. 그보다 제 주인이 저를 위해 노력하는 것을 보니 차라리 태후에게 회초리를 맞은 것이 그리 나쁘지 않은 듯도 하였다.

"이제 가셔야지요."

이 상궁이 느린 걸음으로 제게 다가오자 송 황후가 울상을 하였다. 쉬라 하고 싶지만 태후가 직접 이 상궁을 지목하였으니 마음대로 쉬라고 할 수도 없었다. 안타까운 마음에 송 황후가 직접 이 상궁의 손을 잡고 부축하였다. 모두가 하나같이 입을 모아 그러지 마시라 만류하였건만 송 황후의 고집을 꺾을 수는 없었다. 궁녀들은 제 주인의 다정함에 감동한 듯, 투덜거리면서도 얼굴에 미소를 띠고 있었다.

태후전으로 향하는 길, 송 황후는 우와 마주쳤다. 우는 태후전과 가까이에 있는 연못에 가는 길이었다. 날이 좋아 걷고 싶은 마음에 조금 멀리 온 것인데 송 황후를 마주친 것이다. 우는 인사를 올리고는 그대로 옆으로 물러섰다. 길을 비켜 준 것이다. 그러자 송 황후가 묘한 얼굴을 하더니 천천히 우를 지나쳐 가기 시작하였다. 그리고 그때였다. 최 귀비가 나타난 것은.

"황후마마께 인사드립니다."

눈이 멀 정도로 화려한 옷차림에 수십의 궁녀들이 뒤따르고 있는 최 귀비는 누가 보아도 그 대단한 권세가 느껴질 정도였다.

"태후마마께 가십니까? 아, 문안 인사를 드린 지도 오래되었는데 모두 함께 가는 것도 좋겠습니다."

최 귀비가 밝은 얼굴로 송 황후에게 말했다. 옆으로 비켜 서 있던 우에게도 함께 가자고 권하며 최 귀비는 아무런 대답도 하지 않은 송 황후의 뒤에 붙어 섰다.

"이비, 뭐 하십니까? 황후마마께서 기다리십니다. 어서 오세요."

최 귀비의 말에 결국 우마저 함께 태후전으로 향하게 되었다. 태후전으로 향하는 길, 그들 사이에는 무거운 침묵이 맴돌았다. 송 황후는 이 불편함에 질식할 듯하였고, 태후전을 향해 내딛는 발걸음이 무척이나 무거웠다. 이 상궁은 까딱하다가는 제 주인의 망신스러운 모습을 우와 최 귀비에게 보이게 될까 봐 난감한 얼굴을 하고 있었다.

태후전으로 가는 이 중 즐거운 이는 최 귀비뿐이었다. 그이는 만면에 화사한 미소를 띠고 있었는데, 특히나 어두운 얼굴의 송 황후와는 크게 대비되었다.

우가 나란히 걷고 있는 최 귀비에게 슬쩍 말을 건넸다.

"이리 갑작스럽게 방문하여도 괜찮겠습니까?"

"걱정 마세요. 기다리라 하시면 기다리면 될 것이고, 들라 하시면 들면 그만입니다. 아니 된다 하셔도 돌아가면 그뿐이지요. 무엇이 걱정입니까?"

최 귀비가 특유의 나른한 목소리로 태연히 답했다. 우가 고개를 끄덕였다. 우는 송 황후와 함께 있는 것이 꺼림칙했기에 피하고 싶었으나 최 귀비의 태연함에 조금은 동화되는 기분이었다. 제게도 최 귀비와 같은 자세가 필요하다고 우는 느꼈다. 손에 쥐고 있는 것을 써 보려 하고는 있으나 해 본 적 없는 일에는 늘 서툴기 마련이다. 허나 바로 앞에 저를 위한 본보기가 있었다. 최 귀비, 제 것을 제대로 휘두를 줄 아는 이가 눈앞에 있었던 것이다.

"앞으로 잘 부탁합니다."

뜬금없는 우의 인사에 최 귀비는 당황하지도 않고 답했다.

"저 역시."

소곤소곤 제 뒤에서 이야기를 나누는 두 사람 때문에 송 황후는 뒤통수가 따끔할 지경이었다. 하나는 제가 미안해하는 사람이고, 하나는 저를 싫어하는 사람이었다. 그 둘이 함께 있으니 부담스럽기 그지없었다. 도착하지 않았으면 했으나 결국 태후전에 도착하였다. 그리고 송 황후의 혹시나 하는 기대는 산산조각이 나 버렸다.

"다들 어쩐 일인가?"

"문안 인사를 드리러 왔지요."

사근사근하게 말하며 최 귀비가 눈웃음을 흘렸다. 우 역시 그 말에 동조하였다. 태후는 안타까운 눈으로 우를 바라보았다.

"참으로 오랜만이네. 건강은 어떠한가?"

송 황후는 입술을 깨물었다. 저를 대할 때와는 다른 태도를 보이는 태후에게 섭섭한 감정이 일었다. 태후는 분명 최 귀비와 우를 존중해 주고 있었다. 한 나라의 국모 자리에 앉아 있는 이는 바로 저이건만 여기 있는 그 누구도 그를 인정해 주지 않는 듯하였다. 송 황후는 쿵쿵하고 요란스럽게 요동치는 심장을 애써 다스리고 있었다.

"심려 끼쳐 드려 송구합니다."

"아닐세, 오히려 내가 미안하네."

태후가 우의 손을 잡고 토닥였다. 과연 그 말이 진심인지는 모르겠으나 태후는 우와의 사이가 완전히 틀어지는 것은 바라지 않는 듯하였다. 최 귀비 역시 그런 두 사람을 미소를 띤 채 보고 있었다. 마치 송 황후만이 그 속에서 외딴섬처럼 동떨어져 있었다.

"내 직접 황후와의 선약으로 담소를 나누기에는 조금 어려울 듯하네."

"내명부 일을 직접 가르치신다지요? 허하신다면 소첩들 역시 태후마마의 귀한 말씀을 듣고 싶습니다."

태후의 말에 최 귀비가 어여쁜 미소를 지으며 답했다. 그 말에 송 황후와 이 상궁이 좋지 않은 얼굴을 한 것은 당연지사였다. 기어코 이곳에 앉아 제가 망신당하는 꼴을 보려는 최 귀비의 행태에 송 황후는 부아가 치밀었으나, 표 낼 수 없어 숨만 가쁘게 몰아쉬었다. 태후는 한참을 망설이다 결국 고개를 끄덕였다.

"자, 황후 그럼 시작해 보시겠소?"

태후가 입을 열었고, 그것에 송 황후가 놀라 움찔하였다. 그러나 곧 열심히 외운 것을 암송하기 시작하였다. 최 귀비의 저를 비웃는 것 같은 표정에 얼굴이 벌겋게 달아오르고, 점점 말을 더듬기 시작하였다. 부끄러웠던 것이다. 지금 송 황후가 암송하는 것은 보통 귀족가의 여아들이라면 십오륙 세 이전, 즉 혼례를 치르기 전에 으레 배우는 것이었다. 눈앞의 이들은 이미 오래전 뗀 것을 버벅거리며 암송하는 것이 창피하여 송 황후는 얼굴을 붉혔다. 그러다 문득 우를 보았을 때, 그이는 암송을 멈추었다. 그 무표정, 아무런 감정도 남아 있지 않은 얼굴이 최 귀비의 비웃음보다도 더 크게 다가왔던 것이다. 마치 제 존재가 아무것도 아닌 것처럼 느껴졌다.

'그대가 언짢지 않다면 거짓이지. 나는 그대의 존재 자체가 언짢은 사람이네. 황제께서 귀비를 애지중지하는 것을 내가 기쁘게 여기리라 생각했나? 그거야말로 어리석은 생각이지.'

전날, 제게 말하던 우의 모습이 떠올랐다. 그때가 좋았다. 황후가 아니었어도 아무것도 아닌 존재는 아니었던 것이다. 송 황후는 치밀어 오르는 열등감에 부르르 떨었다. 저 얼굴을 보니 알 것 같았다. 분명히 저는 아무리 발버둥 쳐도 우처럼은 되지 못하리라는 것을. 희윤을 위해 숨죽이고, 희생하지 못할 것이며, 내명부 또한 그처럼 제대로 꾸려 나가지 못할 것을 송 황후는 깨달았다.

"황후, 계속하시게."

태후의 말도 들리지 않는지 송 황후는 계속해서 우의 얼굴만을 바라보았다. 아무리 노력해도 타고난 이를 이길 수는 없을 것이 분명하였다.

"태후마마, 아무래도 소첩들은 이만 물러가는 것이 좋겠습니다."

우가 말했다. 태후는 못마땅한 얼굴로 송 황후를 한 번 바라보더니 고개를 끄덕여 허했다. 최 귀비는 멍청한 얼굴을 하고 있는 송 황후를 바라보더니 혀를 차며 태후의 처소를 나섰다. 회초리질이라도 당하나 구경하고 싶어 아쉬움이 밀려왔으나 그나마 송 황후의 좌절한 얼굴을 보았으니 다행이다 싶었다. 처소의 문이 닫히자 태후의 회초리를 가져오라는 목소리가 희미하게 들려왔다. 최 귀비는 가뿐한 걸음으로 우를 이끌었다.

"신경 쓰지 마세요. 다 자초한 일입니다."

"신경 쓰지 않습니다."

우의 말에 최 귀비가 옳다는 듯이 고개를 크게 끄덕여 주었다. 마치 어린아이에게 행하는 것 같은 그 모습에 우가 어색한 얼굴을 하자 최 귀비는 큰 소리를 내며 웃었다.

"어찌 웃으십니까?"

우가 인상을 쓰며 묻자, 오히려 최 귀비는 더욱 신난 듯하였다.

"앞으로는 봐주지 마세요. 받은 만큼 돌려주어야 합니다."

최 귀비가 웃는 얼굴로 우에게 말하더니 인사를 하고 곧장 멀어졌다. 멍하니 그 뒷모습을 바라보던 우는 박 상궁에게 물었다.

"혹 아까 황후마마를 만난 곳이 귀비전 근처이던가?"

"예? 아아, 그랬지요."

최 귀비는 일부러 송 황후와 우 사이에 나타난 것이었다. 송 황후 앞에 우가 무릎 꿇는 것이 마음에 들지 않기도 하였다. 멀리서 송 황후를 보고 마주치기 싫어 다른 곳으로 가려 하였으나 우와 송 황후가 만나는 것을 보고는 서둘러 그 자리로 온 것이다. 그 꼴 보기 싫은 얼굴을 상대하는 것은 귀찮았으나 태후전에서 본 좌절감 가득한 얼굴이야말로 진정한 수확이었다.

그 미천한 계집도 비로소 알았을 것이다. 제가 얼마나 그 자리에 어울리지 않는지. 시간문제였다. 작은 틈 하나가 결국 모든 것을 무너뜨리게 되는 것은.

"서찰은 어찌 되었나?"

"예? 아, 예. 믿을 만한 아이로 구해 들여보냈습니다."

"언제 한번 몰래 데려오게. 직접 봐야겠으니."

"예, 마마."

처소로 돌아온 우는 뜻밖의 사람을 만났다. 종추가 우를 기다리고 있었던 것이다.

"폐하께서 찾으십니다."

"자네는 아나? 폐하께서 어찌하여 이리 나를 찾으시는지 말일세."

"미천한 놈이 무엇을 알겠습니까."

우는 내키지 않는 얼굴로 종추를 따라나섰다. 박 상궁 역시 연신 구시렁거리며 그 뒤를 쫓았다. 종추는 그런 우와 박 상궁을 보며 조금은 난처한 얼굴을 하였다.

도착한 곳은 황제의 정원이었다. 희윤은 그곳에서 우를 기다리고 있었다. 그리고 그는 저를 향해 걸어오는 우를 보며 묘한 기분에 빠져들었다. 언제나 기다리는 것은 우였건만, 이제는 모든 것이 바뀌었던 것이다.

"무슨 일로 찾으셨습니까?"

고운 목소리였으나 냉담하였다. 희윤은 어찌해서인지 조금 허전한 기분이 들었다. 거부하고, 외면하였으나 그 마음마저 몰랐던 것은 아니다. 온전히 제게 있던 마음을 모두 거두어 간 듯 행동하는 우를 보며 그는 무엇인가 잃어버린 기분이 들었다. 실제로도 그는 무조건 제 편이 되어 줄 이를 잃었다. 아무렇지 않을 줄 알았다. 그러나 그렇지 못했다.

"내가 내 비를 찾는 데 이유가 있어야 하나?"

"이유 없이 신첩을 찾으실 분이 아니라 여쭈어 보는 겁니다."

우가 답했다. 우는 계속해서 발끝을 바라보며 희윤과는 눈을 마주치지 않았다. 희윤은 우에게 다가가 그 턱을 들어 올렸다. 그제야 맑은 눈동자가 그를 담았다.

"나와 있을 때는 나를 보아라."

희윤이 다정스레 말했다. 그는 어째서인지 우에게 윽박지르고 싶지도, 화내고 싶지도 않았다. 그가 원했던 모든 것이 이루어지고 있었기 때문에 너그러워진 걸지도 몰랐다. 결국 소화가 황후가 되었고, 회임까지 하였다. 태어나는 아이가 아들이기만 하면 더 바랄 것이 없을 정도였다.

"주나라 건국 왕 모후의 반지. 어떤 의미로 내놓은 거지? 이 재상의 경고인가? 후에 건국 왕이 공신들과의 문제로 내전이 발생하려 했을 때, 모후가 그 반지의 맹세를 상기시켜 막았다 하지. 허나 결국 모후가 막은 것은 건국 왕이었지. 그리하라 말하고 싶었던 건가?"

물어보고 있기는 하였지만 희윤은 알고 있었다. 분명 경고의 의미였다. 이 재상이 내어 준 것이 분명할 테고, 우 역시 선물을 보고 곧장 그것의 의미를 알아차렸을 것이다. 그것을 본 대부분의 사람이 그 의미를 알았을 것이다. 알고 있으면서도 어찌 굳이 우를 불러 확인하는 것인지 스스로도 제 맘을 알 수 없었다.

"그리 깊은 뜻이 있을 리가요? 그저 위대한 왕의 모후였던 분의 특별한 물건이니 태후마마께 드린 것이지요. 태후마마께서도 위대한 황제폐하의 모후 아니십니까?"

우가 미소 지으며 말했다. 그러나 희윤은 알았다. 그 속에 진심이라는 것은 조금도 담겨 있지 않음을.

그 미소가 전혀 달갑지 않았다. 전날 그에게 보여 주었던 수줍었던 미소가 떠올랐다. 그때의 우는 저도 모르게 제 마음을 보여 주고 있었다. 손짓 하나, 눈빛 하나, 몸짓 하나 그 어느 것에도 마음이 담기지 않은 것이 없었다.

"원하는 것이 무엇이냐? 들어주지."

희윤이 손으로 우의 뺨을 훑었다. 차가운 손이었으나 그 손길만은 부드러웠다. 우가 그를 똑바로 쳐다보았다. 이제야 예전의 우 같았다. 오롯하게 저를 향하던 두 눈. 그가 만족스러운 얼굴을 하였을 때, 우가 답했다.

"없습니다."

희윤의 얼굴이 한순간에 굳었다.

"폐하께 바라는 것은 아무것도 없습니다. 그러니 폐하께서 제게 주실 것도 없으십니다."

희윤의 얼굴이 금세 분노로 물들었다. 그러나 그는 쉬이 분노를 토해 내지 않았다. 그저 우를 노려보기만 할 뿐.

"전처럼 제가 폐하의 마음을 원한다고 생각하셨습니까? 그럴리가요. 제게 어찌하셨는데, 이제껏 제가 폐하를 마음에 품고 있으리라 여기셨습니까? 폐하, 다시 한 번 말씀드리겠습니다. 신첩은 폐하께 그 어떤 것도 바라는 것이 없습니다. 그럼, 이만 물러가 보겠습니다."

우가 냉정하게, 그리고 또 단호하게 말했다. 뒤돌아 황제의 정원을 떠나는 우를 보며 그는 으르렁거리듯 말을 내뱉었다.

"바라는 것이 없다 하였느냐? 허면 내 바라는 것이 있도록 만들어 주겠다. 기대하여라."

희윤의 말에 우는 뒤돌아 인사를 올리고는 다시 황제의 정원을 떠났다. 떠나는 뒷모습에는 어떠한 종류의 감정도 남아 있지 않아 보였다. 아름다운 황제의 정원, 황제가 아닌 그 누구도 허락되지 않은 그곳에 결국 그는 혼자 남게 되었다.

❋

"이제 와서, 이제 와서 내게 무엇을 원하시는지 모르겠다."

우가 자조적으로 읊조렸다. 고운 얼굴에는 지친 기색이 역력하여 박 상궁이 걱정스레 우를 살폈다.

"내 마음 전부를 드릴 적에도, 숨죽여 지낼 적에도 항상 나를 내치기만 하시던 분이 이제 와서, 모든 것을 내려놓은 지금에서야 내게 무엇을 원하느냐고 물어보시는구나. 정말 잔인하구나. 잔인해. 그동안 내가 겪어야 했던 것들은 다 무엇이었단 말이냐."

우가 걸음을 멈추었다. 떨리는 두 손을 주체하지 못해 치맛자락을 움켜쥐었다. 그 자리에 주저앉고 싶었다. 한참을 그렇게 우는 제자리에 멈추어 서 있었다. 울지도 않고, 소리치지도 않고 떨리는 두 손으로 치맛자락을 부여잡은 채 그렇게 우는 그곳에 서 있었다.

"마마."

박 상궁이 우의 손을 살며시 잡았다. 한참을 기다리다 혹여 귀하신 몸에 탈이라도 날까 걱정이 된 까닭이었다. 우가 박 상궁을 보더니 설핏 웃고 다시 걷기 시작하였다.

"궐 밖에선 내 이야기로 책이 하나 나왔다지? 아니, 황후마마 이야기라 해야 하나."

"아이고, 마마. 다 헛소문입니다."

"착한 둘째 부인을 음독하려 하다 쫓겨난 첫째 부인이라지. 둘째 부인은 결국 아들을 낳아 집안의 대를 잇고, 훗날 그 인품과 지혜로 남편을 도와 집안을 일으켜 세운다는 내용이라더군. 첫째 부인은 둘째 부인이 너그러운 마음으로 용서해 주자 그에 감명받아 제 죄를 뉘우치고 평생 둘째 부인을 주인으로 모신다 한다지."

박 상궁은 아무런 말도 하지 못했다. 사실이었다. 소설 속에서 첫째 부인은 우 부인으로, 둘째 부인은 화 부인으로 나왔다. 그 누구도 함부로 발설하지는 못했으나 그 이름을 어디서 따온 것인지 모두가 알고 있었다.

"그 주제가 권선징악이라 들었네."

선을 권하고 악을 벌한다. 우는 악이 된 제가 우스웠다. 저를 알고 있는 이들 중에 과연 저를 진실로 악하다고 손가락질할 수 있는 이는 없으리라 생각하였다. 송 황후조차도 저를 비난할 수 없었다. 제가 한 것이라곤 그저 못난 말뿐인 것을. 허나 얼굴도 모르는 수많은 이가 저를 비난하고, 악독하다 욕하는 것이 편할 리 없었다. 집안의 얼굴에 먹칠을 하게 된 것도 마음이 좋지 않았다.

"악은 따로 있지 않으냐. 제 아이의 죽음마저 외면한 비정한 아비가 악이 아니고 무엇이더냐."

박 상궁이 화들짝 놀라며 누가 들을까 무서워 서둘러 우의 팔을 잡았다. 차마 얼굴에는 손대지 못해 그 입을 틀어막지 못하였으나 당장이라도 입을 막고 싶어 하는 눈치였다. 누군가 듣기라도 한다면 당장 끌려가 큰일을 당할 것이 분명하였다.

"마마, 누가 들을까 겁이 납니다!"

우가 웃었다. 박 상궁의 걱정과 달리 우는 겁이 나지 않았다. 희윤의 협박조차 우에게는 아주 작은 걱정거리도 되지 않았다. 그저 조금 아팠을 뿐이다. 그의 얼굴을 보고 있으면 예전의 자신이 떠오르고, 제가 받았던 것들이 떠올랐다. 그뿐이었다. 전과 같은 애절한 마음은 없었다. 보고만 있어도 떨리던, 그 모습에 설레던 이는 이제 사라지고 없었다.

"직접 해야 하지 않겠는가."

"예?"

"하늘이 벌해 주지 않는다면, 내가 직접 벌해야겠다."

당찬 걸음으로 우는 제 처소로 돌아갔다. 그 뒤를 따르는 박 상 궁만이 초조한 얼굴로 계속해서 주위를 살폈고, 은은한 달빛이 우를 비추어 주고 있었다.

❦

궐 안에는 늘 소문이 가득했다. 황제가 전날 누구를 찾았는지, 혹은 누구와 만났는지 등등 셀 수 없이 많은 소문이 존재하였다. 그중에서도 가장 궁인들의 흥미를 잡아끄는 것은 세 명의 여인이었다. 우, 최 귀비 그리고 송 황후. 묘한 관계를 이루고 있는 이들 세 명은 모두의 이목을 잡아끌고 있었다. 특히나 요새 들어 우와 최 귀비가 자주 만났기에 혹시나 힘을 합치기로 한 것인지 다들 궁금해하였다.

"이 대장군, 아니 이제는 아니지요. 이비의 오라버니께서 대장 군직을 그만두고 무관학교를 세우셨다지요?"

우는 귀비전 정원에서 최 귀비와 다과를 즐기고 있었다. 붉은 꽃이 만발하여 눈을 사로잡는 귀비전의 정원은 꼭 최 귀비를 보는 듯하였다.

"그리 관심 가지실 만큼 대단한 것은 아닙니다."

"그럴 리가요. 도성 안에 칭송이 자자하다고 들었습니다. 제 동 생도 그만큼만 제 몫을 해내면 좋을 것을요."

"아, 뛰어난 문인이라 아버지께 전해 들은 적이 있습니다."

"이 재상께서 후한 점수를 주셨나 봅니다. 다음에 한번 소개해 드리겠습니다. 아직 어린아이에 불과하니 앞으로가 걱정이지요."

우는 고개를 끄덕였다. 최 귀비와 시시콜콜한 이야기를 나누며 시간을 보내자 어느새 해가 지고 있었다. 돌아가려 하는 우를 향해 최 귀비가 보기 좋게 웃으며 입을 열었다.

"함께 식사하고 돌아가는 것은 어떨까요?"

최 귀비의 제안을 우는 가볍게 승낙하였다. 박 상궁은 여전히 경계 어린 눈으로 최 귀비를 바라보았는데, 막상 최 귀비는 그런 박 상궁이 안중에도 없는 눈치였다. 박 상궁은 고개를 절레절레 저었다.

귀비전에는 수많은 궁녀가 있었다. 최 귀비는 특히나 궁녀를 들일 때, 뒷조사를 꼼꼼히 하는 것으로 유명하였다. 귀비전 궁녀 대부분이 가난한 평민 출신이었다. 최 귀비는 어린 궁녀가 입궐하면 곧장 제 밑으로 데려와 처음부터 교육하였다. 다른 비빈들이 이미 궐에 들어온 지 수년이 지난 궁녀들을 데리고 오는 것과는 조금 달랐다. 그만큼 최 귀비는 까다로웠다. 허나 그나마 궁녀들이 최 귀비 밑에서 버티고 있는 것은 그만큼 보수가 높고, 다른 처소의 궁녀들에게 기죽을 일이 없었기 때문이었다.

우는 묵묵히 할 일을 하는 궁녀들을 관찰하였다. 함부로 큰 소리 내지 않고, 저와 최 귀비를 바라보지도 않았으나 부름에는 신속히 응답하였다.

"그나저나 왕야와는 어찌하려 합니까?"

속삭이듯 물어 오는 이에게 우는 아무런 대답도 하지 못하였다. 어찌할 만한 것이 있나 생각하였지만 제게 가능한 것은 아무것도 없었던 것이다. 우가 생각에 빠진 얼굴을 하자 최 귀비는 한참을 조용히 기다렸다.

"마음을 주더라도 그 가치를 알아보는 사람에게 주어야 합니다. 아친왕이 그런 이가 맞는지는 모르겠으나, 폐하는 아닌 것이 확실하지요."

최 귀비가 우의 손을 잡아끌고는 식탁으로 향했다. 단 두 사람의 식사일 뿐인데 차려진 음식은 한가득하였다.

귀비전 상궁은 한숨을 내쉬었다. 원래 귀비전 식사가 이리 요란한 것은 아니었다. 최 귀비는 먹을 것에 욕심이 많지 않아 가진 것에 비하면 소박한 상을 차리곤 하였다. 그러나 우가 방문하자 최 귀비는 신경 써서 상을 차리라 명하였고, 이것은 그동안 방문해 왔던 그 누구의 것보다도 귀한 상차림이었다.

"명분을 만드세요. 그것이 진실이 아니라고 하여도 명분을 가지고 행하면 그만입니다."

우에게 이것저것 반찬을 올려 주며 최 귀비가 계속 말을 이었다.

"이비는 너무 마음이 여려 탈입니다. 궐에서 믿을 수 있는 사람은 본인뿐입니다."

"귀비마마도 포함인가요?"

"저 역시 예외일 순 없지요."

저를 믿지 말라는 최 귀비의 말에 우가 고개를 주억거렸다. 생각해 보면 당연한 말이었고, 어리석은 질문이었다. 전날 우와 최 귀비는 정적에 가까운 사이였지 않은가. 지금이야 송 황후로 인해 가깝게 지내는 것 같지만 언제 어떻게 서로 등 돌리게 될지 모르는 일이었다.

우는 최 귀비의 처소에서 식사를 마친 후, 천천히 걸어 돌아갔다. 궐의 중앙에 있는 귀비전에서 한참을 걸어 외곽에 있는 제 처소에 도착한 우는 우두커니 그것을 바라보았다. 초라하기 짝이 없는 제 처소에 화가 나지는 않았다. 그러나 이것을 그대로 두고 보고 싶지도 않았다.

"주나라 반응은 어떻소?"

"약속대로 지원만 계속된다면 조용할 겁니다."

"다행이군."

희윤은 상석에 앉아 상소를 보며, 대신들의 이야기를 듣고 있었다. 주나라의 식량난으로 국경을 넘는 이들을 받는 대신 몇 차례 식량 지원을 약속하였고, 다행히 주나라에서는 그것을 받아들였다. 아마 그것으로 가을까지 버텨 볼 심산일 것이 분명했다. 워낙 농경지가 적은 땅이라 주나라는 항상 식량 부족에 허덕였다. 특히나 지난해는 흉작이라 더욱 문제가 컸었고, 이 문제는 올해

가을 풍작이 되어야 덜할 것이었다.

"과거 시험은 어찌 진행되고 있소?"

"예, 문제없이 진행 중입니다."

큰 소란 없이 회의가 마무리되고, 희윤은 승지와 은밀히 만났다.

"어찌 되었는가?"

"그것이 상장군 둘과 문제가 있었던 것을 확인했습니다. 표추진, 여민수 상장군과 다툼이 있었고, 정회군 상장군이 한동안 자중하라 명하였으나 그길로 곧장 그만두었다 합니다."

"표추진, 여민수와는 무슨 문제가 있었던 거지?"

"그것이 표추진 휘하의 태규라는 장수가 문제를 일으켰는데, 그를 본 이운이 나서는 바람에 표추진과 다툼이 일어났다고 합니다. 표추진 상장군과 가까운 여민수 상장군도 합세하는 바람에 일이 커진 듯합니다."

알 만도 하였다. 상장군치고는 젊은 표추진과 여민수가 평민 출신의 장수를 잡는 것을 보고 운이 한마디 했음이 분명하였다. 저들보다 한참은 어린 운이 나서자 자존심에 타격을 입은 이들이 정회군에게 처벌을 요청했을 것이고, 정회군은 모든 것이 빤하니 그저 자중을 명했으리라. 희윤은 모든 것이 손에 잡히듯 훤했다.

허나 그것만으로 운이 대장군직을 그만두었다는 것은 납득이 되질 않았다. 그런 사소한 문제들은 이제껏 계속 있어 왔을 테고,

이제 와서 고작 그런 일로 그만두다니. 아무리 생각해 봐도 어딘가 이상하였다.

"무관학교를 설립했다지?"

"예? 아, 예예! 많은 이들 사이에서 화제가 되고 있습니다. 조건이 좋아 다들 들어가고 싶어 한다고 합니다."

"어째서일까?"

"예?"

"무관학교에서 배운 이들이 무과에 합격한다 하여도 대장군, 상장군이 되는 데는 길게는 수십 년이 걸리네. 아무리 짧다 하여도 십 년은 있어야 하지. 그것도 전공이 있어야지만 가능하지 않나. 군권 장악을 목표로 두었다고 하기엔 이해가 되지 않네. 왜 굳이 먼 길을 선택하겠느냐 이 말일세."

승지는 아무 말도 못 했다. 희윤은 못마땅한 얼굴로 그를 내쫓았다. 결국 풀린 것은 아무것도 없었다. 진실로 운이 무엇을 하고자 하는지는 알 수 없었다. 우 역시 그에 관해서는 특별히 무엇인가 알고 있지는 않은 듯하였다. 운은 궐에 자주 출입하지도 않았고, 서찰을 보내지도 않았다. 희윤은 풀리지 않는 문제로 인해 머리가 지끈거리는 것을 느꼈다.

그는 자리에서 일어나 교태전을 찾았다. 그가 도착하자 점심상이 이미 차려져 있었다. 송 황후가 회임한 후로 그는 점심, 저녁은 가능하면 모두 교태전에서 해결하였다.

탐스럽게 살이 오르고 있는 송 황후는 통통해진 것이 못마땅했다. 밥을 반이나 남기고는 그만 먹겠다고 하는 통에 희윤이 나서서 어여쁘다 하며 손수 밥을 먹여 주기까지 하였다. 그 낯간지러운 모습에 이 상궁과 종추는 물론 어린 궁녀들까지 얼굴을 붉혔다.

"허나, 너무 많이 먹으면 아니 되어요."

"많이 먹어도 어여쁘니 걱정하지 마라. 아이가 먹고 싶어 그런 것인데 열심히 먹어야지."

살살 달래 가며 한 숟가락씩 떠먹이다 보니 어느새 밥그릇은 텅 비어 있었다.

"내가 살이 쪄서 굴러다녀도 어여쁘다 해 줘야 해요."

"아무렴."

그제야 송 황후는 희윤에게 눈을 흘기더니 맑은 웃음을 터뜨렸다. 어렵지 않은 것은 아니나 이 순간이 좋았다. 그와 배 속의 아이, 그리고 저까지 단란한 가족이었다. 아이가 태어나면 모든 것이 더 좋아질 것이다. 딸이건, 아들이건 그는 제 아이를 아낄 것이 분명하니 말이다. 충만한 행복이 송 황후를 감싸 안았다.

"행복해요."

희윤에게 기대어 안긴 송 황후가 말했다. 뜬금없는 말이었다. 허나 진심이었고, 희윤 역시 그랬다. 모든 것이 만족스럽진 않았고, 걱정거리도 있었지만 지금 이 순간만큼은 행복하였다. 그는 그 말에 답하듯 그녀를 더 꽉 끌어안고는 목덜미에 입술을 가져갔다.

"이름이 무엇이냐?"

"기진이라 합니다."

어린 소녀는 달달 떨며 최 귀비의 물음에 답했다.

"듣자 하니 글을 쓸 줄 안다고?"

"그것이 조금 흉내만 낼 줄 압니다."

최 귀비는 손을 들어 기진을 가까이 오게 하였다. 가까이서 본 소녀의 얼굴은 아직 아이 티가 남아 풋내가 날 거 같았다. 발갛게 튼 볼 때문인지 촌스러워 보이기도 하였는데, 그래서인지 오히려 더 믿음이 가기도 하였다.

"누구에게 배웠느냐?"

"소인의 아비가 잡직에 계셨는데, 계집아이이긴 하나 자식이 소인 하나라 글을 가르쳐 주셨습니다."

"좋은 아비를 두었구나. 내 너에게 시킬 것이 있다. 잘할 수 있겠느냐?"

기진은 침을 꼴딱 삼켰다. 그리고 이내 크게 고개를 끄덕이며 대답하였다. 이것은 기회이기도 했으나, 덫이기도 하였다. 거절하면 화를 당할 것이 분명한.

모든 것이 최 귀비의 뜻대로 이루어지고 있었다. 계획대로 하나둘 진행되어 갈 때마다 점점 즐거운 기분은 고조되었다. 최 귀비는 모든 것을 제 손안에 올려놓고 싶었다.

한편, 우는 운에게 서찰을 보냈다. 입궐하라는 짧은 내용뿐인 서찰은 내일 중으로 운에게 전달될 것이었다.

"헌데 대장군은 어찌 찾으십니까?"

"내 오라비에게 청할 것이 있네."

굳은 얼굴로 창밖에 어두운 하늘을 바라보며 우가 답했다. 그 목소리에는 어쩐지 힘이 실린 듯하였다.

다음 날, 오후가 되어서야 운은 입궐하여 우를 찾았다. 오랜만에 보는 누이동생의 얼굴이 더 밝아진 것 같아 그는 만족하였다.

"보기 좋구나."

다감한 말에 우가 웃으며, 운을 자리로 이끌었다. 전과는 달리 제게 말을 놓는 운을 보니 우는 괜스레 어릴 적으로 돌아간 것 같은 기분이 들었다. 오라비는 아마 대장군직을 그만둔 후, 무엇인가 심경의 변화가 생긴 듯싶었다. 우는 제 지위를 의식하지 않는 그 모습이 참으로 반가웠다.

"무슨 일로 부른 것이냐?"

"아버지께서는 무엇을 계획하고 계십니까? 그리고 오라버니께서는 무엇을 하려고 하십니까?"

운은 한참을 대답하지 못하였다. 한숨을 내쉬며 두어 번 차로 입을 축이고 어렵사리 입을 열었다.

"사병을 키울 생각이다. 지금이야 이목을 피해서 무관을 키운다 하지만, 모든 이가 합격하진 않을 것이다. 그들을 우리 가문의 사병으로 만들 것이고, 지금보다 더 훌륭한 교육을 받게 할 것이다."

"사병으로 폐하를 압박하실 생각인 겁니까?"

"그래."

운이 우의 눈치를 살폈다. 굳게 마음을 먹었다고는 하나 지난 날 그리 열렬한 마음을 품었던 상대가 아닌가. 마음 한편에 그리는 감정이 남아 있지는 않을까 걱정이 되었던 탓이다. 그는 세심한 이는 못 되었지만 제 동생이 얼마나 고통스러워했는지는 충분히 알고 있었다. 혹여나 또다시 그 마음을 접지 못하고, 다시 한번 황제에게 매여 스스로를 희생하지는 않을까 하였다.

"허면 제 청도 들어주세요."

그러나 우가 꺼낸 말은 뜻밖의 것이었다.

"주나라로 가세요. 그리고 주나라군에 가는 지원 식량을 약탈하세요."

운은 아무 말도 하지 않았다. 무어라 답해야 할지 몰라 한참을 우의 말을 듣고만 있었을 뿐이다.

"약탈은 주나라 땅에서 이루어져야 합니다. 생존자를 남겨 기나라인이 약탈한 것을 알 수 있게 하셔야 해요."

실은 이미 모두 계획되어 있는 일이었다. 다만 그 누구에게도 발설하지 말라는 아비의 명이 있었기에 누이동생에게까지 그는 아무런 말도 하지 못했다. 또한 혹시라도 일이 잘못될 경우에는 오히려 아무것도 모르고 있는 것이 신상에 좋을 것이라는 그의 판단 때문이기도 하였다. 허나 우가 직접 말하고 있었다, 전쟁을 야기하라고.

"올해 겨울이 좋겠습니다. 분기마다 한 번씩 식량 지원을 약속하였다지요? 이제 세 번 남았다 들었습니다. 이 세 번 모두를 약탈당한다면 주나라 측에서 가만히 있지 않겠지요. 전쟁을 일으키고, 병력이 비는 틈을 타 수도를 장악하세요. 그때까지 많은 수의 사병이 필요할 겁니다, 오라버니."

멍한 얼굴로 우의 말을 듣고 있던 운은 이내 피식 웃었다. 그러더니 우의 머리를 쓰다듬었다.

"누구 동생인지 참 영리하기도 하지."

어린애 다루듯 저를 대하자 우가 어색한 얼굴을 하였다. 그러나 그 손길이 다정하고 따뜻하여 낯설지만 좋았다.

"그만하세요."

쑥스러워하는 우의 모습에 운은 오히려 더욱더 우의 머리를 쓰다듬고, 아이를 어르듯 등을 토닥였다.

"오라버니! 어찌 이리 어린아이 다루듯 하세요."

"네가 어린아이든, 어른이든 내 동생인 것은 변하지 않는 사실이지. 그리고 동생은 언제나 귀엽기 마련이고."

해사하게 웃는 오라비를 보며 우 역시 그저 웃어 버렸다. 우와 운, 남매는 서로를 바라보며 웃었다.

제 앞에서 행동거지 하나하나 조심하던 아비와 오라비는 그 일 이후 바뀌었다. 제 마음이 변해서인가, 아니면 그들의 마음이 변해서인가. 알 수는 없었지만, 우는 지금이 좋았다. 이루어 놓은 일은 아무것도 없었으나, 그 마음만은 가뿐하였다. 오늘 밤은 편안히 잠들 수 있을 거 같았다.

눈을 뜨자 보이는 것은 갈색빛의 다정한 눈이었다. 우는 깜짝 놀라 서둘러 몸을 일으켜 세웠다. 창밖으로 보이는 해가 이미 중천에 떠 있었다.

"박 상궁."

저를 나무라는 우의 목소리에 박 상궁이 어색하게 웃으며 희원을 핑계로 대었다.

"내 깨우지 말라 하였다. 그러니 저이에게 뭐라 하지 말거라."

희원은 우의 잔머리를 매만져 주었다. 무방비하게 자는 모습을 보여 주었단 사실에 부끄러워 우는 얼굴을 붉혔다. 곁에 누군가 있다는 것도 알아채지 못하고 이리 늦잠까지 자다니 생각지도 못한 일이었다. 그는 나가 있을 테니 준비하라 우에게 일렀다.

박 상궁이 즐거워하며 우를 도왔다.

"마마께서 늦잠을 다 주무시다니! 궐에 돌아오시고는 처음 있는 일입니다."

그이는 우가 늦잠을 잔 것이 즐거운지 준비하는 내내 싱글벙글하며 입을 놀렸다. 항상 잠을 제대로 이루지 못하는 주인을 알아서인지 앞으로도 종종 이랬으면 좋겠다고 하였다.

서둘러 준비를 마친 우의 눈에 접견실에서 저를 기다리고 있는 희원이 보였다. 바른 자세로 앉아 있는 뒷모습이 어째서인지 꼭 그 성격을 나타내는 것처럼 보여서 우는 저도 몰래 웃고 말았다. 매사 한량처럼 보이려 하는 이였지만, 결국 그 바른 성품은 숨길 수가 없었던 것이다.

"아."

희원이 뒤를 돌아 웃고 있는 우를 보았다. 그토록 바라던 이가 저를 보고 웃고 있는 것이 묘하게 가슴을 울렸다. 그는 자리에서 일어나 우에게 다가가 손을 잡아 자리에 앉혔다. 막 단장한 이에 게선 여인의 분내가 났다. 그는 우가 꽂은 비녀를 보고는 기쁜 얼굴을 하였다. 제가 준 분홍빛 비녀였던 것이다.

"이런 날도 다 있구나."

"놀리지 마세요."

우가 살짝 눈을 흘기자 희원이 웃음을 터뜨렸다. 곧 박 상궁이 차를 내어 왔고, 우를 놀리는 것에 동참하였다.

"궐에서는 처음 있는 일입니다. 매번 쇤네가 침실에 들기도 전에 일어나시는 분이 어쩐 일이실까요?"

우가 고개를 저으며 차를 들었다. 늦잠 한 번에 다들 어찌 이리 난리인지 우는 계속되는 놀림에 그저 모른 척하였다.

"가끔 이런 날도 있어야지. 네 너무 엄격하게 지내 오지 않았 느냐."

희원이 말했다. 그는 이런 사소한 변화가 마음에 들었다. 하나둘 스스로를 풀어 놓는 우를 보며 안심하였다. 실수하지 않기 위해 쉬지 않고 노력하던 전보다 지금의 우가 좋았다.

희원의 마음을 알아서인지 우는 보기 좋게 미소 지으며, 고개를 끄덕였다.

"좀 게을러지는 것도 좋겠구나."

정오가 훌쩍 지난 오후, 우와 희원은 마주 보고 앉아 여유롭게 시간을 보냈다. 그들은 한 공간 안에서 각기 서로 다른 일을 하다 또 이야기를 나누고, 식사를 하고, 각자 서책을 읽기도 하였다. 그러다 눈이 마주치면 약속이라도 한 것처럼 다정히 미소를 건넸다. 이렇듯 우와 희원의 보기 좋은 모습에 박 상궁이 흐뭇한 미소를 지으며, 자리를 피해 주었다.

우는 서책에 집중하고 있었다. 그러다 이상한 기분에 고개를 들자 희원과 눈이 마주쳤다. 희원은 우와 눈이 마주치자 해사하게 웃더니 우에게로 다가와 그 앞에 쪼그려 앉았다.

"언제쯤 날 보아 줄지 한참을 기다렸다."

한숨과 함께 투정하는 희원의 목소리에서 봄날 오후의 나른함과 달콤함이 느껴졌다. 그는 서책을 들고 있는 우의 손을 붙들더니 책을 덮게 하였다.

"책은 그만 보고, 이제는 나 좀 봐 다오."

다정한 눈동자가 애원하듯 우를 바라보았다. 그 모습에 우는 저도 모르게 희원의 눈가를 매만졌다. 그는 우의 손길에 살며시 눈을 감았다. 눈가에 느껴지는 따스함에 절로 나른한 기분에 휩싸이고 말았다.

조용한 공간, 서로의 숨소리만이 희미하게 들려오고 있었고, 우와 희원은 각자 서로에게 집중하고 있었다.

우는 희원의 눈가로 입술을 가져가다 멈칫하였다. 그러더니 희원의 눈가를 매만지던 손길을 거두었다. 희원은 제게서 멀어지는 우의 손을 붙잡더니 천천히 눈을 떴다.

"산책할까요?"

어색한 미소와 함께 우가 말했다. 희원은 곧 우의 손을 붙잡은 채로 일어나 함께 정원으로 향했다. 전날 잡초를 모두 뽑아내고 정리한 정원은 전보다는 조금 볼만해졌으나 송 황후나 최 귀비의 것과 비교한다면 여전히 보잘것없이 삭막하였다.

"어렸을 적엔 저도 부모님처럼 될 줄 알았습니다. 그렇게 되고 싶어 하기도 했지요. 이리될 줄 모르고 말입니다."

희원은 아무 말도 하지 않고 우의 이야기에 귀 기울였다. 이 재상과 그의 내자의 사이가 좋은 것은 그 역시 잘 알고 있었다. 비록 정략결혼을 한 이들이었지만, 운이 좋았던 것인지 그들은 자연스럽게 서로에게 빠져들었다. 지금까지도 이 재상과 그의 내자는 여전히 서로에게 충실하였고, 그런 모습을 보고 자란 우는 자연스럽게 제 부모의 모습을 보며 저 역시 그렇게 되리라 생각하였다.

"그래서 더 그랬는지도 모릅니다. 부모님께서 그러셨던 것처럼 저 역시 폐하께 성심을 다하면 언젠가 조금은 제 마음을 알아주지 않을까. 미처 버리지 못한 기대가 있었던 거 같기도 합니다."

우가 희미한 미소를 지어 보였다.

"폐하가 아니라 왕야가 먼저였다면 좋았을 것을요."

우의 뺨을 타고 눈물이 한 방울 흘렀다. 서둘러 제 눈가를 닦은 우는 다시 화사하게 웃었다.

기다리고 있는 희원을 알았다. 그 마음을 모를 수가 없었다. 우가 그에게로 조금씩 향하고 있는 제 마음을 알고 있으면서도 결국 자꾸만 멈추어 서서 망설이는 이유는 결국 어찌 되었건 제가 황제의 여인이기 때문이다. 폐비가 되어 궐을 나가도 결국 희원에게 갈 수 없는 것이다. 희원이 새로운 황제가 된다 하여도 그 곁에 있을 수 없기 때문이다.

우는 온전히 희원의 곁에 있을 수 없는 존재였다. 희원의 곁에 있기로 했으면서도 그것이 그를 위해 진정 좋은 것인지 우는 확신하지 못했다. 오로지 저만을 위한 결정을 하기로 하였으나 자꾸만 망설여져 한발 나아가다 멈추기를 반복하였다.

희원이 우에게 다가섰다. 그리고 그 뺨을 감쌌다. 흐르지 못한 눈물로 눈앞의 희원이 흐려져 보이지 않았다. 입술에 닿는 따뜻한 느낌에 우는 눈을 감았다. 희원은 우를 위로하듯, 천천히 그리고 부드럽게 입 맞추었다. 그리고 젖은 눈가에 다시 짧게 입술을 가져갔다. 애정이 가득 담긴 그 조심스러운 행동이 어째서인지 눈물겨워 우는 울고 말았다. 한참을 희원의 품에 안겨 어린아이처럼 소리 내어 울고 말았다.

"눈도 빨갛고, 코도 빨갛다."

우가 부끄러워 얼굴을 가렸다. 운 것이 부끄러운 것인지, 입을 맞춘 것이 부끄러운 것인지 알 수 없었다.

한참을 울었더니 눈이 따끔따끔하였다. 희원의 가슴팍은 이미 우의 눈물로 얼룩져 있었다.

"바라는 것은 네 마음뿐이다. 다른 것은 필요치 않다."

희원은 우의 손을 잡아 쥐고 처소로 들어섰다. 박 상궁이 우의 얼굴을 보고 화들짝 놀랐으나 분위기를 살피고는 잠자코 있었다.

우를 자리에 앉힌 희원은 그 앞에 무릎 꿇었다. 여전히 그는 우의 손을 붙잡고 있었는데, 우를 올려다보며 그 손바닥에 제 뺨을 비비더니 낙인을 찍는 것처럼 아주 천천히 입술을 가져갔다. 그 입술의 뜨거움에 우가 움찔하였다.

"내게 와 준다면 그걸로 족해."

"제가 왕야를 망가뜨리게 될까 봐 겁이 납니다."

우가 망설이다 답했다. 솔직한 심정이었다. 희원은 좋은 사람, 좋은 사내였다. 저와 같이 이미 누군가의 여인이었던 사람을 굳이 택할 필요가 없었다. 그러면 좀 더 좋은 여인을 만날 수 있었다. 그런 그가 저를 택하여 나락으로 떨어질까 봐 우는 무서웠다. 제가 그를 망치게 될까 봐.

"우야."

희원이 우와 눈을 마주했다. 그 눈동자는 다정하였지만 단호함이 깃들어 있었다.

"나는 망가지더라도 네 곁에 있고 싶다."

그 역시 진심이었다. 우의 진심에 그는 진심으로 답했다. 그는 부서져 산산조각이 나더라도 우의 곁에 있고 싶었다. 더 이상은 모른 척, 아닌 척할 자신이 없었다.

"너로 인한 것이라면, 네가 주는 것이라면 그것이 죽음이라 하더라도 달게 받겠다. 그러니 밀어내지만 말아라. 나를 불안하게 하지 말아 다오."

"송구합니다."

희원이 애달픈 미소를 지으며 우의 뺨에 입을 맞추었다. 자꾸만 겁내는 우를 보며 희원은 그것이 사랑스러우면서도 불안하였다. 이기적으로 굴겠다고 하면서도 끝내 이기적이지 못한 우가 사랑스러웠다. 허나 제 손을 놓을까 봐 불안하였다.

희원이 일어서서 우의 손을 놓으려 할 때였다. 갑자기 우가 그의 손을 움켜잡았다.

"놓지 않을게요. 정말 놓지 않을 겁니다."

희원은 우를 강하게 끌어안았다. 품 안에 느껴지는 존재감이 희원을 충만하게 하였다. 그제야 잃어버린 무엇인가를 찾은 듯, 온전해지는 기분이었다. 희원은 다시는 우를 놓지 않겠다고 다짐하였다.

그날 이후, 우와 희원의 사이는 좀 달라졌다. 전과 같은 편안한 분위기 속에 묘한 것들이 생겨나기 시작하였다. 한 가지를 예로 들자면, 때때로 우가 희원의 눈을 피하기 시작한 것이다. 그에 반하여 희원은 전과 다름이 없었다. 오히려 전보다 더 적극적으로 제 마음을 표현하기도 하였다. 빙그레 웃으며 바라보다 갑작스레 입을 맞추기도 하며 그는 그의 사랑을 숨기지 못했다.

우는 정인에게 여인으로서 사랑받는다는 것이 어떤 것인지 이제야 겨우 알 거 같았다. 희원의 눈만 보고도 알 수 있었다. 그가 얼마나 저를 마음에 담고 있는지.

"그만 보세요."

어째서인지 부끄러워 우가 결국 참지 못하고 희원에게 말했다. 그러나 그는 대답도 하지 않고 여전히 우를 바라보며 웃었을 뿐이다.

"왕야!"

"희원."

희원이 제 이름을 말했다. 우는 희원이 원하는 바를 곧장 알아차렸다. 오랜 세월 불러 와서 그런 것인지 때때로 희원이라는 이름보다 왕야라는 호칭이 더 먼저 튀어나왔다.

"희원 오라버니."

"희원."

"희원! 그만 보세요."

희원의 고집에 진 우가 그의 이름을 부르며 말했다. 조금의 체념이 묻어난 목소리에도 희원은 그저 기분이 좋은 듯 얼굴에 미소를 띠고 있었다.

"눈을 뗄 수가 없다."

목소리가 묘한 울림을 만들어 내었다. 그것은 곧장 우에게도 변화를 가져왔다. 우는 희원의 눈을 마주 보다 저도 모르게 고개를 돌리고 말았다. 심장이 마치 튀어나올 듯 쿵쿵거리는 거 같았다. 우는 묘한 긴장으로 손을 가만히 둘 수가 없었다. 손가락을 꼼지락거리며 희원의 시선을 애써 외면하자 희원은 곧장 우에게 다가왔다.

"왕야!"

급한 마음에 왕야라는 호칭이 절로 튀어나왔다. 희원은 우의 부름에도 멈추지 않았다. 커다란 손으로 우의 뺨을 부드럽게 감쌌고, 그 입술은 조심스레 우의 입술에 닿았다. 그러나 조심스러운 것도 잠시 그는 우의 입술을 살짝 깨물고, 핥기를 반복하며 우의 입술이 열리기를 기다렸다. 결국 살짝 열린 우의 입술 사이를 희원은 놓치지 않았다. 우의 달짝지근한 숨을 가져가며, 그는 천천히 그러나 아주 농밀하게 입 맞추었다.

입맞춤이 끝나고 우는 숨을 몰아쉬었다. 그런 우의 입술은 살짝 부풀어 있었다. 희원은 그런 우의 아랫입술에 한 번 더 입을 맞췄다.

"가고 싶지 않다."

젖은 눈으로 희원이 아쉬운 듯 말했다. 궐을 나가야 할 시간은 다가오고 있었고, 희원은 그것이 안타까웠다.

"내일 또 오세요. 기다리고 있겠습니다."

희원은 우를 꼭 껴안고 자리를 떠났다. 그는 처소를 나서면서도 몇 번이나 뒤돌아 우의 얼굴을 보았다.

"저리도 좋으실까!"

박 상궁이 떠나는 희원의 모습을 보며 흐뭇한 얼굴을 하였고, 우는 박 상궁 보기가 민망스러워 괜히 못 들은 척하며 서책을 뒤적였다. 완연한 봄이었다.

여기저기 삼삼오오 모여 다들 큰 소리를 내고 있었다. 얼마 남지 않은 과거 때문이었다. 시간이 지나면 지날수록 설렘과 긴장은 역력히 티가 났다.

"다들 들뜨기는. 뭐 대단한 거라고 저러는 거야?"

미검은 바닥에 널브러져 투덜거렸다. 여전히 옷고름을 제대로 매지 않아 가슴팍을 훤히 드러내 놓은 그는 주변인들의 시선을 잡아끌었다.

"형님도 참, 저들에겐 중대한 일이지 않습니까. 시험에 붙어야 가족을 먹여 살리죠."

호안의 말에 미검은 혀를 차더니 입을 다물었다. 그러곤 호안이 기특한지 머리를 거칠게 쓰다듬었다. 말로 하진 않아도 호안이 가족을 책임지기 위해 어린 나이에 전장과 변방을 떠돌았다는 것이 생각났기 때문이었다. 아직 스물도 되지 않은 어린 나이이건만 군에서 칠 년이나 있었다. 귀족이면서도 오히려 호안의 삶은 가난

한 평민의 것과 닮아 있었다. 그것이 안쓰러워 그는 괜히 머리를 쓰다듬다 갑작스레 호안의 머리통을 휘갈겼다.

"아는 척하긴."

낯간지러운 말을 하지 못하는 미검의 성격을 아는 호안 역시 그저 히죽거리며 웃기만 하였다. 태규는 그런 호안과 미검을 보며 썩 흐뭇해하는 표정을 하고 있었다. 무뚝뚝하기로는 도성 제일 간다 하여도 모자람이 없을 정도인 태규는 오히려 호안이나 미검보다 더 귀족 같아 보이는 이였다. 사내답고, 진중하며 허튼소리를 하지 않아 여인들보다는 오히려 사내들에게 인기가 좋았다.

"저들에겐 일생일대의 기회겠지. 그래도 대장군께서 불합격한 이들에게는 사병으로 일할 기회를 준다고 하시니 다행일세."

"저런 것들을 사병으로 써먹다간 돈만 버리는 거라고 내 몇 번을 알려 드렸는데 말이야."

태규는 미검의 말에 잠깐 멈칫하더니 칼집으로 그의 머리를 때렸다. 힘이 실리지 않아 아프지는 않았지만 미검은 기분이 상한 듯 성을 내었다.

"너! 이 새끼가!"

"자네, 그 말 좀 가려 하지. 원래 처음부터 잘하는 사람은 드물다네."

태규가 자리에서 일어나 멀어지자 미검은 바락바락 소리를 질렀다. 호안은 그 옆에서 귀를 막았다.

"나는 처음부터 잘했거든! 너나 못 했겠지!"

유치한 미겸의 말에 주변 모두가 고개를 저었다. 물론 그들 모두 반박하고 싶기는 했으나 미겸이 처음부터 잘했던 것은 사실이었기에 다들 침묵을 지켰다. 태규는 그런 미겸을 상대하기 귀찮다는 듯 그의 목소리가 들리지도 않는 것처럼 뒤도 돌아보지 않고 떠났다.

미겸이 소리소리 지르며 난동을 부리고 있을 때, 운은 무관학교를 찾아온 이 재상과 마주 보며 이야기를 나누고 있었다. 사내들의 기합 소리가 끊이지 않고 계속 들려왔다.

"대단들 하구나."

아비의 칭찬에 운은 멋쩍은 듯 웃어 보였다. 이 재상은 운을 만나기 전 단오의 안내를 받으며 천천히 무관학교 구석구석을 살폈다. 운과 함께한다는 이들을 소개받기도 하였다. 그 성격이 천차만별인 이들이 운의 뜻에 따라 군에서 나와 이곳에 있다 하니 아들 녀석이 대견하기 그지없었다.

"몇 명이나 합격할 듯싶으냐?"

"반절 정도 예상합니다. 불통을 받는 이 대부분은 사병 제의를 거절하지 못할 겁니다."

"그들은 지방의 친인척들에게 보내라. 이들은 가문이 아니라 개개인의 사병이 되어야 한다."

운이 고개를 끄덕였다. 가문의 사병이라면 모두의 이목이 집중되겠지만, 개인의 사병이라면 말이 다르다. 귀족들, 특히 재물이나 권력을 가지고 있는 이들이라면 호위는 필수 불가결한 요소였다. 물론 그들 대부분이 꼭 필요한 수의 호위가 아니라 제 세를 과시하기 위해 수많은 호위를 거느리고 있었다. 많게는 백여 명의 호위를 데리고 있는 이들도 있었으나 보통은 수십의 호위를 데리고 있었다.

그렇기 때문에 과거에 떨어진 이들 모두 개인의 호위로 전환한다 하여도 특별한 일은 아니었다. 늘 부족한 것은 쓸 만한 실력을 갖춘 무사들이었지, 그들을 필요로 하는 귀족들은 언제나 존재하였다.

"운이 너는 이곳에 있어야 한다. 네게는 황제의 눈이 따라붙을 것이니 다른 이들을 통해서 훈련을 시키고, 체계를 잡도록 하여라."

"예."

"잘했다."

이 재상은 운의 어깨를 두드리며 대화를 끝냈다. 훌륭하게 맡은 일을 해내고 있는 아들이 자랑스럽고 기특하였다.

"우가 제게 청을 하나 했습니다."

운은 망설이다 이야기를 꺼냈다. 어차피 계획된 일이었기에 우가 아니더라도 진행될 일이었으나 아비에게 우의 이야기를 하지 않을 수는 없었다.

이 재상은 굳은 얼굴로 운이 이야기하기를 기다렸다.

"지원 식량을 약탈하여 전쟁을 야기하라 했습니다. 그리고 도성을 장악하라 하였습니다. 그 아이가 이제 마음 정리를 모두 끝낸 듯합니다."

"그래, 그랬구나."

이 재상은 운의 말에 안심한 듯, 오히려 편안한 얼굴이 되었다. 혹여 또다시 황제의 편에 섰을까 걱정하였으나 기우에 불과하였다. 마음 정리는 끝난 것이 분명했다. 이 재상은 입궐하여 우를 보러 가기로 하였다. 꽤나 오랜 시간 보지 않았기에 지금은 제 아이가 어떤 얼굴을 하고 있을지 궁금하였다.

표면적으로 궐은 평화로웠다. 큰 사건 없이 조용한 것처럼 느껴졌으나, 실상은 그렇지 못했다. 특히나 최 귀비는 황후의 일을 대신 처리하고 있었는데, 그것이 이미 대신이라 하기 어려울 정도라 다들 말이 많았다. 그이는 제 맡은 일을 원래 본인의 것처럼, 권리를 누리고 책임을 지고 있었다. 모두가 송 황후가 출산하고 난 후에도 최 귀비에게서 황후의 일을 빼앗지는 못할 것이라 입을 모았다. 아마 빼어 간 후에도 금방 제풀에 지쳐 포기할 것이라고들 생각하였다.

"올해는 귀비마마 아우분께서도 과거를 보신다고 들었습니다."

문안 인사 도중 빈 하나가 입을 열었다. 최 귀비가 고개를 끄덕이며 답하였다.

"예, 허나 그저 경험 삼아 보는 것일 뿐입니다."

"어린 나이에 뛰어나다 소문이 자자하던걸요."

많은 비빈이 최 귀비의 동생 이순을 칭찬하였다. 다들 최 귀비에게 잘 보이려 듣기 좋은 소리만을 재잘재잘 떠들어 댔다. 그 속에 우는 조용히 앉아 홀로 침묵을 지키고 있었다.

꽃 같은 비빈들 사이에서도 유달리 시선을 잡아끄는 우는 그 존재만으로도 항상 주인공 같았다. 상석의 최 귀비는 저도 모르게 자꾸만 우에게로 향하는 시선을 돌려야만 했다.

"자, 그 아이 이야기는 그만하십시다. 이제 곧 여름이 오면 별궁으로 가지 않을까 싶습니다. 몇 년 동안 가지 않았으나 황후마마께서 회임까지 하시지 않았습니까."

최 귀비의 말에 우가 고개를 끄덕였다. 회임한 황후가 더위에 힘들어할 것이 빤하니 아마 희윤은 별궁행을 명할 것이 분명했다.

"과거 시험이 끝나고 난 후, 아마 폐하께서 언급을 하실 겁니다. 천천히 준비해 두세요. 여름을 별궁에서 보내게 된다면 준비할 것이 많을 겁니다. 폐하의 말씀이 있고 난 후라면, 준비할 시간이 너무나 촉박하지 않겠습니까."

"아무렴요! 귀비마마 말씀이 맞습니다."

별궁, 그것은 여름의 더위를 피하고자 기나라 북쪽에 지은 궁궐이었다. 엄숙한 분위기의 황궁과는 달리 크기는 작지만 그 화려함이 대단하여 처음 방문하는 이들의 눈을 홀리는 곳으로, 전대의 황제 중 하나가 그 총비를 위해 지은 것이었다.

총비가 더위에 시름시름 앓자 별궁을 지어 하사한 것은 유명한 이야기였다. 선대의 황제는 매년 여름마다 희원의 모친인 희빈을 위해 별궁을 방문하였으나, 희윤은 즉위 후 단 한 번, 별궁을 방문했을 뿐이었다. 별궁을 방문하기 위해서는 많은 준비가 필요하였고, 그것은 꽤나 번거로운 일이었기 때문에 그는 별궁에 가는 것을 원치 않았다.

그러나 현재 회임한 송 황후가 있었으므로 다들 별궁행을 예상하였다. 희윤이 송 황후를 총애하는 것은 모두가 아는 사실이었고, 회임한 이가 여름을 나는 것이 어렵다는 것 역시 모두가 알고 있는 사실이었기 때문이다.

희윤은 오래간만에 여유롭게 송 황후 곁에서 시간을 보내고 있었다. 할 일이야 많았지만 쉬고 싶은 마음에 잠시나마 그것들을 미루어 두고 게으름을 부리고 있었다. 신경 쓸 일은 끊임없이 생겨났고, 해결되지 않은 일이 잔뜩 있었으나 초를 다투는 일은 없었기에 모르는 척 제 할 일은 외면하였다. 지금 이 순간이 편한 만큼 내일은 또다시 바쁘겠지만 희윤은 휴식이 필요했다.

희윤은 아직 제대로 부풀지도 않은 송 황후의 배를 쓰다듬었다. 이 작은 몸 안에 새로운 생명이 있다는 사실이 아직도 믿기지 않았다.

"소화야."

"응? 왜요?"

부름에 답하는 얼굴이 순진무구하여 희윤은 쪽 하고 송 황후에게 입맞춤했다. 그런 희윤에게 눈을 흘기며 송 황후는 침상에서 일어나려 하였으나, 희윤이 품에 가두는 바람에 일어나지 못했다.

"답답해요. 산책이라도 해요."

"조금만 더, 조금만 더 이렇게 있자."

송 황후의 목덜미에 얼굴을 파묻으며 희윤이 눈을 감았다. 송 황후는 한숨을 크게 내쉬며 포기한 듯 순순히 그의 품에 안겼다. 목에서 느껴지는 따뜻한 숨이 묘하게 간지러웠다.

결국 희윤과 송 황후는 아침 식사를 한 이후부터 점심 식사를 할 때까지 침상에 있었다. 잠이 들지도 않으면서 그저 몽롱한 상태로 희윤은 송 황후를 끌어안고 아무것도 하지 않은 채 시간을 흘려보냈다.

"내명부 일은 잘 배우고 있느냐?"

"그럼요, 어찌나 잘 가르쳐 주시는지 몰라요!"

송 황후는 애써 환하게 웃으며 답하였다. 지쳐 있는 희윤에게 앓는 소리를 하기도 싫었고, 짐이 되기도 싫었기에 태후께서 저를 싫어하는 거 같다고 이야기하지 못했다. 게다가 괜히 희윤에게 태후의 흉을 보는 거 같아 차마 힘들다고 말할 수가 없었다.

송 황후의 말에 안심한 희윤은 기특한 듯, 송 황후를 끌어안아 등을 토닥였다. 아이를 어르는 듯 다정한 손길에 송 황후는 기쁘면서도 슬펐다. 전과는 달리 하나둘 참는 것이 늘어나고 있었다. 태후의 호된 가르침에서 도망가고 싶었고, 품위 유지를 위해 행실을 조심하는 것도 싫었다.

송 황후는 원래 자유로운 사람이었고, 규칙이나 규율에 매이는 것이 답답하였다. 다만 희윤이 있기에, 그를 사랑하기에 버틸 수 있는 것뿐이었다. 그이에게 희윤은 불편한 것을 참으면 주어지는 달콤한 보상 같았다. 그는 모든 것을 가진 사내였고, 그런 사내의 사랑을 받는다는 것 역시 송 황후를 기쁘게 하였다. 희윤의 유일무이한 사랑이라는 것은 외면하기 어려운 유혹이었다.

"힘들 테지. 처음은 항상 어려운 법이니까."

희윤이 애써 송 황후를 위로하려 들었다. 그 역시 듣는 귀가 있었기에 태후가 엄히 가르치는 것을 알고는 있었다. 종추를 통해 항상 그는 그녀를 살피고 있었고, 태후가 정도를 넘어서면 나설 생각이었다. 송 황후는 헤실헤실 웃었다.

"희윤도 그랬어요? 난 희윤이 그랬으리라 믿어지지가 않아요. 처음부터 다 잘했을 거 같아."

"처음은 물론이고, 지금도 엉망이다. 그저 황제라 아무도 내게 말하지 않는 것일 뿐, 뒤에선 나를 탓하기 바쁠 것이다."

"설마요."

희윤이 애매한 얼굴로 웃었다. 그 역시 항상 어려웠다. 처음부터 그랬고, 지금도 그랬다. 희윤이 황제로 즉위한 것은 어린 소년이었을 때였으나, 제대로 황제 노릇을 한 것은 그리 오래되지 않았다. 태후에게서 황권을 제대로 가져오는 일 역시 힘들었고, 나이 많고 유능한 신하들 역시 상대하기 어려웠다. 그 역시 홀로 힘겹게 버티고 있었다.

"황제는 하늘이 내려 준다고 하지. 허나 다 거짓말이다. 나보다 잘난 이는 수없이 많지. 예를 들자면 이 재상이 있지. 그가 나보다 못한 것은 그가 선황의 아들이 아니란 것뿐이다. 그것만으로 그는 내게 고개를 조아리고 있지 않으냐."

자조적으로 말하는 그 모습에 송 황후는 희윤이 걱정스러운 듯 그를 꼭 껴안았다.

"난 정치 이런 건 잘 몰라요. 그저 무식한 계집일 뿐인걸요. 다만 희윤이 노력하고 있다는 건 잘 알아요. 부족하다 여기고 노력하는 사람은 계속 발전할 테니 당신은 좋은 황제가 될 거예요."

더듬더듬 알맞은 말을 하기 위해 송 황후가 천천히 말을 이어 갔다. 그를 위로하려 애쓰는 그 모습이 사랑스러워 희윤은 송 황후의 목덜미에 입을 맞췄다. 붉은 자국들이 하얀 목덜미에 새겨졌고, 희윤은 송 황후의 옷고름을 풀기 시작하였다.

"아, 안 돼요."

다급히 희윤의 손을 붙잡은 송 황후가 그를 만류하였다. 회임하였으니 가능하다면 관계를 피하라는 태의의 말이 있었기 때문이다. 그러나 희윤은 멈추지 않고 하나둘 송 황후의 옷을 벗겨 내었다. 조금씩 하얀 나신이 드러날 때마다 그는 곳곳에 제 흔적을 남겼다.

"그저 입을 맞추는 것뿐이야."

희윤은 눈앞의 제 연인에게 온전히 집중했다. 여리고, 다정한 제 여인. 오롯한 제 사람이었다. 그는 마치 신에게 경배하듯 그녀에게 입을 맞췄다. 지루할 정도로 느리고, 조심스러웠다. 그러나 몸에 와 닿는 입술은 놀랄 정도로 뜨거웠고, 그녀는 점점 숨을 몰아쉬기 시작하였다. 천천히 숨이 가빠지는 것을 느끼며, 그이는 눈을 질끈 감았다. 눈앞의 사내는 저를 애태우기로 작정이라도 한 듯 계속해서 천천히 제 몸 위에서 입술을 움직였다. 송 황후의 몸에선 끊임없이 붉은 꽃이 피어나고 있었다.

수많은 사람이 도성으로 몰려들었다. 과거 시험 때문이었다. 숙소를 잡지 못한 이들은 길바닥에서 노숙을 하기도 하였다. 수많은 인파로 신이 난 상인들의 목소리가 도성을 가득 채웠다. 지방에서 올라온 어리숙한 샌님들을 상태로 호객 행위를 하기도 하고, 괜한 미신을 들먹이며 주머니를 털기도 하였다.

"활기차군."

"그러게 말일세."

운과 희원은 시장을 구경하고 있었다. 평소보다 수배는 북적이는 통에 몸을 움직이기도 어려울 지경이었다. 잘 차려입은 잘생긴 사내 둘이 나타나자 시장에 있는 모든 여인의 눈길을 사로잡았다. 이를 아는지 모르는지, 운과 희원은 그저 걸음을 옮길 뿐이었다.

"곧 떠나겠군."

"뭐, 그렇지. 우를 잘 부탁하네."

"몸조심이나 해."

운은 무심히 툭 던지는 희원의 말에 기분 좋은 웃음을 터뜨렸다. 아닌 척하면서도 차마 숨기지 못하는 친우의 걱정이 싫지 않았다.

"술 살 준비나 하게! 잔뜩 마실 테니!"

희원은 넉살 좋게 웃으면서 농이나 던지는 운의 어깨를 툭 치며 못마땅한 얼굴을 하였다. 곧 있으면 두 번째 식량 지원이 있을 예정이었다. 운은 몇몇 이들과 함께 때를 맞추어 그것을 가로채기 위하여 기나라를 떠나려 하였다.

미검은 그 실력만큼은 최고이나 유달리 화려한 이라 이목이 신경 쓰여 함께 갈 수 없었고, 단오는 남아서 제 자리를 대신해야 했기에 데려갈 수 없었다. 호안은 잔뼈가 굵은 연륜 있는 군인이었지만 개인의 실력은 다른 이들에 비해 부족하였기에 제외하였다. 그래서 결국 대찬, 형식, 태규가 운과 함께 가기로 하였다.

적은 인원으로 그 많은 병사를 상대할 수는 없기에, 철저한 기습 작전이어야만 했다. 부족한 인원은 주나라에서 인력을 사서 보충하기로 하였다. 쉽지 않은 일이 분명했기에 희원은 운의 여유로운 얼굴을 보면서도 걱정을 멈추지 못했다. 운이 잘할 것이라 믿는 것과 걱정은 별개의 문제였다.

"조심하게."

희원은 끝내 한마디를 더 건넸다. 조금씩 원하는 목표를 향해 다가가고 있었지만, 그것은 어쩌면 더 크나큰 위험으로 향하고 있는 것과 마찬가지였다. 모든 것을 외면했던 전과 달리 희원은 모든 일의 중심에 있었다.

그 외에도 수많은 이가 관련되어 있었다. 그리고 그 많은 이들 속에 제 소중한 이들이 존재하였다. 희원은 그들이 무사하기를, 그리고 우가 그 소용돌이 속에서 나와 제 품에 온전하게 안길 수 있기를 바랐다.

과거는 아무런 문제없이 진행되었다. 아직 풋내 나는 소년부터 수염이 그득한 중년의 사내까지 과거를 보는 이들의 나이는 천차만별이었다. 그러나 다들 이것에 제 명줄을 걸고 있다는 것은 같았다.

한눈에 보아도 값비싼 비단을 두르고 있는 소년은 초롱초롱한 눈망울로 시험장 안을 둘러보았다. 구경이라도 나온 것처럼 긴장감 없는 모습에 몇몇 이가 눈을 찌푸렸으나 딱 보기에도 귀한 집 자제처럼 보였기에 구시렁거리기만 할 뿐 뭐라 하지는 못했다.

"장원은 차지해야 누님을 볼 수 있겠지?"

"아이고, 참. 도련님은 장원이 무슨 동네 강아지 이름이라도 되는 줄 아시는 거요!"

나이가 지긋한 몸종이 어린 주인을 못마땅한 눈으로 바라보며 투덜거리더니 곧 좋은 자리를 잡기 위해 주위를 둘러보았다. 그 말을 듣는 둥 마는 둥, 소년은 대충 근처에 자리를 잡고 앉아 종이를 펼쳤다. 숨을 고르고 하늘을 한 번 쳐다보더니 양손을 꾹 쥐고 기를 모으는 것이 영락없는 아이였다. 자리를 찾던 늙은 몸종은 이미 자리 잡은 어린 주인을 보고 한숨을 내쉬더니, 그의 곁에 짐을 풀어 놓고는 시험장을 나섰다.

곧이어, 시험이 시행되었다. 소년은 주제를 한 번 흘깃 보더니 고민도 하지 않고 흰 종이 위에 막힘없이 글을 써 나갔다. 그리고 얼마 지나지 않아 흰 종이 안에는 유려한 글씨가 가득하였다. 다 끝난 듯, 자리에서 일어난 소년은 답지를 제출하고는 시험장을 빠져나갔다.

"어이고! 주인 어르신께서 아시면 대충 하셨다고 혼날 겁니다요!"

"대충이라니, 내가 얼마나 정성을 다하였는데!"

빽 하니 소년이 성질을 내자 몸종이 머리를 긁적이며 조용히 뒤를 따랐다. 어진 주인이지만 성질이 나면 못살게 굴었기 때문에 이럴 때는 그저 조용히 입 다물고 있는 것이 최선이었다. 소년은 그 누이보다는 덜했지만 꽤나 그 속내를 짐작하기 어려웠다. 아직 어려서 덜한 것인지, 아니면 타고난 성정이 그 누이보다 유한 것인지는 알 수 없으나 남매가 서로 닮은 것은 분명하였다.

"내 장원하여 궐에 황제폐하를 뵈러 가면 누님도 보지 않겠느냐? 출사하지 않았다 하여 아버지께서 궐 출입을 허락해 주시지 않으니 말이야."

몸종은 어린 주인이 안쓰러웠다. 그나마 갓난아기 때부터 보아 온 저에게나 이리 다정히 대하지. 다른 이들에게는 냉정하기 짝이 없었다.

소년의 아비는 엄하기로는 타의 추종을 불허하였다. 어린아이가 방방 뛰며 매질을 피해 도망가자 종을 시켜 그를 꼼짝하지 못하도록 붙들게 하고는 아이가 정신을 잃을 때까지 종아리를 때렸다. 그 후로, 어린아이는 매질을 당하여도 두 번 다시 도망치지 않았다.

소년의 누이 역시 그것은 마찬가지였으나, 다행스럽게도 지금은 집을 떠나 궐에 있었다.

"솔직히 말이야. 잘 기억은 안 나. 그저 누님이 있다고 하니 궁금한 것뿐이야."

아직 어린 주제에 어른인 체하는 그 걸음걸이가 몸종은 마음에 들지 않아 슬쩍 어린 주인의 앞을 가로막았다.

"뭐야?"

"업히세요. 오늘은 과거도 보고 피곤하실 테니 소인이 모시겠습니다요."

"그까짓 시험이 뭐 힘들다고……."

말로는 툴툴거리면서도 얌전히 늙은 몸종의 등에 올라타더니 그 목에 팔을 감았다. 똑똑하기로는 소문이 자자한 소년은 사람의 체온에 굶주린 듯 때때로 늙은 몸종이 내어 주는 온기에 매달리곤 했다.

"너는 오래오래 건강해야 해. 내가 과거 급제하면 네게도 좋은 것을 줄 테니 다른 주인 만들지 마."

소년이 우물쭈물하며 몸종에게 말했다.

"이순 도련님도 참. 다 늙은 소인을 누가 데려갑니까?"

정을 받지 못하고 자란 아이는 항상 제 곁을 지키는 몸종을 가족처럼 여겼고, 늙은 몸종은 그런 어린 주인이 안타까웠다. 제게도 자식이 있다면 이렇지 않았을까 하는 마음에 더욱 살뜰하게 보살피게 되었다.

"너는 이란 누님을 보았지? 어땠어?"

"예쁜 분입니다. 도련님보다 훨씬 똑똑하고! 그러니 더 열심히 하세요. 아가씨가 하나뿐인 동생을 자랑스러워할 수 있도록."

이순은 늙은 몸종의 말에 입을 삐죽였으나 곧 알았다고 답하였다. 그에게는 이 늙은 몸종이 부모였고, 친구였다. 엄한 아비는 그저 제 가문을 이을 사내아이가 필요했을 뿐, 진정 저를 원하지는 않았다. 제가 아니라도 사내아이라면 누구나 괜찮았을 것이다. 어미 역시 아비의 그늘에 짓눌려 제대로 저를 돌아보지 않았고, 이순은 점점 그것에 익숙해져 그들에게는 무엇도 바라지 않게 됐다. 그저 궐에 있는 하나뿐인 누이가 궁금할 뿐이었다.

❦

최 귀비는 침묵하였다. 마주 보고 앉은 예부상서는 묘하게 기분 좋은 얼굴을 하고 있었다.

"좋은 일이 있으신가 봅니다."

"이순이, 그 아이가 아마 장원급제 할 듯싶습니다."

이미 예상했던 바였다. 처소에 들어선 제 아비의 얼굴이 기분 좋아 보였을 때부터.

"허면 입궐하겠네요. 곧."

"인사드리러 오겠습니다. 마마께서는 지금처럼만 하세요."

최 귀비는 고개를 끄덕였다. 그 아비는 제 할 말만 마치고는 귀비전을 떠났다. 떠나는 그 뒷모습을 보며 그녀는 헛웃음을 터뜨렸다. 입궐할 적에는 어린아이였던 제 동생이 과거를 보았다니, 오랜 세월이 흘렀구나 싶었다. 그러나 옛 생각에 빠진 것도 잠시 그녀는 곧 해야 할 일을 떠올렸다.

"오늘 밤, 기진이 그 아이를 불러오너라."

최 귀비의 말에 상궁이 서둘렀다. 기진은 송 황후의 처소에서 일하고 있었기에 조심스러웠다. 모두가 잠들었을 즈음, 기진은 최 귀비의 처소에 있었다. 달달 떨며 기진은 챙겨 온 것을 최 귀비에게 내밀었다. 그것은 주나라에 있는 송 황후의 아비에게서 온 서찰이었다. 그녀는 궁녀 하나에게 그것을 필사하게 한 후, 기진을 자리에 앉게 하였다.

"내 너에게 패물이라도 쥐여 주고 싶지만, 어린 궁녀가 그런 값비싼 물건을 지니고 있으면 누군가의 의심을 살 게다. 허니 추후, 내 너에게 그 못지않은 큰 보상을 하겠다. 나는 네가 내 사람이라고 이미 생각하고 있다. 내 말 알겠느냐?"

"예예, 마마."

기진이 머리를 조아렸다. 얼마 지나지 않아 필사를 끝낸 궁녀가 서찰을 모두 들고 돌아왔고, 그것은 다시 기진에게 돌아갔다. 기진은 서둘러 다시 제 처소로 돌아갔다. 그 모습을 보는 최 귀비의 얼굴에 만족이 스쳤다.

「황궁의 봄은 어떠합니까? 그곳에도 꽃이 만개하였습니까? 어쩌면 이 서찰이 당도할 때 그곳은 이미 여름이 되었을지도 모르겠습니다. 지금 이곳에는 마마께서 좋아하시던 민들레가 잔뜩 피었습니다. 유달리 민들레 홀씨 날리는 것을 좋아하셨지요. 가끔은 지금 피어난 민들레가 몇 해 전 마마께서 날린 씨앗은 아닐까 하고 우스운 생각을 합니다. …… 다행히 폐하께서 어여뻐해 주신다니 모든 것이 마마의 복입니다. 그래도 혹여 익숙지 않은 궐 생활에 심려가 크지는 않으실까 염려됩니다. 소신들은 마마의 은혜로 무탈하게 잘 지내고 있으니 부디 걱정일랑 마시고 옥체 보중하시어 강건히 지내십시오.」

최 귀비는 송 황후 앞에 당도해야 할 서찰을 읽으며, 그 서찰에 담긴 딸에 대한 애정 또한 읽을 수 있었다. 그것은 제가 제 아비나 어미로부터는 받지 못한 것들이었다. 바라는 것은 아니나 제가지지 못한 것을 송 황후가 가지고 있다는 것에 그이는 기분이 좋지 않았다.

서찰을 제 서랍장 깊숙이 숨긴 최 귀비는 자리에 눕지 않고, 그대로 밤을 지새웠다. 잠이 오지 않는 밤이었다. 꼬박 밤을 새운 그녀는 멍하니 앉아만 있었다.

이렇듯 가끔씩 무엇인가 빠진 듯, 잃어버린 듯 허한 마음을 다스리지 못했다. 무엇이라도 채워 넣어야 할 듯했지만, 무엇을 채워야 하는지도 알지 못했다. 애써 해야 할 일을 생각하며 자리에서 일어난 그녀는 아무렇지 않은 얼굴로 다시 평소와 다름없이 굴었다. 곁에 있는 그 누구도 최 귀비가 평소와 다름을 인지하지 못했다.

과거 시험의 결과가 발표되었다. 반절에서 약간 못 미치는 수의 무관학교 학생들이 합격하였다. 그들의 예상보다 적은 수였지만 그것은 오히려 달가운 소리였다. 운은 그들에게 호위 무사 일을 제안하였고, 대부분은 그것을 받아들였다. 살던 곳을 떠나 먼곳으로 떠나야 했지만, 숙식이 제공되고 지금보다 훨씬 좋은 조건이었기에 그들은 망설이지 않고 제안을 받아들였다. 이곳에 있어봐야 굶어 죽을 뿐이었다.

"단오는 나 대신 이곳을 잘 운영해 주게. 미검과 호안은 이들의 훈련을 맡아 주고, 나머지는 나와 함께 가지."

운에게서 일의 내막을 전해 들은 이들은 운과 함께하기로 하였다. 비록 실패로 돌아간다면 반역으로 목이 달아날 테지만, 그들은 운을 선택하였다. 오히려 미검은 운과 함께 가지 못하는 것을 아쉬워하기까지 하였다.

"아마 다음번에는 미검 자네가 필요할 거야. 걱정 말고 열심히 수련이나 하게."

그제야 기분이 조금 풀린 듯, 미검은 고개를 끄덕이며 얼굴에 미소를 지었다. 사내임에도 불구하고 고운 얼굴이 미소를 짓자 화사하게 피어났다. 단오는 연신 진지한 얼굴로 운의 지시 사항을 기억하고 있었고, 나머지 이들 역시 약간은 긴장한 얼굴로 운에게 귀를 기울였다.

"우리가 떠난 것을 다들 몰라야 하네. 그렇기에 학생들 역시 서둘러 지방으로 보내야 해. 여기 있던 이들이 모두 지방으로 내려가 각기 다른 곳을 방문하여 검술을 가르쳐 주고 있다 여기게 해야 하네. 어차피 내게 시선이 집중되겠지만 조심해서 나쁠 것이야 없지."

이야기를 마친 후, 호안이 걱정이 가득한 얼굴을 하고 있자 미검이 그의 등짝을 휘갈겼다.

"인상 펴! 기분 잡치게 얼굴이 왜 그 꼴이야?"

"걱정돼서요."

"걱정은 무슨. 네 할 일이나 잘하면 그만이지. 걱정한 게 우스울 만큼 다들 무사히 돌아올 거야."

미검은 호안의 머리카락을 헤집으며 말했다. 그 말이 조금 위안이 된 듯, 호안이 멋쩍은 웃음을 지어 보였다. 곁에 있던 다른 이들도 내심 불안하였는지 미검의 호통에 애써 마음을 다잡으려 막내둥이와도 같은 호안의 머리를 한 번씩 쓰다듬기 시작하였다. 먼 길을 떠나기 전, 제대로 된 인사조차 하지 않은 이들은 그저 슬쩍 서로 한 번씩 쳐다보고는 제 갈 길로 향했다.

"떠나셨군요."

희원을 바라보며 우가 침울한 목소리로 말했다. 우 역시 바라던 것이었으나 제 오라비를 위험한 곳으로 내몰았다는 사실은 변함없이 그녀를 괴롭게 했다.

"너 아니더라도 했을 일이다. 이미 계획된 일이었어."

희원이 위로하듯 속삭였다. 마주 본 우의 얼굴은 심려가 가득하여 안쓰럽기 그지없었고, 희원은 그런 우를 가만히 둘 수 없어 애써 분위기를 바꾸려 노력하였다.

"아, 아마 여름은 별궁에서 보내게 될지도 모르겠습니다. 아무래도 황후마마께서 회임하셨으니까요."

갑작스레 생각이 난 듯, 우가 멍하니 넋을 놓고 있다 말하였다. 그 말에 희원은 애써 태연한 척하였다. 여름을 별궁에서 보낸다면 적어도 두어 달은 보지 못한다는 소리였다. 별궁행을 청할 수는 있겠으나 희윤이 허락하지 않을 것은 불 보듯 뻔했고, 괜히 시선만 집중될 것이 분명하였다.

짙은 한숨을 쉬는 희원을 보며 우는 묘한 기분에 휩싸였다. 티 내지 않으려 하였겠지만 나오는 한숨까지는 어찌하지 못한 그로 인해 가슴이 간질간질하였다. 때때로 이렇듯 놀라우리만치 작은 것만으로도 그 애정이 느껴지곤 하였고, 그것은 언제나 두근거리는 일이었다.

"돌아올 겁니다."

우가 나지막한 목소리로 중얼거렸다. 그 목소리를 놓치지 않은 희원이 고개를 끄덕이며 '그래.' 하였다. 그제야 우와 희원은 서로를 마주 보며 해사한 미소를 지었다.

우는 희원의 웃음이 좋았다. 그 연한 갈색빛의 눈동자가 초승달처럼 곱게 휘어질 때면 가끔 손으로 그 눈매를 쓸어내리고 싶었다. 다정이 깃든 그 눈이 저를 향하는 것은 설레는 일이었다. 제 손을 부드럽게 잡아 오는 그 커다란 손도 좋았다. 긴 손가락이 천천히 제 손을 엮어 나갈 때면 느껴지는 굳은살이 그가 사내라는 것을 새삼 깨닫게 하곤 했다.

처음부터 온전히 그에게 제 마음을 내어 주지는 않았지만, 그저 도망갈 곳이 필요한 것뿐이었지만, 우는 점점 희원에게 끌리고 있는 저를 인식하고 있었다. 그는 아주 천천히 저를 끌어당기고 있었다.

"안다, 허나 그래도 보고 싶겠지. 또 불안할 테고."

따스한 손길이 우의 귓가에 머물렀다. 머리를 살짝 쓸어 준 희원은 우의 손을 붙들었다. 그리고 습관처럼 손가락을 하나씩 엮어

나갔다. 느리게, 그리고 부드럽게. 그저 손을 잡는 것뿐인데 어째서인지 부끄러워 우의 얼굴이 붉게 달아오르고 말았다.

"네가 내 앞에서 이리 날 보고 있어도 불안하다."

한숨처럼 작게 내뱉은 그 말은 우의 귀에 닿지 못하고 흩어졌다. 희원은 우를 잡아끌었다. 자리에서 일어나 희원의 앞으로 온 우는 망설이다 자리에 앉은 채로 제 손을 만지작거리고 있는 희원을 끌어안았다. 심장이 쿵쾅거리는 소리가 희원에게 들리는 것이 창피하였지만, 지금은 그를 안심시켜 주고 싶었다. '나는 당신 곁으로 돌아올 테니 걱정하지 말아요.' 라고.

희원의 한 손은 여전히 우의 손을 잡고 있었고, 나머지 한 손은 우의 허리를 끌어안았다. 불안하였다. 우가 점점 제게 가까이 오는 것을 알고 있으면서도 불안하여, 속 좁은 사내처럼 굴게 될까 봐 신경이 쓰였다. 그는 우가 희윤의 여인으로 있는 것도, 희윤을 따라 별궁으로 가야 하는 것도, 그리고 그곳에 제가 가지 못한다는 것도 모두 불안하였다.

희원은 고개를 들어 우를 바라보았다. 걱정스러운 눈으로 저를 보고 있는 우가 제 눈앞에 있었다. 운이 주나라로 간 이 시점에 우가 별궁으로 가는 것은 희원의 불안감을 고조시켰다. 그러나 애써 괜찮으리라 위안하며 희원은 애써 평온을 찾으려 하였다.

"운이 오라버니 때문입니까? 잘 해내실 거예요. 그리고 저도 아무 일 없이 돌아올 겁니다."

"보고 싶어 할까?"

"예?"

뜬금없는 희원의 물음에 우가 되물었다. 희원은 더없이 진지한 얼굴을 하고 우에게 물었다.

"네가 날 보고 싶어 할까?"

희원은 우의 답을 기다렸다. 제 품 안에 있어도 그는 우를 갈망했다. 우의 마음 한 조각까지 전부 제 것이기를 원하고 있었다. 때때로 그 갈망은 그를 수렁으로 밀어 넣기도 하였다. 그리고 언제나 그런 그를 구해 주는 것은 우의 작은 손짓이나 눈짓 같은 것들이었다.

우는 희원에게서 고개를 돌리며 작은 목소리로 답했다. 그 목소리는 너무나 작았으나 그는 놓치지 않았다.

"아주 많이요."

"나 또한 그렇겠지."

고개 돌린 우의 귀는 붉게 물들어 있었고, 희원은 그런 우를 다시 한 번 끌어안으며 속삭였다. 그는 그저 우와 함께 있고 싶었다, 영원히.

이순은 관복을 차려입고 그 아비의 뒤를 따르고 있었다. 그가 지나가자 어린 궁녀들이 힐끗힐끗 훔쳐보았다. 예부상서의 어린

아들이 이번 장원급제자라는 사실은 이미 궐 안에 널리 퍼져 있었다.

이순은 어린 나이답지 않게 차분하고 당찬 걸음걸이로 중앙으로 나갔다. 단상 위 높은 곳에서 황제가 그를 내려다보고 있었고, 양옆으로는 수많은 대신이 있었다. 이순은 앞으로 걸어 나가 예를 갖추어서 그에게 절을 올리고, 그가 내려 주는 금패를 받았다. 장원급제자가 받는 금패, 그것을 손에 넣은 이순은 만족한 얼굴을 하였다.

이순에게는 지방 수령의 자리가 내려졌다. 그 아비는 못마땅한 얼굴을 하였으나 무어라 하지는 않았다. 그런 아비와 달리 이순은 오히려 아비의 품을 벗어나는 것이 기꺼웠다.

"너 먼저 귀비마마께 가거라. 나는 뒤따라가마."

이순의 아비는 누군가와 이야기를 나누려는 듯하였고, 이순은 순순히 그러겠다고 답하였다. 아비와 떨어져 한참을 헤매던 그는 마침 근처를 지나는 궁녀 하나를 붙잡아 귀비전으로 안내를 부탁하여 그 뒤를 쫓았다. 하사받은 금패를 손에 꼭 쥐고는 그는 주위를 두리번거렸다.

"이곳입니다."

궁녀는 이순을 귀비전까지 데려다주고는 서둘러 자리를 떠났다. 이순이 귀비전 문 앞에 나타나자 입구를 지키는 병사가 신분을 물었다.

"최이순이라 하오."

그러자 문이 열리고 상궁이 나와 그를 안내하였다. 처소 안으로 향하는 이순의 눈을 사로잡은 것은 온통 붉은 꽃이 가득한 정원이었다. 화려하기 그지없어 눈을 빼앗긴 그는 잠시 멈추어 섰다가 곧 상궁에게 이끌려 처소로 들어섰다.

"마마, 아우분께서 드셨습니다."

"들라 하시게."

두 명의 고운 여인이 있었으나 이순은 한눈에 제 누이를 알아볼 수 있었다.

"귀비마마께 인사 올립니다."

"어서 오세요. 이쪽은 이비입니다."

"처음 뵙겠습니다. 이비마마."

"반갑습니다."

최 귀비는 우와 함께 있었다. 의도한 바는 아니었지만 제 동생을 소개하기 좋은 기회였기에 부러 우를 물리지 않았다. 오랜만에 본 이순은 어릴 적 보았던 그대로였다.

"남매의 재회를 제가 망칠 수야 없지요. 저는 이만 물러가 보겠습니다."

우가 잠시 자리를 지키다 일어섰다. 우는 최 귀비에게 인사를 올린 후, 이순에게도 살짝 고갯짓으로 인사를 대신하였다.

"장원급제 하였다지? 수령이 되었다 들었다."

우가 자리를 피해 주자 최 귀비는 좀 더 편안한 기분으로 이야기를 꺼냈다. 이순의 얼굴에서 그이는 아비의 얼굴을 찾아내었다.

저 역시 눈앞의 아이에게 그리 보일까 궁금하기도 하였다.

"예, 아마 곧 내려갈 듯합니다."

"아버지께서 좋아하진 않으시겠구나."

그저 사실만을 말하는 그 어투에는 조금의 걱정도, 다정함도 묻어 있지 않았다. 이순은 어째서인지 조금 아쉬운 기분이었다. 다정한 누이를 예상한 것은 아니었으나 그래도 조금 실망스러웠다. 그의 누이는 아비와 다를 바가 없어 보였다.

"그래도 아버지의 그늘을 벗어나는 게 네게 좋을지도 모르겠구나."

쌀쌀한 목소리에, 변함없는 태도로 최 귀비가 말하였으나 이순의 얼굴에는 금방 화색이 돌았다.

"예, 누님! 저는 좋습니다."

누님이라는 호칭이 거슬렸던 것인지 최 귀비는 마뜩잖은 표정을 지었으나, 이순에게 무어라 하지는 않았다. 정자세로 긴장하고 있던 이순은 점점 방실방실 웃어 가며 어린아이다운 모습을 보였고, 최 귀비는 그를 그대로 두었다.

"어려운 일이 있거든 내게 오너라."

그의 누이는 다정하지도 않았고, 그리고 저를 반가워하지도 않았으나 이순은 만족하였다. 그의 눈에 최 귀비는 아비와 닮았으나 또 다르기도 하였다. 엄격하고, 차가워 보였으나 왠지 모르게 안심이 되었다. 이유는 알 수 없으나 그는 누이가 아주 마음에 들었다. 제 늙은 몸종의 말도 맞았다. 그의 누이는 참으로 어여쁘고,

똑똑하였다.

"아버지께 휘둘리지 말거라. 네 일은 네가 결정해야 한다. 너는 이미 관직까지 받은 이가 아니더냐. 다른 이의 말은 경청하되 생각 없이 그대로 행하는 일은 없어야 한다."

이순은 고개를 크게 끄덕였다. 멀지 않은 곳이라면 자주 입궐하고 싶었으나, 아쉽게도 그에게 내려진 곳은 수도에서 한참 떨어진 곳이었다.

"서찰을 보내도 되겠습니까?"

이순의 말에 최 귀비는 고개를 끄덕였다. 어린 나이에 장원급제까지 하였다고 하나 아직 나이 어린 아이일 뿐이었다. 아직 얼굴에 솜털이 보송보송한 그 얼굴을 보고 있자니, 그 아비의 잔혹함이 떠올랐다. 저 역시 그를 끔찍해하지 않았던가. 일종의 동질감이었다. 같은 것을 겪었을 제 아우에 대한. 여자아이였기에 몸에 흉을 남겨선 안 된다는 이유로 최 귀비는 매질을 많이 당하지는 않았다. 허나 벌에는 매타작만이 있는 것이 아니었고, 어린 날 최 귀비는 오히려 매를 맞는 것이 더 낫겠다 종종 생각하였다.

이순은 조용히 차를 마시며 때때로 최 귀비에게 궁금한 것을 물어보았다. 예를 들자면, 우에 대한 것이라든가, 희윤에 대한 것들이었다. 진정 궁금한 것은 제 누이에 대한 것이었지만 괜스레 어색하여 제대로 물어보지 못하였다. 퇴궐 시간이 다가올 때까지 귀비전에 있던 그는 아비가 오지 않자 결국 홀로 퇴궐하기로 하였다. 아마 아비는 그의 존재를 잊은 것이 틀림없었다. 아쉬운 인사를 남기고 이순은 귀비전을 떠났다. 최 귀비는 궁녀 하나를 시켜 그를 궐문까지 안내해 주도록 하였다.

"네가 내 동생인 것이 부끄럽지 않았으면 한다."

최 귀비의 말을 되새기며 이순은 마음을 다잡았다. 늙은 몸종의 말처럼, 제 누이의 말처럼 열심히 노력하여 부끄럽지 않은 동생이 되리라 생각했다.

"도련님!"

궐을 나서자마자 늙은 몸종이 제게로 후다닥 달려왔다. 안색을 보아하니 걱정이 많았던 듯싶었다.

"어쩐 일이야?"

"늙은이를 이리 걱정하게 하십니까?"

한숨을 크게 내쉰 몸종은 빨리 돌아가자며 이순을 채근했다. 그에게 느껴지는 다정함이 좋아서 이순은 헤실헤실 웃으며 몸종의 손을 잡았다. 거칠고, 투박한 손이 따스하고 편안하였다. 아비가 무서워 엉엉 울 때면 그 큰 손으로 저를 안아 등을 토닥여 주곤 하였던 것이다.

"아버지를 기다리느라 이리되었다."

"주인어른께선 이미 오래전에 집으로 오셨습니다."

차마 욕은 하지 못하고, 못마땅한 기색이 가득한 몸종의 얼굴에도 이순은 마냥 기분이 좋은 듯 누이와 만난 이야기를 꺼냈다. 네 이야기가 옳다고, 제 누이가 어여쁘고 똑똑하더라 하며 신나

조잘대었다. 집으로 돌아가는 길은 아주 즐거워서 이순은 과거를 보길 잘했다고 스스로를 칭찬하였다.

❋

과거 시험이 모두 정리되자, 희윤은 곧 별궁행을 발표하였다. 예상된 일이었기에 다들 쉽게 수긍하며 떠날 채비를 하였다.

특히나 비빈들은 장신구며, 옷가지며 수레 몇 대를 가득 채우고도 남을 정도로 짐을 쌌다. 송 황후를 위한 것이 분명한 별궁행이었으나 새로운 곳에선 보통 새로운 여인에게 끌리기도 하니 다들 준비를 철저히 하는 것이었다.

"꼭 필요한 것만 가져가도록 하게."

우는 이것저것 잔뜩 준비하는 박 상궁을 보며 말했다. 박 상궁은 그런 우의 말에 호들갑을 떨며 안 된다고 반발하였다. 점점 시간이 지날수록 제 의견을 내세우는 박 상궁을 보며 우는 좋지 않은 표정을 지었다. 그런 우의 기분을 알아챈 박 상궁이 이것저것 이유를 들어 설명하기 시작하였다.

"다른 비빈들께선 더 많이 가져가십니다. 마마만 이리 조촐하시면 아니 됩니다."

눈치를 살피면서도 지지 않고 말하는 박 상궁에게 우가 한숨을 내쉬며 입을 열었다.

"그들은 폐하께 잘 보이고 싶어 그런 게야. 혹시나 싶은 거지. 허나 나는 폐하께 어여쁘게 보이고 싶은 마음이 없네. 또한 그런 것 따위로 다른 이들에게 밀린다고 생각하지도 않으니 대충 하게."

단호한 우의 말에 박 상궁이 결국 백기를 들었다. 하기야 다른 이들이 백날 꽃단장한다 하여도 우를 쫓아오기는 힘들 것이 분명 하였다. 이리하여도 어여쁘고, 저리하여도 어여쁘니 장신구나 옷 이 무슨 상관인가 싶기도 하였다. 그저 가만히만 있어도 반짝반짝 빛이 나는데.

우는 가만히 앉아 먼 곳을 바라보았다. 운을 생각하니 기분이 좋지 않았다. 위험한 일이 분명하였고, 그리하라 부탁한 것 역시 자신이었으나 걱정이 되는 것은 어쩔 수 없었다. 그러나 이미 계 획되어 있던 일이라는 희원의 말 역시 거짓이 아니라 생각하였기 에 불편한 마음을 조금 덜어 내고 그저 운이 무사하기를 기도하 였다.

별궁으로 떠나는 것은 봄의 막바지에 다다라서였다. 행렬은 인 원이 많고 화려하였다. 보통 별궁에서 지내는 것은 일주일에서 이 주 정도였으나 희윤은 특별히 회임한 송 황후를 생각해 여름 내 내 그곳에 있기로 하였다. 그래서 행렬은 더욱 규모가 커졌고, 일 반 백성들은 그들이 지나갈 때마다 길바닥에 무릎을 꿇고 머리를 조아렸다. 그러다 흘끗흘끗 화려한 모습의 황족들을 훔쳐보곤 하 였다.

"저분이 황후마마이신가 봐!"

"아이고, 딱 보아도 여리게 생겼구먼."

여기저기 황제와 황후를 보고 속닥이기 시작하였다. 착하고, 순하여 제 목숨을 노린 이까지 용서한 이국 출신의 황후는 백성들의 관심을 받기 충분하였다. 아직까지 소녀티가 남아 있는 복숭아 같은 뺨이 사랑스러운 여인이었다.

"그럼 그 악화는 누구여?"

모두가 슬쩍 고개를 들고 두리번거렸다. 하나같이 꽃처럼 어여쁜 여인들이 가마에 올라타 있었기에 누가 누군지 알 수 없었다.

"저, 저, 저, 저기!!"

누군가 소리치자 일제히 사람들의 고개가 돌아갔다. 그곳엔 우가 무표정한 얼굴로 정면을 바라보고 있었다. 황제와 황후가 인자한 얼굴로 백성을 살피고 있는 데 반해 냉담하기 짝이 없는 모습이었다. 물론, 실상은 저를 욕하는 소리를 애써 외면하고 있는 것에 불과하였지만 말이다.

많은 이가 숨을 꼴깍 삼켰다. 송 황후가 어여쁘고 사랑스럽다면, 우는 함부로 입을 열기조차 망설여지는 사람이었다. 누군가 앓는 듯 한숨을 내뱉었고, 또 누군가는 혜 하고 탄성을 자아냈다.

박 상궁은 우를 보고 감탄하는 이들을 인식하고는 고개를 더 빳빳하게 쳐들었다. 감히 누구와 누구를 비교하는지 기분이 나쁘기는 하였으나, 그 미색에 놀라는 이들을 보는 것은 언제나 즐거운 일이었다.

"꽃은 꽃이구먼."

누군가 중얼거리는 소리에 다들 고개를 끄덕였다. 저 냉담한 얼굴이 아니라 미소를 한 번만 보여 준다면 사내들은 무슨 짓이라도 할 터였다.

그렇게 우는 지나가는 곳마다 비난과 감탄을 동시에 받았다. 듣고 싶지 않아도 들려오는 말들은 우를 피곤하게 하였다. 하지도 않은 일로 비난을 받고 있자니 억울하기도 하였으나, 진정 힘든 것은 기댈 이가 없다는 것이었다. 곁에 희원이 있는 것에 그새 익숙해진 것인지 그가 없다는 사실에 우는 쓸쓸함을 느꼈다.

여인들이 많고, 특히나 회임한 이가 있었기에 행렬은 천천히 움직였다. 황족과 대신들은 주로 근방의 관리와 유지의 집에서 밤을 보냈고, 병사들은 근처에 천막을 치고 야영을 하였다. 그렇게 꼬박 일주일이 걸리고 나서야 별궁에 도착하였다.

별궁을 처음 본 송 황후는 감탄에 감탄을 연발하였다. 연신 놀라며 주위를 둘러보기 바빴고, 희윤은 그런 제 연인을 사랑스러운 눈길로 바라보았다.

"정말 예뻐요."

"네 맘에 들었다니 다행이구나."

귓가에 속삭이는 희윤의 말에 송 황후가 얼굴을 붉혔고, 주변의 다른 이들은 애써 그 모습을 외면하였다.

우는 지정받은 제 처소로 들어와서야 겨우 한숨을 돌렸다. 오랜 시간 가마를 탔기에 몸이 결리고, 뻐근하였다. 박 상궁에게 목욕물을 부탁하고, 자리에 앉아 시원한 것을 마시며 갈증을 달랬다.

따뜻한 물에 몸을 담그자 나른한 기분과 함께 피곤함이 풀리기 시작하였다. 욕조에 가득한 꽃잎을 바라보던 우는 이내 눈을 감았다. 수증기와 함께 꽃향기가 욕실을 가득 메워 아찔하였다. 곧, 박 상궁이 들어와 우의 목욕 시중을 들었다. 박 상궁은 피곤해하는 우를 위해 어깨를 주무르며, 정성을 다하여 제 주인을 모셨다.

목욕을 마친 우의 얼굴은 보기 좋게 혈색이 돌고 있었다. 조금 산뜻해진 기분에 우는 산책을 하기로 하였다. 그리고 그곳에서 희윤을 만났다.

희윤은 오랜 행렬에 지친 송 황후가 잠이 들자 잠시 처소에서 나와 정자에 앉아 그 풍경을 감상하고 있었다. 그리고 그의 눈에 우가 들어왔다. 우는 희윤에게 인사를 올리고 물러가려 하였다. 예상 밖의 만남이었고, 그와는 함께 있고 싶지 않았다.

"이리 올라오지."

희윤은 우에게 자리를 권했고, 우는 차마 그의 말을 거절하지 못하고 자리를 함께하였다. 희윤은 종추에게 말해 우가 마실 차를 준비하도록 하였다. 그리고 눈앞의 고운 이를 찬찬히 살폈다. 화려한 차림의 다른 비빈들과 달리 우는 유달리 단정한 옷차림을 하고 있었다. 그러나 그것이 초라하지 않고 오히려 기품 있어 보였다.

"피곤하지 않은가?"

"괜찮습니다."

"그래."

단조로운 대화였다. 희윤은 눈앞의 우를 보다 다시 풍경으로 시선을 돌렸다. 우 역시 제 앞에 있는 이에게는 관심이 없는 것처럼 보였다. 그러나 둘 다 서로에 대한 기억을 더듬고 있었다.

우와 희윤은 별궁에서 함께했던 기억을 떠올렸다. 그때만 하여도 그는 우에게 호의적이었고, 종종 함께 시간을 보냈다. 그들은 별궁에서 함께 산책을 하였고, 우는 여름이면 그 추억을 더듬었다. 푸른 하늘과 지저귀는 새소리, 화려하게 피어난 꽃, 그리고 따사로운 햇볕까지 모든 것이 완벽한 순간이었다. 눈앞의 소년은 무뚝뚝하였지만 다정하였고, 우는 그저 그가 좋았다. 그와의 산책 후, 온종일 들떴던 것이 기억났다.

'폐하께서 다음번에도 함께 산책을 하자고 하셨어.'

'폐하께서 내 손을 잡아 주셨어.'

우는 입술을 깨물었다. 지난날, 어린 저에게는 오직 희윤, 그뿐이었다.

"이비?"

희윤이 안색이 좋지 않아 보이는 우를 보더니, 걱정스러운 얼굴을 하였다. 그제야 우는 마음을 가다듬고 평정을 되찾았다. 그는 그런 우를 의심스레 바라보다 입을 열었다.

"기억하나? 처음 별궁에 왔던 때를 말이야."

"기억하고 싶지 않습니다."

냉소적인 그 목소리에 희윤이 인상을 썼다. 그러나 그는 우에
게 소리치지도 않고, 화내지도 않았다. 그저 이야기를 이어 나갈
뿐이었다.

"이만 가 보겠습니다."

우는 자리에서 일어나 희윤에게 인사를 올리려 하였다. 그러나
그는 그것을 허락하지 않았다.

"앉아. 내가 가라 명할 때까진 자리를 지켜."

희윤은 다시 자리에 앉는 우를 보며 만족한 얼굴을 하였다. 제
손에 들어와 있는 것을 누군가에게 빼앗기는 취미는 없었다. 별궁
행은 송 황후를 위한 것이기도 하나, 우와 희원을 떨어뜨리기 위
한 것이기도 하였다.

둘 사이에는 침묵이 흘렀다. 그것은 불안하고, 위태로운 느낌
이라 우는 불편한 기색을 지우지 못했다.

"무엇을 원하십니까?"

결국 침묵을 깬 것은 우였다. 희윤은 그런 우를 보더니 다정스
레 웃어 보였다.

"네가 가져간 것."

우는 아무런 대답도 하지 않았다. 그가 말하는 것이 무엇인지
알아차렸기 때문이다. 반복되는 이야기였다. 이제 와서 그가 저

를 원한다는 것이 우스웠고, 원하는 이유도 그저 제 정치적 안정을 위한 것이라는 사실이 끔찍하였다. 이렇게 손안에 저를 쥐고 흔들려고 하는 그가 우는 버거웠다. 벗어나고 싶었으나, 언제나 그는 저를 붙들고 놓아주지 않으려 하였다. 버리려 했으면서 말이다.

"드릴 수 없는 것을 바라시네요."

꽃 같은 그 목소리가 희윤의 귀를 간질였다. 그는 우의 얼굴에 스쳐 가는 표정들을 놓치지 않고 바라보았다. 그리고 곧 그는 알았다. 그 속에 가장 진하게 배어 있는 것은 상처였다는 것을.

희윤은 웃음을 터뜨렸다. 공허했다. 항상 손에 잡힐 듯했던 그 마음은 이미 그림자조차 보이지 않았고, 눈앞의 이는 저를 밀어내고 있었다. 이 재상을 견제하기 위해서 우가 필요하다는 것은 사실이었다. 그러나 그는 알고 있었다. 그저 그것만은 아님을.

있을 때는 몰랐다. 제 사랑에 눈이 멀어 인식하지 못했던 것이다. 그에게 우의 존재는 당연한 것이었다. 우는 항상 그의 곁에 있었다. 인식하였든, 인식하지 못했든 항상 제 곁에 존재하였다. 그리고 그것이 사라진 지금에 와서야 그는 제 공허함을 알아차렸다. 늘 황제로서 홀로 싸우고 있다고 여겼으나 함께했던 것이었다. 하나둘씩 우의 빈자리가 나타날 때마다 그는 점점 혼란스러워졌다.

희윤을 외면하고 있던 우는 그 혼란스러워하는 눈빛을 보지 못했다. 또다시 침묵이 흘렀다. 숨 막힐 것 같은 침묵에 희윤 역시 기분이 좋지 않았다.

"나와 있을 땐 나를 보라고 말하지 않았던가."

딱딱한 목소리에 우가 고개를 돌려 희윤을 똑바로 바라보았다. 저를 바라보는 그 어여쁜 눈동자가 그의 기분을 엉망으로 만들었다. 저를 바라보고 있었으나 제 것이 아니었던 것이다. 그는 결국 자리를 박차고 일어나 돌아갔다. 홀로 정자에 남은 우는 떠나는 그의 뒷모습을 물끄러미 바라보며 한숨지었다.

처소로 돌아온 우를 맞이한 것은 박 상궁의 잔소리였다. 그이는 잠깐 자리를 비운 사이 홀로 산책 다녀온 우에게 호되게 잔소리를 하였다. 박 상궁은 다시는 그러지 않겠다는 약속을 받아 낸 뒤에야 조용해졌다. 점점 마치 어미처럼 구는 박 상궁이 불편하였으나 목숨을 걸고 제 곁에 머물러 준 이라 우는 참아 넘겼다. 그 속에 담긴 다정함을 잘 알고 있기에 가능한 일이었다.

피곤해서였을까. 시간은 금세 흘렀다. 밤이 되었고, 우는 잠자리에 누웠다. 열어 놓은 창문 틈으로 어둠이 짙은 하늘을 보며, 우는 운을 생각했다. 운이 무사히 돌아오기를 그래서 이 모든 것에서 자유로울 수 있기를 바랐다.

별궁에서는 황제와 모든 비빈이 다 같이 모여 점심을 먹었다. 이제는 살짝 불러 온 배를 부드럽게 쓸어내리며 송 황후가 희윤과 함께 나타났다. 이미 자리하고 있던 비빈들은 모두 일어나 인사를 올렸고, 곧 식사가 시작되었다.

식사는 화기애애하였다. 몇몇 비빈들은 희윤의 이목을 끌어 보려고 일부러 목소리를 높이기도 하였다. 그러나 희윤의 시선은 줄곧 송 황후에게 머물렀으며, 때때로 우를 향하기도 하였다. 그런 그의 시선을 알아차린 것은 최 귀비였다.

"아친왕께서도 오셨으면 좋았을 텐데요."

최 귀비가 말하자, 희윤이 금세 사나운 눈빛으로 노려보았다. 송 황후는 눈치도 없이 손뼉을 치며 좋은 생각이라며 최 귀비의 의견에 동조하였다. 그는 희원의 이야기가 나오자 곧장 우의 반응을 살폈다. 우는 그저 처음과 다름없이 식사에 집중하고 있었고, 그는 그것에 저도 모르게 안도하였다. 그는 무표정한 우의 얼굴을 물끄러미 바라보다 나지막이 말했다.

"다음에, 다음에 함께하도록 하지."

희윤은 한참을 우를 바라보았다. 황제가 식사를 멈추니, 비빈들 역시 수저를 놓고 그를 살피기 바빴다. 최 귀비는 우를 바라보는 희윤을 바라보며 조소하였고, 송 황후는 슬그머니 그의 손을 잡으며 제게로 그 시선을 돌렸다.

그리고 모인 이들 모두가 식사를 다시 시작하였을 무렵이었다. 갑자기 나타난 호위 무사가 희윤에게 다가가 귓속말을 하였고, 그는 곧장 자리에서 일어나 집무실로 향했다.

갑작스러운 희윤의 행동에 비빈들이 놀라 서로를 바라보며 궁금해하였고, 우는 운의 일이라는 것을 곧장 알아차렸다. 운에 대한 걱정과 불안으로 몸이 떨려 왔다.

"상세히 고하라!"

성난 걸음으로 집무실에 도착하자마자 희윤이 고함을 쳤다. 그러자 그 앞에 바짝 엎드려 덜덜 떨던 이는 느리게 입을 열었다. 주나라 땅에서 모든 식량이 약탈되었다고 말이다. 희윤은 치미는 화에 눈을 감고 마음을 다스렸다.

"그래서?"

희윤이 억눌린 목소리로 물었다. 보고하는 이는 황제의 기분을 알아차리고는 더욱 납작 엎드렸다.

"주나라에서 식량을 다시 내어놓으라 하여……."

"주나라 땅에서 약탈을 당했다면 그들이 책임져야지."

"그것이 주나라에서는 부러 이쪽에서 식량을 약탈하였다고 주장하고 있습니다."

쾅. 희윤은 주먹으로 책상을 내리쳤다. 고작 주나라 따위의 소국에서 제 나라를 어찌 보았기에 이리 막무가내인지 기가 막혔다. 국경을 넘어 식량을 주나라군에게 넘겼을 때부터 저들의 책임은 끝났다. 나머지는 식량을 넘겨받은 주나라가 알아서 해야 할 일이었다.

"감히! 식량 지원은 약속대로 진행되겠으나 국경을 넘어 이미 주나라군에게 넘겨준 식량이 약탈당한 것은 책임질 수 없다 전하라."

"그리고 약탈 세력에 대해 서둘러 알아보라."

희윤은 피곤한 듯, 의자에 몸을 늘어뜨렸다. 종추가 그 곁에서 안색을 살피려 하는데 그마저 귀찮은 듯 밀어내었다. 피곤하였다. 그러나 그 와중에도 그를 가장 혼란스럽게 하는 것은 우에 대한 제 감정이었다. 희윤 역시 제 감정을 정확히 알 수가 없었다. 무어라 해야 할지도 알 수 없었고. 물론 송 황후를 사랑하는 것만은 분명하였다. 그이에겐 무엇이든 해 주고 싶었고, 웃게 하고 싶었고, 입 맞추고 싶었고, 제 흔적을 남기고 싶었다.

허나 우는 송 황후와는 달랐다. 그 얼굴에 분하다가도 어쩐지 눈치를 살피게 되었고, 지기 싫어 더욱 큰소리를 내었다. 그러면서도 그는 우가 저를 놓는다는 생각은 꿈에도 해 보지 않았었다. 참으로 우스운 일이었다.

가끔 제가 왜 이리 우에게만 잔혹하게, 못나게 구는지 저 역시 궁금하였으나 해답은 나오지 않았다. 그저 자의로 버리는 것이 아닌 타의로 빼앗기는 것이 기분 나쁜 것인가 추측할 뿐이었다.

"폐하! 폐하!"

밖이 소란스러워지고 곧 익숙한 목소리가 들려왔다. 송 황후였다. 그녀는 빠른 걸음으로 황제의 집무실로 다가왔고, 문을 활짝 열어젖혔다.

송 황후의 맑은 얼굴이 희윤의 심란함을 물리쳐 주었다. 희윤은 그저 아무것도 모른 채 해맑은 송 황후의 행복을 지켜 주고 싶다 생각하였다. 그래서 그는 주나라와의 식량 약탈 문제에 대한 서류를 슬쩍 덮었다. 주나라 출신의 송 황후가 알아 봤자 좋을 것은 하나도 없었다. 그저 걱정만 할 뿐. 회임한 이에게 걱정거리를 주고 싶지는 않았다.

"식사도 끝내지 못하고, 배고프지 않아요?"

송 황후는 바구니 하나를 짠, 하고 내밀었다. 칭찬을 바라는 듯 기대가 가득한 얼굴 때문에 희윤은 너털웃음을 터뜨렸고, 분위기는 금세 밝아졌다.

종추 역시 밝은 얼굴의 황제를 보고 안심한 듯 가슴을 쓸어내렸다. 혹여 우와의 문제로 송 황후가 찾아왔을까 걱정한 이는 종추 하나뿐이었다. 종추는 다정한 황제 내외를 보며 정자에 홀로 남아 있던 우를 생각하였다. 안타까운 마음이 일었다. 그 곁에서 지켜본 이라면 누구나 그럴 것이다.

송 황후는 제대로 황제의 반려 역할을 해내지 못할 것이 불을 보듯 빤하였고, 최 귀비는 오히려 황제를 견제하고 있었다. 황제를 도와 황권을 강화하고, 반려 역할을 할 수 있는 이는 오직 우뿐이라고 종추는 생각하였다. 그런 이를 내치고, 이제 와 다시 바라는 황제를 어리석다 해야 할지, 잔인하다 해야 할지 그로서도 알 수 없었다.

"주나라로 보낸 식량이 약탈당했다 합니다."

최 귀비는 상궁이 고한 말에 흥미로워하였다.

"누구의 소행이라던?"

"그것은 아직……."

의심이 가는 이가 있기는 하였으나 확실한 것은 아무것도 없었다. 하지만 최 귀비는 지금이 제 계획을 실행할 때라고 생각하였다.

"오늘 밤, 기진이를 불러오너라."

상궁이 공손히 읍하고 물러났다. 최 귀비는 새로운 소식에 기분이 좋았고, 우가 이 사실을 알고 있는지 궁금하였다. 어차피 알려 주어도 문제가 없겠다고 생각한 최 귀비는 다음 날 우를 방문하여 알려 주기로 마음먹었다. 어찌 반응할지 궁금하기도 하였고 말이다. 반응이 궁금한 것은 우뿐만은 아니었다. 분명 희윤은 송 황후에게 이 사실을 숨겼을 테고, 심약하고 멍청한 그이가 어떤 생각을 할지도 궁금하였다.

새벽녘, 기진은 귀비전에 도달했다. 최 귀비는 조용히 차를 마시고 있었는데, 기진이 인사를 올리자마자 손짓으로 가까이 오게끔 하였다. 최 귀비 곁에 다가서자 훅 하고 퍼지는 그 진한 향에 기진은 머리가 아찔하였다. 그녀는 기진에게 서찰을 하나 내주었다.

"이것을 황후마마께 전하여라."

"예?"

되묻는 기진이 마음에 들지 않는 듯, 최 귀비는 비뚜름한 눈으로 그를 바라보았다.

"앞으로는 내가 주는 서찰만을 황후마마께 전하고, 다른 것들은 모두 가져오너라."

그제야 최 귀비의 명을 이해한 기진은 서둘러 고개를 끄덕이며 답하였다. 허둥지둥하는 모양에 최 귀비는 한심한 듯 기진을 보다 입을 열었다.

"실수 없이 해야 한다."

"예예, 마마!"

최 귀비의 눈짓에 상궁은 기진을 끌고 나갔다. 홀로 남은 최 귀비는 가슴이 답답하여 창을 열었다. 이미 짙은 어둠이 깔려 있었다. 계획한 대로 진행되고 있음에도 무엇인가 허전한 마음이 들었다. 마치 창밖 풍경처럼 제 마음속에도 짙은 어둠이 깔려 있는 듯하였다.

잠자리가 바뀌어서 그런 것인지 잠은 오지 않았다. 자꾸만 떠오르는 잡생각을 지우며 최 귀비는 애써 잠을 청하려 눈을 감았다.

다음 날, 최 귀비는 일찍이 우를 찾았다. 그녀는 전날 잠을 설친 이처럼 보이지 않으려, 더욱 화사하게 단장을 하였다. 우는 평소와 다름없이 그이를 맞이하며 이것저것 다과를 내오게 하였다. 워낙 화려한 곳이기에 우가 차지한 작은 처소마저도 황궁과 비교하기 무안할 정도로 아름다웠다. 그리고 최 귀비는 그것이 우에게 어울린다 생각하였다.

"재미있는 일이 있어 왔습니다."

"재미있는 일이요?"

최 귀비의 입가에 매혹적인 미소가 걸렸다. 손으로 입을 살짝 가리며 웃는 그 모습이 뭇 사내들의 마음을 녹일 만큼 나른하고, 교태가 넘쳤다.

"주나라로 보낸 식량이 약탈당했다고 합니다."

조심스럽게 속삭이는 그 목소리에 우는 어렵사리 평정을 유지하였다. 제게 이런 소식을 전하는 최 귀비가 의심스럽기도 하였다. 허나 그보다 더 걱정되는 것은 운이었다. 제 오라비가 무사한지, 정체를 들키지는 아니하였는지 불안하였다.

"감히 폐하의 물건에 손을 댄 겁 없는 이들은 누구랍니까?"

태연한 척 질문을 던지며 우는 차를 마셨다. 최 귀비는 아무렇지 않아 보이는 우를 보며 방긋 웃더니 고개를 저었다.

"아직 모른다고 합니다. 폐하께서 조사하라 명하셨으니 금방 밝혀지지 않겠습니까?"

"그래야지요."

우가 가벼운 마음으로 웃으며 답했다. 우는 제 오라비를 믿었다. 언제나 해야 할 일은 해내고야 마는 사람이었다. 제 오라비가 성공할 것이라 믿으면서도 마음 한구석 혈육을 사지로 내몬 것은 아닐까 불안해하였다. 그녀의 오라비는 마치 이런 걱정이 기우에 불과하다고 알려 주기라도 하는 것처럼 일의 첫머리를 훌륭하게 시작하였고, 이 한 번의 성공은 우의 마음을 한결 편안하게 만들었다. 운은 모든 것을 한 치의 오차 없이 해내리라고 우는 생각하였다.

최 귀비는 예상했던 것처럼 아무런 동요 없는 우를 보며 기분이 좋았다. 아마 우가 제 앞에서 감정을 드러냈다면 오히려 실망했을 것이다. 최 귀비는 우를 의심하였다. 우가 아니라면 이 재상, 그도 아니라면 제 아비가 벌인 일이라 생각하였다. 혹시나 황제가 외부의 적을 만들어 내실을 다지려 할 수도 있기는 하였으나 그럴 확률은 희박하였다. 확증도 심증도 없었으나, 최 귀비는 오히려 즐거웠다. 누구의 소행인지는 알 수 없으나, 제게도 도움되는 일이니 싫지 않을 수밖에.

여유롭게 웃고 있는 최 귀비를 향해 우는 그 동생의 이야기를 꺼내 들었다. 지난번 함께 자리를 하기도 하였지만, 그보다도 약탈이라는 불편한 주제에서 벗어나고 싶기 때문이었다.

"아우분께서 수령이 되셨다 들었습니다."

"폐하께서 아직 어린아이에게 과분한 직을 내리셨습니다."

"나이가 어리다곤 하나, 그 능력마저 어린 것은 아니지 않습니까? 귀비마마와 많이 닮았더군요."

이순의 얼굴에서 제 아비를 읽었던 최 귀비는, 제 얼굴에도 아비가 있구나 생각하였다. 결국 그 아비의 피는 제게도, 제 아우에게도 흐르고 있었다. 그것은 왠지 묘한 기분이어서 그저 고개를 끄덕였을 뿐, 아무런 말도 하지 못하였다.

"그저 산적일 뿐이라고?"

희윤은 황당하다는 듯, 되물었다. 그 앞에 머리를 조아린 대신 하나가 차분히 설명을 이어 나갔다.

"예, 아무래도 소식을 듣고 인근의 산적들이 저들끼리 힘을 합친 듯합니다."

"그런데 왜 주나라에선 그따위 망발을 지껄였던 게야? 그리고 고작 산적에게 당할 정도로 주나라군이 형편없단 말이냐?"

톡톡. 희윤은 검지로 책상을 두드렸다. 생각에 빠져 무의식적으로 행하는 행동이었지만 보고하던 대신은 압박을 받는 기분에 더욱더 머리를 조아렸다.

"몇몇 병사가 기나라인을 보았다고 주장하였습니다. 주나라 측에서 이쪽에서 주나라 산적을 이용하여 식량을 약탈하였다고 주장하여 추적해 보았으나 기나라로 다시 넘어온 식량은 없었습니다."

희윤은 분노를 애써 가라앉혔다. 제가 보낸 식량을 약탈당했다는 것도 기분이 좋지 않았으나, 도를 넘어선 주나라의 요구에 더 화가 났다. 감히 주나라 따위가 제 나라를 어찌 보고 이따위로 구는지 도저히 이해할 수 없었다. 주나라는 얼마 전까지만 해도 제게 조공을 바치고 있던 나라가 아닌가.

"허면 주나라 측에서 산적에게 식량을 약탈당하고, 식량을 다시 받기 위해 수작을 부리고 있단 말인가?"

"소신의 의견은 그러합니다."

"알았으니 이만 물러가라."

한숨을 내쉬는 희윤을 본 종추는 그 곁에 다가가 산책을 권하였다. 답답한 기분에 희윤은 종추의 제안에 따라 집무실을 나섰다. 시원한 밤공기가 답답함을 조금은 씻어 주었다.

그가 원하는 대로 송소화는 회임을 하고, 황후가 되었다. 그러나 마음 한구석 어딘가 불안함이 남아 있었다. 파도 한 번이면 사라질 모래성 같은 행복이 아닐까 자꾸만 의심되었다.

"폐하, 이만 들어가시지요. 밤공기가 차갑습니다."

종추는 한참을 걷고 있는 희윤에게 말했다. 크게 한숨을 내쉰 희윤은 고개를 끄덕이고는 송 황후에게로 향했다. 회임한 이후, 특별한 일이 없으면 늘 틈나는 대로 송 황후를 찾았다. 그녀는 희윤이 온 줄도 모르고 잠에 빠져 있었다.

희윤은 모두를 조용히 물린 후, 송 황후의 머리맡에 앉았다. 동그란 얼굴에 아직 어린 티가 남아 있는 것이 애잔하였다. 타국에 홀로 떨어져 기댈 곳이라고는 오직 저 하나뿐인 제 연인이 안쓰러우면서도 사랑스러웠다. 그는 그렇게 다정한 눈으로 밤새 송 황후를 바라보았다.

아침에 눈을 뜬 송 황후는 제 곁에 희윤이 있는 것을 보고는 놀라지도 않고, 자연스럽게 그 품에 폭 안기었다. 따스한 온기가 몸을 노곤하게 하였다. 잠든 그의 얼굴을 물끄러미 바라보다 장난스럽게 그 눈에, 그 코에, 그 입술에 입을 맞추었다. 그리고 그것이 몇 차례 반복되었을 때, 그가 눈을 떴다.

"좋은 아침이에요."

희윤이 다정하게 송 황후의 동그란 이마에 입을 맞추며 인사에 답했다.

느지막이 일어난 두 사람은 함께 시간을 보내다 누각으로 향했다. 황제와 모든 비빈이 모여 점심을 먹어야 하기 때문이었다. 이미 누각에는 모두가 도착하여 있었고, 희윤은 송 황후를 데리고 가장 상석에 앉았다.

누각에는 침묵이 흘렀다. 희윤은 주나라와의 일로 기분이 좋지 않았고, 송 황후는 비빈들이 있는 자리라 신경이 조금 날카로워져 있었다. 그리고 비빈들은 황제의 눈치를 보았다. 오로지 최 귀비와 우만이 평소와 다름없이 굴고 있었다.

"황후마마께선 다행히 입덧은 없으신가 봅니다."

최 귀비의 말에 식사를 멈춘 송 황후가 어색하게 웃으며 답하였다. 그 목소리가 매우 작아 모두에게 들리지 않을 정도였다. 송 황후는 우의 눈치를 살피고 있었다. 저로 인해 유산한 우에게 더 이상의 피해나 상처를 주고 싶지 않았던 것이다.

송 황후는 고개를 든 우와 시선이 마주쳤다. 그 차가운 눈빛에 깜짝 놀라 서둘러 고개를 숙인 그이는 자신도 모르게 부풀어 오른 배를 어루만졌고, 그것은 우의 심기를 불편하게 하였다.

순진한 얼굴에 담긴 동정이 불쾌하였고, 조금씩 부풀고 있는 그 배가 아픈 기억을 들쑤셨다. 그러나 우가 가장 견딜 수 없는 것은 희윤의 얼굴이었다. 송 황후의 부푼 배를 다정하고 따스한 얼굴로 내려다보는 그 얼굴을 더 이상은 두고 볼 수가 없었다. 제 아이를 죽음으로 몰아넣은 이가 송 황후의 아이를 사랑하고 있었다.

우는 끝내 참지 못하고 입을 열었다.

"앞으로 저는 오찬에 불참하겠습니다. 폐하, 허락해 주시기 바랍니다."

모두가 우와 희윤을 번갈아 바라보았다. 최 귀비는 흥미진진한 얼굴을 하였고, 송 황후는 저로 인해 일어난 일이라 불안해하였다.

"허락한다."

희윤은 이유를 묻지 않고, 우의 청을 받아들였다. 그 이유를 알고 있었기 때문이다. 우는 곧장 자리에서 일어나 누각을 벗어났다. 예에 어긋난 줄 알면서도 더 이상 앉아 있기가 곤욕스러워 견딜 수가 없었다.

희윤을 향한 마음과는 별개로 죽은 아이의 일은 우의 가슴속에 깊은 상처를 남겨 놓았다.

"이비! 이비!"

누각을 벗어난 우의 뒤로 송 황후의 다급한 목소리가 들렸다. 뛰다시피 걸어온 송 황후는 멈추어 선 우의 앞에서 숨을 천천히 골랐다.

우는 송 황후가 어째서 저를 쫓아 나왔는지 그 이유를 이미 짐작하였다. 죄책감 때문이리라. 제 유산을 직접 목격한 이가 아니던가. 제 탓이라 여기며 그 죄책감을 덜기 위한, 이기적인 사과를 하려고 나온 것이 분명할 터였다.

"무슨 일이십니까?"

"그것이. 내가 정말 하고 싶은 말이 있어서……."

망설이며 말하는 그 태도가 오히려 우의 화를 돋우었다. 순진한 얼굴을 하고, 제게 상처 입히는 그 모습에 우가 이를 악물었다. 그러나 분노하는 대신 아무 말도 하지 않고 송 황후의 말을 기다렸다.

"늦었지만, 미안해요. 내가 할 수 있는 일이라면 무엇이든……."

"늦었습니다. 용서를 바라셨다면 진즉 제게 찾아와 정식으로 사과하셨어야지요. 태중 아이가 귀해지니 죄책감이 생기던가요?"

우가 물었다. 빈정거림 하나 없는 단정한 말투에 오히려 송 황후의 얼굴이 희게 질렸다. 최 귀비에게서 느끼는 것과는 다른 두려움이었다. 그 위압감에 송 황후는 차마 준비했던 사과의 말도 꺼내지 못했다.

담담한 어조로 말을 내뱉고 있는 우였으나 그 손끝은 파르르 떨리고 있었다. 분했다. 희윤의 품 안에서, 안전히 아이를 품고 있는 그 모습을 보니 화가 나 머리가 아찔할 정도였다.

"용서해 드릴 수도 있습니다. 허나 그것은 황후마마께서 소첩과 같은 일을 겪었을 때의 이야기가 될 겁니다. 제게 아무것도 바라지 마세요. 용서든, 비난이든 모든 것은 제가 알아서 합니다.

그 어떤 것도 제게 말하지 말고, 바라지 마세요. 홀로 모든 것을 감당하세요. 그것이 무엇이든 간에."

천천히 또박또박, 어여쁜 목소리로 말한 우는 뒤돌아 다시 떠나갔다. 그 뒤에 남겨진 송 황후는 당황하여 차마 다시 우를 부르지도 못하였고, 그녀 곁의 이 상궁만이 위로하듯 그 등을 쓸었을 뿐이었다.

우의 뒤를 따르는 박 상궁이 슬쩍 뒤돌아 모난 눈으로 송 황후와 이 상궁을 흘깃 노려보았다. 마음 같아선 당장 돌아가 그 머리채를 휘어잡고 혼내 주고 싶었다. 순진이라니 가당치도 않지. 그저 멍청할 뿐이었다. 오로지 제 위주로 생각하고, 제 감정만 생각하니 주변의 다른 이 역시 저와 같을 줄 아는 것이다.

회임한 채로 냉궁에 갇혀 유산하기 전까진 우의 마음을 짐작도 하지 못할 것이 분명하였다. 실제로 그런 일을 당한다 하여도 제 상처에만 급급하여 우를 떠올리지도 않으리라 박 상궁은 그렇게 생각하였다.

우는 눈물을 그렁그렁 매달고서도 결코 울지 않았다. 슬픔을 꾹 참아 내는 제 주인을 보며 박 상궁이 안타까운 듯 한숨을 토해 냈다.

톡톡. 잠자리에 누웠던 우는 창문이 부딪히는 소리에 자리에서 일어났다. 박 상궁은 이미 옆의 제 침실로 돌아가 깊이 잠이 든 듯하였다. 톡톡, 하고 다시 한 번 무엇인가 창에 부딪히는 소리가 우의 침실 안 어두운 침묵을 몰아내었다.

우는 창문을 열어 살며시 바깥을 살폈다. 수도의 것과는 확연히 다른 서늘한 밤공기에 소름이 오스스 돋았다. 그리고 그때 나무 사이에 가려져 있던 인영 하나가 나타났다.

"왕야!"

저도 모르게 소리친 우가 화들짝 놀라 제 입을 틀어막았다. 희원이 태연한 얼굴에 화사한 미소를 걸고는 저벅저벅 걸어와 창문을 훌쩍 넘어 우의 처소로 들어왔다. 온통 검은색 일색인 그의 모습이 낯설기도 하고, 그의 방문이 당황스러워 우는 멍하니 서 있었다. 희원은 그런 우의 곁으로 다가와 조금의 망설임도 없이 제 품 안에 우를 가두었다.

"보고 싶어서."

희원은 우를 품에 안은 채로 속삭였다. 귓가에 와 닿는 그 부드러운 목소리와 숨결에 우는 그만 할 말을 잊어버리고 말았다. 화를 내려 했는데, 무어라 말을 꺼내려 했는지 도무지 생각이 나질 않았다. 그저 저를 안아 오는 다정한 품이 기꺼워 저도 모르게 눈을 감아 버리고 말았다. 위로가 필요한 순간, 희원은 마치 기적과도 같이 우가 부르는 소리라도 들은 것처럼 나타나 따뜻하게 감싸 안아 주었다.

어두운 침실 안, 희미한 달빛을 등불 삼아 우와 희원은 마주 보며 앉아 있었고 희원은 다정한 손길로 우의 귓가를 매만졌다. 우는 다정한 눈을 하고 있는 희원을 물끄러미 바라보았다.

"화내지 않느냐? 무모한 짓을 하였다고."

"시간이 아까워 화를 내지도 못하겠습니다."

우의 대답에 희원이 멈칫하였다. 장난스럽게 던진 말이 큰 기쁨으로 돌아와 그는 그저 웃었다.

"보고 싶었습니다."

우의 말이 기폭제가 된 듯, 희원은 우를 제게로 끌어당겨 무릎 위에 앉혔다. 당황한 우가 무어라 말을 꺼내기도 전에 희원은 그 입술을 탐하기 시작하였다. 마치 그 숨을 앗아 가기라도 하듯이 깊숙이 파고드는 희원의 혀에 우는 숨을 헐떡거리기 시작하였다.

희원의 입술은 점차 아래를 향하기 시작하였다. 우는 몽롱한 기분에 희원에게 매달리며 그저 숨을 몰아쉴 뿐이었다. 희원은 우의 목덜미를 핥았다. 제 품 안에서 움찔하고 놀라는 우의 반응에 그는 더욱 진하게 제 흔적을 남겼다. 이미 저고리의 고름은 풀어진 지 오래였다.

그는 우의 하얀 살결에 얼굴을 파묻었다. 보기 좋게 부풀어 있는 가슴은 가쁜 숨으로 오르락내리락하였는데 그것이 그의 시선을 잡아챘다. 그는 망설이지 않고 저를 유혹하는 그곳에 손을 가져갔다. 우가 제 손 아래에서 긴장하고 있는 것이 느껴졌다. 제 손에 맞춘 것처럼 들어차는 가슴을 주무르며 다시 우의 입술에 입 맞추었다. 긴장으로 굳어 있는 우를 입맞춤으로 달래며, 그는 나머지 한 손으로 우의 등허리를 부드럽게 쓸었다.

이대로 시간이 멈추었으면 좋겠다고 그는 생각하였다. 흐트러진 채 붉게 달아올라 있는 우의 얼굴을 보며 그는 만족감과 더불어 강한 욕망을 느꼈다. 이대로 우를 안고 싶었다. 허나 지금은 아니었다. 이런 곳에서, 아직 황제의 여인으로 남아 있는 우를 안고 싶지는 않았다. 그는 한 자락 남은 이성의 끈을 붙들어 아직 열에 들뜬 우에게 아까와는 다른 간지러울 정도로 가벼운 입맞춤을 하며 옷을 바로 입혀 주었다. 그러나 제 품 안에서 차마 우를 내려놓지는 못했다.

희원이 떠난 것은 동이 트기 전이었다. 박 상궁을 물리고 홀로 목욕을 하던 우는 제 가슴팍에 남아 있는 붉은 흔적을 보며 부끄러워하였다. 사내에게 그렇게 매달려 보기는 처음이었던 것이다. 저를 원하는 그 눈동자에 취하고, 제 몸에 닿은 그 손길과 입술에 취하였었다.

사내와 관계를 가진 적이 없는 것도 아니었다. 허나 희윤과의 관계는 이와는 달랐다. 그에게서는 한 줌의 애정도 느낄 수 없었다. 그와의 시간은 그저 곤혹스럽고 수치스러웠을 뿐이다. 희윤을 사랑했을 당시에도 그것은 우에게 가장 괴롭고, 피하고픈 시간이었다. 그랬기에 우는 어젯밤, 이성을 잃고 그의 품 안에서 달아올랐던 제 모습이 못내 부끄러웠고, 그래서 더욱 가슴이 떨렸다.

평소와 같이 지내다가도 때때로 지난밤의 일이 떠올라 홀로 얼굴을 붉히기도 하였다. 지난밤, 희원은 다정히 우를 침상에 눕혀 주고 잠들기를 기다리다가 동이 트기 전에 떠났다. 우는 그가 곁에 있는 것에 가슴이 떨려 잠들지 못하였고, 그런 우를 보며 그는 기분 좋은 웃음을 터뜨렸었다.

우가 간밤에 다녀간 희원으로 인해 설레어하고 있는 그 순간, 최 귀비는 오찬에 참여하는 중이었다. 모두가 모이는 오찬에 우만이 불참하였다. 그 빈자리는 묘하게 눈에 띄었고, 최 귀비는 그것이 불만인 듯하였다.

"이비는 마음이 편치 않은가 봅니다."

희윤은 최 귀비의 말이 심기에 거슬린 듯, 서슬 퍼런 눈으로 바라보았다. 그러나 그 눈빛에도 굴하지 않고 그이는 오히려 재미가 난 듯 소리를 높였다.

"하기야 제 아이를 유산하게 한 이가 저리 부푼 배를 안고 있으니 마음이 아플 만도 하지요. 그렇지 않습니까, 폐하?"

"귀비!"

희윤이 소리쳤고, 비빈들이 놀라 식사를 멈추고 눈치를 살폈다.

"안타까워 그럽니다. 회임한 황후가 냉궁에 유폐되어, 귀비의 방문으로 유산까지 하다니 이런 비극이 어디 있겠습니까?"

"그 입 다물라."

송 황후는 바들바들 떨었고, 희윤은 분노하였다. 최 귀비는 그 꼬락서니가 흥미로워 미소 지었다. 황후 자리에 올랐어도 여전히 할 줄 아는 것 없는 저치가 진실로 가여울 지경이었다.

최 귀비의 말이 날카로운 비수가 되어 송 황후를 콕콕 찔러 대었다. 배를 보호하듯 감싼 송 황후는 결국 눈물을 참지 못했다.

"폐하의 심기가 불편하신 듯하니 이만 일어나 보겠습니다."

최 귀비는 자리에서 일어나 교태 섞인 몸짓으로 인사를 올린 후, 유유히 누각을 떠났다. 한심하기 짝이 없는 이들이었다. 허나 다행이었다. 이리 한심하니 제가 계획한 대로 일이 풀리고 있지 않은가. 송 황후가 눈치가 빨랐다면 이런 것은 꿈에도 하지 못할 일이었다. 제 주변 사람을 의심할 줄 모르는 천치 같은 계집아이라 짜증이 나긴 하였으나 오히려 그 점이 제게 득이 되고 있으니 다행이라 볼 수도 있었다. 앞으로 모든 것이 송 황후로 인해 풀려 나갈 테니 말이다.

운은 무관학교 안에서 칩거하는 중이었다. 다행히도 그가 주나라에 다녀온 것을 아무도 알아채지 못하였다. 본래 나도는 것을 좋아하지 않는 성격이었기에 더욱 그랬다. 저와 함께 주나라로 향했던 이들은 서둘러 각자 지방으로 내려갔고, 이미 호위 무사를 훈련하는 데 참여하는 중이었다.

그는 제 방 안에서 뒹굴며 시간을 낭비하고 있었다. 주나라에서 돌아온 그날 밤, 운은 불 꺼진 제 방을 물끄러미 바라보는 이 재상을 보았다. 한참을 그렇게 서 있다 돌아가는 아비의 뒷모습에 코끝이 찡하였다. 막상 다음 날 아침 문안 인사를 할 때 그 아비는 어떠한 감정의 동요도 보이지 않았고, 평소와 다름없는 모습이었다. 운은 그런 아비에게서 알 수 없는 묘한 감정과 함께 안도감을 느꼈다.

"나일세. 들어가겠네."

운은 친우의 목소리를 들었으나 계속 누워 있었다. 늘어져 있는 운의 모습에 희원은 한심한 듯, 또한 안심한 듯 허탈한 웃음을 지었다.

"비실거리고 있을 줄 알았더니 어째 멀쩡해 보이네."

운은 희원의 얼굴을 살피며 의아한 듯 말하였는데, 그에 희원이 알 듯 말 듯 한 미소를 지었다.

"그새 다녀왔나 보군."

운이 몸을 일으켜 기지개를 켰다. 이제 다음 식량 지원은 여름이 끝날 무렵에 있을 예정이었고, 그에게도 조금의 휴식이 주어진 셈이었다. 운은 그저 아무것도 하지 않고 시간을 놀리기로 마음먹었다.

벌건 대낮부터 술잔을 나누며 운과 희원은 이야기를 나누었다. 주로 운의 식량 약탈에 대한 이야기였다. 다행히도 목표는 그저 전쟁을 발발하는 것이었다. 그래서 기나라가 이 일에 개입하였다는 것을 보여 주기만 하면 되었다. 그저 운과 몇몇 이들의 칼질 몇 번에 가능할 일은 아니었으나, 세 차례나 식량을 약탈당하면 주나라 측에서도 가만히 당하고만 있지는 않을 것이 분명하였다.

백성을 빼앗기고, 식량마저 빼앗긴다면 주나라 왕 역시 보여 주기 식으로라도 행동을 취해야만 했다.

처음은 성공적이었지만, 앞으로가 문제였다. 주나라는 물론이거니와 기나라 측에서 약탈을 대비하여 점점 더 철저히 준비할 것이 빤했다. 그의 친우는 그 점을 걱정하고 있었다. 이번이 성공했다 하여 다음 역시 성공하리란 법은 없었다.

"걱정하지 말게."

애써 우스갯소리를 하면서도 못내 걱정을 지우지 않는 희원을 보며 운은 태평스럽게 말했다. 힘들다 하여 하지 않을 수 있는 일도 아니었으며, 걱정한다 하여 결과가 달라질 것도 아니었다. 그러니 걱정과 불안은 치워 버리고 최선을 다해 노력할 수밖에.

어느덧 여름은 찾아왔고, 봄은 그 흔적도 남기지 않고 제 존재를 감췄다. 우는 별궁에서 더 이상 희원을 만나지 못했다. 우는 그것이 못내 허전하였으나, 때때로 떠오르는 그 밤의 기억은 그를 만나지 못하는 것이 다행이라고 생각하게끔 하였다. 그날 밤을 떠올리면 아직도 떨려 다시 그를 만난다면 어떻게 보아야 할지 준비되지 않았기 때문이었다.

송 황후는 더 이상 우와 마주치지 않으려 노력하였고, 오찬 모임에 참여하지 않은 우는 홀로 많은 시간을 보내게 되었다. 가끔 희윤은 우를 찾아왔으나 아무 말도 없이 그저 시간을 보내다 떠났다. 그런 그를 우는 이해할 수 없었고, 이해하고 싶지도 않았다. 그가 제게 가지고 있는 감정이 무엇이든 간에 상관하고 싶지 않았다. 우는 점차 지난날의 저와 희윤에게서 자유로워지고 있음을 느꼈다.

여름의 뜨거움이 사그라질 무렵, 주나라에서 식량이 또다시 약탈당했다는 소식이 들려왔다. 희윤은 전과 같이 대응하였고, 주나라 측에서는 불만을 표하였으나 그것으로 끝이었다. 이번에도 역시 주나라 측에서 모든 것을 건네받은 다음에 일어난 일이었으며, 기나라 측의 소행이라는 것을 밝힐 증거가 없었기에 흐지부지 마무리되었다.

송 황후는 울적한 얼굴로 희윤의 어깨에 머리를 기대었다. 아비가 보내온 서찰에는 주나라의 상황이 상세히 적혀 있었다. 더군다나 그 문제로 주나라 왕실에서 아비에게 압박을 가하고 있다고 하였다. 심각한 것은 아니니 걱정하지 말라고 하였으나 걱정을 아니할 수가 없었다. 그러나 이미 지쳐 있는 희윤에게 송 황후는 어떤 이야기도 꺼내지 못하였고, 그저 울적한 얼굴을 하였을 뿐이었다.

희윤은 그 울적한 얼굴을 보았음에도 아무 말도 하지 않았다. 회임한 후, 송 황후는 때때로 기분이 급변하였고, 이번에도 그러한 것이리라 생각하였다. 한 공간에 있으면서도 서로를 알아채지 못한 그와 그녀에게는 작은 틈이 하나 생기고 있었다.

별궁에서의 마지막 밤, 우는 약간은 설레는 기분이었다. 황궁으로 돌아가면 희원을 만날 수 있기 때문이었다. 운이 두 번째 약탈에 무사히 성공하였기에 편안한 마음으로 회궁을 기대할 수 있었다.

희원을 떠올리면 자연스레 떠오르는 그날의 밤이 우의 가슴을 요동치게 하였다. 다정하면서도, 뜨거운 손길에 저를 놓고 흐트러졌던 그때가 우의 머릿속에서 맴돌았다. 그 속에서도 가장 우를 긴장되게 하는 것은 어둠 속에서 저를 뚫어져라 응시하는 희원의 눈이었다.

"마마!"

희원을 떠올리던 우는 박 상궁이 부르는 소리에 깜짝 놀라 들고 있던 서책을 떨어뜨렸다. 다가온 박 상궁은 떨어진 서책을 주워 책상 위에 두고는 우의 잠자리를 봐 주었다.

아무도 모르는 오직 둘만의 기억에 우는 묘하게 가슴이 간질간질하였다. 우는 희원이 보고 싶었다.

편안한 마음으로 잠자리에 든 우와는 달리 송 황후는 평소처럼 잠들지 못하고 제 곁에서 잠든 희윤을 내려다보았다. 그 얼굴을 조심스레 제 손으로 쓸어 보았다. 그러다 제 배에 손을 얹고 혼잣말을 하기 시작하였다.

"못난 어미지만 노력할 테니 건강히 나오렴."

송 황후는 배가 부를수록 지난날의 기억에 기분이 좋지 않았다. 그이를 괴롭히는 것은 우가 유산하는 기억이었다. 저만을 생각하며 이기적으로 유폐된 이를 찾아가 유산까지 하게 한 제가 끔찍하였다. 아이를 가진 이제야 그것이 얼마나 끔찍한 것인지 아주 조금은 알 듯도 하였다.

그날, 그 하얀 치마에 얼룩지던 붉은 자국이 아직도 생생하였다. 그래서 우를 볼 때마다 찾아드는 죄책감에 그녀는 자꾸만 움츠러들었다.

송 황후는 독살 시도를 하지 않았다는 우의 말을 믿었고, 희윤에게 때때로 물었다. 허나 그는 저의 그런 물음 자체를 용납하지 않았다. 희윤과 송 황후 사이에서 우의 이야기는 허락되지 않은 것이었다. 그것은 그녀를 불안하게 하였다. 제 곁에 있는 희윤이 저를 사랑한다고 믿으면서도 불안감은 때때로 송 황후를 집어삼킬 듯 커져 제 존재를 드러내었다.

그에게 매달려 어리광 부리고 싶었다. 우의 이야기를 하며 제 감정을 털어 내고 싶었으나 동시에 송 황후는 희윤의 입에서 나올 이야기가 무서웠다. 저로 인해 그 모든 끔찍한 일을 벌였다고 말할까 봐, 그도 아니면 이제 와 우를 내친 것을 후회한다는 말을 할까 봐 두려웠다. 송 황후에게는 오로지 희윤 하나뿐이었다.

"내게 힘을 주렴."

송 황후는 배를 감싸 안았다. 사랑하는 이가 곁에 있음에도 불구하고 유난히 외로운 밤이었다.

황궁으로 향하는 여정은 별궁에 올 때와 마찬가지였다. 수많은 이가 황제의 행렬을 구경하였고, 회임한 황후를 축복하였으며 그 뒤를 따르는 우를 욕하였다. 숙덕이는 소리가 귀에 꽂혔으나 우는 태연한 척 그저 앞을 바라보기만 하였다. 아무것도 모르는 이들의 비난이 신경 쓰이지 않는다면, 억울하지 않다면 거짓이겠지만 그런 것에 기운을 낭비하고 싶지는 않았다.

일주일이 걸려 황궁에 도착하였을 때, 희윤은 다음 식량 지원에는 주나라 왕궁까지 병사를 파견하기로 하였다. 주나라 측의 불만이 상당하여 마지막 식량 지원은 반드시 제대로 이루어져야만 했다. 희윤은 표추진 상장군을 지목하여 다음번 식량 지원을 책임지고 완수하도록 명하였다.

송 황후는 서찰을 읽더니 깊은 한숨을 내쉬었다. 앞에는 기진이 송 황후를 기다리며 서 있었다.

"아버지께서 걱정이 많으시구나."

애써 미소 지은 송 황후는 답장을 쓰기 시작하였다. 저는 잘 지낸다는 내용과 태중 아이에 대한 이야기로 빽빽하게 채워진, 애정이 담긴 서찰은 송 황후에게서 기진에게로 넘어갔다.

기진이 다녀간 후에도 송 황후는 걱정으로 멍하니 넋을 놓았다. 주나라 왕실에서는 제 아비에게 압박을 가해 저를 움직이려 하고 있었다. 서찰에는 황제폐하께 잘 말씀드려 주나라를 도와 달라는, 가족을 살펴 달라는 내용이 섞여 있었다.

황궁으로 돌아온 송 황후는 다음 날부터 곧장 태후를 만나야 했다. 태후는 여전히 송 황후에게 엄하게 굴었다. 이것저것 걱정이 많아진 송 황후는 실수를 많이 하였는데, 그때마다 이 상궁이 호되게 매질을 당하였다. 제 처소로 돌아온 송 황후는 모든 것이 버거워 급기야 홀로 침상에 앉아 울음을 터뜨렸다. 그 울음소리에 놀란 이 상궁이 절뚝이며 다가와 달래 주었으나 오히려 더 크게 소리 내어 울고 말았다.

"무슨 일이냐?"

짬을 내어 교태전을 찾은 희윤이 울고 있는 송 황후에게 다가가 눈물을 닦아 주며 물었다. 지친 기색이 역력한 얼굴에 걱정이 담겨 있어 송 황후는 차마 말하지 못했다. 희윤은 송 황후가 아무 말도 하지 못하자 이 상궁을 쳐다보았는데, 이 상궁은 그저 태후를 뵙고 왔다 말하였다.

"태후께서 또 심하게 하신 모양이구나. 내 말씀드릴 테니 걱정하지 말거라. 회임한 이가 이리 울어서야 되겠느냐."

"날 정말 사랑해요?"

송 황후가 애절하게 희윤을 부여잡고 물었다. 뜬금없는 물음이었으나 그 표정이 심각하여 희윤 역시 진지하게 답했다. 저를 사랑한다는 그의 말에 안심이 된 송 황후는 얌전히 그 품에 안겨 들었다. 송 황후는 귀를 울리는 희윤의 심장 소리에 눈을 감았다. 그러고는 등을 쓸어내리는 그의 손길을 느끼며 애써 저를 뒤덮는 불안감에서 눈을 돌렸다.

최 귀비는 손안에 든 서찰을 차분히 읽어 내려갔다. 제가 보낸 것과는 달리 서찰 안에는 오로지 송 황후에 대한 걱정과 애정만이 가득하였다. 정세 같은 것은 담겨 있지도 않았다. 그저 일상의 평화로움을 말하며 외동딸을 안심시키려 노력하고 있는 그 부모의 마음이 느껴졌다.

그제야 최 귀비는 송 황후가 어찌 그리 천지 분간 못 하는 계집아이로 자랐는지 알 듯도 싶었다. 송소화가 황후가 된 이후, 주나라 측에서는 송 황후의 아비에게 벼슬을 내려 주었다. 이는 기나라와의 관계를 돈독하게 하고, 나아가 송 황후를 통해 기나라의 정보를 수집하려는 의도였으나 애석하게도 그 아비는 주나라에서 요구하는 것들을 무시하고 있었다.

그저 어린 딸아이가 행복하게 지내기를 바라는 마음에 그 눈을 가리고, 귀를 가리기를 망설이지 않았다. 최 귀비는 송 황후의 부모가 참으로 희윤과 닮았다 그리 생각하였다. 송 황후는 제 주변의 모두에게서 보호받고 있었다. 송 황후에게 좋은 것만을 보여 주려 하고, 그 주위에 안전한 울타리를 쳐 놓고 있었다. 그것이 송 황후를 함정에 빠지게 하는 줄도 모르고.

운에게는 감시의 눈길이 소홀해졌으나 희원을 향한 것은 오히려 더욱 심해졌다. 그래서 우를 찾는 것도 점점 그 횟수가 줄어들기 시작하였다. 희윤은 제 형제를 확실히 견제하고 있었다. 운보다는 이 재상과 희원의 주변을 대대적으로 감시하였고, 때때로 그것은 그들을 향한 희윤의 경고처럼 느껴지기도 하였다.

때마침 운을 향한 감시가 소원해져 예상보다 쉽게 움직일 수 있었다. 그는 단오와 미검, 그리고 태규와 함께 주나라로 향하였다. 세 번째였다. 희윤의 명으로 표추진이 식량 지원 행렬을 책임지고 있다는 것을 듣고 운은 일행을 꾸렸다. 단오와 미검만이 원래 운이 생각했던 조합이었으나 태규는 표추진이 책임자라는 이야기를 듣고 저 역시 가기를 희망하였다. 운은 그것을 쉬이 허락하였고 말이다.

그들은 상인 일행에 섞여 주나라로 향하였다. 상인들이 향하는 곳은 주나라가 아니라 먼 대국이었으나 운 때문에 주나라를 경유하기로 하였다. 짐마차에 탄 이들은 일꾼으로 변장하였다. 미검은 변장한 것이 마음에 들지 않는 듯 짜증을 내며 드러누웠고, 단오는 그런 그를 보며 고개를 저었다. 호안이 있었다면 그를 달래 주었을 테지만, 아쉽게도 이곳엔 그를 달래 줄 이가 아무도 없었다.

"쳇, 이따위 옷이나 걸치고! 몸에서 냄새나는 거 같아!"

미검의 외침에도 불구하고 다른 이들은 모두 대답하지 않았다. 운만이 가끔 반응을 보이긴 하였으나 그도 딱히 무어라 입을 열지는 않았다.

"아, 진짜! 나 이거 벗으면 안 되겠소?"

참다못한 미검이 운에게 다가가 애걸하였다. 구린내가 폴폴 풍기는 옷에 기분은 저조하였고, 제게 냄새가 밸까 겁이 날 정도였다.

"창구야."

"그 이름으로 부르지 말라 하였소!"

운이 제 본명을 부르자 미검이 성질을 내었다. 다른 이가 불렀으면 칼부터 빼어 들었을 테지만 다행히 그는 사람을 가릴 줄 알았다.

"한 번만 더 시끄럽게 굴면 앞으로는 모두에게 창구라는 이름을 가르쳐 줄 거다."

미검이 질색하며 입을 다물었다. 단오와 태규는 못 들은 척하면서도 슬쩍 웃음을 터뜨렸고 그는 기분이 상해 옷을 뒤집어쓰고는 애써 잠을 청했다.

"이보시오들, 도착하였소!"

쉬지 않고 급하게 달리던 일행은 주나라에 도착하였다. 상인 일행은 모두가 지친 듯 얼굴이 퀭하였는데, 그와 비교되게 운의 일행은 모두가 아무렇지 않은 얼굴이었다.

상인은 더 이상과 운과 엮이기 싫어 돈을 받고는 서둘러 길을 떠났다. 남은 운과 그 일행은 말을 타고 목적지로 향했다. 운의 일행은 중간에서 주나라인을 만나 합류하였다. 꽤나 많은 수의 인원이었고, 그들은 가난 때문에 백성에서 도적이 된 이들이었다. 먹고살기 위해 남의 것을 훔치기로 작정한 이들이라 병사에 비할 바는 못 되었지만 그 수가 워낙 많아 시간을 끌기에는 적절하리라 생각하였다.

"이번에도 잘 부탁하오."

대장 격인 자가 운에게 악수를 청했다. 운은 그저 사람 좋은 얼굴을 하며 손을 잡았다.

지난번의 약탈로 인해 표추진은 단거리로 주파하는 산악 지대보다는 좀 돌아가더라도 매복 위험이 적은 평야를 경로로 선택했다. 그래서 운에게는 더 많은 인원이 필요했다. 산악 지대라면 치고 빠지기가 가능하겠지만 평야 지대에서 정식으로 훈련받은 군사를 상대로 고작 도적들을 데리고 대응하는 것은 어려운 문제였다.

"미검, 네 역할이 중요하다. 진열을 흩트려야 해. 저들이 수적으로 밀어붙이기야 하겠지만 얼마 버티지 못할 거다. 중앙으로 침투해서 이목을 끌어라."

"알겠소."

미검이 평소와 달리 진중한 얼굴로 답하였다. 단오와 태규에게는 각각 양쪽에서 인력을 조금이나마 분산시키는 역할을 맡겼다. 운은 도적 중 몇몇 인원을 데리고 식량을 실은 짐마차를 빼돌리는 역할을 맡았다.

운은 괜스레 긴장된 마음에 검을 잡았다. 손이 축축하게 젖어왔다. 태규는 제 무리를 끌고 앞쪽에서 대기하고 있었고, 단오 역시 제 무리를 이끌어 뒤쪽에서 표추진 일행을 기다리고 있었다. 단오의 무리를 그저 긴 여정 중에 잠시 쉬어 가는 무리로 여기길 원하지만 아마 표추진은 금방 눈치챌 것이다.

하여 그 전에 미검이 중앙으로 파고들 것이고, 그러면 앞쪽에서 상인으로 변해 앞서가고 있던 태규 일행과 뒤에서 쉬는 척하던 단오 일행이 치고 들어오기로 하였다. 그렇게 아수라장이 될 때, 운은 식량을 빼돌릴 것이고 그것은 그대로 도적 무리가 가지고 가기로 하였다. 모든 것이 계획대로 이루어지기를 운은 짧게 기도하였다.

멀리서 빛이 반짝였다. 단오의 신호였다. 짧게 한 번 반짝인 그 신호는 표추진 일행이 보인다는 신호로, 곧 모든 것이 시작될 것이라는 뜻이기도 하였다. 그리고 순식간에 빛이 세 번 반짝였다. 미검은 곧장 말을 달려 표추진 일행의 중심으로 파고들었다. 그와 동시에 태규 일행이 방향을 전환하여 표추진 측으로 달려가는 소리가 운의 귀에 들려왔다.

✾

우는 몸이 좋지 않은 듯, 침상에서 일어나지 못했다. 흐린 하늘에 기분마저도 저조하였고, 가슴이 답답하였다. 박 상궁이 따뜻한 차를 내어 주었지만 그마저도 내키지 않은지 마시지 않았다.

"의원을 부를까요?"

"아니다."

불안함 때문이었다. 희윤이 보낸 식량이 지금쯤이면 주나라에

도착했을 것이고, 어쩌면 이미 운은 그 속에서 검을 휘두르고 있을지도 모른다. 모든 것은 저로 인해 시작됐음을 우는 모르지 않았다. 막연한 걱정과 불안한 생각이 자꾸만 머릿속을 헤집었다.

우는 그렇게 아무것도 하지 못하고 그저 걱정으로 시간을 보냈다. 애타는 만큼 시간은 더디게만 흘러가 우의 목을 조였다.

❧

쇠붙이가 부딪치는 소리가 귀를 울렸다. 고함 소리와 비명 소리가 난무하였다. 그러나 그 와중에서도 한가운데서 미검은 홀로 검무를 추는 듯 여유롭게 움직이고 있었다.

단오와 태규는 양쪽에서 최대한으로 도적들의 피해를 줄이기 위해 동분서주하고 있었다. 운 역시 가장 앞에서 군사들을 베어 가며 길을 뚫고 있었다. 함께하고 있는 도적들은 그야말로 시간 끌기도 제대로 하지 못하였다. 시간이 지체되면 지체될수록 운의 일행에게 불리하게 돌아갈 것이 빤하였기에 운은 거친 숨을 몰아쉬며 멈추지 않고 정신없이 검을 휘둘렀다.

"뒤처지지 마라!"

운이 소리쳤다. 자꾸만 멀어지는 이들은 군사들의 공격에 어찌할 바를 몰랐고, 점점 운을 따르는 이들의 숫자가 적어지고 있었다.

"젠장!!"

그는 멈추지 않고 계속해서 앞으로 나아갔다. 수많은 이가 앞을 가로막았고, 등 뒤에선 비명 소리가 들려왔다.

"따라붙으란 말이다, 멈추지 마."

정신없이 소리쳤다. 누군가 운의 허리를 베고 들어왔다. 운은 서둘러 방향을 바꾸며 검을 휘둘렀다. 무엇인가 베는 그 감촉이 선명하게 느껴졌다. 그렇게 한 명, 한 명을 제치며 그는 짐마차로 향했다. 그의 뒤에는 엉망이 된, 그저 운이 좋았을 뿐인 이들이 몇 남아 있었다.

미검은 운이 짐마차에 당도한 것을 보고 즉각 그쪽으로 향했다. 이번엔 미검이 앞에서 길을 뚫고, 운이 뒤에서 막아야 했다. 여전히 단오와 태규는 양쪽 끝에서 병력을 분산시키고 있었다.

"식량! 식량을 사수하라!"

익숙한 목소리가 들려왔다. 표추진이었다. 기나라 황군의 복장을 하고 있는 그는 서둘러 운 측으로 몸을 돌렸다.

"이 새끼들아! 비켜!"

거침없이 욕설을 내뱉으며 운에게로 향하는 표추진을 막아선 것은 태규였다.

"오랜만이오, 상장군."

놀란 얼굴을 한 표추진은 그제야 상황을 파악한 듯, 무서운 얼굴로 태규의 목을 향해 검을 휘둘렀다. 예리한 칼날의 우는 소리가 태규의 귓가에 소름 끼치게 울렸다.

"내가 성정이 너그러운 편이 아니라 은혜는 잊어도, 원한은 잊지 않는다오."

태규가 있는 힘껏 표추진에게 몸을 부딪쳐 그의 흐름을 끊어냈다.

"감히 반란을 일으키고도 무사할 줄 아느냐?"

"황제가 내게 무엇을 해 주었소? 당신 같은 인간을 신하로 부리는 황제라면 나도 필요 없소이다!"

표추진이 고함을 지르며 태규에게 달려들었다. 태규의 검이 표추진의 검을 막았고, 이어서 태규는 힘으로 표추진을 밀어내었다.

표추진의 몸에는 자잘한 검상이 늘어나고 있었다. 상장군의 직위에 오른 표추진은 성정이 모나 거짓말을 밥 먹듯이 하는 이였으나 그 실력까지 거짓인 자는 아니었다. 태규의 목을 향해 표추진의 검이 날을 드러내었다. 서늘한 예기와 함께 태규의 목에는 희미한 선이 그어졌고, 곧 붉은 것이 흘러내렸다. 아쉽게 빗나간 검에 표추진은 희미하게 웃었다. 실력의 차는 확연했다.

"이걸로 끝이다."

햇빛에 반짝이는 표추진의 검이 다시 한 번 태규를 향하였다. 그는 이를 악물고 오히려 표추진의 품으로 깊숙이 파고들었다. 멀리서 그를 부르는 다급한 미검의 목소리가 귓전을 울렸다.

우는 깜빡 잠이 들었다 화들짝 놀라며 깨어났다. 식은땀으로 몸이 축축하였다. 꿈에서 운은 저를 보며 웃고 있었다. 보기 좋은 웃음이었으나 운이 서 있는 곳이 핏물이 가득 고인 웅덩이였다는 것이 문제였다. 그것은 점점 운의 옷자락을 타고 올라가 결국 운이 걸치고 있던 하얀 비단옷을 전부 붉게 물들였다.

불길한 기분에 우는 침착하려 애썼으나 소용없었다. 우가 할 수 있는 것은 그저 기다리는 것뿐이었다.

"오라버니."

우는 기도하였다. 운을 떠올리며, 그가 무사히 돌아오기를 기도하고 또 기도하였다.

"마마, 소왕야께서 오셨습니다."

우는 서둘러 침상에서 일어나 옷매무새를 바로 하고 희원을 맞이하였다. 낯빛이 창백한 것이 한눈에 보아도 상태가 좋지 않아 그는 우를 보자마자 곧장 다시 침상으로 이끌었다. 이미 이유를 알고 있기에 그는 그저 그 곁에 앉아 희미하게 미소를 지어 보였다. 그 역시 운이 걱정되어 불안하기는 마찬가지였기에 우의 손을 토닥이며 걱정하지 말라는 말 대신 고개를 끄덕였다.

"불안합니다. 악몽을 꾸었어요. 오라버니의 옷이 온통 붉은 피로 물들었습니다."

우가 침착하지만 초조함이 섞인 목소리로 중얼거리듯 희원에게 말했다. 마치 아직도 잠에서 깨어나지 못한 듯 몽롱해 보이는 그 말투에 희원이 고개를 저으며 우를 달랬다.

"그는 무사히 돌아올 것이다. 네 오라비를 알지 않느냐. 아마 네게 성공을 축하받고 싶어 쉬지도 않고 달려오겠지."

희원 역시 스스로에게 최면을 걸듯 애서 말했다. 그는 초조한 기색을 감추지 못하는 우를 제게 기대게 하여 그 등을 천천히 다독여 주었다. 그리고 끊임없이 우를 안심시키려 노력하였다. 그 노력이 통했을까. 우는 그의 가슴팍에 기대어 어느 순간 잠들어 있었다.

"널 두고 떠날 이가 아니니 걱정하지 말거라."

잠든 우를 감싸 안으며 희원이 입을 달싹였다. 홀로 불안해하고 있을 우를 위해 입궐한 그는 잠든 우를 응시하며 시간을 보냈다. 이토록 여린 이가 홀로 견뎌 냈을 시간이 안타까워 그는 한숨 지었다.

우는 희원이 떠날 때까지도 잠에서 깨어나지 않았다. 희원은 박 상궁에게 우가 깨어날 때까지 그 곁에 있어 달라 부탁하였다. 애서 내키지 않는 걸음을 옮기며 그는 우의 처소를 나섰다. 그리고 우의 처소에서 나오자마자 희윤과 마주쳤다.

"아친왕."

"폐하께 인사 올립니다."

희원은 곧장 희윤에게 인사를 하였다. 희윤은 마치 그를 기다리고 있던 것처럼 보였고, 우의 처소에서 나오는 희원이 못마땅한 듯 미간을 찌푸린 모습이었다.

"따라오세요."

거칠게 뒤돌아 걷는 희윤의 뒤를 희원은 아무 말 하지 않고 조용히 뒤따랐다. 황제만이 입을 수 있는 황금빛 용포가 어느새 잘 어울리는 사내로 자라난 희윤이 보였다. 시간은 어언간 어린아이가 사내가 될 만큼 흘러 있었다.

"반역이라도 일으킬 셈입니까?"

지친 얼굴을 한 희윤은 희원에게 화를 내고 있었다. 잔뜩 찡그린 얼굴로 그는 제 머리를 짚고 있었다. 희원은 곧장 알았다. 아직 그가 저를 끊어 내지 못했음을. 감시를 하면서도 그 흔적을 보여 주는 것 역시 그저 저를 그만두게 하기 위해서였다. 그의 아우는 아직도 손에 쥔 그 어느 것도 내려놓을 준비가 되어 있지 않았다.

"저는 선택했습니다, 폐하."

"내 이제껏 눈감아 주었습니다. 이 정도로 만족하세요. 황제의 비를 품고 살아남은 자는 아무도 없었습니다!"

"죽음이 두렵다면 시작조차 하지 않았을 일입니다."

희윤이 침음을 흘렸다. 그는 할 말을 찾는 듯하였으나 끝내 입을 열지 못했다. 단호한 얼굴로 저를 바라보고 있는 희원을 보며 그 어떤 회유의 말도 통하지 않았음을 알았다. 끝내 혈육을 버리고 여인을 택한 제 형제에게 그는 분노했다.

일그러진 얼굴을 하고 있는 희윤과 달리 희원은 평온한 얼굴이었다. 그는 이미 모든 선택이 끝난 지 오래였다. 몇 번을 다시 생각하여도 우를 선택할 것이었다. 그 어떤 것도 그에게 우보다 우선순위가 될 수는 없었다.

"아무것도 놓지 않으실 수는 없을 겁니다."

"아니, 모두 황제의 것이고, 모두 내 것입니다. 우, 그 아이 역시 마찬가지입니다. 우습게도 그 아이의 처음 역시 모두 나였습니다. 내가 바라지 않았음에도 그 아이는 제 전부를 나에게 주었습니다. 지금이야 상처받아 날을 세우고 있지만, 그 아이는 내게 사랑을 말했습니다. 그런 아이가 내가 계속 내미는 손에 과연 고개 돌릴 수 있으리라 생각하십니까? 아니요, 그럴 리가요. 그토록 간절히 원하던 것에서 눈 돌릴 수 있으리라고 나는 생각하지 않습니다."

희윤은 제 할 말을 모두 쏟아 낸 후에 희원의 인사도 받지 않고 그대로 자리를 떠났다. 떠나는 이의 뒷모습을 보며 희원은 다시 한 번 저를 덮쳐 오는 불안감과 초조함에 허탈하게 웃었다. 우의 곁에서 충만함과 행복에 젖어 있다가도 그는 희윤 앞에선 늘 초라하였다. 어깨를 펴고 당당하게 굴고 있었지만 결국 우는 그의 여인이었다. 그것은 부정할 수 없는 사실이었고, 그것은 희원을 상처 입혔다.

빠른 걸음으로 한참을 걷던 희윤은 갑자기 멈추어 섰다. 종추가 조용히 곁을 지키다 입을 열었다.

"유배를 보내셔도, 그 목을 베어도 문제없을 발언입니다."

"나는 그를 죽이고 싶지 않다."

해결되지 않는 문제에 한숨을 토하는 희윤을 보며 종추가 안타까워하였다. 그는 어려서 겪었던 황권 쟁탈에 관해 잘 기억하지 못하였다. 그가 황위에 오른 것은 이 재상의 지지 덕분이었으나 또 한편, 희원이 황위를 원하지 않아서였다는 것을 그저 들은 이야기로 알고 있을 뿐이었다. 그는 어렸고, 제 주위에서 일어나는 일에 대해 잘 알지 못했었다.

희윤이 성장할 때까지 태후가 대리청정을 하였다. 가장 높은 자리에 있으면서도 제 어미에게, 그리고 늙은 대신들에게 휘둘리기만 했다. 그런 그에게 위로가 된 것이 희원이었다. 궐 안의 일을 누구보다 잘 알고 있는 제 배다른 형제가 그의 소년 시절부터 지금까지 유일하게 속을 터놓을 수 있는 사람이었다.

그는 희원이 저를 위해 얼마나 숨죽이며 살아왔는지도 잘 알고 있었고, 그리하여 늘 그에게 고마웠다. 그런 그가 고작 여인 때문에 제게서 등 돌렸다는 사실을 그는 인정하기 싫었다.

제 곁에 있던 이들이 하나둘 떠나려 하고 있었고, 그것은 희윤을 울적하게 만들었다.

"허나 마지막이다. 내 경고는 이것이 마지막이야."

스스로 다짐하듯 되뇌며 희윤은 터덜터덜 걸었다. 그 뒤를 따르는 종추의 눈에는 홀로 남은 외로운 황제가 있었다.

송 황후는 문득 잠에서 깨었다. 침실 안에는 오로지 저 혼자뿐이었다. 희윤이 제 곁에 없다는 것을 알자마자 느껴지는 허전함에 그이는 몸을 부르르 떨었다. 오지 못할 일이 있다면 미리 연통이라도 주던 이가 아무런 소식도 없이 제게 오지 않았다는 것에 좋지 않은 기분이 들었다. 요즘 따라 송 황후는 유난히 예민하였고, 그것을 본인 역시 잘 알고 있었다. 그녀의 기분은 극과 극을 오가며 주위 사람을 힘들게 하였다.

고개를 숙여 배를 내려다보자 둥그렇게 부푼 것이 보였다. 회임 중기에 들자 태동은 더욱 강하게 자주 느껴졌고, 허리가 아프기도 하였다. 그뿐 아니라 배가 당기기도 하였고, 손발이 붓기도 하였다. 불편하고 어색한 것뿐이라 마치 제 몸이 제 몸이 아닌 듯 느껴졌다.

"이 상궁."

송 황후가 소리를 높였다. 허나 그 부름에 호응한 것은 다름 아닌 기진이었다.

"기진이구나. 이 상궁은 어디 가고 네가 온 거야?"

"황후마마 드릴 탕약을 달이는 중이십니다."

송 황후는 알았다 하며 기진에게 시원한 물을 가져오라 일렀다. 잠에서 깨어나니 목이 말랐으나, 곁에 있는 미지근한 물은 마시고 싶지 않았다.

시원한 물을 단숨에 들이켜 마신 송 황후는 크게 숨을 내쉬었다. 머리가 찌르르 울리는 것 같았다. 기진이 곁에 다가와 부채질을 해 주었다. 아직은 더위가 남아 있어 이마에 송골송골 맺혔던

땀방울이 그 부채질에 식는 것을 느꼈다.

"어디 출신이지? 가족은 있어?"

"그저 변방의 작은 마을 출신입니다. 운이 좋아 궁녀가 되었지요. 저 하나로 그나마 가족들이 입에 풀칠을 하니 감사하게 생각하고 있습니다."

담담히 내뱉는 그 말에 송 황후는 기진이 안쓰러운 듯 바라보다 고개를 끄덕였다.

"대단하구나. 나보다 어린 듯 보이는데."

"궁녀들의 사정은 다 비슷비슷합니다. 먹고살기 어려워 입궐한 이가 대다수이지요. 그래도 저는 황후마마를 모시니 다행이지요."

송 황후는 저를 칭찬하는 기진의 말이 조금 낯간지러운 듯 웃고 말았다. 침상에 누운 송 황후는 제 곁에서 부채질을 해 주며, 차분히 제 물음에 답해 주는 기진이 마음에 들었다. 단정하고, 차분한 저와는 다른 모습이 좋아 보였던 것이다. 가족을 부양하고 있다는 그 말에 안타깝기도 하였고 말이다.

"내게 오는 서찰은 모두 네 담당이지? 어째 요새는 서찰이 오지 않는구나."

"주나라에서 오는 서찰을 기다리고 계시지요? 아무래도 식량 지원 문제로 인해 분위기가 좋지 않아 그런 듯합니다."

기진이 은근슬쩍 말을 흘렸다. 순식간에 얼굴이 어두워진 송 황후는 깊게 한숨을 쉬었다.

"걱정하지 마세요, 마마. 금방 괜찮아질 겁니다. 하물며 폐하께서 마마의 부모님을 어찌 그냥 두시겠어요."

송 황후는 그저 고개를 끄덕이며 눈을 감았다. 기진의 부채질로 살랑거리는 바람이 송 황후를 간질였다. 그 밤 이후, 송 황후는 이 상궁이 자리를 비우면 언제나 기진을 찾았고, 기진은 송 황후의 곁에 머물게 되었다.

❦

희윤은 눈앞의 주나라 사신을 보며 냉담한 표정을 하고 있었다.

"허니 다시 전부 내어놓아라 이 말인가?"

"약탈 세력의 배후에 기나라인이 있음은 분명합니다. 내부의 세력 다툼으로 저희 쪽의 손해가 막심하니 이를 보상해 주셔야겠습니다."

희윤은 아무런 말도 하지 않고 제 앞의 사신을 바라보았다. 그는 삐질삐질 땀을 흘리면서도 제 할 말은 다 하고 있는 사신이 무척이나 심기에 거슬렸다. 허나 사신을 함부로 대할 수는 없기에 인내심을 발휘하여 참고 있었다. 주나라 사신에게서 직접 이런 말을 들으리라고는 생각하지 못한 희윤은 점점 화가 머리끝까지 치닫는 것을 느꼈다.

"그만, 주나라 왕에게 전하라. 내 답은 처음과 같다. 주나라 땅에서 약탈당한 것은 주나라 왕의 책임이지 나의 것이 아니다. 또한 이로 인해 오히려 내 휘하의 젊은 장수가 안타까운 목숨을 잃었다. 이 역시 주나라 땅에서 일어난 일로 내 책임을 물을 수 있음을 기억하라."

주나라와의 일로 골치 아파진 희윤은 서둘러 회의를 소집했다. 굳은 얼굴로 대신들을 내려다보던 그는 어찌하면 좋을지 방도를 물었다. 다들 그저 전과 같은 태도를 고수하라 하였을 뿐 특별한 이야기는 없었다. 배후 세력에 대한 이야기에 대해서는 다들 그저 면밀히 조사해야 한다고 할 뿐, 의심 가는 이가 있는지에 대해서는 그 입을 다물었다.

희윤은 침묵을 지키고 있는 이 재상을 바라보다 질문을 던졌다.

"어찌 생각하는가?"

"곧 주나라 측에서 병력을 준비할 겁니다."

대신들이 웅성거리기 시작하였다. 주나라는 식량 문제로 곤란을 겪기는 하였으나 워낙 기질이 호전적인 이들이었다. 척박한 곳에 터를 잡아 약탈 경제가 활성화된 곳이기 때문이었다.

"설마 주나라 측에서 그렇게까지 하겠소?"

"소수이긴 하나 그들은 강합니다. 물론 전쟁을 한다면 우리가 승리야 하겠습니다만 득 볼 것은 없지요. 그들의 땅은 척박하니 굳이 빼앗을 필요도 없습니다. 그에 반해 주나라는 다릅니다. 인근의 땅을 조금만 가져도 그들에게는 농경지가 생기는 겁니다. 게다가 백성을 넘겨주고, 그 어떠한 지원도 받지 못한 주나라 왕이 가만히 있을 수는 없겠지요. 체면을 생각해서라도 행동을 취할 겁니다."

이 재상의 말에 순식간에 침묵이 공간을 메웠다. 그 말에 동의하지 않으면서도 그의 말에 혹시나 하는 의구심이 들었고, 그 의구심은 곧 전쟁이 일어난다면……, 하는 가정으로 이어졌다. 전쟁을 하면 기나라가 주나라에게 이길 것은 확실하였으나 분명 이 재상의 말대로 얻을 것이 없었다. 그저 인력과 물자만이 무의미하게 소모될 뿐이었다.

"허니 저희도 미리 준비하는 것이 좋을 듯합니다. 전쟁이 일어난다면 서둘러 끝내는 것이 최선의 선택이 될 테니 말입니다. 한 번에 끝내는 것이 중요하지 않겠습니까. 전쟁이 길어질수록 손해를 보는 것은 우리입니다."

"다르게 생각하는 이는 없는가?"

희윤이 대신들을 살폈다. 그들은 이미 이 재상의 의견에 동의한 듯 아무도 발언하지 하지 않았다. 몇몇 이들은 전쟁이 일어나리라 생각하지는 않았으나 혹여나 전쟁이 일어났을 때, 제 발언을 책임져야 한다는 걱정으로 희윤의 눈을 피하였다.

"허면 상장군 정회군은 주나라의 침입에 대비하여 군사를 정비하고, 물자를 조달하라. 도성을 제외한 각 지방의 자치군은 각각 최소한의 병력을 제외한 수의 군사를 미리 지원군으로 대비토록 하라."

"마마!"

기진이 서둘러 송 황후에게 달려왔다. 채신머리없이 뜀박질하는 그 모습에 이 상궁이 세모눈을 하였으나 송 황후의 앞이라 야단치지는 않았다. 그녀는 기진이 마음에 들지 않았으나 크게 흠잡을 곳이 없으며, 더욱이 송 황후가 유난히 어여뻐하였기에 방관할 수밖에 없었다.

기진은 송 황후의 귓가에 속삭이기 시작하였다. 그것은 주나라 사신이 다녀간 후, 희윤이 전쟁을 대비한다는 내용이었고 송 황후의 안색이 금방 허옇게 질렸다. 당황한 송 황후는 어찌해야 할 바를 모른 채, 서찰을 작성하였다. 기진은 곁에서 송 황후가 서찰을 작성하는 것을 도왔다.

이미 송 황후의 부모에게서 오는 서찰은 끊긴 지 오래였다. 주나라와 기나라의 사이는 점점 틀어지고 있었고, 송 황후는 제 부모의 생각에 불안함을 감출 길이 없었다.

이 재상은 회의가 끝난 후, 오랜만에 우를 찾았다. 그 안색이 전보다 훨씬 보기 좋아진 것은 분명했으나 걱정이 가득한 얼굴로 우가 이 재상을 맞이하였다. 이 재상은 딸아이의 마음의 짐을 덜어 주기 위해 곧장 운의 이야기를 꺼냈다. 다행히도 운은 살아서 제집으로 돌아왔다. 운이 데리고 갔던 태규라는 아이는 제 목숨을 내주고 표추진 상장군의 목숨을 취했다고 들었다. 안타까운 일이 었으나 다행히 제 아들은 무사히 돌아왔고, 모든 것이 이 재상이 원하는 방향으로 흘러가고 있었다.

"운이는 집에서 요양 중입니다. 검상을 입기는 하였으나 시간 이 지나면 절로 괜찮아질 것이니 크게 염려치 않으셔도 됩니 다."

운이 살아 돌아올 수 있었던 것은 전적으로 단오와 미검의 덕 이었다. 특히나 미검의 공이 컸는데, 그는 그 유려한 검술로 길을 만들었다. 그 후에는 내키지 않는 여장까지 하여 운과 부부로 위 장해 기나라로 돌아왔다.

처음 마차 안을 보고 기겁했던 것을 이 재상은 기억하였다. 화 려한 미색의 여인이 운을 품에 안고 욕설을 지껄이고 있었다. 피 가 진하게 배어 나오는 운의 옷을 보고 그는 서둘러 의원을 찾았 다. 운과 함께 있던 여인이 사내임을 알게 된 것은 한참 후의 일 이었다.

"다행입니다."

그 말에 우의 긴장이 순식간에 풀렸다. 이 재상이 우의 손을 토 닥였다. 이제까지 우에게 운의 소식을 알려 주지 않은 것은 입궐 하여 우를 찾기가 어려웠던 까닭이었다. 희윤의 눈이 이 재상을 좇고 있었고, 그는 모든 행동을 조심해야만 했다. 서찰이나 혹은 희원을 통해서 알려 줄 수도 있었겠지만 그는 가능한 한 모든 위 험 요소를 없애고 싶었다.

"늦게 알려 드려 송구합니다."

아비의 사과에 우가 고개를 저었다.

"아닙니다. 다 이유가 있으셨던 게지요. 무사하다면 되었습니다. 혹 거동할 수 있게 되면 입궐하라 전해 주세요."

우의 부탁에 이 재상이 알았다 답하였다. 이 재상은 앞으로의 일에 대해서는 어떠한 말도 하지 않고 그저 우와 일상적인 이야기를 나누었다. 우의 모친에 대해 주로 이야기를 나누다 궐문이 닫히기 전 그는 우의 처소를 떠났다. 이 재상은 떠나기 전, 가만히 우의 얼굴을 바라보다 따스한 손길로 머리를 쓰다듬어 주었다. 그에게 우는 여전히 기억 속 제 품에 안겨 있던 어린아이였다. 그런 아이를 이런 곳에 놓고 가자니 마음이 좋지 않았으나 이 재상은 뒤돌지 않고 곧장 궐을 나섰다.

최 귀비는 손안에 든 서찰을 읽으며 웃음을 터뜨렸다. 송 황후가 급박하게 쓴 서찰은 제 부모에게 보내는 것으로 지금은 최 귀비의 손에 있었다. 기진이 빼돌린 것이었다.

부모에 대한 걱정으로 시작하는 그 서찰은 송 황후의 성격이 그대로 드러나 보였다. 의연하기는커녕 발을 동동거리는 모습이 눈에 선하였다. 송 황후는 제 부모에게 기나라로 망명하기를 청하고 있었다.

"어리석기도 하지."

이미 이렇게 사이가 벌어진 후라면, 송 황후의 부모는 주나라 측에서 감시당하고 있을 것이 빤하였다. 어쩌면 구금당하고 있을 지도 모른다. 송 황후는 그런 일은 생각도 하지 않고 있음이 분명 하였다. 전쟁이라는 것에 온통 정신을 빼앗겨 제 부모가 이곳으로 와야 한다는 생각만이 가득한 듯하였다. 그런데도 아직 황제를 찾 지 않은 것은 꽤나 예상 밖의 일이었다. 분명 곧장 황제를 찾아가 제 부모를 빼내 달라 하지 않을까 하였는데 말이다.

최 귀비는 상궁을 시켜 제가 부르는 대로 글을 적게 하였다. 그 내용을 듣는 상궁의 얼굴이 창백하게 질렸으나 그것은 최 귀비에 게 어떠한 영향도 끼치지 못하였다.

"……허니 이 아비가 시키는 대로 하셔야 합니다. 그래야 목숨 을 부지하실 수 있습니다."

덜덜 떨리는 손으로 편지를 마저 쓴 상궁은 최 귀비의 명에 따 라 그것을 필사하는 이에게 가지고 갔다. 돌아올 때는 송 황후 부 친의 필적으로 적힌 서찰을 들고 올 터였다.

최 귀비는 상궁이 떠난 후, 홀로 또 다른 서찰 하나를 펴 들었 다. 이순이 보낸 것이었다. 어린아이는 수령으로 부임한 첫날부터 곧장 자주 서찰을 보내왔다. 유려한 글씨가 가득한 그것에는 사소 한 일부터 중차대한 일까지 자세히 적혀 있었고, 때로는 최 귀비 의 의견을 구하기도 하였다. 그 수많은 서찰에 그녀는 아직 단 한 번도 답을 하지 않았음에도, 이순의 편지는 멈추지 않고 계속 날 아들었다. 그리고 그것들은 모두 귀비전 어느 한편 깊숙이 숨겨졌 다.

최 귀비는 제게 보내는 하나뿐인 동생의 애정과 관심을 귀찮아했으면서도 차마 그것을 외면하지는 못하였다. 익숙지 않은 것이나 싫지는 않았다. 그렇게 이순의 편지들은 텅 비었던 최 귀비의 서랍 속을 차츰 가득 채우고 있었다.

궐에는 흉흉한 소문이 가득하였다. 희윤이 전쟁에 대비하라 명한 이후로 병사들은 비상경계 태세로 전환하였고, 궁녀들 역시 삼엄한 분위기 속에서 몸을 움츠렸다. 눈과 귀가 있는 자는 모두 전쟁을 걱정하였는데, 그것은 송 황후도 마찬가지였다. 희윤이 특별히 송 황후에게 그것들을 숨기려고 노력하였으나, 그녀는 곁에 있는 기진에게 그 모든 것을 전해 듣고 있었다.

주나라로 보낸 서찰엔 아직 답이 없었다. 송 황후는 기진에게 불안감을 토로하며 잠을 이루지 못했다. 희윤 역시 정사로 바빠 그저 잠시 잠깐 들러 얼굴만 보았을 뿐, 제대로 이야기를 나누지는 못하였다. 홀로 불안감에 떨고 있는 송 황후의 곁에 머물러 있는 이는 기진뿐이었다.

"마마, 서찰이 당도하였습니다."

기진이 서찰을 들고 송 황후에게로 향했다. 깜짝 놀라며 서찰을 건네받은 송 황후는 서둘러 그것을 열어 보았다.

반가운 얼굴로 찬찬히 서찰을 읽어 내려가던 그이의 얼굴이 점차 굳어 가기 시작하였다. 서찰을 쥐고 있던 손은 하얗게 질린 채 바들바들 떨리고 있었다.

"안 돼. 이래선 안 돼."

고개를 저으며 중얼거리는 송 황후의 얼굴에서 불안감이 읽혔다. 기진은 슬쩍 송 황후에게로 다가가 서찰을 훔쳐보았다. 최 귀비가 내어 준 서찰에는 황제를 회유하라 적혀 있었다. 그러나 그것은 교묘하게 송 황후의 죄책감을 자극하고 있었고, 어리석은 이는 최 귀비의 의도대로 희윤에 대한 죄책감에 몸을 떨었다.

서찰을 내어 주며 최 귀비는 기진에게 송 황후에게 겁을 주어 희윤에게는 어떠한 말도 하지 않도록 하라 명하였다. 그리고 기진은 그 명을 충실히 이행하였다.

"마마, 큰일 나십니다. 이러다 오히려 주나라와 내통하였다 여겨지시면 더 큰일이 날 겁니다. 그러면 오히려 주나라에 계신 그분들께도 화가 닿을 터이니 묻어 두세요."

"허나 그러다 참으로 내 부모의 목숨이 위태로워지면 어떻게 하느냐!"

"폐하께서 그렇게 두실 리 없습니다. 이리 마마를 아끼시는데 그러실 리가요. 이 서찰이 발각되면 오히려 대신들이 마마께서 주나라와 내통하였다고 몰아붙일 겁니다. 그러면 폐하께서도 손쓰기 힘들 것입니다."

기진이 계속해서 송 황후를 설득하였다. 그러고는 서둘러 종이와 붓을 준비하여 거절의 말을 적으라며 재촉하였다.

"기진아, 진정 전쟁이 일어나는 것은 아니겠지?"

"괜찮을 겁니다. 걱정하지 마세요."

송 황후는 기진에게 제가 적은 서찰을 전해 주며 물었다. 그이는 불안함을 그대로 내보이고 있었는데, 윗사람의 위엄을 보이려 노력하기는커녕 기진에게 의지하고 있는 듯 보였다. 기진은 그런 송 황후에게 그저 그이가 듣고 싶어 할 말만을 해 주고 있었다.

송 황후는 배가 당기는 기분에 자리에 누웠다. 부푼 배는 거동을 불편하게 하였다. 울적해진 기분에 송 황후는 홀로 눈물을 찔끔 흘렸다. 몸은 불편하였고, 멀리 떨어진 부모의 안위가 걱정되었고, 지금 제 곁엔 아무도 없었다. 희윤과 함께 있어도 그에게 제 속내를 거리낌 없이 털어놓기 힘들었다. 그 지친 얼굴을 보고 있노라면 제가 또 하나의 짐이 될까 봐 망설이게 되었다. 모든 것이 불안하고, 모든 것이 힘들었다.

송 황후는 그렇게 서글픈 마음을 안고 홀로 외로이 잠들었다.

도성에서도 점차 병사들이 자주 눈에 띄었다. 공표하고 있지는 않았으나, 이미 수도군은 비상 태세를 갖추고 있었다. 그러나 백성들은 그를 인식하지 못한 듯 여느 때와 마찬가지로 평화로웠다.

운은 천천히 걸음을 옮기며 사람을 구경하였다. 전쟁의 낌새도 알아차리지 못한 이들은 그저 하루하루 먹고사는 데 집중하고 있었다. 한 치 앞도 모르는 이들의 모습을 어리석다 해야 할지 태평하다 해야 할지 운은 알 수 없었다. 다만 그것이 그리 나쁘게 보이지 않았다는 것은 확실하였다. 사소한 일이라도 모두 각기 제 할 일을 하고 있었으니 말이다.

그는 어느새 희원의 왕부에 당도하였다. 푸른 기와의 그리 크지 않은 집은 희원의 성품을 보여 주는 듯하였다.

"아이고! 도련님, 오셨습니까!"

희원의 청지기가 반갑게 운을 맞이하였다. 희원이 잠시 자리를 비웠다면서 그는 운을 희원의 방으로 안내하였다. 주인 없는 방에 홀로 남은 운은 거리낌 없이 드러누웠다. 아직 완전히 아물지 않은 상처로 인해 오랜 시간 움직이는 것은 그로서도 꽤나 지치는 일이었고, 지금은 일단 쉬고 싶었다.

"자네, 괜찮은가?"

희원이 걱정이 가득한 얼굴로 들어섰다. 운이 일어나려 하였으나 희원은 오히려 그를 만류하였다.

"아픈 이에게 예를 따질 수야 없지."

단정한 얼굴에 떠오른 미소가 운의 마음을 편하게 해 주었다. 우의 곁에 있는 사내는 다정하기 짝이 없었다. 오히려 다과를 들고 온 여종이 운의 행태에 깜짝 놀라 허둥지둥하였다. 그에 민망해진 운이 희원의 만류에도 벌떡 일어나 헛기침을 하였다.

둘은 이런저런 이야기를 나누었다. 주된 이야기는 운이 주나라에서 겪었던 일이었다. 표추진과 상대하였던 태규의 이야기, 그리고 다친 운이 어찌 그곳에서 빠져나왔는지에 대한 이야기였다.

"태규라는 이, 가족은 있나?"

"아니, 딸린 식구가 없는 이였다네. 여동생이 있었다고 들었던 거 같은데 오래전 죽었다 하였던가. 하여간 지금은 혼자라 하였지."

쓸쓸한 죽음이었다. 그의 제사를 지내 줄 이도 없을 것이다. 그가 왜 그렇게 표추진을 싫어했는지는 의문에 가까운 일이었다. 그는 그에 대해 어떠한 말도 하지 않았다. 다만 군에 있을 때부터 표추진에게는 적대감을 드러내었기에 사이가 유달리 좋지 않았다는 것이 운이 알고 있는 전부였다. 우연한 기회에 표추진과 태규 사이에 끼어들었던 것이 인연이 되어 그가 저를 쫓아온 것이었다.

'표추진 상장군보다는 아무래도 세가 더 강하니 잡아 보는 겁니다.'

평소와 달리 빈정거리며 말하는 태규에게 운은 그것이 무슨 말이냐 묻지 않았다. 운에게 필요한 것은 그저 저를 도와줄 사람 몇이었고, 그의 개인적인 사정은 전혀 궁금한 것이 못 되었다. 지금에 와서야, 태규가 유언도 남기지 못하고 죽고 나서야 그의 말이 궁금해졌다. 그러나 그에 대해 이야기해 줄 이는 이미 사라지고 없었다.

"사원에 부탁할 생각이네. 그래도 제삿밥은 얻어먹을 수 있게 해 주어야지."

운이 말하자, 희원이 고개를 끄덕였다. 예상하지 못한 일은 아니었다. 그들은 계획을 세우며 둘 중 누군가 죽을지도 모르겠다고 생각하였다. 아니, 어쩌면 모든 것이 실패하고 둘 다 죽을는지도 모른다고 이야기했었다.

그래서 이 죽음이 놀랍지는 않았으나 안타깝기는 하였다. 생을 달리한 이에게는 득 될 것이 하나 없는 죽음이었으니 말이다.

"아버지께 들으니 황제가 전쟁에 대비하고 있다더군."

"이 재상께서 그리 유도하신 게지."

"뭐 아버지께서 하시지 않은 일이 있나? 결국 모든 것이 그렇지. 황후를 보게. 주나라와 전쟁이 일어나면 백성들에게서 그이는 외면받을 거야. 하다못해 능력이 뛰어난 이도 아니니 궐에서도 자리 잡지 못할 것이고, 회임한 것이 예상 밖이긴 하나 뭐 우리가 원하는 건 황태자 자리가 아니니 상관없지."

모든 것이 시간문제였다. 양국에서는 이미 군사를 준비하고 있었다. 서로가 적절한 시기를 기다리고 있을 뿐, 전쟁은 이미 확정된 것이나 마찬가지였다. 누가 먼저, 언제 시작하느냐가 문제일 뿐이었다.

"아! 아버지께서 자네에게 혈기 왕성한 이들을 자극 좀 해 보라고 하셨네."

운의 말에 희원이 웃었다. 이 재상은 운이 말한 것처럼 말하지는 않았을 것이다. 그저 운이 제 내키는 대로 말하는 것이 분명하였다. 뜻이야 거기서 거기겠지만 말이다.

"알았네, 그렇지 않아도 오늘 밤, 만날 생각이네."

"황제가 자네를 주시하고 있는데 그리해도 되겠나?"

"글쎄, 어쩔 수 없지. 내가 실패하면 자네가 할 것이고, 자네가 실패하면 이 재상께서 하시겠지."

운이 희원의 어깨를 툭 하고 쳤다. 신경질이 담긴 그 행동에 희원은 아무 말도 하지 않았으나, 분명 제 친우가 저를 걱정하고 있다는 것을 알았다. 검상을 입은 저는 생각지도 않고 제 걱정을 하는 이가 우스웠다.

운은 그날 밤까지 희원과 함께 있다 희원이 모임이 있는 장소로 출발할 때, 함께 그의 집에서 나왔다. 잘 차려입은 희원을 보며 놀리기를 서슴지 않던 그는 웃다 검에 베인 자리가 아팠는지 신음 소리를 내기도 하였다.

"그러다 상처 덧나네."

"그리 기생오라비 같은 꼴을 보니 우스운 걸 어떻게 하나? 난 이만 가 보겠네."

턱 끝으로 희원의 차림새를 한 번 가리킨 운은 장난스럽게 웃더니 곧 뒤돌아 손을 흔들었다. 거의 죽다 살아났음에도 여전한 제 친우의 모습에 희원은 저도 모르게 피식대며 웃다 약속 장소를 향해 걸음을 옮기기 시작하였다.

희원은 얼굴에 화사한 미소를 띠고 있었다. 내키지 않는 만남이었으나 꼭 필요한 것이었다. 그곳에는 희원 못지않게 화려한 옷차림을 한 이들이 한가득 있었다. 그들은 모두 희원을 반기며, 상석을 내어 주었다. 하나뿐인 황제의 형제, 지금으로선 차기 황위 계승자였다. 그들에게 희원은 좋은 관계를 유지하여 나쁠 것 없는 이였던 것이다.

"다들 소식 들으셨습니까? 주나라 말입니다."

희원이 화두를 꺼내자 여기저기서 봇물 터지듯 이야기가 터져 나왔다. 제 아비에게 들은 것까지 모두 말하는 그들을 보며 희원은 조용히 술을 마셨다. 굳이 제가 나서지 않아도 그들은 저들끼리 감정을 고조시키며 주나라의 행태에 분노하였다.

"고작 주나라 따위의 소국에서 어찌 이리 방자하게 군단 말입니까?"

"이미 전쟁을 준비하고 있다 들었습니다. 은혜를 원수로 갚는 꼴 아닙니까."

이번 일만큼은 패가 갈리지 않고 통일된 의견을 보이고 있었다. 외부의 적이 내부를 통합하게 한 것이다.

"폐하께서 심려가 크실 겁니다. 황후마마께서도 그러시겠지요."

희원이 한마디 던지자 그들은 벌떼같이 일어나 송 황후에 대한 이야기를 꺼내었다. 술이 오른 이들은 저들이 나라를 위한다는 기분에 취해 있었다. 개중에는 황후로 인해 주나라가 더욱 그리 행동하는 것이 아니냐는 말도 있었다. 그리 동의를 얻진 못했으나 말이다.

"이러다 주나라 측에서 기습 공격이라도 하면 어찌합니까? 그들 역시 전쟁을 준비하고 있지 않습니까?"

누군가 말을 던졌다. 그것이 희원이 원하던 말이었다.

"그럴 리가요. 우리 측에선 주나라에서 움직이기 전까지는 어떠한 대응도 하지 않을 듯합니다. 주나라 측과 전쟁을 벌여도 얻을 이익이 없으니 괜히 들쑤셔 자극할 필요는 없다는 게 좋다는 거지요. 대비는 하고 있어도 선제공격을 하진 않을 겁니다."

희원이 말했다. 젊은이들은 그 말에 저들끼리 의논하기 시작하였다. 혹여나 주나라가 먼저 공격한다면 어찌 될 것인가에 대한 이야기였다. 태어나 전쟁을 단 한 번도 겪어 보지 못한 이들이 이야기하는 전쟁이 우스워 희원은 웃음이 나올 지경이었다. 전쟁을 겪었다 하여도 그들이 겪은 전쟁이라는 것은 그저 종이에 써진 글자에 불과했다.

전쟁을 겪어 보지 못한 것은 희원도 마찬가지였다. 그는 저들과 같이 나 또한 어리석은가 생각하였다. 허나 희원은 전쟁을 저리 쉽게 여기진 않았다. 높은 곳에서, 안전을 보장받은 이들이 전쟁을 말하는 것은 그야말로 한심하다 못해 혐오스러웠다.

하지만 전쟁을 일으키고 있는 제가 그들보다 더 혐오스럽게 느껴지기도 하였다. 그는 스스로를 진창에 내던지고 있었다. 그가 얻고자 하는 단 하나, 우를 위해서라면 그곳이 진창이건, 지옥이 건 발 담그기를 망설이지 않을 것이다.

희원이 그들을 만나고 난 다음부터 희윤에게는 상소가 끊임없이 이어졌다. 그것은 주나라와의 전쟁에 대한 것으로 당장 공격을 하지는 않더라도 변방에 병사를 배치하여야 한다는 말이었다. 이미 변방에는 군사가 정비되어 있었으나 대부분의 상소는 그것으로는 부족하다 말하고 있었다. 주나라에서 기습 공격을 해 올 경우, 그것을 막고, 반격할 수 있도록 충분한 수의 군사를 변방에 배치하여야 한다고 주장하였다.

희윤은 입을 뚫고 나오는 욕설을 애써 참으며 책상 위에 쌓여 있는 상소를 집어 던졌다.

며칠 뒤, 그는 상소에 따라 변방에 추가적으로 군을 더 배치하였다. 그저 지원군으로 지방에서 대비하고 있던 군사들이 변방으로 이동하였다. 하지만 그것은 주나라를 자극하였고, 주나라 측에서도 곧장 병력을 이동시키는 계기가 되었다.

⚜

"폐하, 폐하!"

집무실에서 밤새 서류를 보고 있던 희윤은 종추의 다급한 목소리를 듣고는 자리에서 일어났다. 종추가 뛰어들듯이 집무실 안으로 들어섰다. 그의 뒤에는 황군의 기를 등에 멘 병사가 하나 있었다.

"무슨 일이냐?"

종추가 옆으로 비켜 병사의 앞을 터 주었다. 병사는 희윤에게 인사를 올린 후, 무릎을 꿇은 채로 그 입을 열었다.

"지난밤, 주나라 측의 기습 공격이 있었습니다."

병사는 희윤에게 한 장의 전서를 전했다. 정회군 상장군이 보내온 그것에는 주나라의 기습 공격과 전쟁에 대한 앞으로의 예상이 적혀 있었다. 병력이 적은 주나라 측에서는 계속해서 기습 작전을 펼칠 것이라 그는 바라보고 있었다. 결국 벌어진 전쟁에 희윤은 이를 악물었다.

"오래 끌지 말라, 기습 작전 펼치기를 허용치 말고 주나라군의 성을 함락하라 전하라."

희윤의 말과 함께 전쟁은 시작되었다. 그는 털썩 의자에 앉았다. 제 치국에는 전쟁이 없을 줄로 막연하게 생각하였었건만, 그는 현재 전쟁을 명하고 있었다.

"전쟁? 전쟁이라 했어?"

송 황후가 깜짝 놀라며 되물었다. 믿을 수 없다는 듯이 중얼거리는 송 황후에게 기진이 자세한 설명을 덧붙였다. 기진의 말이 이어질수록 파랗게 질리는 그녀는 결국 제대로 서 있지 못하고 바닥에 쓰러지듯 주저앉았다.

"어찌하면 좋아? 내 부모님이 그곳에 계신다. 주나라에 계신단 말이다."

주나라는 얼마 전까지만 하여도 기나라에 조공을 바치던 소국 중의 소국이었다. 토지 대부분이 산악 지대라 약탈 경제가 대부분을 이루었고, 사람들이 호전적이라 군사력이 강하다고 종종 평가받기도 했지만 물자 없이 전쟁을 치를 수는 없는 일이었다.

대부분의 지형이 산악 지대인 탓에 먹을 것이 풍족하지 못했기에 그들은 산짐승의 가죽 같은 특산물을 조공으로 바치고 기나라에게서 주로 식량을 하사품으로 받았다. 이처럼 모자란 식량을 조공 무역으로 채우고 있는 주나라는 오랜 시간 전쟁을 할 수 없을 것이 분명하였다.

세세한 정황은 알지 못했으나 기나라가 마음만 먹는다면 주나라 땅은 초토화되리라고 송 황후는 생각하였다. 본인부터가 고국에서 강제로 공녀로 뽑혀 오지 않았던가. 전쟁은 시작되었고, 어쩌면 주나라 왕실에서 이미 제 부모의 목을 틀어쥐고 있을지도 모르는 일이었다. 한번 시작된 생각은 멈출 수 없었고, 점점 더 끔찍한 상황만이 떠오를 뿐이었다.

"마마! 마마!"

덜덜 떠는 송 황후의 다리 사이로 붉은 것이 흘렀다. 화려하고 붉은 비단옷 아래로 검붉은 자국이 생겨났고, 송 황후는 곧 정신을 잃었다. 기진은 놀란 듯 소리치며 도움을 요청하였다. 기진의 소리를 듣고 달려온 이 상궁이 서둘러 태의를 부르라 명하고, 기진과 함께 송 황후를 침상으로 옮겨 눕혔다.

바닥을 적신 검붉은 피와 대조적으로 송 황후의 얼굴은 창백하였다. 하늘에 별 하나 보이지 않는 어두운 밤의 일이었다.

第 七章
절애

그를 끊어 낸 것은 나뿐만은 아니었다. 너 역시 그를 끊어 낸 것이다. 내가 그를 향한 마음을 끊은 것과 달리 너는 네 마음을 끊어 내지는 못하였다. 그 마음을 놓지 못한 채, 너는 그의 존재 자체를 끊어 내었다.

그것이 덫인 줄도 모르고.

무엇부터가 잘못된 것인지 너는 인식할 수조차 없었을 것이다. 이미 그것을 인식하였을 때는 모든 것이 되돌릴 수 없는 지경에 이르렀을 테니 말이다.

그와 너는 서로를 상처 입히고, 서로에게 상처 입고 있었다. 사랑이라는 이름으로.

희윤은 송 황후의 처소 밖에서 안절부절못하고 있었다. 송 황후의 비명이 처소를 가득 채우며 희윤의 귀를 때리고 있었다. 그는 이유 모를 죄책감에 시달렸다.

　아직 출산일이 한 달이나 남았건만, 충격을 받은 송 황후는 하혈을 하며 복통을 호소하였고 결국 지금은 아이를 낳는 중이었다.

　안에선 산파가 송 황후가 또다시 정신을 잃지 않게 계속 말을 걸었으며, 송 황후는 반쯤 정신을 놓은 채 시키는 대로 악을 쓰며 힘을 주고 있었다.

　힘을 주느라 얼굴은 피가 몰려 붉게 변하였고, 목에서는 이미 쇳소리가 나기 시작하였다. 엉망이 된 모습으로 송 황후는 몸이 찢기는 통증을 느껴 가며 애쓰고 있었다. 제가 죽더라도 아이는 살려야 한다는 생각으로 그이는 기를 쓰고 버티고 있었다.

　몇 시진이나 지났을까. 차마 자리에 앉지도 못하고 계속해서 서성이는 희윤을 보며 종추가 견디다 못해 그를 강제로 쉬게 하려고 할 때, 아이의 울음소리가 터지듯 울려 퍼졌다. 그제야 그는 조금은 안심한 듯 멈추어 서서 두 손을 그러모아 안도의 한숨을 내쉬었다.

　"황자입니다."

　송 황후의 처소에서 나온 산파 하나가 희윤에게 말하며, 처소의 문을 열어 주었다. 그곳엔 엉망이 된 얼굴로 눈물을 흘리며 아이를 안고 있는 송 황후가 있었다. 송 황후는 희윤을 보자마자 지친 얼굴로 웃어 보였다.

"아들이에요."

곁에 다가간 희윤은 송 황후를 살피며, 산파에게 눈짓을 보냈다. 산파는 희윤의 뜻을 간파하고는 고개를 끄덕였다. 산모는 괜찮다는 뜻이었다.

그제야 희윤은 아이를 바라보았다. 제 연인에게서 나온 제 첫 아이, 첫아들. 아이는 너무나 작아 함부로 손대기도 어려워 보였다. 쭈글쭈글하고 불그스름한 피부는 결코 예뻐 보이지 않았으나, 그는 한눈에 아이와 사랑에 빠졌다. 희윤은 살며시 손을 들어 그 작은 손을 살짝 감쌌다. 아이의 손을 잡은 순간, 그는 묘한 기분에 가슴이 울컥하였다.

송 황후는 그런 희윤을 바라보다 저도 모르게 정신을 잃은 듯 스르르 잠이 들었다. 그 모습에 가슴이 아파 그는 땀으로 범벅된 제 연인의 얼굴을 닦아 주고, 입을 맞추었다.

송 황후가 진통을 시작하였다는 소식에 귀비전은 쥐 죽은 듯 침묵을 지켰다. 어린 궁녀 하나가 종종 걸음으로 귀비전 상궁에게 다가와 귀엣말을 하였다. 그이는 궁녀에게 말을 전해 듣고는 서둘러 귀비의 침실에 들었다.

"아들이랍니다."

상궁의 말에 최 귀비가 멈칫하였다. 혹시나 하였건만 운이 좋기도 하지. 하필 또 사내아이라니, 황제는 분명 그 아이를 황태자로 세울 것이다. 허나 그렇다 하여도 그녀는 송 황후를 그대로 두고 볼 생각은 없었다.

우 역시 소식을 전해 들었다. 조용히 생각에 잠긴 우를 방해하지 않기 위해 박 상궁이 자리를 피했다. 우는 생각했다. 과연 제 아이는 사내아이였을까, 계집아이였을까. 희윤은 과연 죽은 제 아이에 대해서 궁금한 적이 있었을까. 송 황후의 아이가 태어나던 밤, 우는 홀로 죽은 제 아이를 떠올렸다.

송 황후는 천천히 건강을 회복하고 있었다. 다행히 제 아이에게 젖을 먹일 정도는 되었다. 그러나 조금씩 신체의 건강을 회복하고 있는 것과는 달리 송 황후의 마음은 점점 더 불안정해졌다. 전쟁이, 제 모국과의 전쟁이 시작되었기 때문이었다.

희윤이 직접 전쟁에 대한 이야기를 꺼내고 있는 것은 아니었으나, 그이 역시 듣는 귀가 있었다. 알고 싶지 않아도 들려오는 소식은 송 황후의 가슴을 미어지게 하였다. 모국에 있는 제 가족 걱정에 그이는 잠을 설치곤 하였다. 그리고 걱정과 불안으로 밤새 고민하던 송 황후는 결국 희윤에게 매달리고 말았다.

"오늘은 한층 더 좋아 보이는군."

희윤이 송 황후의 입술에 다정히 입 맞추고 나서 아이를 보며 말했다. 처음 보았을 때와 달리 붉은 기가 사라진 아이는 훨씬 더 어여뻤다. 그가 건네는 미소에도 불구하고 송 황후는 침울한 얼굴이었고, 그 이유를 알고 있는 그는 쉽사리 입을 열지 못했다. 그는 애써 잠든 아기에게 시선을 돌렸다.

"희윤."

저를 부르는 소리에 돌아본 희윤의 눈에는 눈물을 뚝뚝 흘리고 있는 송 황후가 보였다. 송 황후는 갑자기 희윤의 앞에서 무릎 꿇더니 애걸복걸하였다.

"아니 폐하, 제발 거두어 주세요. 제 부모님이 계신 곳입니다. 도와주시어요. 이리 간청드립니다. 죄 없는 그분들을 살려 주셔요."

"아니 될 일이다. 이는 국가의 일이고, 대업이니 내 너의 청을 들어줄 수 없구나."

희윤이 곤란한 얼굴로 답했다. 이런 말을 하고 싶지는 않았다. 제 앞에서 눈물 흘리며 간절히 애원하고 있는 이에게 거절의 말을 하고 싶지는 않았다. 그러나 희윤은 황제였고, 송 황후의 청을 들어줄 수는 없었다.

"울지 말거라, 내 네 부모를 살릴 수 있는 방도를 찾아보겠다."

엉엉 우는 송 황후가 지쳐 쓰러질까 봐 희윤은 지키지도 못할 약속을 내뱉고 말았다.

송 황후는 품에 황자를 안았다. 희윤은 황자에게 세윤이라는 이름을 내렸다. 세상을 다스린다는 그 이름은 그가 송 황후의 아이를 이미 황태자로 봉하겠다고 한 것과 다름없었다. 아이를 보며 기뻐하다가도 그녀는 제 부모의 걱정에 한숨지었다.

가끔씩 오던 서찰은 아이가 태어난 후부터는 단 한 통도 받지 못했다. 마지막 서찰에 담겨 있던 청을 거절한 것이 마음에 걸려 송 황후는 더욱더 힘들어했다. 전쟁이 일어나기 전 미리 희윤에게 매달렸다면 과연 괜찮았을까, 스스로도 아닌 줄 알면서 그이는 계속해서 후회에 후회를 거듭했다.

🦋

전쟁은 전면전으로 돌입하였다. 수도의 황군들은 전시라 기합이 바짝 들었다. 최소한의 병력만을 남겨 놓은 지방 자치군 역시 혹시나 있을 기습에 대비하고 있었다. 그리고 그와 동시에 호위무사가 되었던 수많은 진양 이가의 병력이 수도로 향하기 시작하였다. 모두가 동시에 수도로 향한 것은 아니었다. 수도군 역시 처음엔 이상한 점을 인지하지 못했다. 그저 권세 있는 지방 명문가 인사 하나가 거창한 호위를 데리고 입성한 것뿐이었다. 그러나 그런 이들이 점차 늘어 가고 그 수가 수도경비대를 능가할 때가 되어서야 그 심각성을 인지하였다.

"그게 무슨 소리인가!"

희윤은 분노로 소리쳤다. 그가 본 서류에는 수도에 있는 호위무사가 수도경비대보다 훨씬 많은 수를 기록하고 있었다.

수도경비대의 대장은 굳은 얼굴로 제 불찰을 고하며, 저를 벌하라 청하고 있었다. 희윤은 생각 같아선 그의 목을 매달아 벌하고 싶었다. 만약 그를 벌하는 것으로 이 사태를 되돌릴 수 있다면 말이다. 허나 그를 벌하는 것은 이 사태를 해결한 후가 되어야 했다.

"당장 그 소유부터 확인하게. 이들이 어떤 연유로 이 시기에 도성으로 입성하였는지 알아봐."

수도경비대의 대장을 내보낸 후, 희윤은 의자에 늘어지듯 앉아 제 이마를 짚었다. 지쳐 쓰러질 듯하였다. 수많은 일이 연이어 터지고 있었다. 변방에선 주나라와의 전쟁이 계속되고 있었고, 전쟁으로 인해 물자값은 천정부지로 솟구쳐 굶는 이들이 늘어나고 있었다. 게다가 이제는 수도를 점거할 정도의 사병이라니, 해결되지 않고 늘어나기만 하는 문제에 그는 참으로 지치고 말았다.

서둘러 전쟁을 끝내야만 했다. 얻을 것 하나 없는 이 전쟁으로 인해 모든 것이 엉망이 되고 있었다. 그는 지끈거리는 머리를 부여잡고 애써 방도를 궁리하였다.

한편, 희윤에게 이 골치 아픈 문제를 만들어 준 이는 태평하게 입궐하여 제 누이동생을 찾았다.

"오라버니!"

우는 운을 보고는 단번에 그 앞으로 뛰어갔다. 반가움이 가득한 그 행동에 운은 기분 좋게 웃었고, 곧 둘은 처소 안으로 들어섰다. 오랜만에 가지는 남매의 회동이었다.

"괜찮으신 거지요?"

걱정스레 물어보는 우의 말에 운이 능청을 떨며 이리저리 움직였고, 그를 지켜보던 박 상궁이 흐뭇한 얼굴을 하였다. 그제야 한결 마음이 놓인 우가 애정이 담긴 눈으로 운을 바라보았다. 우는 조금은 핼쑥해진 오라비의 얼굴에서 눈을 떼지 못하였다. 전처럼 태연히 웃고는 있으나 완전히 회복한 것이 아니기 때문인지 아직은 안색이 파리하였다.

"아버지께 소식 들었습니다. 좀 더 회복하시면 그때 입궐하시지 그러셨습니까."

걱정이 담뿍 담긴 다정한 말이 기꺼웠던지 운은 아무렇지 않은 척해 보였다.

"누워만 있으면 멀쩡하던 이도 병이 생길 게다."

평소처럼 농을 던지는 운의 모습이 반가웠다. 완전히 회복하지는 못했지만 멀쩡히 살아 있는 운의 얼굴을 보니 확실히 안심되었다.

운 역시 제 동생을 안쓰러운 마음으로 살폈다. 이미 송 황후가 득남하였다는 것은 모두가 알고 있었다. 회임을 하였건만 짓지도 않은 죄를 이유로 냉궁에 유폐되어 유산까지 했던 우였다. 그러나 그런 우와는 달리 송 황후에게는 모든 것이 너무나 쉬웠다. 황제의 사랑부터, 회임까지, 모두가 다 쉬웠다. 회임을 한 송 황후는 더욱 황제의 보호를 받아 왔다. 보고 싶지 않아도, 알고 싶지 않아도 모든 것을 보게 되는, 알게 되는 우가 그는 너무나 안쓰러웠다.

"너는 잘 지내고 있느냐?"

많은 것이 함축된 질문이었다. 우는 운의 물음에 그저 고개를 끄덕였다. 때때로 송 황후의 일은 우에게 비수가 되어 상처를 만들었다. 이름조차 받지 못한 제 아이가 불쌍하고, 분하였다. 그것은 예고도 없이 튀어나와 우를 눈물짓게 하였으나 그녀는 견디고 있었다.

죽은 아이는 언제까지고 우에게 남아 있을 것이고, 저를 슬프게 할 것임을 우는 알았다. 그러나 견딜 수밖에 없었다. 그 아비조차 가여워하지 않고, 기억해 주지 않는 제 아이를 떠올리고 안타까이 여겨 줄 이가 저밖에 없음을 알았기에 우는 모든 것을 그저 받아들였다.

희미한 미소에 운 역시 아무런 말도 하지 못했다. 서툰 위로가 혹여 상처가 될까 입을 열지 못한 것이다. 다만 그는 조용히 우의 곁에서 시간을 보냈다.

"앞으로 조금 시끄러워질지도 모른다. 허나 너는 그저 평소와 다름없이 지내면 된다."

"예. 몸조심하세요."

떠나기 전, 운은 우의 뺨을 쓰다듬었다. 아직도 제 눈엔 어리기만 한 누이동생이었다. 다들 그 미색이 어떻다느니, 그 악독한 행동이 어떻다느니 말이 많았으나 제 눈앞의 아이는 그저 여리고, 책임감 강한, 얕은수는 쓸 줄 모르는 곧은 이였다. 어쩌면 모든 것이 저로 인해 시작이 되었다고 죄책감을 느끼고 있을지도 모르는 일이었다.

허나 운은 이 모든 것을 초래한 이는 황제라고 생각했다. 소리를 죽이고, 몸을 낮춘 채로 저를 드높여 주었을 때 만족했어야 했다. 적어도 이런 식으로 이 아이와 제 가문을 망가뜨리려 해서는 안 되었던 것이다. 모든 것은 황제가 뿌린 대로 돌아온 것뿐이었다.

"너로 인해 일어난 일이 아니다, 모두. 그저 넌 그 속에 있었을 뿐이야."

운이 떠나며 남긴 말을 우는 차분히 되새겼다. 그 말에 담긴 걱정과 위로를 우는 알았다. 앞으로 일어날 일에 대해 우는 그 어떤 죄책감도, 후회도 느끼지 않으리라 생각하였다. 우에게 후회할 일은, 후회로 남은 일은 단 하나, 제 아이를 지키지 못한 것뿐이었다.

송 황후의 아들, 세윤은 조산으로 조금 작기는 하였으나 다행히 건강하였다. 게다가 송 황후는 세윤에게 지극정성을 다하였는데, 유모가 있음에도 불구하고 젖을 먹이는 것도, 잠을 재우는 것도 모두 직접 하였다. 마음 붙일 곳이 제 아들 하나인 듯 구는 그 모습에 오히려 초조해하는 것은 희윤이었다.

희윤은 송 황후의 처소에 있었다. 그녀는 아이를 품에 안고 재우고 있었다. 따스한 햇볕이 그녀에게 가 닿았다. 오후의 나른한 풍경이었다. 제 연인이 제 아이를 안고 있었다. 그는 그 평화로운 풍경에 눈을 거두지 못했다. 송 황후가 물끄러미 아이를 바라보다 희윤과 눈을 맞추며 조용히 웃어 왔다. 아이가 태어난 후, 말수가 줄어든 그이는 전과 달리 가끔 이렇게 소리 없이 웃곤 하였는데 그는 그것이 유난히 마음에 걸렸다.

"힘들지는 않으냐?"

조심스럽게 희윤은 송 황후에게 다가가 그 옆에 자리하였다. 평온하게 잠든 아이를 한 번 본 그는 유모를 불러 아이를 데려가게 하였다. 송 황후가 내키지 않는 표정을 지었으나 결국 유모에게 아이를 내어 주었다.

"내가 돌보고 싶어요."

"너도 쉬어야지. 아이가 잘 때는 너도 쉬는 게 좋겠다."

조금 마른 듯, 뾰족해진 송 황후의 턱을 매만진 희윤은 송 황후를 안아 올려 침상으로 옮겼다. 그러고는 친히 잠자리를 봐 주고 아이를 재우듯 배를 토닥이는 것이다.

"아이참, 뭐 하는 거예요?"

"쉿. 어서 자야지."

희윤은 멈추지 않고 계속 송 황후를 얼렀다. 그도 알고 있었다. 제 연인이 어째서 힘들어하고 있는지 그 이유를 알고 있었다. 그러나 이미 거짓으로 뱉은 약속이 마음에 걸린 그는 차마 그녀에게 괜찮으냐고 묻지 못했다. 송 황후가 입을 열어 제게 말한다 하여도 들어줄 수 없기에, 거절할 것이 꺼려져 묻지 못하였다. 그는 그저 이 모든 순간이 어서 지나가 평화가 찾아오기를 바랐다.

송 황후가 어느새 잠이 들자 희윤은 살짝 그 이마에 입을 맞추고선 자리를 떠났다. 바쁜 와중에도 얼굴을 보기 위해 잠깐 들렀던 것으로 그에게는 신경 써야 할 일이 아직 많이 남아 있었다.

"폐하."

수도경비대의 대장이었다. 그는 희윤이 돌아오자 곧장 집무실에 들어 제가 조사한 것을 읊기 시작하였다. 개인의 호위 무사들이며, 모두 날짜의 차이를 두고 수도로 입성하였으며, 중요한 것은 모두 진양 이가와 관련된 자들이었다는 것이다.

"감히!"

확증은 없으나 이 재상 쪽에서 반란이라도 마음먹은 것이 틀림없다 희윤은 생각하였다. 그는 수도경비대 대장에게 그들의 행동을 놓치지 말고 살피라 명하였다. 또한, 시간에 관계없이 입궐하여 제게 곧장 보고할 수 있도록 황제의 인장이 새겨진 금패를 내려 주었다.

수도경비대 대장이 나간 후에는 곧장 종추가 전쟁에 관련된 전서를 가지고 들어왔다. 전서에는 주나라군의 저항이 거세며, 성의 함락에는 시간이 걸릴 것이라는 내용이 들어 있었다. 외부에서 식량을 조달받을 수 없으니 결국에는 함락될 것이긴 하지만 시간이 필요하다는 것이었다. 더군다나 주나라군이 버티기에 돌입한 후, 때때로 소규모의 인원으로 기습이 자주 발생하고 있다고 하였다. 손해가 크지는 않으나 무시할 정도는 역시 아니라고 하였다.

희원은 곧장 성뿐만이 아니라 그 일대를 모두 점령하고, 만약 식량이나 물자가 나올 곳이 있다면 모두 손을 쓰라 명하였다. 그래도 성에서 항복을 하지 않는다면 일반 양민들의 목을 쳐 그를 성문 앞에 전시하라고 하였다.

그는 서둘러 전쟁을 끝내고 싶었다. 내부에 적을 두고 외부의 적과는 싸울 수 없었다. 어느 한쪽이라도 서둘러 정리해야만 하였다.

송 황후는 최 귀비에게서 모든 일을 돌려받았다. 출산을 하고 정확히 한 달이 좀 지났을 때였다. 출산 전과 같은 상태로 회복하진 못했으나, 차마 그를 거절하지는 못했다. 그녀는 황후였고, 그것이 제 일이기 때문이었다. 그러나 전처럼 송 황후는 그 일 자체에 부담을 느끼지는 않았다. 이미 전쟁과 제 부모에 대한 일로 넋이 빠져 다른 것에는 신경 쓸 여유조차 남아 있지 않았던 것이다. 물론 최대한 제대로 일을 하기 위해 부단히 노력하기는 하였다.

그러나 송 황후의 노력에도 불구하고 많은 이들이 지난번과 마찬가지로 불만을 가져 내명부는 알게 모르게 소란스러웠다. 특히나 그 어리숙한 일 처리에 불만을 가진 이들은 주로 최 귀비를 찾아 제 불만을 토로하였다.

"이번에도 그랬던가?"

최 귀비는 제 앞에서 종알거리는 어린 빈 하나를 쳐다보았다.

신경질이 난 듯 잔뜩 인상을 쓰고 있는 그이는 최 귀비의 먼 친척 중 하나였다. 제 아비가 저를 도우라 입궐시킨 이였으나 단 한 번도 제게 도움이 된 적은 없었다. 오히려 그 분수에 맞지 않는 탐욕으로 인해 저를 귀찮게 하였을 뿐.

"예, 마마! 이번에도 소첩의 녹봉이 모자랍니다! 매번 어찌 이러신답니까? 그뿐만 아니라 패물 역시 마찬가지입니다. 오히려 손빈은 이번에 궁녀 둘을 더 배정받았다 하였습니다. 불공평한 처사가 아닙니까?"

"궁녀야 손빈이 직접 청한 것일 테고, 녹봉은 내 한번 알아보기는 하겠다만 자네가 받은 것 역시 법도에 크게 어긋나는 것은 아닐세. 본디 녹봉을 하사하는 것은 내명부를 다스리는 황후의 권한이지 않나."

"하지만!"

"그 입 다물게. 내 말 아직 끝나지 않았네. 물론 다른 빈과 똑같이 받아야 한다는 생각으로 날 찾아왔겠지만 실상은 원래 그렇지 않다는 말일세. 자네가 지난번에 받은 비단이 자네 녹봉만큼이나 값비싼 것이란 건 알고 있나? 녹봉 이야기를 하기 전에 그것부터 토해 놔야 정당한 요구를 하는 게 되지 않겠나."

"마마."

잔뜩 움츠린 모습이 꾸며 낸 것임을 최 귀비는 알고 있었다. 그러나 그를 지적하지 않고 그녀는 눈앞의 이를 쫓아내었다. 벌써 이런 일로 다녀간 이가 꽤 있었다. 따지고 보자면 법도에 크게 어굿나는 일도 아니었다. 녹봉이란 것이 정확한 금액이 정해져 있지 않고, 하한선만이 존재하고 있었기에 황후의 재량에 달린 것이었다. 물론 우나 저나 이제껏 품계에 따라, 입궐 시기에 따라 정확히 기준을 두고 지급하였지만 말이다. 그저 송 황후가 우스운 거였다. 모두가.

하다못해 문안 인사 역시 비빈 대부분이 참여하지 않았다. 황자를 낳았음에도 불구하고 많은 이들이 송 황후를 깔보고 있었다. 주나라와의 전쟁으로 인해 그것은 더욱 악화되었다.

교태전은 여전히 화려하고 아름다웠다. 송 황후를 위해 심은 갖가지 꽃이 화원을 잔뜩 메우고 있었다.

"고하시게."

최 귀비는 교태전을 찾았고, 이 상궁은 불안한 시선을 하면서도 최 귀비의 방문을 고하였다.

"어서 오세요."

품에 황자를 안은 송 황후가 최 귀비를 맞이하였다. 품 안에서 꼬물거리는 그 아이가 최 귀비의 눈에 들었다.

"황자전하께 인사 올립니다."

최 귀비는 송 황후는 물론, 갓난아이에게도 인사를 올려야 했다. 허나 그것은 최 귀비에게 아무런 영향도 끼치지 못했다. 마음 없이 올리는 인사 따위야 필요하다면 몇 번이고 다시 할 수 있었다.

"말들이 많습니다."

"그런가요?"

초연한 얼굴을 한 송 황후가 보였다. 제 앞에서 덜덜 떠는 모습은 어디 갔는지 흔적조차 찾아볼 수가 없었다. 최 귀비는 전보다는 오히려 지금의 송 황후가 더 낫다고 생각하였다.

"녹봉 문제도 있고, 하사품 문제도 있습니다."

"한다고 하였는데도 그런가요."

송 황후는 눈앞의 최 귀비를 두고도 어딘가 혼이 나간 사람처럼 굴고 있었다. 제대로 된 이야기를 나눌 수 없자 최 귀비는 제 앞에 놓인 차를 들어 이 상궁에게 뿌렸다. 펄펄 끓는 것은 아니었으나 아직 온기가 남아 있는 따뜻한 차에 놀란 이 상궁의 얼굴이 벌겋게 물들었다.

그제야 송 황후가 놀란 얼굴을 하고 최 귀비를 똑바로 마주 보았다.

"다시 내오게. 이따위 식은 차를 내오다니 나를 무어라 생각하는 게야?"

최 귀비는 빙긋 웃으며 송 황후를 바라본 채로 말하였다. 이 상궁을 향한 말처럼 보였으나 실상은 송 황후에게 경고를 하고 있었던 것이다. 저를 앞에 두고 딴 곳에 정신 놓고 있지 말라고.

"전쟁으로 마음이 심란하신 게지요? 부원군 내외가 아직 주나라에 있습니까?"

모른 척 묻는 최 귀비의 말에 송 황후의 얼굴이 잔뜩 일그러졌다. 마치 울음을 참는 듯 보이는 그 모습에 최 귀비가 더욱 활짝 웃었다. 송 황후는 제 품 안의 아이를 더욱 꼭 끌어안았다. 아이를 보호하려는 모양새로 보였으나 실상은 아이의 온기를 통해 겁이 나는 마음을 다스리는 것이었다.

"연통은 해 보셨습니까? 아, 전쟁으로 인해 연락이 닿질 않겠습니다. 소첩이 부원군 내외를 위해 기도라도 하겠습니다."

"그만하세요."

송 황후는 달달 떨리는 목소리를 숨기지 못하였다. 황자는 숨이 막힌 듯 울어 젖히기 시작하였고, 이 상궁은 뜨거운 차를 다시 내어 왔다.

"황자전하는 유모에게 맡기는 것이 어떠할까요? 이리 뜨거운 차를 마시다 엎지르기라도 하면 귀하신 몸에 흉이 남을 텐데 말입니다."

이 상궁이 파랗게 질린 얼굴로 송 황후에게서 서둘러 황자를 데려갔다. 아무리 최 귀비라 하여도 황자에게는 함부로 손댈 수 없는 것이 당연하건만 말이 떨어지자마자 꽁지 빠지게 내뺐었다. 그 모양새를 비웃듯 최 귀비는 미소를 흘리며 여유롭게 차를 음미하였다. 한참 동안 계속되는 침묵을 먼저 깬 것은 송 황후였다.

"할 말이 없다면 이제 돌아가세요."

"아, 송구합니다. 소첩, 차향이 좋아 황후마마 앞이라는 사실조차 잊었습니다. 비빈들의 불만을 아뢰고, 전쟁으로 인해 심려가 크실 마마를 위로하기 위해 방문하였답니다. 가족의 생사조차 알 수 없는 상황이라니 어찌나 심려가 크실지 소첩은 짐작도 못 하겠습니다."

"귀비!"

위로라 하였으나 방긋 웃어 대는 꼬락서니가 송 황후의 심기를 어지럽히기로 작정한 것처럼 보였다. 송 황후는 제 부모의 생사를 논하는 최 귀비에 분노하여 소리를 높였다. 처음 있는 일이었다.

최 귀비는 그런 송 황후를 보며 자리에서 일어났다. 여전히 그 태도는 여유롭고 느긋하였다.

"이만 쉬셔야 할 테니 소첩은 물러가겠습니다. 아, 소첩이라면 제 부모를 위해 무엇이든 할 텐데 마마께 그런 기회가 과연 올 수 있을는지는 잘 모르겠습니다. 꼭 부원군 내외가 무사하길 소첩 성심성의껏 기도하겠습니다."

최 귀비가 물러가자 송 황후는 더 이상 버티지 못하고 마치 그녀가 떠나기를 기다렸다는 듯이 그대로 무너져 내렸다. 그러고는 엉엉 울기 시작하였다. 폭발한 것이다. 알고는 있었으나 애써 외면한 사실을 최 귀비의 입으로 확인받자 크나큰 절망감이 밀려들어 왔다. 희윤은 주나라를 향한 본격적인 전쟁을 명한 듯하였고, 제 부모에게선 그 어떠한 소식도 없었다. 이미 그 목숨을 잃었을지도 모르는 일이었다. 끔찍하였다. 제가 사랑하는 이가 제 부모를 죽음으로 몰고 있다는, 아니 어쩌면 죽음으로 몰았을 거라는 생각은 그녀를 좀먹고 있었다.

희윤을 사랑하지 않는 것은 아니었다. 그는 그 존재 자체로 빛나고, 높은 사람이었다. 제게는 손이 닿지 않을 정도로 높은 곳에 있는 그가 제게 손 내밀어 저를 끌어올렸다. 그것이 힘들지 않았다면, 버겁지 않았다면 거짓이나 그 애정이 좋았다. 높은 곳에서 아래를 내려다보는 것이 나쁘지는 않았다. 허나 시간이 지날수록 송 황후는 분명히 알 수 있었다. 제 자리는 이곳이 아니었다. 대국의 황후가 아니라 그저 어느 촌부의 아내가 제게 어울리는 자리였음을 그이는 확실히 알았다.

송 황후의 울음소리가 교태전을 가득 채웠고, 그곳을 떠나는 최 귀비의 귀에도 들려왔다. 걸음을 옮기는 최 귀비의 발걸음이 유난히 가벼워 보였다.

"오늘 밤, 기진이를 불러오너라."

교태전을 나서며 최 귀비가 상궁에게 명하였다. 송 황후를 자극해 놓았으니 미끼를 던져야 할 때가 되었다. 저리 넋이 나가 있으니 앞뒤 분간도 하지 못하고 달려들 테지. 최 귀비는 모든 것이 눈앞에 선하게 그려졌다.

송 황후는 최 귀비가 떠난 후, 한참을 울다 우를 찾았다. 직접 우의 처소로 발걸음 하였다. 궐의 구석진 곳에 있는 초라한 처소에 잠깐 말을 잃었으나 그이는 곧장 안으로 들었다. 박 상궁이 접견실로 그녀를 안내하였다.

제 앞에 놓인 다과상을 보며 송 황후는 이제야 깨달은 듯 울

것 같은 얼굴을 하였다. 왜 몰랐을까. 매번 제 앞에 놓였던 것을. 모든 것이 제 취향에 맞추어져 있었다. 다디단 차는 평상시 제가 좋아하는 것이었다.

"걱정하지 말고 드세요. 모유 수유에 특별히 해가 되지는 않는다고 들었습니다."

우가 말했다. 그러나 송 황후는 곧장 우의 옆으로 가 우의 손을 붙잡았다.

"도와주세요. 내가 어찌하면 되겠어요?"

송 황후의 갑작스러운 행동에 오히려 당황한 것은 우였다. 이미 눈물을 쏟고 있는 그 모습에 갑자기 두통이 일었고, 제게 어찌 이렇게 행동할 수 있는지 놀랍기까지 하였다.

"무슨 일인지는 모르겠으나 제가 도와 드릴 수 있는 일은 없으니 이만 가세요."

"하지만 내게는 이비뿐이에요. 다른 비빈들은 모두 내게 적대적이고, 그나마 나를 이리 사람 취급이라도 해 주는 것은 이비뿐이에요."

우는 제 손을 강하게 부여잡은 송 황후의 손을 애써 뿌리쳤다. 그리고 서둘러 자리에서 일어났다. 우는 더 이상 그치를 보고 싶지 않았다.

"그만하세요. 그렇다 하여도 제게 오셔서는 아니 되지요."

"내 부모님께 서찰이 왔었습니다."

"그만! 그만하세요. 더는 듣고 싶지 않습니다."

"이비, 제발. 내가 많이 잘못했다는 것도, 이비가 나를 싫어하는 것도 알고 있어요. 허나 그런 나를 위해서 가장 좋은 일을 해준 것 역시 전부 이비였어요. 평생 갚으며 살게요."

송 황후가 우를 떠올린 것은 실상 어제오늘 일은 아니었다. 지난날을 생각해 보면 항상 저를 위해 준 것은 우였던 것이다. 저를 싫어한다 하면서도 우는 언제나 제게 손을 내밀고 있었다고 송황후는 생각하였다. 비록 황후 자리에 오른 후로 우가 저를 외면하고 있음을 알고는 있지만 최 귀비나 다른 비빈들에 비한다면야 가장 믿을 수 있는 이는 역시 우였던 것이다.

우가 황후였을 때, 송 황후는 그 아래에서 안전하게 보호받았음을, 오직 우만이 그저 운 좋은 계집으로 여겨지던 저를 귀비로서 행할 수 있도록 가르치려 했음을, 그 품에서 평안하였음을 기억하였다. 어쩌면 저를 귀비로 대해 준 것도 그이 하나뿐일지 모르겠다고 송 황후는 생각하였다. 귀비였으며, 지금은 황후였다. 허나 귀비였을 적에도, 황후가 된 지금도 그녀는 그저 황제의 연인에 불과했다. 저를 아끼는 사람들에게조차. 그래서 결국 우를 찾게 되었다.

다른 이들이 우에 대해 하는 이야기를 들었다. 그 권세가 얼마나 대단하면 황제가 아끼는 총비를 시해하려 하고도 멀쩡히 살아 돌아왔는가에 대한 이야기였었다. 그때는 그저 그냥 지나쳐 버린 이야기가 요사이 송 황후의 머릿속을 맴돌았다. 황제도 함부로 할 수 없다는 그 진양 이가의 우, 우라면 가능할 듯싶었다. 우라면 제 부모를 무사히 구해 줄 수 있을지도 모른다고 송 황후는 그리 생각했다.

"착각입니다. 제가 해야 할 일을 했을 뿐입니다. 청이 있거든 폐하께 가 말씀하세요."

"나는, 나는……."

주저앉은 송 황후를 접견실에 두고 우는 자리를 떴다. 저를 찾아왔다고 하였을 때 막연히 또다시 사과나 하지 않을까 했었는데 이런 일로 찾아왔을 거라고는 생각하지도 못하였다. 진이 빠지는 기분이었다.

송 황후는 좌절한 듯 우의 접견실에 주저앉았다. 마치 도움을 청할 곳이 저뿐이라는 듯한 그 행동에 우는 의아하였다. 어째서 희윤에게 향하지 않고 제게 왔는지는 모를 일이었다. 희윤은 언제나 송 황후의 모든 것을 포용해 주지 않았던가. 저를 내치면서까지.

한참을 우의 처소에서 울던 송 황후가 돌아가자 박 상궁이 슬쩍 우에게 다가와 입을 열었다.

"황후마마께서 다시 한 번 청하시고 가셨습니다. 아무래도 부원군 내외의 일인 것 같습니다."

"전쟁이 일어났으니 그 목숨을 부지하기 어렵겠지."

이해가 가지 않는 것은 아니었다. 부모의 목숨을 살리기 위해서라면 그럴 수도 있는 일이었다. 허나 그것을 들어주고 들어주지 않고는 결국 자신의 선택이었고, 저는 그 청을 들어줄 생각이 전혀 없었다.

우의 처소를 떠나는 송 황후의 얼굴은 내내 눈물로 얼룩져 있었다. 희윤에게 솔직히 말하지 못한 것은 기진의 이야기 때문이기도 했으나 그보다 제가 이리 볼품없음을 희윤에게 보여 주고 싶지 않았기 때문이었다. 그 몰래 주나라에 있는 부모와 서찰을 주고받고, 그 부모는 제게 희윤을 설득하라고 하다 최후에는 기나라 군의 정보를 빼내 주기를 원하였다. 그리하지는 않았으나 희윤에게 사실을 말할 순 없었다. 또한 이미 그에게는 이야기하였다. 제 부모를 구해 달라고 눈물로 애걸하였다. 서찰에 관한 이야기는 하지 않았으나 제 부모를 살려 달라고 청을 하기는 하였다.

허나 약속한 말과는 달리 그 후, 그가 어떠한 조치도 취하지 않았음을 그녀는 알고 있었다. 그는 제 연인이기 전에 기나라의 황제였던 것이다. 그녀는 이미 알고 있었다. 그가 제 부모를 위해서 어떤 것도 하지 않을 것임을.

힘이 없는 것도 모자라 오히려 첩자질을 종용하는 외척이 있음을 알리는 것도 끔찍하였고, 그가 제게 거짓을 말했음을 확인하는 것 역시 끔찍하였다. 그 모든 사실을 알게 된다면 더 이상 그의 곁에 제대로 서 있을 수 없을 듯하였다.

송 황후는 거의 정신을 놓은 채로 있었다. 무엇을 해야 할지, 누구에게 도움을 청해야 할지 알 수 없었다. 그저 모든 것이 막막할 뿐이었다.

우를 만나고 돌아온 송 황후가 어두운 제 침실에서 눈물 바람으로 밤을 지새우는 한편, 귀비전에는 늦도록 불이 꺼지지 않았다. 그리고 그 훤히 빛나는 귀비전에서 기진은 최 귀비와 마주하고 있었다. 최 귀비는 여전히 화려하고 아름다웠다. 여유로운 그 모습은 지금 전쟁 중임을 알 수 없을 정도였다. 기진은 최 귀비를 앞에 두고 긴장으로 입이 메말랐다. 그를 눈치챈 최 귀비는 그녀를 자리에 앉게 하고는 마실 것을 준비해 주었다.

"어떠하더냐?"

"그것이……. 이비마마 처소에 다녀오셨습니다. 이비마마께 도움을 요청하시려 하였으나 거절당하시고는 아무런 일도 하지 않으셨습니다."

"낯짝이 두껍기도 하지!"

짝 하고 손뼉까지 치며 말하는 최 귀비는 기진의 이야기가 흥미로운 듯하였다. 경쾌하게 내뱉은 목소리가 듣기에 좋았으나 송 황후를 비난하는 그 말에 괴리감을 느낀 기진이 고개를 숙이며 최 귀비의 눈치를 살폈다.

"앞으로가 중요하니 더욱 조심하여라. 네가 나를 위해 앞으로도 이리 애써 준다면 나 역시 너를 버릴 일은 없을 것이다."

"예, 마마! 조심 또 조심하여 실수하지 않도록 하겠습니다."

최 귀비가 서찰을 내어 주었고, 기진은 그것을 품에 잘 갈무리하였다. 시기를 보아 이 상궁이 자리를 비운 틈에 몰래 송 황후에게 전달해야만 했다. 눈치 빠른 이 상궁은 기진을 꺼렸기에 특히나 더 조심해야만 했다. 송 황후의 기분이 좋지 않은 요즘에는 송 황후의 탕약을 달이는 일이 아니면 자리도 잘 비우지 않았고, 어째서인지 기진과 송 황후 둘만 두려 하지 않았다.

기진은 총총걸음으로 교태전을 향하였다. 무슨 내용이 적혀 있는지 알 수는 없으나 분명 이 서찰이 송 황후에게 좋지 않은 영향을 끼칠 것은 확실하였다. 기진 역시 녹록지 않은 궐 생활에서 어렵사리 최 귀비라는 끈을 잡았고, 최대한 붙어 있을 작정이었다. 어차피 최 귀비의 눈에 띈 이상 그 말에 따르든가, 개죽음을 당하든가, 둘 중 하나이니 조금이라도 제 명을 더 연장해 줄 선택을 할 수밖에 없었다.

기진은 다음 날 이 상궁이 없는 틈을 타 송 황후에게 서찰을 전하였다. 서찰이 무슨 내용인지 알 수 없었으나 그녀는 온종일 울기만 하였다. 돌아온 이 상궁이 무슨 일이냐 여쭈어도 아무 말도 하지 않고 울기만 하여 기진은 이 상궁에게 혼쭐이 났다.

"모릅니다! 어찌하여 저러시는지 소인도 답답합니다."

억울해하며 오히려 큰소리치는 기진의 모습에 이 상궁은 의심을 거두지 않으면서도 그냥 넘어가 주었다. 송 황후가 요새 유난히 힘들어했던 것을 알고 있었기에 가능한 일이었다.

"널 어여뻐하시니 곁에 가 위로라도 하여라."

이 상궁이 지친 목소리로 기진에게 말했다. 기진이 마음에 드는 것은 아니나 유난히 송 황후가 어여뻐하니 그저 넘기는 것이었다. 왠지 모르게 자꾸만 기진이 의심스러운 이 상궁이었으나 곁에서 두고 보니 보통 여자아이들처럼 수다스럽지 않을 뿐, 기진은 의심스러운 구석이 있는 아이는 아니었다. 특별히 연줄이 있는 아이도 아니었기에 이 상궁은 그저 제가 유난을 떨었나 보다 하였다.

"뭐라 하셨기에 이리 눈물 바람이십니까?"

기진이 송 황후에게 물었다. 대답을 바라고 물은 것은 아니었으나 송 황후는 쉬이 말문을 열었다. 아마도 털어놓을 이가 필요했음이라.

"내게 용서를 비셨어. 내게 못할 짓을 시키셨다며 용서를 구하셨어. 이대로 죽더라도 그저 죽음을 받아들이겠다고 하셨어. 아무것도 해 드리지 못한 내게 용서를 구하셨어."

송 황후가 기진에게 기대어 눈물을 쏟았다. 그제야 서찰의 내용을 알게 된 기진은 최 귀비에 대한 두려움에 몸을 떨었다.

최 귀비는 송 황후에게 죄책감을 안겨 주었다. 할 수도 없는 일을 시켜 놓고선 이제 와 이런 편지로 죄책감을 자극하고 있는 것이다. 기진은 이다음에 송 황후에게 올 서찰의 내용이 무서웠다. 이리 죄책감을 주어 놓고 과연 최 귀비가 송 황후에게 무엇을 시킬 것인지 두렵기 그지없었다. 예상은 할 수 없으나 그것이 분명 큰 파란을 일으킬 것이라는 막연한 생각이 들었다.

기진 역시 송 황후가 불쌍하기는 하였다. 제게 잘 대해 주었기에 송 황후는 싫지 않은, 아니 오히려 제게는 좋은 사람이었다. 그런 이가 최 귀비의 덫에 걸려 허우적거리고 있는 것이 불쌍하기는 하였으나 제 목숨을 바쳐 구해 줄 생각은 없었다. 그저 딱

동정심, 그것이 송 황후에게 가진 기진의 감정 전부였다.

❀

희윤의 뜻과 달리 전쟁은 길어지고 있었다. 생각 외로 주나라 군과 그 백성의 저항이 거세었기 때문이다. 전쟁은 국경부터 주나라 남부 지방에 걸쳐서 진행되었다.

"승리한다 하여도 득 볼 것이 없으니 어찌하면 좋겠는가?"

모든 대신이 서둘러 전쟁을 종결해야 한다는 것에는 힘을 모았으나 그 방법에는 의견의 차를 보였다. 이 재상이 주축이 된 쪽에서는 주나라 국경의 성을 함락하고, 인근의 땅을 정복하기를 주장하였고 다른 이들은 주나라의 남부 지역까지 영토를 확장하기를 주장하였다.

"이미 주나라 측에선 버티기에 돌입하였네. 주나라 영토는 농사를 지을 수도 없으니 굳이 이렇게 병력과 물자를 버려 가며 얻을 필요가 있나 모르겠군."

"폐하, 영토 확장을 위한 일이 아닙니다. 소국에서 전쟁을 걸어왔으니 응당 대응해야 합니다. 이를 그냥 넘어간다면 다른 나라에도 우습게 보일 일입니다."

희윤의 미간에 골이 파였다. 회의는 특별한 소득 없이 일단락되었다. 희윤은 대신들 몰래 휴전을 위한 사신 일행을 꾸렸다.

"서두르라."

희윤이 이토록 전쟁의 종결을 서두르는 이유는 수도에 있는 사병 때문이었다. 진양 이가와 관련된 그 많은 수의 사병들이 희윤을 압박하고 있었다. 공개적으로 휴전을 이야기할 수도 있었으나 문제는 이 재상이었다. 모든 것의 주축인 이 재상에게 휴전의 이야기를 알릴 수는 없었다.

전쟁이 마무리되면, 희윤은 세윤을 황태자로 책봉하기로 하였다. 황자가 태어났다고는 하나 확실히 황태자로 봉하는 것은 여전히 중요했다.

그는 밤새 이것저것 서류를 잔뜩 살펴보다 피곤한 몸을 이끌고 송 황후를 찾았다. 이미 잠이 든 그 얼굴이 평소와 달리 부어 있는 것을 본 그는 눈살을 찌푸렸다. 그리고 송 황후의 청을 떠올렸다.

'폐하, 제발 거두어 주세요. 제 부모님이 계신 곳입니다. 도와주시어요. 이리 간청드립니다. 죄 없는 그분들을 살려 주셔요.'

울며 간절히 청하는 송 황후의 말을 잊은 것은 아니었다. 허나 들어줄 수 없었다. 잠이 든 송 황후의 뺨을 부드럽게 매만지며 그는 안타까운 얼굴을 하였다. 허나 몇 번이고 생각하여도 들어줄 수 없는 일이었다. 특히나 지금 같은 상황에서는 더욱더. 이 재상이 그의 목덜미에 칼을 들이밀고 있었고, 정면에선 주나라가 굳세게 버티고 있었다. 이러한 상황에서 송 황후의 부모를 구하는 것은 말도 되지 않는 일이었다.

"용서해 다오. 내가 모자란 탓이다."

희윤은 잠든 송 황후의 머리에 입을 맞추고는 떠났다. 그는 또다시 집무실로 돌아가 상소를 보아야만 했다. 젊은 인사들이 쉬지 않고 날마다 상소를 올렸고, 전서가 밤낮없이 날아들었다. 며칠 동안 제대로 쉬지 못해 눈은 뻑뻑하였고 이미 붉게 충혈되어 있었다. 제대로 자지 않고 그저 잠시 눈만 붙이는 형식의 쪽잠이 이어졌고, 그는 이미 정신적으로도 신체적으로도 상당히 지쳐 있는 상태였다.

그는 병사를 더 소집하기로 하였다. 일반 백성 중 십육 세에서 육십 세의 남성을 대상으로 보병을 징집하기로 하였다. 물론 그것은 회의를 통해 의논되고 나서야 가능한 일이겠지만 말이다.

"허면 징집된 병사들은 어디에 배치됩니까?"

이 재상이 물었다. 전쟁을 이유로 병사를 모집하여 수도에 모여 있는 사병을 대비하려던 희윤이었다.

"병사가 어디로 가겠는가? 전쟁터로 가야지. 당연한 걸 묻는군."

"그렇습니까."

묘한 공기가 희윤과 이 재상 사이에 흘렀다. 그 은근한 신경전에 다른 대신들이 분위기를 살폈다.

결국 병사 모집은 미리 추가 명단을 작성하되, 배치는 보류하는 것으로 정리되었다. 희윤의 생각을 미리 읽은 것인지 이 재상의 반대로 인한 것이었다.

이 재상으로 인해 계획이 틀어진 희윤은 우를 찾았다. 회의를 마치고 난 직후였다.

"어쩐 일이십니까?"

제게 이유를 묻는 우의 평온한 모습에 희윤은 열이 치솟는 것을 느꼈다. 그는 우가 당연히 모든 것을 알고 있으리라 생각했다. 어쩌면 함께 공모했을지도 모르는 일이었다.

"어쩐 일이냐 물었느냐? 네 이미 모든 것을 알고 있지 않으냐!"

우는 아무런 반응 없이 소리를 높이는 희윤을 자리에서 바라보았다. 누가 보아도 알 수 있을 만큼 희윤의 얼굴은 많이 상해 있었다. 그와 달리 우는 화려한 복장으로 꽃같이 화사한 모습이었다.

"아니요. 신첩은 모릅니다."

"네 아비! 이 재상이 무슨 짓을 하였는지 모른다 말하는 게냐?"

우가 지극히 우아한 동작으로 제 앞의 찻잔을 들었다. 따뜻한 차는 김이 모락모락 나고 있었다. 희윤이 위협적으로 우에게 다가갔으나 우는 전혀 요동 없이 차를 음미하였다. 그는 우가 손에 쥐고 있던 찻잔을 거칠게 **빼앗아** 바닥으로 던졌다. 찻잔은 산산조각이 나며 부서졌다. 바닥은 찻물로 얼룩졌다. 희윤의 손은 이미 뜨거운 찻물에 흠뻑 젖은 채였지만, 그는 인식하지 못한 상태였다.

"폐하!"

종추가 깜짝 놀라 붉게 변한 손을 서둘러 닦으려 다가섰으나 희윤은 그런 그를 물리쳤다.

우의 차가운 시선이 희윤을 향했다. 분노를 숨기지 못하는 그의 모습에 우의 가슴에도 차가운 분노가 일렁였다.

"제 아버지와 관련된 일이라면, 그분과 직접 말씀하세요. 저는 폐하의 허락 없이는 궐 밖으로 나가지도 못하는 사람일 뿐입니다."

우가 한숨을 내쉬었다. 희윤은 거칠게 머리를 쓸어 올리더니 자리에 앉아 평정을 유지하려 애썼다.

"아니면 제게 구걸이라도 하러 오셨습니까?"

"뭐라 했느냐?"

우의 말에 희윤이 우를 바라보았다. 그의 눈에 가득 찬 아름다운 이에게서는 저를 향한 적대감만이 가득하였다. 우를 설득하여, 이 재상을 회유하려고 왔으나 지금 그는 어떤 생각으로 이곳에 온 것이었는지 기억도 나지 않을 만큼 다시 분노하였다.

"구걸이라도 하러 오셨는지 물었습니다."

"감히, 감히!"

"허면 제 아버지의 일로 어찌 저를 찾으셨습니까? 전처럼 제가 아버지께 폐하를 도와 달라 청하기라도 해야 하는 겁니까? 어째서요? 무엇을 원하고 제게 오셨습니까?"

우의 목소리가 점차 떨리기 시작하였다. 요동치는 감정을 숨길 수 없을 만큼 분노하고 있었던 것이다. 허나 우는 크게 소리치지도, 울부짖지도 않았다. 그저 조금씩 떨려 오는 물기 어린 목소리로 희윤에게 말하고 있었다.

"참으로 뻔뻔하십니다. 제게 어찌하셨는지 잊으셨습니까? 폐하의 아이를 가진 제게 어떻게 하셨습니까? 하다못해 짐승에게도 그리 잔인하게 굴지는 못할 겁니다. 헌데 이제 와 저를 또 움직이려 하십니까? 제게는 그럴 마음이 없습니다. 폐하를 위해 그 어떤 것도 해 드릴 마음이 없습니다. 몇 번을 말씀드려야 합니까? 제게는 폐하를 위한 그 어떤 것도 없습니다."

희윤은 울분 섞인 말을 쏟아 내고 있는 우를 바라보았다. 조금 명한 얼굴로 그는 제게 향한 우의 분노와 마주하고 있었다.

"아직도 제가 폐하의 손을 잡을 것이라 생각하셨던 겁니까? 착각하지 마세요. 그 순간을 놓친 것은 폐하이십니다. 이미 지났습니다. 그런 일은 두 번 다시는 일어나지 않을 겁니다. 그 아둔했던 마음은 제게 없습니다. 직접 산산조각 내지 않으셨습니까! 다시는, 다시는 제게 이리 함부로 하지 마세요. 예전처럼 폐하의 얼토당토않은 어리광을 받아 줄 이는 없습니다. 가세요."

우가 접견실을 떠나 제 침실로 들어갔다. 그 뒷모습을 희윤은 넋을 놓고 바라보았다. 그러다 이내 허탈한 웃음을 터뜨렸다. 접견실을 가득 메우는 그 기묘한 웃음소리에 종추가 걱정스러운 얼굴로 희윤을 보았다. 종추는 알았다. 우가 이미 희윤의 손안에서 벗어났었음을, 그리고 희윤이 이제야 그것을 인식하였다는 것을.

침실로 들어온 우는 거친 숨을 몰아쉬었다. 희윤의 웃음소리가 들려왔다. 파들파들 떨리는 제 몸을 끌어안으며 평정을 되찾으려 우는 노력하였다. 그러나 노력도 잠시, 두 눈에선 끝내 참았던 눈물이 흘러내렸다. 소리도 내지 않고 그저 눈물만 흘려 대었다. 그녀는 알 수 없었다. 어찌하여 제가 눈물 흘리는 것인지 그 이유를 알지 못했다. 다만, 한 가지는 확실하였다. 이걸로 끝이었다. 이것으로 지난날, 그를 품었던 제 어렸던 지난날을 모두 버렸음을, 다시는 기억조차 하지 않을 것임을 우는 알았다.

우는 이제껏 사랑도, 원망도 희윤에게 제대로 말할 수 있었던 적이 없었다. 그런 우에게 이 순간이 필요했는지도 모른다. 홀로 시작한 마음이었음에도 홀로 가꿀 수는 없었다. 희윤에게 받은 상처로 엉망으로 키워 낸 마음은 이제야 끝이 났다. 애써 덮어 두었던 것을 제대로 드러내어 그에게 보여 주었던 것이다.

쾅. 희윤은 거칠게 침실 문을 열었다. 그의 눈에 눈물로 얼룩진 우가 보였다. 소리조차 내지 않고 울고 있는 그 모습에 그는 잠시 주춤하였으나 곧 우에게 다가섰다.

"우습지도 않지. 네가 있는 곳이 어디인지 잊었느냐? 궐이다. 네가 누구인지 잊었느냐? 황제의 비다. 너는 내게 속한 이다. 네가 원하지 않든, 원하든 너는 내게 속하여 있다."

그는 강하게 우의 어깨를 움켜잡았다. 일그러진 그 얼굴을 우가 피하지 않고 똑바로 바라보았다.

"저를 이용하고 싶으셨다면 그리하셔서는 아니 되었습니다. 하다못해 짐승도 저를 어여삐 여기는 이를 알아봅니다. 폐하께 저는 짐승만도 못했지요. 차라리 솔직히 말씀하세요. 방패막이가 필요하다고, 제 집안의 힘이 필요하다고 말입니다! 제가 폐하에게 속해 있다고 하셨습니까? 아니요, 아닙니다. 모두가 그리 알고 있을 지언정 아닙니다. 스스로 이미 알고 계시지 않습니까. 제가 폐하의 것이 아니라는 것을요. 원하는 것이 있거든 직접 하세요. 더는 폐하의 얼굴을 보고 싶지 않습니다."

우가 희윤의 손을 뿌리쳤다. 그러나 여인의 몸으로 사내를 이겨 내지는 못했다. 그는 여전히 우의 어깨를 움켜잡고 있었다. 그는 우의 눈을 한참을 들여다보다 자리를 떠났다.

우는 그가 자리를 뜨고 얼마 지나지 않아 주저앉았다. 몸에 힘이 들어가지 않았다. 박 상궁이 다가와 우를 부축해 침상에 앉도록 도왔다.

"목이 마르네."

박 상궁이 후다닥 달려가서 물을 떠 왔다. 우는 타는 가슴에 벌컥벌컥 물을 들이마셨다. 그제야 숨이 쉬어지는 것 같았다.

"좀 쉬어야겠네. 나가 보게."

박 상궁은 우를 홀로 두기 걱정스러웠으나 곧장 잠자리를 봐 주곤 침실을 떠났다. 대신에 그이는 접견실에 자리를 잡고 날을 지새우기로 하였다. 아무래도 불안하였기 때문이다.

컴컴한 방 안, 우는 잠이 들지 못했다. 우의 마음속에서 희윤과의 실낱같던 인연은 끝이 났다. 오로지 홀로만 잡고 있던 그 미련 섞인 마음이 이제야 진정 끝난 것이다. 허무하리만큼 짧은 순간이었다. 오랜 기간 고통을 견뎌 내며 버텨 왔으나 그 끝은 이리도 쉬웠다. 복잡한 마음에 우는 애써 눈을 감았다.

아이는 자지러지도록 울었다. 송 황후는 우는 아이를 어르느라 허둥지둥하였다. 우는 아이와 함께 울고 싶은 심정이었다.

"울지 마라, 울지 마. 응?"

아이가 아이를 돌보는 것처럼 느껴지는 모습에 이 상궁이 송 황후를 말렸다. 유모를 곁에 두고도 굳이 아이 보기를 고집하는 송 황후가 이해되지 않았던 것이다. 이 상궁은 알지 못했다. 송 황후가 아이에게 의지하고 있음을.

결국 송 황후는 아이를 어르며 같이 울었다. 저도 아무것도 모르는 아이처럼 소리 지르며 울고 싶었다. 울음이 터진 송 황후에게서 유모가 세윤을 데려갔고 이 상궁이 송 황후를 침상으로 데려갔다.

"진정하세요, 어찌 이러십니까. 기진이 무엇 하느냐. 어서 물이라도 떠 오거라."

"예."

이 상궁이 기진이 가지고 온 물을 천천히 송 황후에게 먹여 주었다. 꾹꾹거리며 울음을 토하는 모습에 한숨이 절로 나왔다. 모국과의 전쟁으로 인해 예민한 것은 알고 있으나 황후로서는 실격인 모습이었다. 현재 송 황후의 나라는 주나라가 아니라 기나라였다. 설사 그 속내가 편치 않다 하더라도 전쟁 중에 이리 속내를 드러내서야 어찌 일국의 국모라 할 수 있을까. 그이는 일단 송 황후를 달래고, 후에 이야기하기로 생각하였다. 당장 슬픔에 겨워 울고 있는 이에게 이런 이야기를 할 수는 없다고 여겼다.

모든 것이 엉망이었다. 어째서 이리되었을까, 송 황후는 생각하였다. 그저 희윤을 사랑했을 뿐이었다. 그가 주는 것에 취해 저를 알지 못했던 탓일까. 그도 아니면 이것도 그저 지나가는 일일 뿐일까. 송 황후는 넘쳐 나는 생각을 주체하지 못하고 그 속에 빠져들었다. 한없이 깊어 가는 생각의 늪에 빠져 허우적대다 그렇게 잠이 들었다.

기진이 최 귀비의 서찰을 전한 것은 송 황후가 느지막이 깨어난 오후였다. 이 상궁이 허해진 송 황후의 건강을 위해 직접 탕약을 달이러 자리를 비웠을 때였다.

서찰을 읽은 송 황후는 아무런 반응도 하지 않았다. 평소와 다른 그 모습에 기진은 서찰의 내용이 궁금하였으나 차마 그 내용을 확인하지는 못했다. 그대로 송 황후는 자리에서 일어나 서찰을 잘게 찢더니 기진에게 제 눈앞에서 불태우라 명하였다.

화로에서 타오르는 종이를 보며 송 황후는 입술을 깨물었다.

❀

희원은 우를 떠올렸다. 우를 보지 못한 지 벌써 며칠이나 지났
는지 그는 기억조차 나질 않았다. 그리움은 걷잡을 수 없이 커지
고 있었다. 그때였다. 말을 달리는 소리가 들려왔다. 거대한 황제
의 깃발을 지니고 있는 자가 도성의 문을 지나고 있었다. 이 재상
의 말대로였다.

'이 정도 되었으면 황제는 아마 주나라에 휴전을 요청할 겁
니다. 이 상태로 전쟁을 계속할 수는 없을 테지요. 허니 도성의
문을 밤낮으로 지켜야 합니다. 목을 베야 합니다. 비공식적인 것
이니 다시 묻기도 어려울 테고, 사신 일행이 사라졌음을 안다
해도 그때는 이미 저희 측에서 수도를 점령한 후가 될 겁니다.'

이 재상의 말로 인해 희원과 운, 그리고 미검과 단오는 일행을
꾸려 각각 네 방위의 문을 지켰다.

"저희가 낙찰이네요!"

희원의 곁에 있던 호안이 맑게 웃었다. 사람을 죽이는 일에 해
맑게 웃어 보이는 호안을 희원은 신기한 듯 쳐다보았다.

"이래 보여도 전장에서 가장 오래 있었던 이는 접니다! 살아남은 걸로 치차면 제가 제일이지요!"

호안이 활을 쏠 준비를 하였다. 검에도 능하긴 하였으나 역시나 편한 것은 활이었다. 호안은 체격이나 힘이 달려 가능하면 근접전을 피하려 하였다. 전장에서 오래 지내다 보니 검을 쓰게 되기는 하였으나, 여전히 그는 활을 더 좋아히였다. 제 안전거리를 확보하고 멀리서 상대가 모르는 사이에 그 목숨을 앗아 가는 것이 마음이 편했던 것이다. 제가 겁쟁이라 목숨을 잃는 것이 두려워 그렇다며 종종 말을 하곤 하였으나 다들 알고 있었다. 그렇게 했기에 이제껏 호안이 어린 나이에도 전장에서 살아남을 수 있었음을.

화살이 바람을 가르고 가장 선두에서 달리던 이의 목에 세차게 꽂혔다. 그리고 희원과 다른 이들이 검을 빼어 들고 달려 나갔다. 호안은 멀찍이서 빈틈을 노리고 도망가는 이들에게 차례로 화살을 쏘았다. 모든 것은 순식간에 정리되었다. 주인을 잃은 말 중 몇은 흩어지고, 몇은 희원 일행에게 고삐를 붙잡혔다.

"조장님! 이것인가 봅니다!"

희원에게 호안이 봉투 하나를 내밀었다. 그들은 혹시나 하는 일을 대비해 각기 복면을 쓰고 있었다. 함께 있는 이들에게도 신분을 감추고 있었다. 희원은 호안에게서 받은 봉투를 품 안에 잘 갈무리하였다. 나머지 이들은 시체를 파묻었다. 시체를 묻기 전 옷을 벗기는 일 또한 잊지 않았다. 발각된다 해도 그 신원 파악에는 시간이 걸릴 것이었다.

"다 되었습니다!"

호안의 말에 희원이 모두 해산해도 좋다고 말하였다. 그리고 호안은 직접 아직도 대기하고 있을 이들을 찾아 소식을 전하기 위해 자리를 떠났다.

사람을 해치는 일이 그 역시 좋지는 않았다. 더군다나 그들이 그저 제 할 일을 하는 이들이었다는 것 역시 마음을 불편하게 하는 요인이었다. 그러나 희원은 그 모든 것을 감당하기로 하였다. 어차피 제가 우를 마음에 담은 순간부터 사람을 해하는 짓이든, 나라의 근간을 뒤흔드는 짓이든 모든 것을 하기로 정하였으니 말이다. 희원은 짧게 시체를 묻은 곳에 눈길을 주다 훌쩍 자리를 떠났다. 희미한 달빛만이 희원을 좇고 있었다.

모든 비빈이 교태전에 모여 있었다. 송 황후는 그녀답지 않게 초췌한 모습이었다. 전의 그 생기 넘치는 모습은 어디로 갔는지 그저 넋이 빠진 이처럼 굴고 있었다.

"마마, 마마."

정신을 차리지 못하고 멍하니 있는 송 황후를 이 상궁이 슬쩍 불렀다. 그제야 송 황후는 화들짝 놀라며 비빈들을 둘러보았다.

"아, 이리 부른 것은 전쟁으로 인해 한동안은 녹봉이나 하사품이 전과 같지 않음을 알리기 위함입니다."

힘없이 내뱉는 말에 비빈들의 눈초리가 험악해졌다. 주나라와의 전쟁으로 인해 궐의 분위기는 좋지 않았다. 예상보다 길어지는 전쟁에 다들 말이 많았고, 본래도 송 황후를 좋아하지 않았던 이들은 그이의 출신 배경을 문제 삼기도 하였다.

"아이참, 이게 다 무슨 일이랍니까? 폐하께서는 쉬지도 못하신다지요?"

"그러게 말입니다. 하루빨리 전쟁이 끝나야 할 텐데요. 주나라가 생각보다 오래 버텨 문제입니다."

"시간문제일 뿐입니다. 결국 항복할 겁니다."

다들 한마디씩 던지는 통에 금방 소란스러워진 분위기에 최 귀비가 못마땅한 듯 부러 접시를 떨어뜨렸다.

"어마, 손이 미끄러졌습니다. 아무래도 어젯밤 잡소리에 잠을 자지 못해 그런가 봅니다."

그 자리에 있는 이들 중 시끄러우니 조용히 하라는 최 귀비의 말을 이해하지 못한 이는 아무도 없었다. 다들 기분이 좋지 않은 것을 티 내기는 하였으나 더 이상 떠들지는 아니하였다. 그에 만족한 최 귀비가 특유의 미소를 지으며 송 황후에게 물었다.

"얼굴이 좋지 않으십니다. 혹여 어디 편찮으십니까?"

"아닙니다."

"아니라면 되었습니다. 저는 또 혹시나 모국 걱정에 밤잠이라도 설치셨을까 걱정하였지 뭡니까."

최 귀비만이 홀로 웃었다. 다른 비빈들은 그저 송 황후와 최 귀비를 살피며 저들끼리 눈짓을 주고받았다. 그녀의 도발에도 송 황후는 그저 한숨을 깊게 내쉬더니 기운 빠진 목소리로 입을 열었다.

"이만하겠습니다."

갑작스레 자리에서 일어난 송 황후를 보며 비빈들이 쑥덕이기 시작하였다. 평소처럼 울먹이지는 않았으나 이와 같은 행동도 모자라 보이긴 마찬가지였다.

힘없이 돌아서는 송 황후의 모습에 우는 그이가 제게 애걸하며 청하였던 것을 떠올렸다. 결국 송 황후가 제 부모를 포기한 것인지 궁금하였으나 우는 애써 그녀에 대한 궁금증을 머리에서 지웠다. 저와는 상관없는 일이었다.

문안 인사 후, 우가 처소로 돌아오자 박 상궁은 슬며시 눈치를 살피며 송 황후에 대한 이야기를 하였다. 전날의 일도 그렇고, 송 황후의 상태가 이상하여 말을 하지 않을 수 없던 것이다. 송 황후는 다른 이들처럼 기품 있거나 아름답진 않았으나 넘치는 생명력이, 활기찬 모습이 사랑스러운 사람이었다. 그런 이가 넋이 빠져 기운 없는 모습을 하고 있으니 이상함을 눈치채지 못할 수가 없었던 것이다.

"혹시 전날의 일 때문에 그럴까요?"

"글쎄, 그렇진 않을 게다. 그이도 생각이 있다면 내가 쉬이 받아들이리라 여기진 않았겠지. 그보다 결국 할 수 있는 것이 아무것도 없어 그런 것이 아니겠느냐?"

우의 말에 박 상궁이 쉽게 긍정하였다. 우는 송 황후에 대한 생각을 금방 지우고, 희원을 떠올렸다. 희원을 본 지도 벌써 며칠이나 지난 것이다. 그는 가능하면 하루도 넘기지 않고 매번 우를 찾았는데, 이처럼 오랫동안 연락도 없이 보이지 않는 것을 보니 무슨 일이 있지는 않을까 걱정이 되었다.

우가 멍하니 생각에 잠기자 박 상궁은 괜히 제가 송 황후 이야기를 꺼내 기분이 상하신 것은 아닌가 하였다.

"왕야께서 꽤 오래 보이지 않는구나."

뜻밖의 말에 박 상궁이 놀란 얼굴로 되물었다. 갑자기 이게 무슨 소리인가 하고 후다닥 우의 앞으로 다가섰다.

"마마, 혹시 소왕야를 생각하신 겁니까?"

박 상궁이 잔뜩 기대하고 있는 얼굴로 우에게 물었다. 송 황후 때문에 마음이 불편하신가 하였더니 희원이 그 이유였던 것이다. 우가 이리 희원의 이야기를 먼저 꺼내다니, 박 상궁은 신이 날 지경이었다. 오히려 그런 반응에 얼굴을 붉힌 것은 우였다. 생각 없이 나온 한마디로 요란스럽게 반응하는 박 상궁을 보니 괜한 말을 꺼냈다 싶었다.

"제가 다녀올까요? 서찰이라도 써 주시면……."

"아닐세, 아니야. 자네 참."

우가 박 상궁을 피해 서책을 집어 들었다. 펼친 서책에 집중하려 하였으나 괜히 부끄러운 기분에 우는 집중하지 못하고 오랫동안 같은 부분만 반복해서 읽어야 했다.

희윤은 조심스러운 손길로 아이를 안아 들었다. 아이가 맑은 눈으로 저를 바라보자 묘한 감동이 가슴에 일었다. 이 아이에게 좋은 것을 물려주고 싶었다. 굳건한 황제의 자리와 평화로운 나라를. 제 대에서는 일어나지 않을 줄로 여겼던 전쟁이 일어난 지금, 그는 그것이 더욱 간절했다.

"소화야."

송 황후는 희윤과 아이를 물끄러미 바라보았다. 희미하게 걸려 있는 미소가 마치 금방이라도 흔적도 없이 사라질 이처럼 보였다.

희윤은 아이를 안고 송 황후의 곁에 다가가 앉았다. 아이가 어미를 보자 금방 희윤의 품에서 발버둥 치기 시작하였다. 희윤의 난감한 얼굴에 송 황후가 자연스럽게 세윤을 받아 들었다.

"전쟁은 언제까지 계속될까요?"

송 황후가 아이를 어르며 희윤에게 물었다. 여상스럽지 않은 목소리로 툭 던지는 질문이었으나 실상 그 분위기가 무거워 그는 조금 망설였다. 그 또한 전쟁이 빨리 끝나길 바랐으나 모든 것이 그의 뜻대로 진행되는 것은 아니었다. 그 역시 마음이 무거웠다.

"글쎄, 마음 같아선 당장이라도 끝냈으면 좋겠구나."

그가 송 황후의 어깨에 얼굴을 묻었다. 송 황후에게선 달콤한 냄새와 아이의 젖내가 났다. 그는 크게 숨을 들이마셨다. 함께 있어도 전과 다른 우울함이 그들을 감싸고 있었다.

송 황후는 애써 희윤의 얼굴을 외면하였다. 기다렸던 것이다. 그가 솔직하게 말해 주기를. 제가 한 청을 잊지 않았다고, 들어주고 싶지만 제가 할 수 없는 일이라고 차라리 솔직하게 말해 주기를 기다렸다. 이렇게 그저 서로 모른 척 넘어가는 것이 아니라 조금 아프더라도 터놓고 말해 주기를 송 황후는 기다렸다. 부러 전쟁에 대해 물은 것도 그 때문이었다. 허나 희윤은 제 청에 관해서는 단 한 마디도 말하지 않았다.

희윤이 돌아가고 난 후, 송 황후는 멍하니 세윤을 품에 안고 창밖을 바라보았다. 그에 대한 실망감을 다스릴 길이 없었다. 송 황후는 기다리고 기다렸다. 혹여나 오늘은 말해 주지 않을까 하는 마음으로 계속해서 기다려 왔다. 그러나 희윤은 끝내 그저 순간을 모면하는 거짓말로 모든 것을 덮어 버리고 있었다. 슬플지라도 그가 제게 솔직해지기를 원하고, 바랐으나 그는 늘 그녀의 기대를 저버렸다. 저를 위한 배려와 애정이 담겼던 그 거짓은 그들을 어긋나게 하고 있었다.

송 황후는 세윤을 품에 안고 기뻐하다가도 순식간에 울적해졌다. 하루에도 수백 번씩 기분이 오락가락하였다. 그이는 하루가 다르게 지쳐 가고 있었다.

"기진아."

"예, 마마!"

송 황후가 기진을 불렀다. 그리고 서랍에 보관해 두었던 모든 서찰을 꺼내 불태우라 명했다. 기진은 송 황후의 명을 충실히 이행하였다.

송 황후는 이 상궁보다도 기진을 더욱 가까이 두었는데, 이 상궁이 황제에게 제 일거수일투족을 보고하고 있음을 기진이 살짝 흘렸기 때문이었다. 그 후로 송 황후는 이 상궁을 밖으로 돌리고, 기진을 곁에 머물게 하였다. 이 상궁은 영 내키지 않아 하였으나 주인의 명이니 어찌할 수 없어 결국 자리를 자주 비우게 되었다.

기진은 몇 번 더 최 귀비의 서찰을 송 황후에게 전하였다. 이 어리고 순진한 이는 전쟁이 한창인데 어떻게 제게 무사히 서찰이 당도할 수 있는지 궁금해하지도 않고 기진이 내어 주는 서찰에 아무런 의심도 하지 않았다. 만일 기진이 송 황후였다면 서찰의 진위 여부부터 가릴 터였다. 하긴 제 눈에 익숙한 그 서체를 가짜라고 의심할 줄 아는 이였다면 처음부터 이런 계략에 빠지지도 않았을 것이었다.

우와 최 귀비는 함께 시간을 보내고 있었다. 최 귀비가 우를 찾아왔기 때문이었는데, 그 얼굴이 유달리 기분 좋아 보였다. 마주 앉은 우와 최 귀비는 중요하지 않은 그저 그런 이야기를 나누다. 누가 들어도 상관없는 그런 얘기를 나누며 그렇게 시간을 보냈다.

"궁금한 것이 있는데 물어보아도 괜찮습니까?"

최 귀비가 싱그럽게 웃었다.

"예. 말씀하세요."

"황후마마가 밉지 않습니까?"

우가 한참을 고민하였다. 말을 고르는 듯 신중한 그 모습을 보며 최 귀비가 재촉하지 않고 그 답을 기다렸다.

"미웠지요. 밉지 않을 리가요."

"지금은 아니란 말씀이신가요?"

우가 가느다란 손가락으로 찻잔을 어루만졌다. 그 따스한 온기가 손끝 너머로 가득한 것이 느껴졌다.

"전처럼 밉지는 않습니다. 그 존재만으로도 미웠던, 아니 '밉다'라는 말로는 표현할 수 없을 만큼 격렬하던 시기가 있었지요. 지금은 아닙니다. 오히려 폐하를 미워하느냐고 묻는 게 더 맞는 질문이 아닐까 싶습니다."

우가 차분히 대답하였다.

"허면 이번엔 제가 물어보아도 될까요? 귀비마마께서는 어찌 황후마마를 그리 싫어하십니까?"

"나는 자격 없는 이들이 내 위에 있는 것을 좋아하지 않아요. 그뿐입니다."

자격, 최 귀비가 말하는 자격이 무엇일지 우는 생각했다. 송 황후는 확실히 궐에는 어울리지 않는 사람이었다. 돌려 말할 줄 모르고, 포기할 줄 모르는 성정이 그러했다. 지식이야 배우면 그만인 것이지만 그 성품이 단순하니 모든 것이 복잡하게 얽혀 있는 궐은 그이가 지내기에는 어려운 곳이 분명하였다.

교태전에 다녀온 희윤은 제 집무실에서 멍하니 창밖을 바라보고 있었다. 책상 위에는 서류가 한가득 쌓여 있었으나 그는 그저 멍하니 시간을 버리고 있었다. 그는 어찌해야 할지 방도를 찾고 있었다. 그가 계획했던 모든 것은 이미 어그러져 있는 상태였다.

"종추야, 답답하구나."

어디서부터였을까, 희윤은 무엇부터가 시작이었는지 짐작조차 하지 못했다. 우를 내치려고 했던 때부터였을까, 아니면 우가 유산했을 때였을까? 그도 아니면 우가 다시 돌아왔을 때부터였을까? 수많은 일이 있었고, 모든 것이 이유가 될 수 있었음을 그는 알고 있었다.

그에게 우는 그저 편리한 존재였다. 가끔 제 뜻을 거스르기는 하였으나 결과적으로는 항상 제게 좋은 것들을 가져왔다. 눈치를 보지 않아도 되고, 예를 갖추지 않아도 되었다. 언제부터였는지 알 수 없지만 그에게 우는 제 마음대로 할 수 있는 존재였다. 이 재상의 문제이건, 제 문제이건 우는 모든 화풀이의 대상이었다. 그것은 오랜 기간 이어져 왔고, 그런 이가 변하리라는 생각조차 그는 하지 못했다. 우는 영원히 제 여인으로 남아 있을 것이 분명하다고 여겼다. 실로 우는 오랜 세월 변하지 않았으니까.

종추가 집무실의 창을 살짝 열었다. 싸늘한 공기가 들어차기 시작했다.

"폐하! 폐하!"

갑작스레 병사 하나가 큰 소리를 내며 들어섰다. 제가 황제인 것을 잊기라도 한 것인지 예를 잊고 함부로 움직이는 그 모습에 희윤이 미간을 찌푸렸다.

"예를 갖추세요."

종추가 병사에게 말했다. 그러자 대충 예를 갖춘 그는 다급한 목소리로 말을 하기 시작했다.

"수도가 함락되었습니다."

희윤이 자리에서 벌떡 일어났다. 병사의 말은 계속해서 이어졌다.

모든 것은 아주 은밀하고 조용하게 이루어졌다. 그것은 내부에서부터 시작되었다. 운은 수도경비대에서 친황제파를 제거하는 것을 목표로 삼았다. 계획은 아주 순조롭게 진행되었다. 친황제파가 누구인지는 이미 알고 있었으나, 다시 한 번 내부 인사를 통해 정확히 조사하였다. 운은 그들의 목을 베기로 하였다. 친황제파를 제거하면 자동으로 그 빈자리를 이 재상 측의 이들이 차지할 것이었다.

그들의 목을 베는 것 역시 어려울 것은 없었다. 운은 인맥을 통해, 그리고 수도경비대 내부에 잠입시킨 이들을 통해 그들의 일정을 알아내었다. 그 후에 단오 등이 그 목을 베었다. 그들의 목은 희윤에게 전달될 것이었다.

수도경비대는 소란스러웠으나 하급 병사들은 어떤 일이 일어났는지 인식조차 제대로 하지 못했다. 그저 상관의 자리를 다른 이가 맡았을 뿐이라 생각하였다. 몇몇은 살인죄로 수감되기도 하였는데, 실질적으로 죄지은 이는 그들 중 없었다. 그저 단오 등의 죄를 대신 뒤집어써 줄 이가 필요했을 뿐이다.

병사가 일의 자초지종을 모두 아뢰었을 때, 별안간 밖이 소란스러워지기 시작하였다.

"아니 됩니다."

쿵쿵쿵. 거친 발걸음 소리가 울려 퍼졌고, 곧 희원이 희윤의 집무실에 들어섰다. 그는 제 앞에 놀란 얼굴을 하고 있는 수도경비대 병사를 슬쩍 옆으로 밀어내고는 희윤에게로 가까이 다가서기 시작하였다.

"폐하."

희윤은 제 앞에 선 희원을 바라보았다. 희원의 옷자락에는 곳곳에 핏물이 들어 있었다. 분명 그의 것은 아니었다. 희원은 천천히 희윤의 앞에 들고 온 것을 풀어 놓았다. 모두의 눈이 경악으로 물들었다. 수도경비대 대장과 몇몇 이들의 목이었다. 그제야 희윤은 바닥에 떨어져 있는 피를 보았다.

"당장 내금위장을 불러오라!"

종추가 서둘러 뛰쳐나가려 하였고, 희윤의 곁에 선 무사들이 희원의 앞을 가로막았다.

"소용없을 겁니다. 이미 폐하께서 내리신 금패를 가지고 새로운 수도경비대 대장이 입궐하였습니다. 그는 홀로 입궐하진 않았을 겁니다."

희윤이 분노를 주체하지 못하였다.

"반역이라도 할 셈입니까?"

분노로 으르렁거리듯 묻는 희윤의 목소리에 희원은 그저 웃었다. 검을 빼어 들고 호위 무사들과 대치하고 있는 그는 지금 이 상황이 아무렇지 않은 듯 보였다. 긴장이라곤 찾아볼 수 없는 그 모습이 오히려 다른 이들의 공포를 불러일으켰다.

"저는 황좌에 욕심이 있지는 않습니다."

어디선가 비명 소리가 들려왔다. 방금 전만 하여도 조용했던 궐 안은 비명 소리와 병장기가 부딪치는 소리로 가득하였다.

"작성하세요, 내금위장에 진양 이가의 운을 앉힌다고 말입니다."

희윤은 대답하지 않았다. 그러자 호위 무사들이 희원을 향해 달려들었다. 희윤은 제 형제의 실력이 어느 정도인지 정확히는 알지 못했다. 그저 검술에 조금 소질이 있었다고 들었을 뿐이었다. 그러나 그는 지금 제 형제의 실력을 눈으로 직접 확인하고 있었다.

희원은 어떠한 자비도 두지 않고, 무참히 호위 무사 둘을 살해하였다. 희윤은 모든 것을 눈앞에서 직접 보았음에도 그가 어떤 식으로 제 호위 무사를 상대하였는지 제대로 볼 수 없었다. 그저 마지막 순간 그들의 목이 몸에서 분리되는 모습만을 볼 수 있었을 뿐이다.

희원이 검을 휘둘러 검신에 붙은 핏방울을 털어 내었다. 핏방울은 희윤의 뺨에도 튀었는데, 그것은 마치 어떠한 위협처럼 다가왔다.

"시간이 늦어지면 늦어질수록 후회가 크실 겁니다. 아마 황후마마가 제일 먼저가 되지 않겠습니까."

사실이었다. 희원은 오로지 사실만을 말하였다. 희윤이 늦을수록 송 황후와 세윤의 안전은 보장받을 수 없었다.

"대체 무엇을 원하는 겁니까? 황좌도 아니라면 도대체 왜 이따위 짓을!"

그것은 분노보다는 절규에 가까웠다. 희윤은 여전히 평정을 유지하고 있는 제 형제를 바라보았다. 희원은 점차 희윤에게로 가까이 다가왔다. 종추가 그 앞을 막아섰으나 그는 쉽게 종추를 제 앞에서 치웠다. 그리고 검을 들어 희윤의 목에 들이밀었다.

"아시지 않습니까."

검날을 목에 드리운 상태로 희윤은 천천히 손을 들어 글을 쓰기 시작하였다. 손이 떨려 와 글씨가 번지기도 하였다. 그리고 모두 작성한 후, 황제의 인장을 찍었다. 희원이 그것을 받아 들고 희윤에게 인사를 올린 후에 물러갔다. 희윤의 집무실에는 여섯 개의 머리가 나뒹굴고 있었다.

종추가 벌벌 떠는 몸으로 궁녀들과 서둘러 시체를 치우기 시작하였다. 그리고 곧 내금위 병사들이 황제의 집무실을 포위하였고, 그들 중 하나는 집무실 구석에서 벌벌 떨고 있던 수도경비대 병사 하나를 포박하여 끌고 나갔다. 그들은 황제의 안위에는 신경 쓰지 않는 듯, 그저 혹시 있을 공격에 대비하고 있었다.

수도의 모든 병력이 황제의 손아귀에서 이 재상의 손아귀로 든 밤이었다.

궐은 침묵하였다. 모든 비빈 역시 제 처소에서 나오지 못했고, 특히나 송 황후는 겁에 질려 제 아이를 품 안에서 놓지 못하였다.

운이 내금위장을 맡은 후, 그는 곧장 친황제파인 이들을 정리하였다. 그들을 모두 하옥시키고, 혹시나 있을 반격에 대비하였다. 희윤은 제 집무실에 갇혀 움직이지 못하였다. 그가 움직이려할 때마다 집무실을 지키는 병사들에게 저지당했다. 그들은 황제의 명이 아니라 운의 명을 따르고 있었다.

대충 상황이 마무리된 후, 운은 수도경비대에는 단오와 형식을, 내금위에는 미겸과 호안, 그리고 대찬을 두었다. 원래도 군에 속해 있던 이들이니 그들은 운이 말하지 않더라도 제 할 일을 곧잘 할 것이었다.

희원은 곧장 제집에서 옷을 갈아입고 다시 입궐하였다. 우의 처소 주변에도 많은 수의 병사가 배치되어 있었다. 그들은 희원을 보고는 곧장 길을 열어 주었다.

"왕야!"

깨어 있던 우는 곧장 희원을 향해 달려갔다. 처소에 들어선 희원은 우를 안아 주었다. 그는 상황이 마무리되면 가장 먼저 우를 찾아와 안심시켜 주고 싶었다. 피 묻은 꼴로는 만날 수 없어 서둘러 씻고 옷을 갈아입고 왔으나 아직 코끝에선 피비린내가 나는 듯했다.

우는 걱정이 가득한 눈으로 희원을 살폈다. 혹여나 어디 다친 곳은 없는지 저를 살피는 모습에 희원이 기쁜 듯 웃었다.

"괜찮다."

"정말이십니까?"

"그래."

우가 안도의 한숨을 내쉬었다. 워낙 외진 곳에 있는 처소인지라 우는 소란을 늦게 알아챘다. 그녀가 이상한 낌새를 느꼈을 때는 이미 처소에는 병사들이 진을 치고 있었다. 밤새 계속되는 병장기 부딪치는 소리에 우는 불안해하였다. 박 상궁이 곁에서 괜찮을 것이라 말하였으나 소용없었다. 희원과 운, 그리고 이 재상까지 모든 것이 걱정이었다.

우는 분명 지금 이 상황이 그들과 관련 있다고 생각하였다. 병사들은 우의 물음에 자세한 대답은 해 주지 않았으나 이리 우를 지키며 안심시키려 했던 것을 보면 그들과 관련 있는 것이 틀림없다고 여겼다.

"걱정하지 않아도 된다. 괜찮다."

희원이 우를 끌어안았다. 우는 힘없이 희원에게 안겼다. 우는 두려웠다. 이 품에 다시는 안기지 못할까 봐 무서웠다. 그러나 걱정했다고, 무서웠다고 말할 수 없었다. 입을 열면 울음이 터져 나올 거 같아서 우는 그저 눈을 감고 그 품에 안겨 있었다.

한참을 우를 안고 있던 희원은 박 상궁이 내어 주는 차를 마셨다. 우는 지친 희원의 얼굴을 보고는 그제야 눈앞의 이가 밤새 거사를 치르고 왔음을 상기하였다. 그저 그가 무사하다는 사실에 잊고 있었던 것이다. 우는 슬쩍 희원의 손을 잡아끌었다.

"이만 쉬시는 것이 좋겠습니다."

"오늘은 궐을 나갈 생각이 없다."

희원이 웃었다. 여전히 다정한 그 눈빛에 우의 가슴이 철렁하였다. 어쩌면 이 순간이 없었을 수도 있었겠구나 하는 생각에 가슴이 다시 한 번 요동쳤다. 그가 소중하지 않았던 것은 아니었으나 이와 같은 일을 겪고 보니 그 소중함이 제가 생각했던 것보다 훨씬 컸구나 하고 느꼈다. 제가 그에게 그토록 의지하였구나, 그가 제게 큰 부분을 차지하고 있었구나, 우는 생각하였다. 우는 희원에게서 눈을 뗄 수가 없었다.

"허면 이곳에서라도 잠깐 눈을 붙이세요."

우가 제 침상으로 희원을 잡아끌었다. 피곤해 보이는 그 얼굴을 그냥 보고 있을 수 없기 때문이었다. 희원은 저를 잡아끄는 작은 손에 못 이기는 척 이끌려 주었다. 저를 걱정하는 얼굴을 보는 것이 좋았기 때문이었다. 조금 피곤하기는 하였으나 못 이길 정도는 아니었다. 그러나 심각한 얼굴을 하고 있는 우가 사랑스러워 그는 조금 더 엄살을 부려 보기로 하였다.

그는 침상에 누워 잠들 때까지 곁에 있어 달라 하며 우의 손을 붙잡았다. 우는 중요한 임무라도 부여받은 듯 크게 고개를 끄덕였다.

그러나 먼저 잠이 든 것은 우였다. 지난밤, 잠들지 못해서인지 우는 희원의 손을 붙잡은 채로 엎드려 잠이 들었다. 자리에서 살며시 일어난 희원은 우를 안아 올려 침상에 눕혔다.

그는 잠든 우의 얼굴을 들여다보았다. 곤하게 자는 모습이 평화로웠다. 조심스레 우의 머리를 매만져 주었다. 하나부터 열까지 예쁘지 않은 구석이 없었다. 우는 그저 존재하는 것만으로 희원에게 가슴 벅찬 감동을 주곤 하였다. 마음 한구석에 남아 있던 불편함은 우를 보며 떨쳐 내었다. 눈앞의 사랑스러운 이를 조금이라도 행복하게 만들어 주기 위해 한 일이라 생각하니 그것은 당연한 일이 되어 버렸다. 제 손에 피를 묻히고, 죄를 짓더라도 우가 행복하다면 그는 얼마든지 다시 검을 잡으리라 다짐하였다.

희원은 우를 바라보다 그 이마에 입 맞추고는 자리를 떠났다. 곧 회의가 시작될 것이다. 대신들은 사태를 파악할 것이고, 이 재상과 운은 상황을 정리하고 황제의 권한을 빼앗을 것이다. 희원은 그곳에 참여하기로 하였다. 이제 모두가 알게 될 것이다. 이 재상과 희원이 손잡았다는 사실을.

　희원이 우의 처소를 나서 양심전으로 향하던 그때에 희윤 역시 병사들에게 둘러싸여 양심전으로 향했다. 그것은 호위라기보다는 포위에 가까운 형태였다. 대신들은 황제가 들어서는 것을 바라보고 침음을 흘렸다. 양심전 역시 수십 명의 병사가 포위하고 있었다. 희윤은 자리에 앉았으나 어떠한 말도 꺼내지 않았다. 그저 침묵만이 가득하였다.

　그때, 운이 양심전의 문을 거칠게 열고 중앙으로 걸어왔다. 그는 희윤의 앞에서 예를 갖추어 인사를 올렸다.

　"폐하께 내금위장 이운이 인사 올립니다."

　운의 등장에 모두가 숨을 들이켰다. 이것으로 이 재상 측에서 궐을 장악했음이 확인된 것이다. 내금위가 운의 손에 떨어졌다면 황제의 신변 역시 그 손안에 있다는 것이었다.

　"반란의 무리들을 모두 처리하였습니다. 주모자들과 그 직계가족은 모두 목을 베고, 그 수족은 모두 관노로 만들었습니다."

　경고였다. 제게 반하는 자들이 있다면 모두 역모를 뒤집어씌우겠다는. 운은 보고를 끝내고 옆으로 물러섰다. 모두가 이 재상의 눈치를 보고 있었다. 입궐하면서 보았던 바닥에 번져 있던 붉은 자국들이 무엇이었는지 이제야 모두가 제대로 인지한 것이다. 여기서 입을 잘못 놀리면 역모로 몰려 그 목이 베일 것이 분명하였다.

희윤은 침묵을 지키고 있는 수많은 대신을 내려다보았다. 그 누구도 이 재상을 향해 어떠한 말도 하지 않았다.

"주나라와의 전쟁으로 나라 안팎이 어수선한 때에 이런 무도한 무리들이 나타난 것을 그냥 넘길 수 없습니다. 황궁뿐 아니라 수도의 경비를 강화하는 것이 좋겠습니다. 또한, 주나라와의 전쟁은 더 이상 지체할 수 없으니 총력을 기울여 서둘러 마치는 것이 좋을 듯합니다."

평소와 다름없이 제 의견을 말하는 이 재상을 바라보며 희윤은 이를 악물었다. 이 재상은 휴전하는 대신 외부의 적을 그대로 두어 병력을 변방에 두기를 원했다. 수도를 장악하였다고는 하나 아직 완전하지는 못했다. 이런 시기에 황제의 군대가 다시 제자리를 찾고, 또 수도로 돌아온다면 그 역시 귀찮은 일이 될 것이 분명하였다. 희윤을 포함하여 그 자리에 있는 모두가 이 재상의 의도를 알고 있었으나 아무도 반대하지 못했다.

"혹시 다른 의견이라도 있으십니까?"

양심전에는 침묵이 맴돌았다.

"허면 그리 진행하도록 하겠습니다. 아무래도 처리할 일들이 많으니 폐하의 건강이 심히 염려됩니다. 앞으로는 먼저 각 부의 판서가 모여 중요 사안을 회의한 후, 그 결과를 폐하께 보고하는 것이 좋겠습니다."

희윤이 결국 참지 못하고 주먹으로 의자 손잡이를 내리쳤다. 많은 이의 눈이 그에게 쏠렸으나 이 재상은 꼼짝도 하지 않았다.

이 재상은 황제의 직속으로 운영되던 내금위와 수도경비대를 장악하였고, 그것으로도 부족하여 희윤의 눈과 귀를 가리려고 했다. 각 부의 판서가 먼저 회의를 하여 그에게 올라갈 정보를 거른다는 것이 아닌가. 그는 정말 꼭두각시가 되어 가고 있었다.

"이 재상!"

희윤의 고함 소리에도 이 재상은 태연함을 잃지 않았다.

"고정하세요, 폐하. 옥체 상하실까 염려됩니다."

이 재상은 인자한 웃음을 지었다. 다른 이들은 모두 침묵을 지켰다. 그야말로 살얼음판이었다. 아무것도 모른 채 입궐하여 보니 이미 모든 것은 이 재상의 손아귀에 있었던 것이다. 이 상황에서 이 재상과 뜻을 달리할 자는 존재하기 힘들었다.

예부상서는 묘한 얼굴로 이 재상을 바라보았다. 이 재상이 무언가 일을 벌일 것이라곤 예상하였으나 이런 식일 것이라곤 생각하지 못했다. 그에게 이것이 좋은 일로 작용할 것인지, 나쁜 일로 작용할 것인지 그는 알지 못했다. 혹여 이 재상이 송 황후를 폐하고, 다시 우를 황후 자리에 올리지 않을까 하였다.

끝내 모든 것은 이 재상의 뜻대로 이루어졌다. 희윤은 모든 권한을 박탈당했다. 그는 그저 이름뿐인 황제에 불과했다. 그는 이 재상이 허락한, 걸러진 것들만을 알게 될 것이다. 황권 강화를 위해 진양 이가를 적으로 돌린 대가는 참혹하였다.

구석에서 희원이 모든 것을 바라보고 있었다. 그리고 희윤 역시 희원을 바라보았다. 형제는 갈라섰고, 이 자리에 있는 모두가 이 재상과 희원의 결합을 확인하였다. 그곳에 자리하고 있는 이들 대부분은 희윤이 지금은 황제로 있지만 차기 황제는 희원이 되리라 생각하고 있었다.

희윤이 꼭두각시로 전락한 그 순간에 송 황후는 희윤을 만날 수 있게 해 달라고 애원하고 있었다. 당연한 것이었지만 교태전에 있는 그 어떤 이도 그 바람을 들어줄 수 없었다. 송 황후는 불안함에 어찌할 바를 몰랐다. 희윤은 아무런 소식도 없었고, 병사들은 처소를 나가지 못하게 하였다. 처소를 나가지 못하는 것은 교태전에 소속되어 있는 모든 이들 역시 마찬가지라 무슨 일이 있는지 알아볼 수조차 없었다.

"도대체 무슨 일이지? 희윤은 어째서 오지 않는 거야?"

그치는 무슨 일인지 갈피조차 잡지 못했다. 이 상궁은 혹시나 하는 의심은 하고 있었으나, 불안정해 보이는 송 황후의 모습에 차마 입을 열지 못하였다.

송 황후에게 황제란 그 누구도 범접할 수 없는 존재였기에 황제인 그가 억압되어 있으리라고는 생각조차 하지 못했다. 오히려 주나라와의 전쟁으로 인해 저를 내몰기로 한 것은 아닌가 생각하였다. 그런 속내를 털어놓지는 않았으나 그 생각은 점점 제 나름대로 타당성을 가지고 자리를 잡아 가고 있었다. 지금이 아니더라도 훗날 그렇게 되지 않으리라는 보장은 없었다. 희윤을 보며 애써 버티던 송 황후에게서 무엇인가 어긋나기 시작하였다.

송 황후가 그 상황을 견딜 수 없을 만큼 힘들어한 반면 최 귀비는 너무나 평화로운 시간을 보내고 있었다. 평소와 다름없이 잠을 자고, 식사를 하는 최 귀비의 태연함에 다들 혀를 내둘렀다. 오히려 그녀는 제 처소를 감시하는 병사들에게 거슬리지 않도록 하라며 주의를 줄 정도였다.

그이는 모든 것을 알고 있었다. 예상했던 일이었다. 그토록 제 멋대로 굴고도 괜찮을 줄 알았다면 그야말로 오만이었다. 황족과 더불어 가장 오랜 시간 권력의 정점을 차지하고 있던 이들이 이토록 숨죽이고 있었던 것은 그저 크게 득 볼 일이 없었기 때문이다. 진양 이가가 차지할 더 높은 자리는 황위뿐이었다. 그러나 굳이 그럴 필요가 있었을까? 그들은 원하는 이를 황제로 선택할 수 있었다.

희윤이 무지했던 것이다. 우가 제 손안에 붙잡혀 있다 하여 진양 이가가 손안에 들어온 것은 아니었다. 이 재상이 제 딸을 아껴 황제의 행태를 보아 넘겼다고는 하나 움직여 보았자 상황이 크게 변하지 않으리라는 것이 더 큰 이유였다.

딸아이는 이미 황후가 되었고, 그 자신 역시 일인지하 만인지상의 자리에 있었다. 어디 그뿐인가, 아직 이름을 떨치지는 못했다고 하나 아들은 대장군이었으며, 제 집안은 명문 중의 명문으로 명예는 물론이거니와 권세까지 지녔다. 부족함이 없으니 굳이 큰소리를 낼 필요가 없었다.

이 아슬아슬한 평화를 깬 것은 희윤이었다. 그는 제대로 된 황제가 되고 싶었을 것이다. 진양 이가가 침묵하고 있었다고는 하나 그렇다 하여 권력의 정점에서 내려온 것은 아니었다. 멍청하게도 희윤, 그 스스로가 진양 이가에게 움직여야만 하는 이유를 준 것이다.

최 귀비는 만일 황제가 제 앞에 있었다면 크게 소리 내어 비웃어 주고 싶었다. 보아라, 당신이 망친 이 모든 것을.

"재미있구나, 재밌어."

최 귀비는 앞으로가 기대되었다. 이 재상이 칼을 빼어 든 이상 쉬이 넘어가진 않을 것이다. 그녀 역시 이대로 멈출 생각은 전혀 없었다. 시기가 잘 맞아떨어지고 있었다. 모든 것이 만족스러웠다. 하다못해 입 안에 맴도는 차의 향까지도.

궁녀들은 그저 최 귀비의 눈치만 보았다. 특히나 상궁은 이런 상황 속에서도 평소와 다를 바 없이 행동하는 최 귀비가 두려웠다. 자세한 것은 알 수 없으나 권력의 판도가 바뀌었음을 짐작할 수는 있었다. 그리고 그것이 최 귀비에게 나쁘게 작용하지 않을 것도 짐작할 수 있었다. 저 편안한 표정을 보고 있으면 당연히 알 수밖에 없었다. 상궁은 내심 송 황후를 향한 불길한 상상을 애써 지우며 머리를 비우려 노력하였다. 그저 아랫것은 생각 없이 윗사람의 명에 따르는 것이 최선이라며 스스로 되뇌었다.

우가 눈을 뜬 것은 정오가 한참 지나서였다. 희원은 이미 자리에 없었다. 그 허전함에 우가 잠시 쓸쓸한 얼굴을 하자 박 상궁이 나서서 희원의 말을 전하였다.

"곧 돌아오겠다고 하셨습니다."

그제야 얼굴이 밝아진 우가 자리에서 일어나 식사를 하였다. 피곤해 보인다며 희원에게 잠이 들 때까지 곁에 있겠다고 하였으면서 오히려 먼저 잠이 든 제 행동에 우는 조금 부끄러웠다. 그러다 문득 희윤을 생각하였다. 그렇게도 끔찍해하던 꼭두각시 황제가 된 그가 그것을 어찌 받아들일지 궁금하였다. 그것도 잠시, 우는 제가 희원의 안전이 확보된 후에야 희윤을 떠올렸음을 인식하였다. 이제 그는 진실로 우에게 우선순위가 아니었던 것이다. 조금은 우스웠다. 우조차 제 마음이 이렇게 변할 수 있으리라곤 생각하지 못했다.

우에게 희윤은 전부였다. 제 모든 걸 바쳐도 아깝지 않은 사내, 어째서 그를 그렇게 원했는지 모를 일이었으나 그냥 그랬다. 그 손짓 한 번에 제 목숨을 바칠 수도 있을 만큼 그를 사랑했었다. 세월이 지날수록 깊어지기만 하는 마음에 우는 제가 영원히 그에게서 벗어나지 못하리라 여겼는데, 지금 우는 희윤이 아닌 희원을 보고 싶어 하고 있었다. 그 다정한 품에 다시 한 번 안기고 싶었다.

희원은 회의가 끝난 이 재상과 운을 만나 앞으로의 일을 논의하였다. 이 재상은 단오와 미검을 대장군에 임명하길 원했다. 아무래도 수도의 병력뿐 아니라 변방의 주요 군에도 믿을 만한 이들을 심어 놓는 것이 좋다고 생각하였다. 정회군 상장군은 그들에게 호의적이긴 하였으나 그렇다 하여 완전히 마음을 놓을 수 있는 사람이 아니었다. 친황제파가 아니라고는 하나 그저 제 할 일에 충실한 중립적인 이라 마음 놓고 있을 순 없었다. 운과 희원역시 그 의견에 동의하였다.

희원은 계속해서 의논하고 있는 이 재상과 운을 두고 먼저 자리에서 일어났다. 우를 보기 위해서였다. 아마 지금쯤이면 잠에서깼을 것이라 생각이 들었기에 그는 미련 없이 일어났다. 원래의그 역시 권력이나 관직, 황위에 욕심이 있는 것이 아니었기에 굳이 이런 자리에 계속 참여할 의사도 없었다. 그가 다시 우의 처소로 온 것은 우가 깨어난 지 두 시진이 지나서였다.

"산책이라도 할까?"

"나가도 괜찮을까요?"

우가 슬쩍 밖을 바라보았다. 제 처소를 둘러싸고 있는 내금위가 보였다. 희원은 그저 웃으며 우의 손을 잡아끌었다. 궐을 장악한 것은 이 재상이고, 운이 내금위장이 되었는데 우가 제 처소에서 나오지 못할 이유가 없었다. 우의 처소에 있는 내금위는 다른곳에 있는 이들과 달리 실질적으로 우를 보호하기 위한 이들이었다.

우와 희원이 밖으로 나서자 내금위군은 슬쩍 그들을 바라보고는 다시 고개를 돌렸다. 그 모습에 우가 안심한 듯 희미하게 웃었다.

"앞으로 어찌 될까요?"

"황권이 추락하겠지. 폐하께서는 그저 이름뿐인 황제가 되실 게다."

우가 고개를 끄덕였다.

"그나저나 어찌 그 이야기만 하느냐?"

희원이 장난스럽게 우를 붙들어 세웠다. 서운해 보이는 표정과 말투에 우가 난감한 기색을 보이다 몰래 손을 붙잡았다. 희원은 제 손에 폭 감겨 오는 작은 여인의 손이 부드럽고, 따뜻하여 떨리는 마음을 주체하지 못했다. 사람을 도륙할 때보다 지금 이 순간이 그를 더 떨리게 하였다. 마음 같아선 지금 우를 끌어안고 그 입술을 탐하고 싶었다. 희원은 애써 우의 입술에서 시선을 돌리며 정원을 거닐었다.

온통 정신없는 궐 안에서 이곳만이 평화로운 듯 우와 희원은 마주 보며 웃었다. 우는 모든 것이 저와는 아무런 상관도 없는 듯 여겨졌다. 제 아비가, 오라비가 그리고 희원이 무슨 짓을 하였는지 알았으나 아무렇지도 않았다. 그게 무슨 상관인가 싶었다. 그저 지금 이 순간이 이토록 만족스러운데.

❦

비빈들이 움직이게 된 것은 며칠이 지나서였다. 운이 완벽하게 내금위를 정리하고 나서야 운신이 가능해진 것이다. 희윤 역시 자유롭게 운신할 수는 있었으나 항상 감시받고 있었다. 움직일 수 있게 되자 그가 가장 먼저 찾은 것은 송 황후였다.

"소화야!"

송 황후는 며칠 사이 더욱 파리한 얼굴이 되어 희윤을 보았다. 그이는 다른 이들보다 훨씬 뒤늦게 이 일을 알아차렸다. 그리고 이것은 그녀에게 굉장히 큰 충격을 주었다. 그녀에게 희윤은 절대자였기 때문이다. 사실을 믿지 못하고 부정하였으나 희윤을 만나는 순간, 송 황후는 인정할 수밖에 없었다. 이 모든 상황을 만든 것이 그가 아님을, 저를 걱정하는 그의 모습에서 깨달았기 때문이었다.

"왜 이리 늦게 왔어요!"

그를 향해 위로의 말을, 아니면 의지가 될 말을 해 주어야 함을 알고 있었는데도, 송 황후의 입에서는 투정이 흘러나왔다. 눈물을 뚝뚝 흘리며 그녀는 희윤의 가슴을 때렸다.

"기다렸어요, 계속 기다렸어요."

"미안하구나, 내가 늦었다."

희윤은 송 황후를 달래며 꼭 안아 주었다. 불안해했을 제 연인이 안타까워 그는 진정 마음이 아렸다. 그리고 앞으로 겪어야 할 일들에 대한 걱정으로 마음이 좋지 않았다. 모든 것이 쉽지 않을 터였다. 그는 이제 할 수 있는 것이 아무것도 없는 이름뿐인 황제였다. 그런 제 곁에서 송 황후가 잘 버틸 수 있으리라 그는 생각지 않았다.

그는 송 황후를 본 후, 아이를 확인하였다. 아무것도 모르는 아이는 그저 평화롭게 자고 있었다. 그것이 희윤에게 작은 위안이 되었다. 그는 이 아이에게 온전하게 제 나라를 물려주고 싶었다. 그 소원은 그를 포기하지 않게 만들었다.

아이를 바라보는 희윤을 보는 송 황후의 마음은 좋지 않았다. 자꾸만 흐르는 눈물을 닦아 내며 송 황후는 진정하려 노력하였으나 그것은 쉽지 않았다. 자꾸만 눈물이 나왔다.

"어찌 되는 건가요? 세윤이는 어찌 되고, 전쟁은 어찌 되는 건가요?"

송 황후가 희윤에게 물었다. 모든 것이 걱정이었다. 이 상궁은 이 재상이 궐을 장악했다 말하였고, 병사들 역시 운의 휘하에 들어갔다 하였다. 허면 희윤이 할 수 있는 것은 무엇이란 말인가, 제 아이는 어떻게 되는 것인가. 송 황후는 희윤에게 답을 듣고 싶었다.

"전쟁은 곧 마무리될 거다. 총력전이 시작될 게야."

털썩하고 송 황후가 바닥에 주저앉았다.

"소화야!"

희윤이 송 황후를 부축하여 의자에 앉혔다. 달달 떨며, 눈물을 흘리는 그 모습에 희윤이 한숨을 쉬었다. 모든 것이 제 탓이었다. 그는 아무 말도 하지 못하고 그저 송 황후의 눈물만을 닦아 주었다. 해 줄 수 있는 말이 없었다.

그날 밤, 기진은 최 귀비를 찾았다. 오랜만에 본 최 귀비는 여전히 매혹적인 자태로 기진을 맞았다. 사람을 홀리는 그 미소도, 나른한 움직임도 여전하였다. 최 귀비는 기진을 가까이 불렀다. 가까이에서 보게 된 최 귀비의 그 눈빛 때문에 기진은 어찌할 바를 몰랐다. 사람을 꿰뚫어 보는 것 같은 느낌에 두려웠다. 최 귀비는 기진에게 또다시 서찰 두 통을 내어 주었다. 그중 하나에는 기진의 이름이 쓰여 있었다. 그리고 이번에 기진이 받은 것은 서찰뿐만이 아니었다. 작게 포장된 무엇인가를 함께 받았다.

"전하라. 이것이 마지막이구나. 네게 주는 서찰도 함께이니 확인하고 태워야 한다."

"예, 마마."

"후에, 모든 것이 정리된다면 다시 보자꾸나."

기진은 최 귀비에게 인사를 올렸다. 이것이 마지막이라는 말에 오히려 마음이 더 무거워졌다. 이것으로 인해 무엇인가 일어나겠구나 생각할 뿐이었다. 그것이 어쩌면 제 목숨을 위협할 수도 있겠으나 이것을 전하지 않더라도 제 목숨은 위험할 것이 뻔했다.

기진이 떠나고 난 후, 최 귀비는 상궁을 시켜 기진을 감시하도록 명하였다.

"저것을 받고 어떤 선택을 할지 궁금하구나."

최 귀비는 진정 모든 것이 재미있고, 궁금하였다. 서찰을 받은 송 황후는 어떤 선택을 할 것인가 너무도 궁금하여 잠이 오지도 않을 것 같았다. 모든 것은 오직 단 하나를 위한 준비였을 뿐이다. 그 마음에 죄책감을 준 것도 그 때문이었다. 모든 것이 최악으로 돌아가고 있는 상황 속에서 송 황후는 과연 누구를 선택할 것인가.

처소를 나선 최 귀비는 밤 산책을 하기 시작하였다. 뒤로는 궁녀들이 따라붙었고, 그이가 지나갈 적마다 내금위가 사나운 눈초리를 하고 있었다. 아마 아침이 되면 이 모든 것은 운의 귀에 들어가리라. 기진이 다녀간 것 역시 함께 알려지겠지. 하지만 운의 귀에 들어간다 하여도 그것이 황제나 송 황후에게 들어갈 리는 없으니 최 귀비는 아무렇지 않았다. 공동의 적을 두고 있으니 지금은 같은 편이 아니겠는가.

한참 밤공기를 맞으며 걷던 최 귀비는 제가 우의 처소까지 왔음을 알아차렸다. 생각에 빠져 걷다 보니 저도 모르게 온 것이다. 이미 불 꺼진 처소 앞에는 내금위 병사가 호위를 서고 있었다. 최 귀비는 초라한 그 처소를 바라보다 다시 발길을 돌렸다. 저런 것은 우에게 어울리지 않았다. 온갖 아름다운 것들, 귀한 것들로 치장하여도 부족하다고 그렇게 생각했다.

그 얼굴이 보고 싶었다. 지금은 어떤 얼굴을 하고 있을지, 그리고 제가 한 일을 알게 되면 어떤 눈으로 절 볼지 궁금하였다. 최 귀비는 제 처소를 향하다 걸음을 멈추고 다시 한 번 뒤돌아보았다. 떠나기 아쉬워 발걸음이 자꾸만 느려지고 있었다.

"해가 뜨면 이비의 정원에 꽃을 심거라. 내 정원에 있는 것으로."

"예, 마마."

"가득 채워야 하느니라."

분명 우의 정원에서 꽃은 금방 시들 것이다. 송 황후나 최 귀비의 정원처럼 특별한 장치가 되어 있는 것이 아니니 꽃들은 이 추운 날씨를 견디지 못할 것이다. 그러나 최 귀비는 단 한 순간이라도 한겨울 우의 정원에 꽃이 가득 핀 광경을 보고 싶었다.

아침 일찍부터 우의 처소는 소란스러웠다. 최 귀비가 보낸 궁녀들이 우의 정원을 헤집고 있었다. 박 상궁은 당황하여 궁녀들에게 뭐 하는 짓들이냐 큰소리를 쳤으나 최 귀비가 보낸 궁녀들은 그이를 신경도 쓰지 않고 제 할 일을 하고 있었다. 오전 중에 끝내라 하였기에 다들 마음이 급했던 것이다.

우는 붉게 변한 제 정원을 보고 놀람을 금치 못했다. 작은 정원이긴 하였으나 한겨울 화려하게 핀 붉은 꽃들은 마음을 사로잡았다. 우는 그것에서 눈을 떼지 못했다.

"어떤가요?"

최 귀비였다. 최 귀비는 뿌듯한 얼굴을 하고 우에게 가까이 다가섰다.

"어여쁩니다. 감사합니다."

꽃에서 눈을 떼지 못한 채 화사한 미소를 지으며 우가 답하자, 최 귀비 역시 만족한 얼굴을 하였다. 최 귀비의 눈에 우는 그 누구보다 붉은색이 잘 어울리는 이였다. 화려하고, 존귀하며, 열정적이라 마치 그 본인이 붉은색 같았다.

최 귀비는 부드러운 손길로 우의 턱을 잡아 제게로 돌렸다.

"인사는 나를 보고 해야 하지 않나요?"

"아."

최 귀비는 놀란 우의 손을 잡아끌고 처소 안으로 들어섰다. 마치 제 공간처럼 행동하는 그 모습에 박 상궁이 세모눈을 하였다.

"차나 한잔할까요?"

최 귀비의 말에 서둘러 박 상궁이 차를 준비해 왔다. 창밖으로는 붉은 꽃들이 가득 보였다. 우와 최 귀비는 차를 마시며 그저 시답잖은 이야기를 나누었다. 꽃, 날씨에 대한 이야기가 주를 이루었다. 서로 불편한 이야기는 피하려 신경 쓰고 있는 것이었다. 작은 우의 처소 안, 아름다운 여인들은 서로를 바라보며 그렇게 느긋한 시간을 보냈다.

우와 최 귀비와는 달리 송 황후는 초조한 시간을 보내고 있었다. 총력전이라는 말을 들은 후로, 걱정으로 평온하게 있을 수 없었던 것이다. 더 이상 희운에게 기댈 수 없음을 송 황후는 알아차렸다. 이 상궁을 통해 모든 이야기를 들은 것이다. 어쩌면 제 아이의 목숨마저 위험할 수 있다는 사실이 송 황후의 목을 조르고 있었다. 교태전을 둘러싸고 있는 저 내금위 병사들이 갑자기 들이닥쳐 세운의 목숨을 앗아 갈까 봐 송 황후는 겁에 질려 품 안에서 세운을 떼어 놓지 못했다.

기진은 몰래 그런 송 황후에게 서찰과 작은 꾸러미를 하나 전했다. 송 황후는 서둘러 침실로 들어가 서찰을 펼쳐 보았다. 점점 얼굴이 굳어 가는 표정을 보니 좋지 않은 얘기인 것은 분명하였다. 파르르 떨리는 손으로 그녀는 꾸러미를 열었다. 그곳에 마른 약재가 한 움큼 있었다.

"마마?"

"아니야, 아니야."

혼란에 빠진 얼굴로 송 황후는 고개를 저었다. 기진이 다가가자 서둘러 송 황후는 서찰을 구기더니 태우라 명하였다. 기진이 그것을 받아 화로에 집어넣었다. 남은 것은 오직 마른 약재뿐이었다. 그 서찰에 무엇이 적혀 있었는지 기진은 알 수 없었으나 분명한 것은 저 약재가 누군가를 위험하게 할 것이라는 사실이었다.

송 황후는 약재를 서랍장 안 깊숙이 집어넣었다. 긴장과 불안으로 몸의 떨림은 멈추지 않았다. 그녀는 선택해야만 했다. 저 약재를 사용할 것인가, 사용하지 않을 것인가. 그것이 제대로 주어진 선택지가 아니었음에도 그를 판단할 여유와 능력이 그녀에겐 없었다. 이미 불안으로 그 시야가 흐려졌기 때문이었다.

"어쩌다 이 지경이 된 거지? 나는 그저 행복하길 바랐을 뿐인데."

송 황후가 중얼거렸다. 넋을 놓고 홀로 중얼거리며, 울었다. 기진은 그 곁에서 송 황후의 등을 토닥여 주었다. 불쌍한 이였다. 어울리지 않는 궐 생활에 이미 지친 듯 보이는 그 모습이 안타까웠고, 앞으로 일어날 일을 생각하니 불쌍하였다. 스스로를 망가뜨리고 있음을 모르는 미련한 모습 또한 가엽기 그지없었다. 차라리 궁녀로 일하는 것이 송 황후에게는 더 좋았겠다고 기진은 생각하였다. 아무 걱정 없이 그저 시키는 대로 움직이며 상전에게 정성을 다하는 것이 어울릴 사람이었다. 송 황후는 높은 곳에서 모두를 휘두르며 뜻을 펼치기엔 눈앞의 일밖에 보지 못하는 그릇이 작은 이였다.

　희윤은 우의 처소를 찾았다.
　"마마, 폐하께서 오셨습니다."
　박 상궁이 우에게 말을 전하였다. 최 귀비가 흘깃 우의 반응을 살폈다. 우는 그저 고개를 저어 제 의사를 전했다.
　"폐하, 마마께서 몸이 불편하시어 뵐 수 없으십니다."
　박 상궁이 희윤에게 말했다. 그는 구겨진 자존심에 입술을 깨물었다가 제 앞을 막고 있는 박 상궁을 밀치며 우의 처소로 들어가려 하였다. 그리고 그 순간 그는 내금위의 저지를 받았다.
　"돌아가시는 것이 좋겠습니다."
　"다음에 이비마마께 미리 연통을 하고 오시지요."
　우의 허락 없이는 더 이상 희윤은 우를 볼 수조차 없게 된 것이다. 내금위는 그의 방문을 막았다. 그들은 황제인 희윤이 아니라 우를 보호하고 그 뜻에 따르고 있었다. 제 비 역시 마음대로 만날 수 없는 황제라니, 희윤은 기가 찼다. 우를 만나 설득하려 하였으나 그는 우의 그림자조차 볼 수 없었다.

종추가 그런 희윤을 안쓰럽게 보았다. 당연한 것이었다. 이 재상과 운이 우를 그저 내버려 둘 리가 없었다. 종추는 희윤이 우를 쉽사리 만날 수 없으리라 예상하긴 하였으나, 이 정도일 줄은 알지 못했다. 분명 최 귀비가 안에 들어 있음을 알고 있음에도 이리 황제의 방문을 거절하다니. 종추는 서둘러 희윤의 앞을 막아서 내금위 병사가 희윤에게 함부로 행동하지 못하도록 하였다.

"오늘은 이만 돌아가시지요, 폐하. 소인이 나중에 이비마마께 따로 연통을 넣겠습니다."

종추가 나서서 공손히 희윤에게 말하자, 그는 못 이기는 척 걸음을 돌렸다. 수치와 분노로 그 얼굴이 엉망이 된 것은 당연지사였다.

"폐하의 방문을 이리 거절해도 될까요? 아무리 그래도 황제 아니십니까."

최 귀비는 재미있어 하며 우에게 물었다. 이 상황이 너무나 즐거웠던 것이다. 희윤은 그동안 제가 보고 싶을 때면 아무 때나 우를 찾았었고, 단 한 번도 거절받은 적 없었다. 그랬기에 지금 이 순간은 특별하였다.

"괜찮습니다. 설마 죽이기야 하시겠습니까?"

우는 태연한 모습이었다. 한층 더 가벼워진 그 모습에 최 귀비가 기쁜 듯 웃었다. 최 귀비는 곧 우의 처소를 떠났고, 날이 풀리면 다음에 함께 누각에서 꽃구경이나 하자며 말했다. 그 제안을 우는 쉽게 받아들였고, 최 귀비 역시 당연하다는 듯 고개를 끄덕였다.

"귀비마마께서 마마를 좋아하시나 봅니다. 전에는 그렇게 꼬투리를 잡으시더니 말입니다."

박 상궁이 그런 모습이 못내 못마땅한 듯 참지 못하고 한마디하였다. 우는 박 상궁을 쳐다보더니 웃었다. 편안해 보이는 박 상궁의 모습이 제 상황을 보여 주는 듯하였다. 권력의 판도가 바뀐 이 상황에서 고작 최 귀비의 태도에 신경을 쓰고 있는 박 상궁을 보니 정말 제가 괜찮은 거구나 싶었다.

박 상궁이 찻잔과 접시를 치우며, 웃는 우를 힐끔 보았다. 희운의 방문을 거절하고도 저리 웃을 수 있는 제 주인을 보니 진정 모든 것이 정리되었음을 느꼈다. 그것에 기분이 좋아 박 상궁은 콧노래를 부르며 움직였다.

우는 자리에 앉아 서책을 하나 집었다. 처소에는 침묵이 맴돌았으나, 그것이 오히려 외롭다기보다는 평온하게 느껴졌다. 홀로 있어도 외롭지 않았고, 불안하지 않았다. 아마 그것은 희원이 언제고 제 곁에 있어 주리라는 믿음 때문이 아닐까 하였다. 우는 희원을 믿었고, 조금씩 깊어진 마음은 어느새 그 안에서 크게 자리 잡아 단단해져 있었다. 창밖으로 보이는 하늘은 붉게 물들어, 마치 정원 가득 피어 있는 붉은 꽃이 하늘을 제 색으로 물들인 것처럼 보였다.

운이 우를 만난 것은 그의 예상보다 훨씬 늦은 때였다. 운은 희원과 함께 우를 찾았다. 운은 궐에 있으면서도 우를 찾아보지 못해 굉장히 미안해하였다. 희원은 사이좋은 남매를 보며 흐뭇한 미소를 지었다.

"괜찮아요, 전부 전해 듣고 있었어요."

다정히 말하는 우가 어여뻐 운은 참지 못하고 그 머리를 쓰다듬었다. 어린아이 취급에 우가 살짝 얼굴을 찡그렸지만, 곧 그 손에 담긴 애정에 다시 웃고 말았다.

"궐을 나갈 수 있다면 나가겠느냐?"

한참을 시간을 보내다 운이 뜬금없이 물었다. 아마 그것이 오늘 방문의 목적이었으리라 우는 생각했다. 운의 곁에서 희원이 긴장한 얼굴로 우를 바라보고 있었다. 그 얼굴에 서린 긴장과 불안, 초조가 우의 눈에 모두 보였고, 그녀는 그것이 사랑스러웠다. 만약 그녀가 거절한다면 그는 그가 원하더라도 제 뜻을 꺾고 결국 그녀의 결정을 따라 줄 것이 분명하였다. 아니 어쩌면 저를 설득하려 할 수도 있겠다고 우는 생각했다. 허나 어찌 되었건 그는 우의 의견을 존중할 것이다.

"예, 나가고 싶어요."

우가 맑게 웃으며, 희원을 바라보았다. 희원의 두 눈이 기쁨으로 물들었다.

"알았다."

운은 제 동생의 답에 썩 만족하며 자리에서 일어났다. 운이 떠난 후, 우와 희원은 서로를 바라보며 어색하게 웃었다. 그 다정한 분위기에 박 상궁이 슬쩍 처소 밖으로 자리를 피했다.

희원은 우의 손을 잡아 그 손등에 입술을 가져갔다. 그리고 다시 물었다.

"궐을 나선다면 나와 함께해 주겠느냐?"

다정한 갈색의 눈동자는 한없이 진지하였다. 우 역시 얼굴에서 웃음을 지우고 진지하게 답했다.

"함께해 주신다면요."

희원이 우의 답을 듣자마자 곧장 우를 안았다. 우는 귀를 울리며 쿵쾅거리는 심장 소리가 제 것인지, 희원의 것인지 알 수 없었다. 그저 두 팔을 들어 우 역시 희원을 끌어안아 주었을 뿐이었다. 이렇게 뒤늦게 그에게 답을 준 것이 미안하고, 그가 지금껏 기다려 준 것이 고마워 우는 힘껏 그를 끌어안았다. 제 마음이 전해지길 원하면서.

❦

송 황후는 희윤을 찾았다. 희윤은 움직일 수는 있었으나 여전히 감시를 받고 있었기에, 전보다 교태전 출입이 뜸하였다. 혹여나 저로 인해 송 황후나 세윤에게 악영향이 미칠까 봐 우려되었기 때문이다.

"희윤."

송 황후가 희윤에게 다가가 그 품에 안겼다. 이 상궁은 뒤에서 세윤을 안은 채로 황제 내외의 모습을 보고 있었다.

희윤은 송 황후의 손을 이끌어 자리에 앉도록 하였다. 까칠해진 얼굴이 보여 마음이 좋지 않았으나 그는 애써 내색하지 않고 밝은 얼굴을 하려 하였다. 그렇지 않아도 걱정이 많을 이에게 걱정거리를 하나 더 안겨 주고 싶지 않아서였다. 그는 송 황후를 들여다본 후, 제 아이를 살폈다. 오랜만에 본 아이는 전보다 훨씬 자라 있었다.

"갓난쟁이들은 하루가 다르게 크는구나."

아이를 바라보며 희윤이 말하자 상궁이 그에 동조하였다. 그는 이 상궁에게 아이를 받아 제 품에 안았다. 그 무게감에 어쩐지 위로받는 기분이었다.

"헌데 어쩐 일로 예까지 온 것이야?"

세윤을 어르며 희윤이 송 황후에게 물었다. 내금위가 희윤에게 감시를 붙인 이후, 송 황후 역시 그를 만나러 가는 것을 자중하였다. 서찰의 영향도 있었으나, 그 일 이후로는 영 처소에서 움직이지 않았기에 희윤은 의아한 듯 물었다.

"그냥 보고 싶어서요."

동그란 얼굴에 보기 좋은 미소가 걸렸다. 희윤은 오랜만에 보는 송 황후의 미소에 기분이 좋은 듯, 송 황후의 입술에 짧게 입을 맞추었다.

"나도 보고 싶었다."

송 황후는 그 다정한 얼굴을 보며 죄책감을 느껴야만 했다. 아직 아무것도 하지 않았음에도 그에게 숨기고 있는 사실이 존재한다는 것만으로 마음은 무거웠다. 차라리 서찰을 주고받지 말 것을, 그랬다면 이리 고민하게 될 일도 없었을 터인데.

진정 마음 깊이 그를 사랑하기는 하였다. 그가 주는 애정이 좋았고, 그의 품에 안기는 것이 좋았다. 모두가 머리를 조아리는 대단한 핏줄의 사내, 그러한 사내의 하나뿐인 사랑이라는 것이 얼마나 기뻤는지 모른다. 그의 손을 잡아 저 역시 높은 곳에 올랐고 그의 아이까지 낳았건만 제가 있는 자리는 그저 허울뿐인 자리였다. 누구도 송 황후를 인정하지 않았다. 소화는 황후가 된 지금까지도 그저 운 좋은 주나라 출신의 계집일 뿐이었다.

분명 그 곁에 있는 것만으로도 좋았던 시절이 있었다. 처음 그를 만나 사랑에 빠졌을 때, 그가 황제인 줄 몰랐을 때도 송 황후는 희윤을 사랑했었다. 그것은 지금도 마찬가지였으나 문제는 송 황후가 이 상황을 더 견딜 수 없다는 것이었다. 아무것도 알지 못한 채로 저를 보고 미소 지어 주는 희윤을 보며 송 황후는 어쩐지 시간이 멈추었으면 좋겠다고 생각했다. 제가 아무것도 하지 않을 수 있도록 그저 시간이 멈추어 줬으면 하고 바랐다.

천천히 송 황후는 희윤의 손을 붙잡았다. 저와는 다른 커다란 사내의 손이 제 손을 꼭 마주 잡아 오자 그녀는 울 듯한 얼굴을 하였다. 터져 나올 거 같은 울음을 참고 그저 그 손을 꼭 쥐었다. 그이는 무슨 선택을 하든지 간에 희윤과 함께하리라 결심했다.

희윤을 보고 돌아온 송 황후는 세윤을 물끄러미 바라보았다. 제 아비를 닮은 얼굴의 갓난쟁이가 방긋방긋 웃고 있었다. 복잡한 마음을 어찌하지 못하고, 송 황후는 고민에 고민을 거듭했다. 희윤과 세윤 둘 중 하나를 선택해야 하는 것은 너무나 잔인한 일이었다.

송 황후가 받은 마지막 서찰은 주나라 왕실의 이름으로 온 것이었다. 물론 실상은 최 귀비의 소행이었으나 송 황후는 알지 못했다. 마지막 서찰에는 희윤과 세윤 둘 중 하나를 선택하라 강요하고 있었다. 물론 그것에는 송 황후의 부모도 걸려 있었다. 희윤을 살리면 세윤과 제 부모가 죽을 것이고, 희윤을 죽이면 세윤과 제 부모가 살 것이었다.

전쟁을 야기한 희윤을 시해하면, 세윤이 황제 자리에 오를 수 있도록 협조하겠다는 것이었다. 이대로 있으면 어차피 전쟁은 계속될 것이고, 아친왕이 다음 황위를 차지하기 위해 세윤의 목숨을 앗아 갈 수 있다고도 하였다. 그렇게 된다면 주나라 측에서 어떠한 도움도 주지 않겠다는 내용의 서찰이었다. 마지막에는 제 부친의 서체로 작성된 내용도 있었다.

희윤과 세윤, 그리고 제 부모의 목숨을 저울질하는 자체가 너무 괴로워 송 황후는 미칠 지경이었다. 아마 조금이라도 이성을 찾고 누군가에게 터놓았다면 말도 되지 않는 일이란 것을 알았을 테지만, 송 황후는 기진을 포함한 그 누구에게도 서찰에 관해 털어놓지 않았다. 고작 소국인 주나라에서 대국인 기나라의 황위에 감히 간섭할 수 없으며, 또한 아친왕이 황위에 오르고자 한다면 희윤이 없는 것이 그가 황위에 오르기 가장 쉬운 상황이라는 것을 송 황후는 생각하지 못했다. 마냥 불안한 마음 때문에 서찰의 내용에만 정신이 팔려 제대로 된 판단을 할 수 없었다.

겉으로 보기엔 모든 것이 원래의 모습으로 돌아왔다. 문안 인사가 그러했다. 송 황후는 다시 문안 인사를 받기 시작하였고, 지금 이 순간 모든 비빈이 그녀와 우를 향해 관심을 집중했다. 다들 우가 다시 황후 자리에 오르지 않을까 생각하고 있었다. 상석에 앉아 있는 이는 황후였으나 모두들 우의 눈치를 보기 바빴다.

딱히 중요한 이야기는 없었다. 시간 대부분이 침묵으로 진행되었고, 다들 궐의 분위기 때문인지 혹은 우의 눈치를 살펴서인지 쉽사리 입을 열지 못했다.

"당분간 문안 인사는 쉬려 합니다."

송 황후의 말에 다들 예상했다는 듯 놀라지 않고 대답하였다. 저이가 이러한 상황에서 황후 노릇을 할 수 있을 리가 없음을 모두 알고 있었다. 우는 송 황후를 보았다. 어딘가 담담해 보이까지는 하는 그 모습이 어째서인지 눈에 거슬렸다. 그리고 제 처소에 돌아와 송 황후에 대해 희원과 이야기를 나누었다.

"조금 이상해 보였습니다. 전에도 힘들어하긴 하였으나 오늘은 뭔가 달랐는데, 정확히 무엇이라 말하긴 어렵네요."

송 황후를 떠올리려는 듯 생각에 잠기는 우에게 희원이 가까이 다가섰다. 저와 함께 있는 이 순간에 송 황후를 생각하는 것이 못마땅한 듯 그는 우의 생각을 방해하려 하였다. 그러고는 우의 얼굴을 부여잡고 제 고개를 숙여 쪽 하고 입을 맞추었다. 갑작스러운 그 행동에 깜짝 놀란 우가 주위를 살폈다. 박 상궁이 슬그머니 처소 밖으로 나가고 있었다.

"왕야!"

우가 부끄러워하며 희원을 밀어내었다. 박 상궁이 우와 희원에 대해 알고 있다고는 하나 이런 모습을 보여 주는 것은 여전히 부끄러웠다. 그제야 송 황후에 대한 생각을 지우고 제게 집중하고 있는 우의 모습을 보며 희원이 만족한 듯 웃었다.

"궐을 나가면 왕부에서 지내는 것은 어떠할까?"

"청산 말씀이십니까?"

희원이 고개를 끄덕이자 우 역시 고개를 끄덕였다. 청산, 사시사철 푸른 곳. 그곳에 제 아이가 있었다. 그리운 기분에 우의 얼굴에 그늘이 졌다. 아이를 묻은 후로 단 한 번도 가 보지 못한 것이 마음에 걸렸다.

"보고 싶을 때면 언제나 함께 갈 수 있을 게다."

말하지 않아도 제 속내를 읽어 내는 희원에 우는 설핏 웃어 보였다. 그는 다시 한 번 우에게 입을 맞추고는 다정히 끌어안았다. 우는 그 품의 온기가 좋았다. 저를 감싸는 애정과 다정함이 기꺼웠다.

"고맙습니다."

귓가에 들리는 자그마한 목소리에 희원은 더욱 우를 꼭 껴안았다. 이제 시작이었다. 그는 최선을 다해 우를 행복하게 해 주고 싶었다. 내가 더 고맙다, 나를 선택해 주어서. 미처 답하지 못한 그 말을 희원은 속으로 삼켰다. 그는 앞날이 기다려졌고, 기대되었다. 우와 함께할, 그 찬란히 빛날 날들에 가슴이 설레었다.

전쟁은 봄이 되도록 계속되었다. 처음과 달리 정복 전쟁으로 변질되어 버린 그것은 어느새 끝을 향하고 있었다. 변방에 있는 단오와 미검은 이 재상과 운에게 상황을 보고하였고, 희윤은 그저 거르고 거른 정보만을 듣고 있었다.

송 황후는 어느새 묵직해진 아이를 품에 안으며, 아이에게 다정히 말을 건넸다. 알아듣지도 못할 말에 그저 어여쁘게 웃는 그 모습이 사랑스러워 뺨에 입을 맞추었다. 하루가 다르게 크는 아이를 볼 때마다 그녀는 계속 고민하였고, 결국 결정했다. 그러나 결정을 내린 후에도 고민은 계속되었다. 제가 한 선택이 과연 정말 괜찮은 것인지, 혹여 더욱 일을 엉망으로 만들게 되는 것은 아닌지 불안감과 긴장 속에서 시간을 보냈다.

"폐하께 가자."

송 황후는 세윤을 유모에게 맡기고는 희윤에게 향했다. 기분

탓이었는지 그에게로 향하는 길은 꽤나 멀었다. 자꾸만 느려지는 걸음을 재촉하며 송 황후는 희윤이 있는 양심전에 당도했다. 희윤은 그녀를 반갑게 맞이하였고, 송 황후가 제안하는 나들이 역시 흔쾌히 승낙하였다.

그는 그녀와 함께 누각에 올라 완연한 봄을 즐겼다. 복잡한 마음이 쉴 수 있는 순간이었다.

"차를 가지고 오거라."

송 황후가 입을 연 그 순간이었다.

"폐하께 인사 올립니다."

최 귀비와 우가 나타난 것이다. 송 황후의 얼굴이 순식간에 굳어 버리고 말았다. 생각지도 못한 얼굴들이 나타난 이 상황이 곤혹스러웠던 것이다.

어색한 분위기였다. 애당초 원하지 않은 자리에 끼게 된 우는 조금 난감한 얼굴을 하였다. 최 귀비의 제안에 따라 산책을 하러 나온 것뿐이었으나 저들과 함께 자리하게 될지는 몰랐던 것이다. 더군다나 송 황후의 얼굴은 심각하기 그지없어 모르는 이가 보았더라도 굉장히 중요한 이야기를 하려 했음이 분명하였다. 우는 최 귀비가 의도적으로 저를 이 자리로 이끈 것은 아닐까 의심하였다.

"앉지."

희윤이 편치 않은 얼굴로 함께하기를 권했다. 우는 자리를 떠나려 하다 최 귀비가 태연하게 자리에 앉는 바람에 결국 그 옆에 자리하였다. 송 황후는 불편한 그 속내를 숨기지 못하였는데, 우가 떠나려 하는 것과 동시에 조금 안도하다 우와 최 귀비가 자리에 함께하자 곧 미간을 찌푸렸다. 그런 송 황후의 모습에 우는 이 자리에 있는 것이 더욱 내키지 않았다.

모두가 함께한 자리에는 침묵이 가득하였다. 누구 하나 쉽사리 입을 열지 않았다. 조금 전까지만 하여도 그저 아름답게만 보였던 봄 풍경은 눈에 들어오지도 않았다. 희윤은 좋지 않은 표정의 송 황후와 무표정한 얼굴을 하고 있는 우를 보았다.

최 귀비는 드디어 무대에 오른 이들을 확인하며 조금은 기대 섞인 얼굴을 하고 있었다. 그동안의 모든 일이 이것을 위한 것이었다. 드디어 막이 오른 것이다.

기진이 차를 내어 왔다. 각자의 앞에 놓인 네 개의 찻잔, 그것을 바라보는 송 황후의 얼굴은 그늘져 있었다. 희윤은 곧장 차를 들이켰다. 송 황후는 덜덜 떨리는 손으로 찻잔을 들었다가 다시 내려놓았다. 겁이 난 것이다. 분명 다짐했었다. 그와 함께하기로. 헌데 희윤이 독차를 마셨건만 그녀는 제 앞에 놓인 독차를 마실 수가 없었다. 그녀의 얼굴에 식은땀이 송골송골 맺혔다. 그이는 그저 독이 든 찻잔을 쥐고 있을 뿐, 입에 가져가지는 못했다. 독이 들었다는 것을 알고서는 차마 마실 수가 없었다.

그 모습을 보는 최 귀비의 얼굴이 화사하게 피어났다. 모든 것을 알고 있는 그 눈에는 송 황후가 우습기 그지없었던 것이다. 결국 고작 이 정도의 마음이었다. 눈앞에서 송 황후의 선택을 직접 확인한 최 귀비는 어쩐지 황제가 불쌍하게 느껴졌다. 이 정도의 사랑을 위해 그는 무슨 짓을 벌였던가, 그리하여 얻은 것이 고작 이것이었다. 곧 모든 것을 확인하고 절망하게 될 그가 기대되었다.

모두가 차를 마시는 동안, 오직 송 황후만이 단 한 모금도 마시지 않았다. 그리고 가장 먼저 반응을 보인 것은 우였다. 우는 점점 커지는 복통에 배를 부여잡았다. 우가 배를 부여잡은 채 신음을 흘렸다.

"왜 그러십니까? 이비?"

최 귀비가 우를 살피기 위해 자리에서 일어나다 주저앉았다. 그와 동시에 우가 피를 토하였고, 최 귀비 역시 기침을 하더니 피를 토해 내었다. 평화로운 누각은 갑자기 소란스러워졌고, 그와 동시에 희윤 역시 복통을 호소하였다. 모두가 고함을 지르며, 태의를 찾았다.

우와 최 귀비는 결국 정신을 잃고 쓰러졌다. 희윤은 자리에서 고꾸라지며 저를 바라보며 울고 있는 송 황후를 보았다. 그것이 그가 기억하는 마지막이었다.

희윤이 눈 뜬 것은 그날 밤이었다. 그의 곁에서 종추가 꾸벅꾸벅 졸고 있었다.

"종추야."

저를 부르는 소리에 깜짝 놀라 깬 종추는 서둘러 다시 태의를 불렀다. 태의가 다녀간 후, 희윤은 종추에게 어찌 된 일인지 물었다. 목이 쉰 것인지 제대로 목소리가 나오지 않았다. 그의 머릿속에는 쓰러지는 저를 보며 울고 있던 송 황후가 가득하였다.

"황후마마께서 독을 쓰셨습니다. 다행히 그 양이 많지 않아 옥체에 지장이 있을 정도는 아니라 합니다. 독으로 인해 목이 상하였으니 말씀은 안 하시는 것이 좋다 들었습니다."

희윤은 곧장 자리에서 일어났다. 휘청이는 그를 부축하면서 종추가 아직은 쉬어야 한다며 말렸다. 그는 모든 것이 혼란스러웠다. 도대체 왜, 송 황후가 어째서 저를 죽이려 하였는지 이해가 가지 않았다. 그리고 그는 송 황후가 누명을 쓴 것이 틀림없다고 생각하였다. 그가 알고 있는 제 연인은 이런 일을 벌일 위인이 못 되었다. 그 어리고 여린 이에게는 그럴 배짱도, 그럴 이유도 없었다. 그는 당장 그이를 만나 확인하고 싶었다. 어찌 된 일인지, 괜찮은 건지 확인하고 싶었다.

희원은 우의 소식을 듣자마자 곧장 입궐하였다. 박 상궁이 희원에게 연통을 한 것이다.

"내게 어찌 이러느냐? 어찌 이래!!"

희원이 절규하였다. 그는 침상에 누워 있는 우를 보며 원망하였다. 기다리면, 계속해서 기다리면 제게 올 것이라 믿었다. 조금씩 저와 우 사이의 거리가 가까워지고 있다고 믿었다. 그러나 결국 제가 들은 것은 독차를 마시고 쓰러진 우의 소식이었다. 피를 울컥 토해 내고 쓰러졌다는 그 말이 마치 눈으로 본 것처럼 잔상이 되어 남아 있었다. 실제로 서둘러 그가 달려왔을 때, 우는 피로 얼룩진 옷을 갈아입은 상태였건만 미세하게 남아 있는 피 냄새는 지울 수가 없었다.

희원은 침상 곁의 벽을 주먹으로 내리쳤다. 벽에 주먹의 살이 찢겨 피가 흥건히 흘렀다. 계속해서 그는 주먹으로 벽을 내리치다 스르륵 주저앉았다.

"제발, 제발 내게 이러지 말거라. 제발."

희원은 정신을 잃고 있는 우를 끌어안으며 애원하였다. 핏기 없이 창백한 그 모습이 그를 너무나 불안하게 만들었다. 결국 황제를 선택했을지라도, 제 곁에 있지 않더라도 제발 이대로 우가 떠나지 않기를 그는 간절히 바랐다.

그의 눈에서 눈물방울이 뚝뚝 떨어져 이불을 적셨다.

"우야, 우야. 이러지 말거라. 이러지 마라. 제발 내게 이러지 말아 다오."

그는 애원했다. 절규하다가도 다시 우를 향해 애원했다.

"아……."

희미한 목소리가 희원의 귀에 꽂혔다. 숨이라도 크게 쉬면 사라질 듯한 여린 소리였다.

우였다. 우는 힘겹게 눈을 뜬 채로 희원을 바라보았다. 빙그레 힘없이 미소 짓는 우의 얼굴에 희원이 젖은 눈으로 소리쳤다.

"네 어찌 이러느냐. 어찌 이래! 황제를 대신해서 죽기라도 할 셈이었던 게야?"

우의 어깨를 움켜쥔 희원은 차마 우를 아프게 할까 봐 그 손에 힘을 주지도 못했다. 거친 목소리와는 달리 제 어깨를 잡은 희원의 손은 부드럽기 그지없어 우는 울컥하였다. 생각해 보면 그랬다. 희윤과 저와의 관계에서 제가 약자였듯이, 희원과 저와의 관계에서는 늘 희원이 약자였다. 제 반응 하나에 일희일비하며, 결정을 기다리고, 제 주위를 맴맴 돌았다. 그리고 우가 희윤을 선택했다고 오해하고 있는 이 순간에도 그는 제가 우를 아프게 할까봐 겁내고 있었다.

우는 희원의 손을 밀어내고 힘겹게 허리를 세워 앉았다. 그리고 희원의 눈을 바라보았다. 희원은 상처 입은 눈을 하고 있었다. 말해야만 했다. 우는 희원에게 확신을 주고 싶었다. 제가 희윤이 아닌 그를 선택하리란 확신을.

"아닙니다."

우가 차분하게 말했다. 희원은 아무 말도 하지 못했다. 그는 생각에 빠졌다. 그는 우가 그 자리에 갔다는 것만으로 그녀가 모든 것을 알고 있었다고 생각하였다. 또 우가 황제를 대신하여 독차를 마시고 쓰러졌다고 생각하였다. 전날 우가 송 황후에 대해 이상하게 여겼다는 것을 떠올린 그는 우가 희윤 대신 죽으려 했다고 짐작하였다.

생각에 빠진 희원의 입술에 메마른 우의 입술이 다가왔다. 그는 다른 것에 대해 더 생각할 여유가 없었다. 희원은 제게 입 맞추는 우를 본 후, 눈을 감았다. 그의 손은 우의 얼굴을 감쌌고, 그의 입술이 메말라 있는 우의 입술을 촉촉이 적셔 갔다. 그들은 서로의 숨을 가졌다.

희원은 우에게 입 맞추는 것을 멈추지 못했다. 그는 끊임없이 우의 입술에 머물러 있었고, 그 달콤함에서 떨어지지 못했다. 그는 너무 목말랐다. 오랜 시간 참아 온 갈증은 습관처럼 계속되었다.

"하아."

숨이 모자란 듯, 우는 가쁘게 숨을 몰아쉬었다. 희원은 미련이 남은 듯, 우의 입술에 가볍게 여러 번 입 맞추었다. 그리고 그는 우가 말하기를 기다렸다. 숨을 고른 우는 천천히 입을 열었다.

"몰랐습니다. 폐하를 위해 대신 죽으려는 마음 따위는 없었습니다."

"되었다. 네 마음이 아니라면 되었어. 말하지 않아도 좋아."

희원이 한숨을 내뱉듯 말하며 우를 끌어안았다. 쉰 목소리가 그의 마음을 긁었다. 우가 쓰러졌다는 소식에 앞뒤 가리지 못하고 달려온 그는 제 품에 안겨 있는 우의 존재감을 느끼며 안심하려 하였다. 아직도 심장은 요동치고 있었다. 그는 진정 두려웠다. 우를 다시 보지 못할까 봐. 차라리 그렇게 될 바엔 제 곁이 아니라 희윤의 곁, 아니 그 어디라도 좋으니 살아만 있어 달라 애원하고 싶었다. 눈물이 뺨을 타고 흘렀다. 그의 손에서 난 피로 우의 침상에는 붉은 꽃이 피고 있었다.

"사랑해요."

우의 목소리가 희원에게 닿았다. 그 작은 목소리는 그토록 그가 원하던 말이었다. 우가 제 팔에 힘을 주어 그를 끌어안았다. 그는 우의 어깨에 고개를 묻었다.

"사랑해요."

우는 제 어깨가 젖어 가는 것을 느끼며 다시 한 번 고백하였다. 다 쉬어 버린 목소리의 고백은 희원을 다시 울렸다.

희윤은 이틀 뒤 송 황후를 보러 갈 준비를 하였다. 한사코 만류하던 종추가 희윤이 어느 정도 회복하자 더 이상 그를 막지 못한 것이다.

"교태전으로 가자."

희윤이 말하자 종추가 우물쭈물 답하기를 망설였다. 희윤이 그런 종추에게 호통을 쳤고, 곧 그는 종추가 망설인 이유를 알게 되었다.

"황후마마께서는 교태전에 계시지 않습니다."

그가 이해가 되지 않는다는 듯 종추에게 되묻자, 종추는 그간의 이야기를 하기 시작하였다. 꽤나 긴 이야기였으나 결론은 송 황후가 냉궁으로 쫓겨났다는 것이었다. 다행인 것인지, 세윤은 황자에게 주어지는 궁에서 따로 유모와 생활하고 있다고 하였다. 그는 곧 노성을 질렀다. 제가 명한 적 없는 일이 행해진 것이다.

희윤은 당장 이 재상에게 입궐하라 명하였다. 종추가 희윤의 명을 전하러 처소를 나가고, 그는 깊은 한숨을 내쉬며 자리에 앉았다. 점점 더 모든 것이 꼬여 가고 있었다.

예상과 달리 이 재상은 그의 명을 거스르지 않고, 입궐하였다. 시간이 꽤나 걸리긴 하였으나 종추는 이 재상이 입궐한 것만으로도 안심하였다. 이 재상이 그의 명을 거역한다 하여도 그를 처벌할 이는 존재하지 않았기 때문이다.

이 재상은 희윤의 앞에서 예를 갖추어 인사한 후, 자리하였다. 무슨 일로 불렀는지 알고 있음에도 평온한 그 모습에 오히려 열이 뻗는 것은 희윤이었다.

"어째서 황후가 냉궁에 있는가?"

"황제폐하를 시해하려 하였으니 하옥하는 것이 맞습니다만, 그 신분을 생각하여 당분간은 냉궁에 유폐하기로 하였습니다."

담담히 내뱉는 이 재상과는 달리 희윤의 음성에는 이미 분노가 담겨 있었고, 그는 곧 폭발할 듯 으르렁거렸다.

"아직 밝혀진 것은 아무것도 없지 않은가! 또한 내 아직 아무런 명도 내리지 않았다."

"폐하께서는 그간 옥체 미령하시어 소신이 직접 처리하였습니다. 그리고 황후마마께서는 폐하를 시해하려 했다고 자백하셨습니다."

희윤이 되물었다. 그는 믿을 수가 없었다. 송 황후가 자백했다니, 진정 저를 죽이려 했다는 그 말을 믿을 수가 없었다. 이 재상은 혼란스러워하는 희윤을 바라보았다.

"그럴 리가 없다. 그럴 리가 없어! 거짓이다! 황후를 냉궁에 유폐하다니, 이는 말도 안 된다. 황자의 어미다! 황자를 보아서라도 그래서는 아니 된다!"

"왜 안 되는 겁니까? 죄지은 이는 마땅히 벌 받아야 하지 않겠습니까?"

이 재상의 말을 듣고 그는 과거의 제 언행이 떠올랐다. 기억이 났다. 그가 어찌하였는지, 회임한 우를 어떤 식으로 냉궁에 보냈는지 떠오른 것이다. 그가 이 재상에게 직접 말하지 않았던가.

'죄를 지은 이는 마땅히 벌을 받아야지.'

그가 한 말은 그대로 그에게 돌아왔다. 그랬다. 제가 그랬던 것이다. 회임한 이를 시중들 이 하나 주지 않고 냉궁으로 유폐하였다. 말뿐이 아니라 그 행동까지 제게 돌아왔다. 그가 했던 일들이 그를 향해 마치 비수처럼 꽂히고 있었다. 그 앞의 이 재상이 미소를 짓고 있었다. 희윤은 제 앞에 있는 이에게 어떠한 말도 할 수 없었다.

이 재상이 돌아간 후, 희윤은 멍하니 한참을 있다 자리에서 일어나 냉궁으로 향했다. 냉궁으로 향하는 길은 너무나 멀었고, 가면 갈수록 모든 것이 초라해지는 풍경에 그는 암담하였다. 냉궁 앞에는 내금위 병사 두 명이 호위를 서고 있었다. 그들은 희윤이 나타나자 어찌할 줄 몰라 하다 결국 문을 열어 주었다. 분명 아무도 들이지 말라는 명을 전해 듣기는 하였으나 상대는 황제가 아닌가.

문을 열고 들어선 냉궁의 풍경은 희윤을 아프게 찔러 왔다. 금방이라도 허물어질 듯 보이는 건물과 잡초만이 가득한 정원까지 모든 것이 엉망이었다. 그는 무거운 발걸음을 옮겨 천천히 처소 안으로 들어섰다. 들어서자마자 몸을 휘감는 냉기에 그는 저도 모르게 이를 악물었다. 그의 눈에 송 황후가 보였다. 그녀는 침상에 홀로 앉아 넋을 놓고 있었다. 아무도 없었다. 시중들 이 하나 없이 그저 송 황후만이 홀로 남겨져 있을 뿐이었다. 배신당한 마음에 분하다가도, 안타까운 모습에 그는 마음이 아프기도 하였다. 모든 감정이 복잡하게 얽히고 있었다.

저벅저벅 걸어가 송 황후의 앞에 선 희윤은 복잡한 심경에 어떤 말도, 어떤 행동도 하지 못했다. 그리고 마침내 송 황후가 고개를 들어 그를 올려다보았다. 그 눈에 어린 죄책감을 희윤은 알아차리고 말았다. 묻지 않았으나 알 수 있었다. 진정 제 연인이 그리하였다는 것을. 순간 화가 치밀어 올랐다. 그는 송 황후의 어깨를 잡아 일으켜 세웠다.

"진정 네 짓이냐?"

낮게 깔린 목소리에 담긴 분노와 상처에 송 황후는 금방 눈이 젖어 들었다. 그녀는 그의 물음에 대답하지 않았고, 그는 그녀가 제 물음에 침묵으로 긍정했음을 직감적으로 알았다. 거짓이라도 말해 주길 바랐다. 제가 아니라고, 누명이라고 차라리 저를 속여

줬으면 하였다.

"아니라 해, 아니라고 말해!"

그가 울부짖었다. 상처받은 그 얼굴을 차마 보지 못해 송 황후는 눈을 질끈 감았다. 제 탓이었다. 전부 제 탓이었다. 감당할 수 없는 것들을 욕심내었던 것이다.

송 황후는 차마 눈을 뜨지 못하고, 천천히 그 입을 열었다. 달달 떨리는 목소리를 애써 가다듬으며 그녀는 자백하였다.

"내가 그랬어요."

희윤이 송 황후를 침상 위로 밀쳐 내었다. 그리고 그는 분노를 쏟아 내었다.

"네가 어찌 나에게 이럴 수 있느냐. 내 너를 진정으로 아꼈다. 궁 안 어떤 이가 너보다 더 보살핌을 받은 적 있더냐. 하다못해 이비를 보아라. 그는 황후였으나 너로 인해 폐하였다. 가장 유서 깊은 공신 가문이며, 권력의 중심에 있던 진양 이가와 연결을 끊으면서까지 그를 폐한 것은 너를 위해서였다. 이비의 마음을 알면서도 너를 위해, 너를 황후로 만들어 주기 위해 위험을 무릅쓰고 내쳤다."

분노한 희윤의 목소리가 가득 울렸다. 격노하며 몸을 바르르 떠는 그를 보며 송 황후는 눈물을 흘렸다. 하얗게 질린 얼굴에 가슴이 아파 희윤은 차마 그 모습을 바라보지 못하고 외면하였다.

"내가 이유였다고요? 그게 이유의 전부는 아니잖아요. 거짓을 말하지 마세요! 부모님을 구해 준다고도 했어요. 허나 알았지요. 그러지 않을 것을요. 방도를 찾겠다 하였으나 아니었지요. 거짓으로 내 눈을 가리고, 귀를 막았잖아요. 제안을 받았어요. 황제를 죽여야 내 가족을 살려 주고, 내 아들을 황제로 만들어 주겠다고."

희윤이 매서운 눈으로 송 황후를 쏘아보았다. 그는 분노로 이를 악물었다. 머리끝까지 열이 올랐고, 분노를 주체할 수 없어 그는 곁에 있는 것을 깨부수었다. 와장창하고 수많은 것이 산산조각났다. 희윤은 거울이며, 찻잔이며 테이블까지 눈에 보이는 것들을 모두 부수고 있었다. 그러나 정작 산산조각 난 것은 그의 마음이었다.

모든 것을 부수고 있으면서도 차마 송 황후가 다칠까 봐 그 곁에 가까이 다가가지도, 그이를 향해 물건을 던지지도 못했다. 물건을 부수던 희윤이 멈추어 서서 숨을 고르자 송 황후가 울먹이며 말을 이었다. 흐르는 눈물을 소매로 자꾸만 닦는 바람에 눈가는 이미 붉게 달아올라 있었다.

"그럴 수는 없었어요. 당신을 홀로 죽게 하다니, 어떻게 그럴 수 있겠어요? 그래서 함께 죽으려 했어요. 나는 내 부모를 살리고 싶었지만 희윤, 당신을 죽이고 홀로 살아남을 수는 없을 거 같았어요. 그런데 겁이 났어요. 독이 든 차를 마실 수가 없었어요. 희윤이 마시는 것을 보는 그 순간에도 나는 마실 수가 없었어요. 미안해요, 미안해요. 나를 용서하지 말아요."

끅끅거리며 토하듯 내뱉는 송 황후의 말에 희윤이 주먹을 쥐었다. 배신감과 분노, 그리고 버림받았다는 사실이 그를 잔뜩 난도질하고 있었다. 그는 믿었다. 언제나 제 곁에는 송 황후가 있을 것이라고, 그리 믿었다. 그리고 송 황후가 저를 행복하게 해 준 만큼, 저 역시 그이를 행복하게 해 주리라 그렇게 다짐하였었다.

그래서 포기하지 않았다. 송 황후를 행복하게 해 주고, 송 황후와의 사이에서 태어난 세윤에게 좋은 것을 물려주고 싶었다. 그는 모든 권력을 빼앗긴 상황에서도 포기하지 않았다. 전쟁이 마무리되면 천천히 눈을 피해 제 세력을 모아 볼 참이었다. 그러나 그녀는 끝내 그에게서 모든 의지를 박탈하였고, 지울 수 없는 상처만을 남겼다.

"이비의 말이 옳아요."

"무엇이 말이냐?"

송 황후가 갑작스레 내뱉는 우의 이름에 희윤이 물었다. 그는 애써 저를 뒤흔드는 이 모든 감정을 참고 있었다.

"어째서 저였을까요? 희윤을 위해 모든 것을 포기할 수 있는 이비를 두고, 희윤을 위해 어느 것 하나 포기할 수 없는 저였을까요?"

울먹이며 말하는 송 황후를 허탈하게 바라보던 희윤은 천천히 그이에게서 한 걸음씩 멀어지기 시작하였다. 모든 것을 버리고 함께 도망치자고 말했던 지난날의 제 연인은 이곳에 없었다. 눈앞의 이가 제가 진정 사랑한 여인이 맞는가 싶었다. 터덜터덜 무거운 발걸음으로 뒷걸음질 치던 그는 차마 더 이상 송 황후를 바라볼 수가 없어 결국 그녀에게서 등 돌려 그 자리에서 도망쳤다.

　냉궁을 나서는 희윤의 등 뒤로 송 황후의 울음소리가 들렸다. 엉엉하고 어린아이처럼 울음을 터뜨리는 그이가 밉기도 하고 안쓰럽기도 하였다. 희윤은 냉궁 밖으로 나오자마자 자리에 주저앉았다. 온몸의 힘이 풀려 일어설 수가 없었다. 그는 차마 소리 내어 울지도 못하고 붉게 충혈된 눈으로 멍하니 푸른 하늘만 올려다보았다. 그에게 남은 것은 이제 아무것도 없었다. 진정 그는 홀로 남겨지고야 말았다.

第 八章
태양의 옆자리

　원했던 것은 오직 하나였다. 그의 곁, 단지 그의 곁에 머무르고
싶을 뿐이었다. 그 하나만 주어진다면 그 무엇도 바랄 것이 없었
다. 그를 위해서라면 무엇이든 할 수 있었고, 무엇이든 감내할 수
있었다. 그저 그 곁에 있기를 바랐을 뿐, 높은 곳에 오르기를 바
란 것은 아니었다.

　그러나 그는 눈부시게 빛나는 태양과도 같이 높은 곳에 존재하
였고, 그 빛과 열기는 아무리 노력해도 닿을 수 없어 점차 나를
시들게 하였다.

　그에게서 떠난 지금, 내게는 오로지 나만을 위한 새로운 태양
이 존재하였다.

희윤은 멀찍이 서서 우를 바라보았다. 우는 변함없었다. 여전히 그 모습 그대로 꼿꼿하였다. 그는 그대로 한참을 우를 바라보다 조용히 돌아섰다.

"마마, 가셨습니다."

우는 희윤이 있던 곳을 바라보더니 한숨을 내쉬었다. 그의 시선은 이미 알고 있었다. 다만 그를 만나고 싶지 않았기에 애써 모르는 척하였을 뿐이었다. 우는 그가 떠난 다음에서야 편안히 제처소로 돌아갔다. 돌아가는 길에 마주치는 것을 피하고자 그가 떠나기만을 기다렸던 것이다.

"폐하의 손에는 이제 아무것도 없구나."

우의 말에 박 상궁이 침묵을 지켰다. 그것이 사실이었다. 황권은 이미 추락하였고, 송 황후는 냉궁에 갇혔으며 곧 폐비가 되어 사약을 받을 예정이었다. 황제의 권한은 축소되었고, 재상의 권한이 확대되었다. 모든 중요한 사항은 귀족 회의에서 먼저 논의되었고 그다음에서야 황제에게 보고되었다. 희윤은 그야말로 스스로는 아무것도 할 수 없는 꼭두각시가 되었다.

우는 어쩐지 쓸쓸한 기분이 들었다. 진실로 온 마음을 다 주었던 사내는 엉망이 되어 있었다. 버림받았던 제 지난날과 다름없어 보였다. 아니 어쩌면 그보다 더할지도 몰랐다. 그가 기댈 곳은 정녕 단 한 곳도 남아 있지 않아 보였다. 이 재상이 권력을 잡았으니, 그에게 가장 절실히 필요한 것은 우였다. 그가 가진 것 중 가장 중요하고 빛나는 것 역시 우였다. 그래서였을까, 그는 때때로 이렇듯 멀찍이서 가만히 우를 바라보았다. 그러다 조용히 자리를 뜨는 것이었다.

우는 얼핏 본 그 초라한 뒷모습이 기억에 남았다. 언제나 제 앞에서 먼저 등 돌리던 황제의 거대한 등은 더 이상 존재하지 않았다. 그저 모든 것을 잃은 필부의 등만이 존재할 뿐.

"냉궁에서 홀로 지내고 계신건가?"

"예, 교태전 궁녀들은 거의 모두 하옥되어 있으니 말입니다. 황후마마와 연이 없는 이들이 굳이 나서서 냉궁으로 갈 리도 없으니 혼자 계실 수밖에요."

우는 고개를 끄덕였다. 박 상궁이 우에게 올 수 있었던 것 역시 독성이 있는 약재로 탕약을 우려내고 올린 것이 우의 궁녀가 아니었기 때문이다. 감금이 풀려난 직후, 박 상궁이 냉궁을 찾은 것은 제 목숨을 바치기로 했기에 가능한 일이었다. 곁에서 정을 주었던 이들이 이미 하옥되어 있는데 누가 제 목숨 아까운 줄 모르고 송 황후를 찾을까. 희윤이 혼자가 되었듯이 그녀 역시 혼자가 되었다. 서로를 향한 애정이 모든 것을 망치고, 오히려 애정 하나로 유지되던 관계를 모두 끝내 버린 것이다.

우는 어째서 송 황후가 독을 써야만 했는지 궁금하기도 하였다. 분명 그녀에게는 그럴 이유가 없었다. 희윤은 그녀를 진정 아꼈고, 그이에게서 본 아이를 황태자로 세우려 하였던 것이 분명했다. 지금은 권력에서 밀려나 할 수 있는 것이 아무것도 없는 황제라 하여도 황제의 피는 중요하기 마련이고, 황실에 그의 직계는 세운 하나뿐이었다. 아친왕이 있다고는 하나 이미 황위의 우선순위는 황자에게 있었다. 굳이 이런 상황에서 위험을 감수할 이유가 없었던 것이다.

"아무리 생각해도 이해가 되질 않는구나."

"마마, 괜한 생각은 하지 마세요."

박 상궁이 우에게 큰 소리를 내었다. 괜히 여린 성정을 노려 안타까운 사정을 말하며 송 황후나 희윤이 매달릴까 봐 걱정이 된 탓이다. 박 상궁이 보기에 궐 안에서 가장 여린 마음을 지닌 이는 우였고, 이번 사건으로 그이는 제 생각을 더욱 확신하게 되었다.

그 순하다고 궐 안에 소문이 자자한 이도 황제를 독살하려 하였다. 그러나 우는 그 오랜 기간 냉대를 받으면서도 누구 하나 해치지 않았다. 저 같았으면 진즉 송 황후를 보이지 않게 치웠을 것이라고, 아마 궐 안 어느 여인이라도 그랬을 것이라고 박 상궁은 확신하였다. 그이는 애써 말을 돌리며 우의 관심을 다른 곳으로 돌렸다.

산책에서 돌아온 우는 저를 기다리고 있는 최 귀비를 보았다. 그녀는 멀리서 보아도 확연히 알 수 있을 정도로 화려한 복장을 하고 있었는데 그것이 참으로 잘 어울려 보는 사람의 감탄을 자아낼 정도였다.

"어찌 연통도 안 하시고 오셨습니까?"

"그냥 생각이 나서요."

최 귀비는 우를 향해 싱긋 웃어 보였다. 그 화사한 미소에 우가 어색한 얼굴을 해 보였다. 둘은 함께 처소 안으로 들어섰다. 최 귀비는 흘깃 우의 정원을 한 번 바라보았다. 이미 붉은 꽃은 그 흔적도 남기지 않고 사라져 있었다. 대신 꽃이 진 자리에는 파릇파릇한 것들이 제 존재를 드러내고 있었다. 봄이 오니 다시 생명이 움트기 시작한 것이다. 꽃이 진 것은 아쉬우나 새로운 것들이 피어나는 것을 보는 것 역시 나쁘지 않다고 그이는 생각하였다.

박 상궁은 최 귀비를 위한 다과를 내어 왔다. 우의 처소에는 이제 박 상궁 말고도 몇몇 궁녀가 더 있었다. 덕분에 박 상궁은 전처럼 모든 것을 도맡아 하지 않아 조금이나마 여유를 느끼고 있었다. 물론 박 상궁이 모두 명하기는 하였지만 말이다.

"처소를 옮기지 않고 어째서 계속 이곳에 있습니까? 더 이상은 이런 곳에 머물지 않아도 될 텐데요."

차를 한 모금 마시더니 최 귀비가 물었다. 언제나 그래 왔듯이 제 취향을 배려한 다과가 기분을 좋게 하였다. 게다가 우의 처소에 궁녀들이 있는 것을 보는 것도 그이를 만족스럽게 하였다. 우는 최 귀비의 질문에 굳이 옮길 필요성을 느끼지 못한다고 답하였다. 궁녀를 몇 들인 것도 박 상궁이 그동안 홀로 고생해 왔기에 내린 결정이었다.

이 재상이 궐을 장악한 후, 그나마 걱정이 줄어든 것인지 박 상궁은 그제야 전에는 한사코 거절하던 궁녀를 받겠다고 하였다. 아무런 욕심도 느껴지지 않는 그 말에 최 귀비가 고개를 끄덕이며 우를 살폈다. 화려한 복장을 한 저와는 달리 우는 그저 법도에 어긋나지 않는 단정한 모습이었다.

"나는 황후가 될 겁니다."

담담하게 내뱉는 그 말이 정적을 불러왔다. 최 귀비는 마치 날씨와 같이 사소한 이야기를 하는 것처럼 태연한 모습이었다.

우는 제 눈앞의 최 귀비를 보며 생각에 잠겼다. 어쩌면 그 누구보다 황후의 자리에 어울리는 이는 최 귀비였는지도 모른다. 진정으로 황제를 사랑했던 저나, 송 황후가 아니라.

황후의 자리에 있던 우는 모든 것을 훌륭히 해내었을지는 모르나 희윤의 마음을 얻지 못해 괴로워했었다. 아마 그 마음을 얻었다 하더라도 그를 많은 비빈과 공유해야만 한다는 사실에 마음 아파했을 것이다. 송 황후는 희윤을 사랑한다는 이유로 어울리지 않는 자리에 앉아 외로운 시간을 견뎌야 했고, 또한 그의 잘못된 애정으로 결국 죽음을 앞두고 있었다. 우는 저처럼 송 황후 역시 황후 자리를 원하지는 않았으리라 생각하였다.

"결국 가장 원하는 이에게 돌아가는군요."

우는 답했다. 황후 자리를 가장 원한 것은 아마 최 귀비였을 것이다. 결국 가장 간절한 이에게 주어지는 것이다. 우는 그렇게 생각했다. 최 귀비는 그런 우의 대답에 알 듯 말 듯 한 얼굴을 하였다.

"내가 가장 간절하였다는 말입니까?"

"제가 그랬듯 황후마마께서도 황후 자리를 바란 건 아니었을 겁니다."

그제야 최 귀비는 우의 말을 이해하였다. 우의 말이 맞았다. 황후, 그 자체를 원한 것은 오로지 그녀뿐이었을 것이다. 결국 가장 간절하였던 제게 돌아온 것이 맞았다.

"어찌할 생각입니까? 아친왕과 함께할 겁니까?"

다시 최 귀비가 질문을 던졌고, 우는 대답하지 않았다. 우는 이미 궐을 나가기로 하였으나 그런 사실까지 최 귀비에게 말하는 것은 꺼려졌다. 불편해하는 우의 기색을 읽어서인지 최 귀비는 답을 강요하지는 않았다. 허나 그이는 이미 희원과 우의 사이를 눈치채고 있었고, 우가 궐에 미련이 없다는 것 역시 알고 있었다.

실상 우에게는 궐에 있을 어떠한 이유도 없어 보였다. 제 눈길 닿는 곳에 머물기를 바라는 마음도 있었으나, 제 앞길에 방해된다면 우를 그냥 두고 보지는 않을 것이다. 스스로도 제대로 이해할 수 없는 마음은 분명 어딘가 깊숙이 접어 두고 잔인하게 이를 드러낼 자신을, 최 귀비는 이미 알고 있었다. 어쩌면 우가 떠나는 것이 우, 본인에게도, 저에게도 가장 적절한 답이 될 수 있다고 최 귀비는 생각하였다.

"내가 황후가 되는 것을 보아 줬으면 좋겠습니다."

진지하게 눈을 맞추며 말하는 최 귀비에게 우는 한참을 망설이다 고개를 끄덕이는 것으로 답을 대신하였다. 최 귀비는 우가제 모습을 보아 주기를 원했다. 그 이유를 정확히 말할 수는 없지만 다른 누구보다도 우가 그 모습을 곁에서 지켜봐 주기를 원했다.

우는 저를 곧은 눈으로 흔들림 없이 응시하고 있는 최 귀비를바라보았다. 어떤 마음으로 제게 이런 청을 하는지는 알 수 없었으나 그이에게는 무척이나 중요한 일처럼 느껴진 탓에 고개를 끄덕였다. 굳이 청하지 않더라도 황후 책봉례에 우가 참여하는 것은당연지사였으니, 최 귀비가 보아 달라는 그 말이 그저 단순히 책봉례를 보아 달라는 말은 아님을 알았다.

"그리하겠습니다."

어쩌면 제 인정을 받고 싶은 것은 아닐까 하고 우가 다시 소리내어 답하였다. 우의 확답에 최 귀비는 저도 모르게 안도하고야말았다. 어째서인가 긴장하고 있었던 것이다. 그녀는 평온한 얼굴을 하고 있는 우를 바라보며 크게 만족하며 미소 지었다.

우의 처소에서 시간을 보낸 후, 최 귀비는 이 재상을 찾았다.다행히도 그는 이미 입궐해 있었기에 금방 만날 수 있었다.

"어쩐 일로 부르셨습니까?"

"거래를 제안하려고 불렀습니다."

최 귀비가 안면 가득 화사한 미소를 띠고 말했다. 이 재상 역시 최 귀비가 무엇을 원하는지 알고 있었다. 송 황후가 폐비가 되어 사약을 받는다면 황후는 공석이 될 것이고, 그 자리를 위해 또 수많은 이가 달려들 것이 빤했다.

"내게 황후 자리를 주세요. 어차피 진양 이가에서 내놓을 여자아이도 없지 않습니까?"

"적당한 아이 하나 찾아 입적하면 그만입니다."

편안한 얼굴로 주고받는 이야기였으나 실상 최 귀비의 속내는 편안하지 못했다. 이 재상은 최 귀비로서도 상대하기 어려운 인물이었다. 황제마저 허수아비로 만든 실세 중의 실세였으니 말이다.

"아친왕과 이비의 이야기는 내 묻어 두겠습니다."

"기진이에게서 연통은 왔습니까?"

최 귀비가 우의 이야기를 꺼내자마자 이 재상은 기진의 이야기를 꺼냈다. 그와 동시에 최 귀비의 미소에는 금이 가기 시작하였다. 이 재상은 이미 모든 것을 알고 있었던 것이다. 기진은 이미 그의 손안에 들어갔을 것이고, 어쩌면 증거를 찾았을지도 모르는 일이었다. 그러나 최 귀비는 일단 모르는 척 발뺌하였다.

"처음 들어 보는 이름입니다. 제가 알아야 하는 이입니까?"

"마마께서 서찰 심부름을 시켰던 그 아이 말입니다. 혹 이름도 모르고 심부름을 시키셨던 겁니까?"

입술을 꾹 깨물며 최 귀비가 굳은 얼굴로 이 재상을 보았다. 여전히 그는 사람 좋은 얼굴을 하고 있었다.

"원하는 것이 무엇인가요? 오히려 내게 고마워해야 하지 않습니까? 송 황후를 치워 줬으니 말입니다. 나는 황후 자리를 원하고 내 집안과는 손잡을 생각이 없습니다. 좋은 조건이지 않습니까? 또한, 이 재상 역시 내 도움을 받았음을 잊지 마세요."

"예부상서가 이를 알면 섭섭해하겠습니다."

"나는 내 아비가 아니라 이 재상과 손을 잡길 원합니다."

이 재상은 고개를 끄덕였다. 그로서도 나쁘지 않은 일이었다. 이미 그에게는 최 귀비를 압박할 수 있는 패가 있었고, 그것은 언제고 효과적으로 작용할 수 있으리라 그는 생각했다. 게다가 최 귀비에게서는 전날 작은 도움을 받았다. 이미 서로가 목표한 바를 다 알고 있었던 것이다.

최 귀비와 손을 잡는다 하여 그에게 특별한 이익이 생기지는 않을 것이나 그것은 다른 누구여도 마찬가지일 것이다. 원래 제 가문에 여자아이 하나를 입적시켜 황후로 올리려고 하였으나, 이 것도 나쁘지는 않았다. 지금 여자아이를 입적한다 하여도 제대로 된 아이를 만들지는 못할 테니 말이다. 차라리 황후 자리는 최 귀비에게 내어 주고 가문의 여자아이를 하나 입궐시켜 지켜보는 것도 나쁘지 않겠다고 그는 생각했다. 기회는 언제든지 생기기 마련이고, 생기지 않으면 만들면 그만인 것이다.

"앞으로도 전처럼 그리 행동하시면 분명 화를 당하실 겁니다."

천천히 인사를 하고 나가는 이 재상의 뒷모습을 바라보는 최 귀비는 웃고 있었다. 이 재상과 손을 잡았으나 그것이 언제까지 유지될지는 그녀 자신조차 알 수 없었다. 허나 일단 황후 자리를 얻은 것만으로도 최 귀비는 만족하였다. 모든 것이 한 번에 해결될 수는 없었다. 차근차근 하나씩 제 것으로 만들어 가리라 다짐하였다.

❦

모든 것이 변했건만 궐의 표면적인 모습은 여전히 예전과 다를 바 없었다. 그저 오로지 송 황후만이 교태전에서 냉궁으로 거처를 옮겼을 뿐이었다.

주나라 출신의 황후가 황제를 시해하려고 했다는 소문은 기나라 방방곡곡으로 퍼져 나갔다. 그러지 않아도 전쟁으로 주나라에 대한 적대감이 높아진 채였다. 이는 곧 송 황후에게 모두 쏟아지기 시작했다. 소국에서 공녀로 온, 출신 성분도 비천한 것이 은혜도 모르고 날뛰다 천벌을 받는다며 모두 입을 모았고, 그중 몇몇은 사약처럼 쉬운 방법 따위 말고 저들이 보는 앞에서 그 사지를 찢어야 한다며 거침없이 말하기도 하였다. 날이 갈수록 송 황후에 대한 분노는 점점 자라나고 있었다. 그러나 냉궁 밖의 이야기는 전혀 알 길이 없는 그녀는 그저 제 어리석음을 탓하며, 희윤을 생각하였다.

아무도 없는 냉궁은 실로 무섭기 그지없었다. 봄이 한창인데도 냉궁이라는 이름답게 그 안은 싸늘하기만 하여 송 황후는 온종일 더러운 이불로 제 몸을 감싼 채 덜덜 떨어야만 했다. 처음엔 그저 울기만 하였다. 그러나 눈물도 마르는지 며칠이 지나자 그조차 흐르지 않았다. 머릿속엔 희윤과 세윤만이 꽉 차 있었고, 그 외에는 아무것도 생각하지 못할 정도로 점점 멍해져만 갔다.

송 황후는 하루 세 번 끼니를 들고 오는 궁녀를 기다리게 되었다. 그이는 송 황후는 보지도 않고 그저 먹을 것만을 놓고 떠났는데, 볼 수 있는 사람이 그뿐이라 그이를 기다리게 되었다. 그녀는 그만큼 외로웠고, 쓸쓸했다. 그러나 기다렸던 이가 들고 온, 전과 비교할 수 없이 초라하고 변변치 않은 음식은, 아니 음식이라고 부르기 어려울 정도의 그것은 손대기도 꺼려져 얼마 먹지도 못하고 대부분을 남겨야 했다. 그녀는 다시 침상에 누워 이불을 뒤집어썼다.

송 황후는 조용히 희윤과 세윤의 이름을 불러 보았다. 언제든 제가 부르면 나타나던 다정했던 사내는 더는 나타나지 않았다.

"일어나셨습니까?"

잠에서 깬 송 황후는 제가 혼자가 아님을 알았다. 그이의 눈앞에는 화려하기 짝이 없는 모습의 최 귀비가 있었다. 최 귀비는 얌전히 자리에 앉아 따뜻한 차를 마시고 있었다. 차향이 냉궁 안에 가득한 것을 보니 제가 깨어나기를 한참 기다린 듯하였다.

"어떻게 이곳에……?"

잠에서 덜 깬 송 황후가 어리둥절해하자 최 귀비가 그 모습을 보고는 한쪽 입꼬리를 끌어 올리며 슬쩍 웃었다. 그 얼굴에 담겨 있는 조소에 송 황후는 잠이 달아나는 것을 느꼈다.

"앉으세요. 제가 차를 준비해 왔답니다."

먼지로 이미 색이 바래고, 정체를 알 수 없는 얼룩이 가득한 붉은 비단은 이미 원래의 모습을 찾아보기가 힘들었다. 제대로 씻지도 못한 송 황후의 몰골 역시 엉망이었다. 그리고 최 귀비는 그것이 송 황후에게 어울린다 생각하였다. 제게 맞지 않는 것을 탐하였을 땐, 이 정도 각오는 해야 했다고 생각하며 흡족한 얼굴을 하고 있었다.

"무슨 일인가요?"

겁먹은 얼굴이, 긴장한 목소리가 모두 우스워 최 귀비는 크게 소리 내어 웃고 말았다.

"아무 일도 없습니다. 그저 보러 왔습니다. 황후마마께서 냉궁에서 어떤 모습으로, 어떻게 지내시는지 말입니다. 지낼 만하십니까?"

거울을 보지 않아도 제 모습이 엉망이라는 것은 충분히 알 수 있었다. 그런 제게 지낼 만하냐고 묻는 최 귀비가 송 황후는 싫었다. 웃음을 머금은 조롱에 결국 그녀는 분한 얼굴을 해 보였다. 그러나 최 귀비에 대한 두려움 때문인지 아무런 말도 하지 못하고 입을 꾹 닫았다.

"왜요? 불편하신가 봅니다. 저는 당연히 괜찮을 줄 알았지 뭡니까. 회임한 몸으로 이곳에 온 이도 있지 않았습니까. 이비는 이곳에서 혼자서 일주일을 지냈다고 들었습니다. 황후마마께서는 이제 고작 사흘이 지났을 뿐입니다."

송 황후의 얼굴이 순식간에 굳었다. 왜 기억하지 못했을까. 저보다 먼저 이곳에 왔었던 이가 있었음을.

"어머나, 기억도 못 하신 겁니까? 참으로 잔인하십니다. 이비를 유산하도록 내몬 것도 이곳 아닙니까? 직접 그리 만드시고도 기억도 못 하시다니, 참."

최 귀비의 나른한 목소리는 날카롭게 송 황후의 고막을 찔렀다. 그녀는 귀를 틀어막고 싶었다. 그제야 하나둘 지난날의 우가 떠올랐다.

송 황후가 치밀어 오르는 토기에 제 입을 틀어막았다. 바닥에 남아 있는 붉은 자국들이 보였다. 그러나 그 자국들이 제 기억 속에 남아 있는 것인지, 실제로 남아 있는 것인지조차 구분하지 못할 만큼 송 황후는 제정신이 아니었다.

어째서 생각하지 못했을까. 이곳에서 직접 보았으면서.

"궁금하지 않습니까? 과연 그때 이비가 진정 황후마마를 시해하려 하였는지 말입니다."

송 황후가 최 귀비를 보았다. 그리고 마침내 깨달았다.

"당신, 당신이!"

고운 얼굴에 화사한 미소가 번졌다. 마치 정답을 맞힌 어린아이를 보듯 최 귀비는 고개를 살짝 끄덕였다.

"너무 늦었습니다. 그래, 엉뚱한 이를 괴롭혔다는 사실을 알게된 소감은 어떠십니까? 이비, 그 사람 참 순하기도 하지. 나라면 이 목줄을 틀어쥐었을 겁니다."

날카로운 손톱이 제 목을 긁어내리는 느낌에 송 황후가 눈을 질끈 감았다. 그리고 나른하고 부드러운 목소리가 귓가에 속삭여졌다.

"서찰은 항상 잘 받으셨지요? 기진이 그 아이가 마마께 도움이 좀 되었습니까? 소첩은 그동안 가족놀이가 참으로 즐거웠답니다."

송 황후가 눈을 부릅떴다. 그러나 그런 송 황후를 뒤로하고 최 귀비는 미련 없이 당당한 걸음걸이로 냉궁을 떠났다. 최 귀비는 송 황후가 모든 것을 알고 나서 후회하고, 또 후회하기를 바랐다. 얼마나 겁 없이 행동하였는지, 얼마나 미련했는지 깨달을 것이다. 제게 어울리지 않는 것을 욕심냈음을 깨달았을 것이다.

최 귀비가 냉궁을 나가자 송 황후는 미친 듯이 소리를 질렀다. 그 슬픔과 분노가 뒤섞인, 성대가 찢어지는 것만 같은 소리는 최 귀비의 귀에는 마치 부드럽고 달콤한 음악 같았다. 아무 대가 없이 그 모든 것을 누렸으리라 생각했다면 오만이었다. 아무 생각도 없이 당연하게 받았던 것들, 그 모든 것의 대가를 지금에서야 뒤늦게 지급하는 것뿐이라고 최 귀비는 생각하였다. 저를 감싸는 밤 공기의 상쾌함을 만끽하며, 최 귀비는 걸음을 옮겼다.

우는 희원과 함께 마주 보고 있었다. 보고만 있어도 가슴께가 간지러운 기분에 우는 손을 가만히 두지 못했다. 괜히 옷자락을 움켜쥐었다. 막 첫사랑을 시작한 어린 소녀같이 행동하는 제 모습이 부끄러워 우는 어색한 미소만 흘렸다.

떨리는 것은 희원도 마찬가지였다. 그는 우를 바라보는 내내 귀가 붉게 달아올라 있었다. 태연한 척하려 하고 있으나 입을 열면 마치 심장이 입 밖으로 튀어나올 것 같아 그는 아무런 말도 할 수 없었다. 혼자만의 마음이라고 여길 때와 달리 우의 마음이 제게 있음을 알게 된 순간부터 그 기분 좋은 떨림과 설렘은 계속되었다.

희원의 손이 우의 손을 조심스럽게 잡았다. 저보다 훨씬 작고 가느다란 손이 느리게 제 손을 맞잡아 오는 것을 느낀 희원이 우를 보며 부드럽게 눈을 휘었을 때, 우 역시 그를 보며 눈을 휘었다. 이제 막 사랑을 시작한 소년, 소녀같이 그저 부여잡은 손 하나로 설레며, 그들은 행복해하였다.

아무 말 없이 서로의 온기를 느끼며, 마주 보는 시선만으로도 우와 희원은 충만한 애정을 느꼈다. 이 순간이 오래 지속되기를 우는 마음속으로 간절히 빌었다. 때때로 이 모든 평화가 단 한 순간에 깨지는 것은 아닐까 불안한 마음이 일기도 하였다. 늘 그랬듯 불행은 소리도 없이 다가와 우를 어둠 속으로 끌어당기곤 했다. 하여 이 순간에도 우는 제 마음 구석진 곳에서 불안한 마음을 지우지 못했다. 괜한 걱정에 우는 희원의 손을 힘주어 잡았다. 그 마음을 눈치챈 것인지 희원이 우를 끌어당겨 꼭 안아 주었다. 크고 넓은 품이 따스하게 우를 감쌌다.

"가끔 불안합니다. 괜한 생각인 것을 알면서도 걱정이 멈추지 않아요."

망설이며 내뱉은 그 말에 담긴 걱정을 읽어 낸 희원은 천천히 우의 등을 토닥였다. 그는 다정하고 달콤한 말로 우를 위로하기보다는 제 품을 내어 주고 우가 잠들 때까지 곁을 지켰다. 잠든 우의 이마에 짧게 입 맞추고도 한참을 시선을 떼지 못했다. 제 눈앞에 평온하게 잠든 우가 있는 것이 그는 믿을 수 없을 만큼 좋았다. 그는 지금이라도 당장 우의 손을 잡고 궐을 나서고 싶었다. 허나 간절한 마음과 달리 아직 시간이 조금 더 필요하다는 것을 알고 있었다.

　가만히 손을 들어 잠든 우의 머리카락을 넘겨 주며 그는 웃었다. 바라고, 바라던 것이었다. 그가 세상에 나와 바란 유일한 것, 그것을 얻은 것이다. 그 역시 우처럼 때로는 제 마음을 비집고 나오는 불안감을 느끼고 있었다. 하지만 알고 있었다. 모든 것이 어그러지더라도 그는 끝내 우를 선택하고 그 곁에 있을 것임을. 이런 그의 마음을 알게 된다면 우는 과연 안심할까, 아니면 제 욕심에 질려 할까 생각하며 그는 설핏 웃었다.

　희원은 앞으로 다가올 나날들을 생각하며 밤새 우의 곁을 지켰다. 그저 얌전히 자는 우를 가만히 지켜보는 것만으로도 그 시간은 지루할 틈 없이 흘렀다. 아침이 되면 잠에서 깨어난 우와 눈을 마주치고 조용히 웃으리라 생각했다. 그리고 그 작은 손을 식탁으로 이끌어 간단한 아침 식사를 하고 산책을 하는 게 좋겠다고 그는 생각했다. 그리고 오후에 서찰을 하나 써서 청산에 있는 왕부에 보내는 것이다. 그는 그들이 함께할 수많은 시간을 생각하고,

또 생각했다.

희원은 청산, 그 그림같이 아름다운 곳에 둘만의 아늑한 보금자리를 만들기로 정하였다. 조용하고 평화롭게 온전히 서로에게 집중하며 지내고 싶었다. 그는 우를 맞이할 준비를 하고 있었다. 우는 궐을 떠나야 했다. 오로지 슬픔만이 가득했던 이곳이 우를 불안하게 만들고 있다고 그는 생각했다. 모든 것이 부족하지 않아야 했다. 다시는 이곳에서처럼 그 어떤 것도 우를 슬프게 만들지 않기를 바라며 희원은 우를 위해 준비해야 할 것들을 계속해서 떠올렸다.

"왕야?"

눈을 뜨자마자 보이는 것은 저를 바라보는 다정한 얼굴이었다. 놀란 우가 그를 부르자 희원이 그에 답하듯 입을 맞추었다.

"또 왕야라고 부르는구나."

못 말리겠다는 듯, 희원이 웃었다. 희원이라고 부르다가도 무의식중에 우는 자꾸만 그를 왕야라 칭하였다. 그는 우의 손을 잡아 일으켜 세우고, 박 상궁을 부르고는 자리를 피해 주었다.

박 상궁은 우의 단장을 도우며 입을 쉬지 않고 놀렸다. 대부분의 이야기는 희원에 대한 것이었다. 밤새 우의 곁을 지킨 그가 얼마나 다정한지와 분명 좋은 부군이 될 거라는 소리는 우를 당황하게 하였다.

단장하고 나온 우와 희원은 간소한 아침 식사를 하였다. 새로

온 궁녀들은 희원과 우의 사이에 적지 않게 놀랐으나 내색하지 않으려 노력하였다.

"식사를 하고 산책이나 할까?"

환하게 웃는 희원의 얼굴에 아침 햇빛이 찬란하게 부서져 내렸다. 우가 그런 그를 보며 고개를 끄덕였다.

밤을 새운 희원은 피곤한 기색도 없이 우의 손을 붙잡은 채로 산책을 하였다. 산책이라고 해 보았자 그저 사람이 많지 않은 곳을 조금 걷는 것뿐이었으나 둘은 이 조용하고 한적한 시간이 마음에 들었다.

"청산으로 가면 매일 이렇게 산책을 하자."

우의 손을 꼭 붙든 채로 희원은 이것저것 이야기를 꺼냈다. 우는 그의 말과 함께 그려지는 평화롭고 다정한 일상이 마치 눈에 보이는 것처럼 느껴졌다.

"아무것도 하지 않고 그저 뒹굴기만 하는 것도 좋겠다."

"예."

그토록 원했던 작지만 귀한 것들을 희원은 끊임없이 우에게 선물하고 있었다.

"늦잠을 자는 것도 좋겠지."

"예, 그것도 좋겠습니다."

우는 희원에게 답하며 빙그레 웃어 보였다.

"하고 싶은 것은 없느냐?"

함께 산책을 하는 것도, 눈이 마주치면 예쁜 미소가 피어나는 것도, 그리고 저를 잡고 있는 이 손도 모두 소중했다.

"좋습니다, 모두 다 좋습니다."

그 꽃 같은 목소리는 작지만 힘이 있었고, 그 고운 얼굴은 한점 티 없이 맑았다. 희원이 주는 소중한 순간들이 차곡차곡 쌓여텅 비어 있던 우를 채웠고, 반짝반짝 빛나게 만들었다. 우는 다시한 번 희원을 바라보았다. 이 순간이 소중하여 제 안에 꼭 기억하고 싶었다. 애정이 담긴 그 반짝이는 눈동자와 부드럽게 곡선을그리는 눈꼬리, 그리고 그가 걸을 때마다 들려오는 옷자락이 바스락거리는 소리까지 전부 우는 찬찬히 제 속에 새겨 넣었다. 그가있는 풍경이 너무나 아름다워 눈물이 날 것만 같았다.

최 귀비는 막아서는 종추를 물리치고는 저 스스로 문을 열어양심전으로 들어섰다. 양심전 안은 부러 햇빛을 막은 건지 어두컴컴하여 앞이 잘 보이지 않을 정도였다. 최 귀비는 상궁에게 고갯짓으로 창을 열라 명한 후, 바닥에 널브러져 있는 황제에게 다가가 그 앞에 쪼그려 앉았다. 최 귀비가 저를 보는 흐린 눈동자를바라보곤 맑게 웃으며 물을 먹여 주었다. 아니 그것은 먹여 주었다기보다는 부었다는 것이 정확해 보였다. 물 대부분이 희윤의 턱을 타고 흘러 옷의 앞섶을 적셨다.

"정신이 드십니까?"

"……나가."

잠긴 목은 마치 성대를 긁어내듯 거친 소리를 내고 있었다. 점점 또렷해지는 눈을 확인하며 최 귀비는 입을 열었다.

"그리 무섭게 보시면 신첩 겁이 나 아무 말도 못 합니다. 폐하."

눈앞의 이가 저를 겁내기는커녕 우스워하고 있음을 그는 알았다. 이를 악물고 다시 한 번 말했다. 아무도 보고 싶지 않았다.

"……나가."

"곧 폐비가 되어 사약을 받을 황후마마 때문입니까? 모든 게 폐하의 잘못이지요. 감당할 수 없는 애정과 자리를 내어 준 폐하의 잘못입니다. 폐하의 잘못으로 그 어린 목숨이 사라지다니 안타까운 일입니다."

"그 입 다물라!"

희윤의 손이 최 귀비의 목을 잡았다. 그러나 차마 손아귀에 힘주지 못한 그는 곧 손을 떼고는 종추를 불렀다. 그러나 오히려 최 귀비가 그의 얼굴을 잡아채 저를 다시 보게 하였다.

"누구를 원망하십니까? 이비입니까, 아니면 이 재상입니까, 그도 아니면 신첩입니까? 똑바로 보세요. 모든 선택은 폐하가 하셨습니다. 이비의 마음을 짓밟은 것도, 유산을 하게 한 것도, 황후마마께 버거운 짐을 준 것도 모두 폐하이셨습니다. 원망하시려거든 자신을 원망하셔야 할 겁니다."

둔탁한 소리와 함께 술병이 최 귀비를 향해 날아들었다. 그녀는 한층 더 작은 목소리로 희윤에게 속삭였다.

"혹시 압니까? 가서 빌기라도 하면 그 마음 약한 이비가 폐하의 간청에 황후마마 목숨이라도 살려 줄지?"

최 귀비가 화사하게 웃었다. 일어선 최 귀비는 희윤을 한심스럽게 내려다보다 자리를 떠났다. 양심전을 떠나는 최 귀비는 소리 내어 크게 웃었다. 그 모습을 상궁과 어린 궁녀들이 놀란 눈으로 바라보았다.

희윤은 아마 우를 찾을 것이다. 그가 기댈 곳이라곤 우뿐일 테니 말이다. 그는 최 귀비의 방문으로 송 황후의 죽음을 다시 인식했을 것이고, 그를 막기 위해 뭐라도 하려 할 것이 분명했다. 가서 무릎이라도 꿇고 그 앞에 죄를 고하여 용서를 빌고, 그가 짓밟았던 이에게 머리를 조아리며 눈물로 목숨을 구걸하기를 그녀는 바랐다.

그날 밤, 우의 처소에 희윤이 찾아왔다. 우는 이번 그의 방문을 거절하지 않았고, 박 상궁은 그것이 불만인 듯하였다. 우는 그저 마지막으로 그의 얼굴을 한 번 보고 싶었을 뿐이다. 곧 궐을 떠나면 그와는 다시 볼 일이 없을 테니. 그로 인해 많은 상처를 받았고, 그것은 아직도 제 안에 존재하고 있으나 그렇다고 해서 지난 긴 세월 그를 품었던 그 시간이 사라지는 것은 아니었다. 그에 대한 마음은 남아 있지 않더라도 말이다.

우는 그저 기다렸다. 그가 말을 꺼내기를. 한참 침묵을 지키던 그는 조심스레 입을 열었다.

"황후 자리에 그대가 올랐으면 해. 그리고 송소화, 그 아이 목숨만은 살려 주게."

그는 우와 눈을 마주치지 못하고 김이 나는 찻잔에서 눈을 떼지 못했다. 그것이 우에게 죄책감을 느끼고 있어서인지, 아니면 우에게 청을 하러 온 것이 자존심이 상해서인지 알 수는 없었다.

우는 그를 찬찬히 살폈다. 엉망이었다. 그 대단한 기세는 어디 갔는지 저를 압박하던 그 존재감까지 미약해져 있었다. 그리고 확인하였다. 그가 진정 송 황후를 마음에 품고 있었다는 것을. 이 순간까지 그이의 목숨 살리려고 저를 찾아오지 않았는가.

"저는 그 자리에 아무런 욕심도 없습니다."

"원하지 않았었나?"

"저는 황후 자리를 원했던 적이 없습니다."

희윤이 의아한 얼굴로 우를 바라보았다. 우는 그제야 그의 얼굴을 바로 볼 수 있었다. 까칠해진 얼굴이 눈에 들어왔다. 피곤이 가득한 그 눈에는 전과 같은 기개는 흔적도 찾을 수 없었다. 가까이에서 본 그는 우의 생각보다 훨씬 심각한 모습이었다. 더는 황후 자리를 그가 정할 수 없다는 것조차 모르는 것인지 궁금하였다. 만일 제가 원한다면 그의 의견 따위는 상관없이 황후 자리를 차지할 수 있음을 우는 굳이 그에게 일깨워 주지는 않았다.

"제가 원한 것은 마음에 담은 사내의 곁이었을 뿐, 황후 자리는 아니었습니다."

"그랬던가? 그랬구나."

희윤이 중얼거렸다. 우는 멍한 그의 얼굴에서 눈을 돌렸다. 더이상 희윤은 우의 마음을 흔들지 못했다. 송 황후만 하여도 마찬가지였다. 더 이상은 원망하지 않았다. 그 어떤 마음도 없었다. 송 황후 역시 그저 이리저리 휘둘렸을 뿐이라 생각하였다. 허나 우는 그렇다고 하여 송 황후를 살리기 위해 움직일 생각은 없었다.

희윤은 조용히 앉아 혼자만의 생각에 빠져 있다 우의 처소를 떠났다. 그 모습을 보던 박 상궁이 기분 좋은 얼굴을 하였다. 언제나 우의 처소를 찾은 희윤은 분노하였고, 그는 모든 화풀이를 우에게 퍼붓고 떠났었다. 그런데 오늘 다 죽어 가는 모습을 보니 진정 그동안의 벌을 받는구나 싶었던 것이다. 박 상궁은 저도 모르게 다과상을 치우며 콧노래를 불렀다. 우는 그런 박 상궁을 알았지만, 굳이 지적하지는 않았다.

희윤이 앞으로 더 이상 저를 찾지 않을 것임을 우는 직감적으로 알았다. 풀벌레 소리 하나 들리지 않는 고요한 밤이었다.

"사과는 잘 받았습니까?"

이른 아침부터 우를 찾은 최 귀비는 산뜻한 얼굴로 물었다. 그리고 우는 곧장 최 귀비가 희윤을 자극하였음을 알았다. 그래서 저를 찾아왔구나 싶었다.

"귀비마마께서 보내신 겁니까?"

"제가 보낸다고 보내지실 분이 아닙니다."

모든 것이 제 마음대로 움직이고 있어서인지 최 귀비의 얼굴은 밝았다. 송 황후는 곧 사라질 테고, 저 역시 궐을 나갈 것이니 아마 확고하게 내명부를 틀어잡을 것이 분명하였다. 우는 최 귀비가 유난히 제게 친절하게 구는 것을 알고는 있었다. 다만 그 친절이 제게 방해가 되지 않을 때까지임을 모르지는 않았다. 지금은 이리 다정하게 웃고 있지만, 나중에 제게 방해가 된다면 조금의 망설임도 없이 그녀가 저를 위협할 것임을 알고 있었다.

"사과받고 싶은 생각 없습니다. 그것이 누군가에게 강요된 것이라면 더욱더."

"잘못한 것이 있다면 응당 용서를 빌어야지요."

우가 최 귀비를 응시하였다. 그 곧은 시선을 최 귀비 역시 피하지 않았다.

"허면 귀비마마께서는 어째서 제게 사과하지 않으십니까?"

파삭하고 무엇인가 깨지는 소리가 들리는 것만 같았다. 최 귀비의 얼굴에 덧씌운 가면이 깨어지듯 순간 나타난 그 무표정을 우는 똑똑히 보았다. 그러나 그것도 잠시 최 귀비는 금방 다시 웃었다. 아무렇지 않게.

"알고 있었습니까?"

"그저 심증이었습니다. 지금 이것으로 확실해졌을 뿐입니다."

담담하게 말하는 우에게서는 어떤 감정도 읽히지 않았다. 마치 다른 사람의 일을 말하는 것처럼 아무렇지 않은 태도를 보이는 우를 보며 최 귀비는 이상한 기분이 들었다. 그것은 뭐라 설명하기 어려운 기분이었다. 눈앞의 우가 낯선 것 같다가도, 예전의 모습인 것도 같았다.

"내게 사과받고 싶은가요?"

희미하게 보이는 미소가 마치 유혹하듯 보였다. 최 귀비는 나른해진 얼굴로 우의 답을 기다렸다. 비슷한 조건을 가지고 있었으나 최 귀비와 우는 다른 종류의 인간이었다. 그렇다 하여 최 귀비가 희윤이나 송 황후를 저와 동류라고 여기는 것은 아니었다. 그들은 최 귀비에게 고려의 대상조차 되지 못했다.

"아뇨. 하지만 제가 귀비마마께 저를 대신할 어떤 권한도 드린 적 없음을 기억하시기 바랍니다. 화를 내는 것도, 용서를 하는 것도 모두 제 몫입니다."

"섭섭하네요. 나는 이비와 조금 가까워졌다고 생각했는데 말입니다."

벽을 두는 우의 말에 섭섭한 것은 진심이었다. 최 귀비는 조금쯤 우와 가까워졌다고 생각했고, 그렇게 느꼈다. 그러나 우는 최 귀비에게 제 곁을 내어 주지 않았다. 그저 혼자만의 착각이었다. 우와 최 귀비는 그렇게 서로를 바라보았다.

"서로가 필요한 상황이었을 뿐이고, 서로가 곁을 내어 주지 않았을 뿐입니다. 믿지 못했으니까요. 그리고 저는 귀비마마를 앞으로도 믿지 못할 겁니다."

사소한 일을 말하듯 목소리의 고저 없이 담백하게 내뱉은 말에 상처받은 것은 오히려 최 귀비였다. 분명 속인 이는 저였건만 어째서 최 귀비는 제가 상처받고 있는지 알지 못했다. 우가 사실을 알았을 때, 분노하고 소리칠지도 모른다고 생각했지만 이렇게 나올 줄은 예상하지 못했다. 아니 어쩌면 알았으면서도 굳이 생각하지 않으려 했던 것일까. 최 귀비는 제 속내를 보이지 않고 전처럼 나긋한 목소리로 답했다.

"그런가요? 허나 나는 이미 이비를 믿고 있는 걸요. 지난 일을 후회하지도 않지만 말입니다. 이만 가 보아야겠습니다. 다음에는 황후가 된 후에나 만나겠군요."

뒤돌아 떠나는 최 귀비는 그 미간을 찌푸렸다. 언제나 걸려 있던 나른하고 매혹적인 미소는 흔적도 없이 사라지고, 그 얼굴에는 뭐라 정의할 수 없는 불쾌한 감정이 남아 있었다. 그러나 누구도 그것을 보지 못했다.

그리 오래 걸리지 않아 귀족 회의를 통해 최 귀비가 황후 자리에 오르기로 결정되었다. 그리고 희윤은 그를 전해 들었을 뿐이다. 이를 결정하는 과정 어디에도 그의 의견은 반영되지 않았다. 다시 한 번 그는 제 위치를 확인하였다. 그저 장식품 같은, 허수아비 같은 제 꼴이 절망스러웠다.

그는 하루가 멀다 하고 냉궁을 찾았다. 허나 그곳에 들어서서 송 황후를 보지는 않았다. 송 황후를 만나는 것은 겁이 났기 때문이다. 마지막이라는 것을 알고 있으니 그 얼굴을 보기 겁이 났다. 홀로 모든 것을 견디고 있을, 시들어 가고 있을 그 모습을 보기가 두려웠다. 제가 제 손으로 모든 것을 망가뜨렸다고 그는 생각했다. 그것이 사실이었다.

송 황후는 그저 어렸을 뿐이었다. 입궐한 지 고작 삼 년이 지났을 뿐이다. 아무것도 모르던 이를 나락으로 밀어 넣은 것은 결국 저였다. 원하지도 않은 것을 쥐여 주고 버티라고 한 것도 저였으며, 거짓을 말한 것도 저였다.

공녀에서 황후가 되어 유폐되기까지 송 황후는 짧은 세월 궐 안에서 그로 인해 원하지도 않은 치열한 삶을 살았다. 그는 치밀어 오르는 울음을 애써 삼키며 제 눈에 송 황후가 있을 냉궁을 담았다. 그렇게 그는 날마다 멀찍이서 냉궁의 모습을 보며 제 연인을 그렸다. 곧 그이는 폐비가 되어 사약을 받을 것이고, 최 귀비가 새로운 황후가 될 것이었다. 희윤은 소화를 살리고 싶었으나, 그가 할 수 있는 것은 아무것도 존재하지 않았다. 멍하니 냉궁을 계속 바라보던 그는 힘겹게 발길을 돌렸다.

희윤은 종추를 통해 이 재상에게 따로 만나기를 원한다고 전하였으나, 이 재상은 답하지 않았다. 이미 수차례 거절당한 희윤은 이 재상이 송 황후를 살려 주지 않을 것임을 알아차렸다. 그는 계속해서 감시당하고 있었고, 제 사람이라고 부를 수 있는 것은 오직 종추 하나뿐이었다. 그에게는 방법이 없었다. 그저 이리 손 놓고 송 황후의 죽음을 구경하는 것밖에 없었다. 제 연인의 죽음을 알면서도, 이리 아무것도 할 수 없다는 것은 참으로 잔인한 일이었다.

　"죄인 송소화는 나와 명을 받들라."

　겁에 질린 얼굴로 냉궁 밖으로 나온 송 황후의 모습은 차마 보기 어려울 만큼 엉망이었다. 돌보아 주는 이가 없어 입고 있었던 붉은 의복은 이미 그 본연의 색을 잃었으며, 그녀 역시 이전의 모습은 기억할 수 없을 정도로 야위어 있었다.

　송 황후는 터벅터벅 걸어 나와 무릎을 꿇었다. 두려움으로 몸이 떨렸다. 모르는 얼굴이 가득하였다. 그들에게는 저에 대한 어떤 감정도 보이지 않았다. 일말의 동정조차도. 누군가가 나와 송 황후의 죄에 대해 말하고 있었다. 그러나 그녀는 그가 하는 말을 제대로 듣지 못했다. 정신이 반쯤 나가 있었다. 어느 순간부터 얼굴엔 눈물이 가득하였다.

　"폐하! 폐하를 보게 해 줘요!"

　송 황후가, 아니 이제 황후가 아닌 송소화가 외쳤다. 소화는 곁에 서 있는 궁녀의 치맛자락을 붙잡고 애원하였다.

　"제발 단 한 번만이라도 볼 수 있게 해 줘요!"

　양옆의 궁녀가 소화의 팔을 붙들었다. 그리고 사약을 든 이가 소화에게 다가섰다. 소화가 소리를 지르며 고개를 마구 흔들어 댔다. 냉궁은 소화의 비명으로 가득 차 있었다. 마구 악을 써 대는 소화의 얼굴을 부여잡은 궁녀는 그대로 사약을 들이부었다. 절반이 넘는 내용물이 쏟아지고, 소화의 얼굴은 눈물과 약으로 얼룩져 있었다.

궁녀는 그대로 또 다른 약사발을 들더니 다시 소화의 얼굴은 부여잡은 채로 약을 부었다. 그것마저 절반이 넘는 내용물이 쏟아졌으나 그들은 아랑곳하지 않고 남은 사약을 모두 그 입 안에 들이붓고 나서야 송 황후의 곁에서 떨어져 주었다. 양팔이 자유로워진 소화는 억지로 삼킨 약을 뱉어 내려 제 입 안에 손가락을 집어넣으며 구역질을 하였다.

그러나 곧 내장을 쥐어짜는 고통에 몸을 웅크렸다. 비명조차 내지 못하고 바닥에서 제 배를 부여잡은 채, 소화는 숨을 헐떡였다. 입가에선 이미 피가 흐르고 있었다. 아마 본인은 인식하지 못하고 있을 테지만. 기침과 함께 엄청난 양의 피가 쏟아져 나왔다.

소화는 이루 말할 수 없는 고통에 땅을 뒹굴었다. 온몸이 흙투성이가 되는 것도 모르고, 야위고 볼품없는 얼굴이 피로 얼룩진 것도 모르고, 고통에 차마 숨도 제대로 쉬지 못하며 몸부림쳤다. 그리고 그것이 송소화의 마지막이었다. 소화는 그렇게 엉망인 채로, 초라한 모습으로 냉궁에서 목숨을 잃었다.

소화가 사약을 받고 죽었다는 소식에 희윤은 처음으로 소리 내어 엉엉 울었다. 저를 배신하더니 잘되었다고 애써 제 마음을 속이다가도 깊은 곳 숨어 있던 진심은 예고도 없이 튀어나와 희윤을 울게 하였다.

그는 계속해서 술을 들이부었다. 차라리 취해서 이 모든 것을 잊고 싶었던 것이다. 그러나 취하면 취할수록 잊고 싶었던 것들은 선명하게 떠올라 더욱 그를 괴롭혔다.

희윤은 흐르는 눈물을 벅벅 문지르며, 소리 내어 웃었다. 웃지 않고는 견딜 수가 없었다. 종추가 그런 그를 보며 안쓰러운 얼굴을 하였다. 제대로 울지도 못하는 가여운 사내는 금방이라도 허물어질 듯 보였다.

소화의 시체는 황실의 묘가 아니라 쓰레기처럼 여느 죄인들과 같이 처리될 것이었다. 그 잔인한 사실에 희윤은 슬픔을 견디지 못했다. 그런 그의 마음과 상관없이 모든 일이 서둘러 진행되었다. 전쟁 역시 마무리되었고, 주나라는 기나라의 속국이 되었다. 전처럼 그저 공물만 바치는 것으로 끝나는 것이 아니라 나라 안팎 전반적인 문제에 관해 기나라가 관여하게 될 것이었다. 또한 황후 책봉 역시 빠르게 진행되고 있었다.

"결국 이렇게 되었습니다."

최 귀비가 희윤을 보며 말하였다. 이른 아침부터 저를 찾아온 최 귀비를 희윤은 계속해서 무시하고 있었다. 아니, 무시하고 있다기보다는 관심이 없었다. 송소화가 그 목숨을 잃은 후, 희윤은 어딘가가 망가진 것처럼 보였다. 제대로 먹지도 않고, 자지도 않으며 틈만 나면 술을 마시다 미친 듯이 울고 웃기를 반복하였다.

"폐하, 저는 이비와는 다릅니다. 폐하를 위해 무엇인가 하는 일 따위는 전혀 없을 겁니다. 그러니 좀 더 제게 예의를 갖추어 주세요. 아직 그 아이가 남아 있지 않습니까?"

최 귀비는 제 코를 찌르는 술 냄새에 손으로 부채질하였다. 그리고 곧장 찾아온 용건을 꺼냈다. 직접 지칭하지는 않았으나 희윤은 최 귀비가 세윤을 언급하고 있음을 곧장 알아차렸다. 그는 고개를 들어 최 귀비를 노려보았다. 멍하니 초점 없는 눈이 제대로 최 귀비를 향하는 순간 그녀는 만족한 듯 웃었다.

"그 아이라도 살리고 싶다면 저와 손잡으셔야 할 겁니다."

제 할 말만 하고 떠나는 최 귀비의 등을 바라보며 그는 분한 기색을 숨기지 못했다. 소화, 그 아이가 떠난 슬픔이 아직 가시지 않았고, 그는 제대로 소화의 죽음을 추모할 시간도 가지지 못했다. 그리고 지금 최 귀비는 제게 세윤의 목숨을 걸고 협박하고 있었다. 그는 끝날 듯 끝나지 않는 이 모든 일에 진저리를 느꼈다.

희윤을 두고 나오는 최 귀비의 발걸음은 가벼웠다. 이 재상이 제 약점을 쥐고 있으니 이름뿐인 황제라도 최 귀비에게는 그가 필요했다. 어찌 되었건 그는 아직 황제였고, 그의 몸 안에는 황실의 피가 흐르고 있었다. 이 재상과 틀어질 때를 대비하여 최 귀비는 그에게 손을 내밀었다. 그는 분명 거절하지 못할 것이다. 하나 남은 제 아이라도 지키고 싶다면 말이다.

봄이었다. 궐에 있는 모든 이들이 유난히 침묵을 지켰고, 봄이 왔음에도 봄날의 따스함은커녕 겨울의 잔재가 남아 있는 듯 싸늘한 공기가 궐을 가득 채우고 있었다.

최 귀비가 황후로 책봉되는 동시에 세윤 역시 황태자로 책봉하기로 결정되었다. 세윤은 앞으로 평생 제 친어미를 최이란으로 알고 자라게 될 것이다. 최 귀비, 이제는 황후가 될 최이란은 뿌듯한 얼굴로 붉은 옷을 입은 저를 보았다. 황후에게만 허락된 붉은 옷을 입은 것이 너무나 만족스러워 이란은 미소 지었다.

"마마, 곧 나가셔야 합니다."

이란은 당당한 걸음으로 처소를 나섰다. 다시는 돌아오지 않을 귀비전을 미련 없이 나서며 책봉례가 있을 곳으로 걸음을 옮겼다. 그 뒤를 수십 명의 궁녀가 뒤따르고 있었다.

가장 높은 곳에 희윤이 있었다. 그 생기 없는, 좌절감이 가득 찬 얼굴을 보니 이란은 웃음이 터질 거 같았다. 우스웠다. 황제의 복장을 하고 있으나 그에게선 짙은 패배의 냄새가 풍기고 있었다.

거침없이 당당한 모습으로 허리를 꼿꼿하게 세우고 앞으로 향하는 이란은 이 모든 것이 당연한 것처럼 느껴졌다. 그리고 멀리서 저를 보고 있는 우와 눈이 마주쳤다. 기묘한 기분이었다. 이란이 보기에 우는 가장 높은 곳이 어울리는 이였으나, 높은 곳을 원하지 않았다. 허나 만일 그이가 황후 자리에 다시 오르려 하였더라도 결국 황후 자리를 제가 차지하였을 거라 그녀는 믿었다. 우에게 무어라 설명할 수 없는 애틋함이 있기는 하나 이런 것까지 양보할 생각은 없었다. 그래서 다행이라 생각하였다. 더 이상 우와 부딪힐 일이 없다는 것에.

이란은 단상 위에 올라 제게 절을 올리는 수많은 이를 바라보았다. 소름이 돋을 만큼 대단한 광경이었다. 늘 항상 뻣뻣하게 고개를 세우던 이들이, 제 아비가 무릎을 꿇고 고개를 조아리고 있었다. 제 몸을 가득 채우는 희열감에 만면에 미소를 띠고 이란은 황후의 자리에 앉았다. 그제야 진정 제가 황후가 되었음을 실감하였다.

황후 책봉 후, 바로 황태자 책봉이 이어졌고 그 또한 아무런 문제없이 진행되었다. 아무것도 모르는 갓난쟁이는 제 어미가 죽은 줄도 모르고 날 선 울음을 토하고 있었다. 책봉식이 진행되는 내내 희윤의 눈은 세운에게서 떨어질 줄 몰랐다.

'그 아이가 저를 제 친모로 아는 이상 저 역시 그 아이를 버릴 일은 없을 겁니다.'

그는 이란의 말을 떠올렸다. 소화는 더 이상 제 자식에게도 기억되지 못할 것이다. 그는 울컥 터져 나오는 울음에 눈을 질끈 감았다. 벌써 그녀는 모든 이들에게서 희미한 기억으로 자리 잡고 있었다. 오로지 희윤만이 그녀를 기억하고, 추모하며, 슬퍼하고 원망할 뿐이었다. 세상에 남긴 제 유일한 혈육에게서도 기억되지 못할 이가 가여웠고 끔찍했다. 죽은 이가 원망스러우면서도 제 아들에게서조차 기억되지 못할 가련한 죽음이 안타깝고 잔인하게 느껴졌다. 이 현실이 끔찍해 그는 견딜 수가 없었다.

수많은 이가 제 앞에서 무릎 꿇고 있었으나 그것이 제게 하는 행동이 아니란 것을 그는 알고 있었다. 아무런 의미도 없는 것에 불과한 헛짓거리였다.

희윤은 이 모든 것이 끔찍한 악몽 같았다. 다시 꿈에서 깨 눈을 뜨면 제 곁엔 소화가 곤히 잠들어 있을 것만 같았다. 그리고 잠든 그 얼굴에 입 맞추면 잠에 취한 눈으로 저를 보고 맑게 웃을 것만 같았다. 그녀는 아마 제 품에 파고들어 다시 잠을 청할 것이다. 그러면 저는 그 가녀린 등을 쓸어 주며, 사랑의 말들을 속삭일 것이다. 희윤은 제 속의 기억을 더듬어 소화를 떠올리고 있었다.

그는 그 자리에 있었으나, 동시에 있지 아니 하였다.

이 재상과 희원은 책봉례 후 만나 술잔을 기울이고 있었다. 운도 함께하려 하였으나 궐에 할 일이 남아 참여하지 못해 아쉬워 하였다.

"이제야 소왕야 같으십니다."

이 재상이 희원에게 진심 섞인 농을 던졌다. 모든 것이 정리된 지금에야 그는 전처럼 부드러운 얼굴을 하고 있었다. 한동안은 굳은 얼굴로 지내던 그의 얼굴에는 미소가 완연했다. 이국의 어미를 닮은 미려한 얼굴은 여유로워 보였고, 다정해 보였으며, 선해 보였다.

"소왕야라. 오랜만에 듣습니다."

"황위가 욕심나진 않았습니까? 원했다면 드렸을 겁니다."

이 재상이 희원의 빈 술잔을 채워 주며 물었다. 맑은 술이 가득 채워지고, 향긋한 내음이 은은하게 퍼졌다.

희원은 이 재상을 바라보며 소리 없이 웃더니 단숨에 술을 들이켰다. 점차 오르는 술기운은 더 이상 밤공기의 싸늘함이 느껴지지 않게 하였다.

"나는 그런 것은 필요하지 않습니다. 물론 내가 황위에 올라야만 그 아이를 곁에 둘 수 있었다면 그리하였을 겁니다."

"이름뿐인 자리라 하여도 황제는 황제입니다."

이 재상이 담담히 말했다. 지금은 이리 허수아비처럼 희윤이 넋을 놓고 있지만 언젠가 정신을 차리고 제 세력을 꾸리려 할지도 몰랐다. 그도 아니면, 황태자가 장성하여 제 어미의 일을 알고 복수를 꿈꿀지도 모르는 일이었다. 덫을 놓은 것은 최 귀비, 아니 이제는 황후가 된 이였으나 그 죽음을 앞당긴 것은 분명 이 재상이었다. 앞으로의 일은 그 누구도 장담할 수 없었다. 모든 가능성을 제하고 희원이 황위에 오르는 것이 가장 좋은 방도였다고 그는 생각하였다. 희원이라면 우를 생각해서라도 제 가문의 편에 설 것이 확실하였으니 말이다.

게다가 그는 기본적으로 다정한 성품이긴 하였으나 해야 할 일을 하지 못할 정도로 무른 성격은 아니었다. 어떤 면에선 희윤보다 더 좋은 황제가 될 재목이기도 하였다. 선황의 피를 이었으니 그 자격도 충분하였고, 진양 이가의 힘을 등에 업는다면 황위에 오르는 것은 문제도 아니었다.

"내가 황제가 되고, 그 아이가 황후가 된다면 나는 또 다른 여인들을 들여야 할 겁니다. 나는 그러고 싶지 않습니다. 그 아이가 온전히 내게만 머물듯이, 나 역시 그 아이에게만 온전하게 머물고 싶습니다."

희원이 내뱉은 말에는 온통 우가 가득하였다. 그가 하는 모든 행동의 이유가 우였다. 그는 어렵사리 저에게 온 우를 실망하게 하고 싶지도 않았고, 힘들게 하고 싶지도 않았다. 이미 오랜 세월 고통의 시간을 보낸 우에게 그는 아주 작은 상처도 주고 싶지 않았다.

그는 죽은 송소화에 대해 생각하였다. 희윤이 진정으로 그녀를 마음에 담았다는 것을 알고 있었다. 좋은 것, 귀한 것만을 주고 싶어 하였고 평생 제 곁에 두고파 했음을 알고 있었다. 그 속에 권력이나 황권에 대한 야망 역시 존재하긴 하였으나 송소화에 대한 그 마음만큼은 진정임을 그는 알았다. 그러나 그 욕심이, 마음이 결국 이런 파멸을 맞이하게 하였다. 황제가 아닌 사내로 품었던 마음이 모든 것을 망친 것이다.

희원은 그러고 싶지 않았다. 우의 곁에서 황제로 머물고 싶지 않았다. 그는 그저 평범한 사내로 마음에 품은 여인을 행복하게 해 주려 노력하는 삶을 살고 싶었다.

"조용히 지낼 겁니다. 황실의 일 따위 지워 버리고 지낼 겁니다."

희원이 술에 취한 듯 조금 어눌한 발음으로 다짐하듯 말하자 이 재상이 그런 그를 물끄러미 보았다. 어쩌면 다 제 욕심이었는지도 모른다. 여인으로서 가장 높은 명예를 가질 수 있는 자리에 딸아이를 밀어 넣은 것도 결국 다 욕심이었다 싶었다. 태후의 뜻이었지만, 막지 못할 것도 아니었다. 그러나 그는 침묵했고, 침묵으로 태후의 뜻에 동조하였다.

뒤늦게 움직인 것도 오로지 우만을 위해서는 아니었다. 희윤이 우를 통해 진양 이가를 압박했기에, 찍어 누르려 하였기에 움직인 것이다. 그는 아비이기도 하였으나, 재상이기도 하였고, 진양 이가의 수장이기도 하였다. 조금은 씁쓸한 마음이 든 이 재상은 술을 들이켰다. 눈앞에는 오로지 제 딸아이만을 위해 모든 일을 행한 사내가 있었다.

그는 우에게 모든 것을 바친 사내를 바라보며, 두 사람의 앞날이 평온하기를 빌었다.

우는 제가 데리고 있던 궁녀들을 모두 다른 곳으로 보냈다. 각자 가고 싶은 곳이 있는지 확인한 후, 가능한 한 원하는 곳으로 보내 준 것이다. 그를 보며 박 상궁은 드디어 궐을 떠날 날이 얼마 남지 않았음을 눈치챘다.

조용히 우는 처소를 정리하기 시작하였다. 가진 물건이 얼마 되지 않아 짐을 싸는 것은 그리 오래 걸리지 않았다. 박 상궁 역시 가뿐한 마음으로 모든 흔적을 지우고 있었다.

"박 상궁."

"예, 마마."

우의 부름에 단박에 박 상궁이 그 앞으로 달려왔다. 짐을 정리하며 먼지투성이가 된 제 손이 우에게 닿기라도 할까 봐 조심하는 모습이 그이다웠다.

"그래도 묻지 않으면 아니 될 거 같아 말일세. 나와 함께 갈 텐가?"

"아이고! 당연한 것을요, 그럼 소인을 두고 가려고 하셨습니까?"

박 상궁이 오히려 섭섭해하며 소리를 높였다. 우가 박 상궁의 성화에도 그저 웃기만 하자 그이는 곧 툴툴거리며 다시 제 원래 자리로 돌아갔다. 하나둘 정리되어 가는 처소를 보며 우는 묘한 기분에 휩싸였다.

수많은 일이 있었다. 어린 나이에 입궐하여 황후의 자리에 올라 냉궁에 유폐되어 아이를 유산하기까지 우는 고통에 허덕였다. 그럼에도 결국 버티고 버텨 이 보잘것없는 목숨을 부지하여 이곳에 있었다. 그것이 제 곁을 지켜 준 이의 덕이라는 것을 우는 알고 있었다. 그를 떠올릴 때면 마음 한구석부터 퍼져 나가는 따스한 온기가 기분 좋게 우를 감쌌다.

다시 희원의 손을 잡고 새로운 곳에서 지내게 될 테지만 우는 겁나지 않았다. 시간이 흐르면 자연스럽게 익숙해질 것이고, 그 곁에는 항상 희원이 있을 거라 믿어 의심치 않았기 때문이다.

"소왕야 오셨습니다!"

생각에 빠진 우를 박 상궁의 목소리가 끄집어내었다. 고개를 들자 그곳에 희원이 있었다. 그는 더 이상 화려한 옷은 입지 않는 듯하였다. 단정한 푸른 비단을 두른 그는 성큼성큼 걸어 우의 앞에 당도하였다. 곧장 제게로 다가오는 그의 모습에 우가 웃었다.

"무슨 생각을 그리 하고 있느냐?"

큼지막한 손이 우의 뺨을 쓸었다. 우는 그 손의 온기가 좋았다. 아주 작은 손길에도 애정이 가득 담겨 있음을 느낄 수 있었다.

"이것저것, 많은 것들이 생각납니다. 이제 곧 떠나기 때문일까요?"

"혹 아쉬운 것이냐?"

걱정이 섞인 다정한 목소리였다. 우는 고개를 절레절레 저으며 살며시 희원의 가슴에 기댔다. 그는 자연스럽게 우를 감싸 안았다. 우는 희원의 심장 소리에 귀를 기울였다. 쿵쿵쿵. 빠르게 뛰고 있는 그 소리가 저를 향해 소리치는 듯 느껴지기도 하였다.

"궐에 있고 싶지 않습니다."

그것은 어쩌면 투정에 가까운 말이었다. 희원은 그런 우의 말이 오히려 기뻤다. 언제나 인내하던 이가 제게 속내를 털어놓는 것이 좋았고, 제게 의지하는 것이 좋았다.

우는 궐이 싫었다. 아니, 싫다기보다는 두려웠다. 오랜 기간 궐에서 지내 온 만큼 그녀는 수많은 일을 겪었고, 무수히 많은 상처를 받았다. 더 이상 이곳에 있고 싶지 않았다. 제가 원하는 행복이 이곳에 존재하지 않는다는 것을 그녀는 이미 알고 있었다.

송소화, 저밖에 모르던 어린 이는 결국 스스로 사랑하는 이의 목숨을 앗아 가기 위한 악행을 저질렀고, 그 목숨을 잃고야 말았다. 최이란, 그 어느 누구에게도 제대로 곁을 내어 주지 않은 채 오로지 제 목적만을 위해 악행을 서슴지 않았던 이는 결국 황후의 자리를 얻어 내었다. 사랑을 위해 모든 것을 바쳤던 저는 악독하다는 오명을 얻었고, 소중한 아이까지 잃었다. 궐은 진정 누군가를 아끼고 마음에 품을 수 있는 곳이 아니라고, 오히려 그 마음이 독이 되어 스스로를 망가뜨리게 하는 곳이라고 우는 생각하였다.

"떠나고 싶어요."

희원이 우를 강하게 끌어안았다. 그는 우의 머리에 입술을 가져갔다. 그의 연인은 휴식이 필요했다.

"그래."

부드러운 그의 목소리는 우를 달래는 듯하였다. 제 모든 것을 포용해 줄 것만 같은 그 포근함에 우는 저도 모르게 그에게 더 매달렸다. 그런 우를 눈치챈 것인지 희원의 손이 우의 등을 어루만졌다.

박 상궁은 물건 대부분은 그냥 버려둔 채로 꼭 챙겨야 하는 것들만을 챙겼다. 우의 짐은 작은 보따리 몇 개가 전부였다. 어차피 이곳에 있는 모든 물건을 가지고 갈 수는 없었다. 떠난다는 것을 공공연하게 알릴 생각이 아니라면 말이다. 게다가 희원은 모두 버리고 가도 상관없다며, 전부 새로 준비하면 그만이라며 박 상궁의 부담을 덜어 주었다. 오히려 그는 우를 위한 물건을 준비하는 것이 기쁜 듯하였고, 그것은 박 상궁의 기분을 흐뭇하게 만들었다. 이제야 그녀만을 위한 사랑을 찾은 것이 좋아 박 상궁은 콧노래를 부르며 처소 안을 이리저리 휘저었다.

최 황후는 제 눈앞에 있는 비빈들을 바라보았다. 소화가 황후로 있을 때와는 달리 공손한 모습을 하고 있는 것이 마음에 들었다.

"다들 오랜만에 보는 거 같습니다."

한마디 던지자 그제야 침묵을 깬 이들은 최 황후의 말에 동조하며, 조금이라도 더 눈에 들기 위해 애썼다. 소화와 달리 최 황후는 결코 가볍게 상대할 이가 아니란 것을 잘 알고 있기 때문이었다. 소란스러운 이들 사이로 침묵을 지키고 있는 우가 보였다. 우는 최 황후와 눈이 마주치자 살짝 묵례를 해 보였다. 전과 다름

없는 태도에 안심하면서도 왠지 꺼림칙한 기분이 들었다.

모든 비빈이 각자 준비해 온 선물을 올리며, 최 황후의 눈치를 살폈다. 그저 예의에 어긋나지 않게 치하를 한 후, 모두를 물린 그녀는 우가 주고 간 것을 보았다. 금박으로 장식된 상자를 열자 보인 것은 붉은 비단이었다. 황후만이 두를 수 있는 그 붉은 비단에 그녀는 마음을 빼앗겼다. 마치 이것이 우의 인정인 것 같아 최 황후는 조금 들뜬 기분이 들었다. 곁에서 지켜보는 상궁은 훨씬 값비싸고 진귀한 것들이 가득한데 굳이 비단을 보며 흡족한 얼굴을 하고 있는 최 황후를 이해할 수 없었다.

"이비를 불러 오거라."

떠난 지 얼마 되지 않은 이를 다시 불러오라니, 상궁이 난감한 얼굴을 하였으나 곧 읍하고는 자리를 떠났다. 교태전에 온 우는 의아한 얼굴을 하고 있었고, 그 뒤에 서 있는 박 상궁은 아무렇지 않은 얼굴을 하고 있었으나 내심 짜증이 난 상태였다.

"무슨 일로 부르셨습니까?"

"혹시 원하는 게 있습니까? 선물이 마음에 들어 나 역시 무엇인가 보답하고 싶어졌습니다."

자리에서 일어난 최 황후는 천천히 우에게 다가섰다. 그리고 우의 손을 잡아 천천히 접견실을 지나 제 침실 안의 의자에 앉도록 하였다. 최 황후의 상궁과 박 상궁이 놀란 얼굴을 하였다. 원하는 게 있냐고 물었다는 것은 제 선에서 가능한 것은 무엇이든 들어주겠다는 소리였다. 그것이 귀비 자리이든, 재물이든, 무엇이든지.

"아니요, 괜찮습니다."

거절의 말에 아쉬운 얼굴을 한 것은 오히려 최 황후였다.

"언제든지, 무엇이든지 생각나는 것이 있다면 말해 줘요."

달콤하게 젖은 목소리가 유혹하는 듯 귓가를 간질였다. 우가 단호히 고개를 저었다.

"그럴 일은 없을 겁니다."

"장담하지 말아요. 코앞의 일마저 그 누구도 알지 못한답니다."

최 황후가 일어나 우에게로 가까이 가 그 고개를 들어 저를 보게 하였다. 깨끗한 얼굴 안에 자리 잡은 맑고 검은 눈동자가 고스란히 저를 담고 있었다. 최 황후는 슬며시 우의 목덜미를 쓸어내렸다. 틀어 올린 머리카락으로 인해 드러난 목덜미가 하얗게 빛나 눈을 사로잡고 있었다. 갑작스러운 접촉에 당황스러운 얼굴을 한 우가 손길을 피하자 최 황후는 곧장 우의 어깨를 틀어잡고 그 귓가에 속삭였다.

"다음에 만났을 땐, 내 이름을 불러 줘요."

우가 당황한 나머지 자리에서 급하게 일어서고 말았다. 그 모습에 최 황후가 웃음을 터뜨렸다.

"이만 가 보세요."

정신을 차린 우가 예를 갖추어 인사를 올리고 박 상궁과 함께 교태전을 떠나자 최 황후는 곧장 상궁에게 우가 준 붉은 비단을 주며 옷을 지어 오라 명했다. 그 붉은 비단을 몸에 걸치고 우를 만나고 싶었다. 그때는 조금 더 가까운 사이가 되어 있지 않을까 생각하였다.

교태전을 나온 박 상궁은 잔뜩 화가 나 구시렁거렸다. 그이에게 최 황후는 도무지 이해할 수 없는 작자였던 것이다. 그나마 다행인 것은 곧 궐을 떠나니 마주칠 일이 없다는 것 정도였다. 우는 알 수 없는 기분에 괜히 한숨지었다.

최 황후와 만난 지, 나흘이 지났다. 우와 박 상궁은 새벽녘까지 잠을 이루지 않았고, 곧 평복을 한 채로 처소를 나섰다. 처소 밖에는 운이 이미 그들을 기다리고 있었다. 그들은 아무 말도 하지 않고 함께 걸었다. 궐문에 도달하였을 때, 우가 운을 덥석 끌어안았다.

"오라버니."

제게 매달리는 동생을 그는 꼭 감싸 안았다. 또 보겠지만 이별은 언제나 슬프기 마련이었다.

"저 녀석이 힘들게 하면 꼭 오라비에게 말해야 한다."

눈물이 그렁그렁한 눈을 보며 그가 농을 섞어 말했다. 멀리서 뿌연 연기가 올라오는 것이 운의 눈에 보였다. 그는 환하게 웃으며 다시 한 번 우를 꼭 끌어안았다.

"다시 안 볼 것처럼 구는구나. 박 상궁, 잘 부탁하네."

"예! 걱정하지 마세요."

운은 떠나는 제 동생의 뒷모습을 바라보다 그 모습이 보이지 않을 때, 궐문을 닫아걸었다. 연기는 아까보다 훨씬 선명하게 보였다. 우의 처소였다. 운의 수하들이 우가 떠나는 동시에 그곳에 불을 지른 것이다. 누군가 불이 난 것을 알았을 때는 이미 모든 것이 불탄 후가 될 것이다. 그는 천천히 제가 있어야 할 곳으로 돌아갔다.

"불이다! 불이야!"

누군가의 외침으로 시작된 것은 곧이어 순식간에 퍼져 나갔다. 이미 불은 제어할 수 없을 정도로 커져 있었다. 사람들이 저마다 합심하여 불을 끄려 하였으나, 결국 불이 꺼진 것은 모든 것이 타 버린 후였다.

이미 검게 타 버린 우의 처소를 지친 얼굴로 치우는 궁녀 중 하나가 비명을 질렀다. 그곳에는 형체조차 알아볼 수 없게 변한 시체 두 구가 있었다. 곧 궐에는 순식간에 화마에 대한 소문이 퍼졌다. 그리고 그 처소의 주인이 죽음을 맞이하였다는 것도.

"저 마마."

아침 단장을 하고 있는 최 황후에게 상궁이 어렵사리 다가섰다. 그 망설이는 태도에 답답했던 최 황후는 미간을 찌푸렸다. 그런데도 상궁은 쉽사리 말을 꺼내지 못했다.

"네가 나를 기다리게 하는구나."

최 황후는 매끈한 손가락으로 신경질을 내며 장신구를 고르고 있었다. 그리고 그중 하나를 골랐을 때, 상궁이 입을 열었다.

"이비마마 처소에 불이 났다 합니다."

최 황후의 손에서 붉은 보석이 달린 장신구가 바닥으로 떨어졌다. 파르르 떨리는 손을 애써 숨기며 최 황후가 다시 물었다.

"그래서?"

"그것이 시신이 두 구 나왔는데, 아무래도 이비마마……."

최 황후의 손이 매섭게 상궁에게 날아들었다. 놀란 상궁이 그 앞에 무릎 꿇고 잘못을 빌었다. 무엇이 잘못인지도 모르면서 제게 고개를 조아리는 그 어리석은 모습에도 최 황후는 화를 낼 생각도 하지 못한 채, 멍한 얼굴을 하였다.

"……제대로 알아 와. 불이 어째서 난 건지, 진정 이비가 맞는지 제대로 알아 오라고!"

상궁이 뺨을 부여잡고 급히 도망치듯 교태전을 떠난 후, 최 황후는 제 머리를 짚었다. 갑작스러운 소식에 모든 것이 혼란스러웠다. 그리고 우의 마지막을 떠올렸다. 당황한 얼굴로 저를 보던 모습이었다. 다음번에는 제 이름을 불러 달라 하였다. 그 꽃 같은 목소리로 부르는 제 이름이 듣고 싶었다. 최 황후는 거친 숨을 몰아쉬었다. 속에서 불이 나는 듯하였다. 그녀는 자리에서 일어나 경대를 쓸어 버리고 말았다. 바닥으로 떨어진 경대와 장신구들은 이리저리 나뒹굴었고, 깨어진 거울 조각이 반짝이고 있었다.

희윤 역시 종추를 통해 우의 소식을 전해 들었다. 그는 멍한 얼굴을 하더니 곧 정신을 차린 듯 맑은 눈을 해 보였다. 무어라 말을 해야 할지 알 수 없었다. 온전히 제게 모든 것을 주었던 여인의 삶이 그토록 허무하게 끝났다는 것이 믿어지지 않았다. 그는 알고 있었다. 우는 얼핏 냉정해 보이지만 그 가슴에 놀라울 만큼 뜨거운 연심을 품고 있었다. 그것이 제게 있음을 알았음에도 끔찍하리만큼 잔인하게 그녀를 외면하였다. 가슴께 어딘가에 구멍이 난 듯한 기분이 들었다. 죄책감이었다. 우와의 마지막 만남에서도 그는 송 황후의 목숨을 살려 달라 부탁하였다. 지난날의 제 과오에 대해 용서를 빌지도 않았다. 놀라우리만큼 치졸한 사내의 행태였다.

희윤은 붓을 들었다. 망설임 없이 써 내려간 글자는 곧 흰 종이를 가득 채웠고, 그것은 종추에게로 전해졌다.

"이 재상에게 전하라."

이 재상은 희윤에게 받은 서찰을 읽더니 곧 미묘한 얼굴을 하였다.

"잘 알았으니 가 보게."

종추는 그제야 자리를 피했다. 딸아이의 죽음에 상처받은 아비를 연기하고 있던 그는 지친 기색이 역력하여 종추는 진정 그가 슬퍼한다고 믿고 있었다.

희윤이 보내온 서찰에는 그가 줄 수 있는 배려가 있었다. 이제와 용서라도 구하고 싶은 것인지 이 재상은 황제에게 묻고 싶었다. 죽어서야 겨우 내어 주는 이따위 마음은 거절하고 싶었다. 허나 그는 분노를 꾹 눌렀다.

서찰의 주요 내용은 우를 내명부의 명단에서 지우고, 그 시신을 청산에 묻으라는 것이었다. 비공식적으로 우의 존재는 황실 명부에서 사라지게 될 것이었다. 죽어서야 겨우 베푸는 호의가 우스워 이 재상은 헛웃음을 터뜨렸다. 아마 제가 나서지 않았다면 진정 우는 죽음을 맞이하였을 것이다. 살아 있을 때는 그토록 핍박하더니 제가 모든 걸 다 잃고 나서야, 그 아이가 죽어서야 베푸는 동정이 참으로 잔인하였다.

그 마음이 희원에게 있음을 알고 시신을 청산에 묻으라는 것인가, 살아서는 제 곁에 머물게 하더니 희원에게 내어 주는 것은 그 시신이라니 참으로 이기적이었다. 우가 살아 있었다면 그는 아마 또 훗날 우를 이용하려 했을 것이다. 이리 넋을 놓고 있지만 시간이 지나고 황태자가 자라나면 그 자리를 보전하기 위해, 최 황후를 경계하기 위해 우를 이용했으리라 그는 확신했다. 이 재상은 희윤의 서찰을 갈기갈기 찢어 불태웠다.

모든 것은 순식간이었다. 우가 머물렀던 처소는 완전히 부수고 그곳에 새로운 궁을 짓기로 하였다. 우의 장례는 간소하게 진행되었다. 그것은 이 재상의 뜻이었다. 최 황후만이 그것을 반대하였으나 그이는 곧 언제나 그래 왔던 것처럼 상관없다는 듯이 행동하였다.

"전해 주세요."

"누구에게 말입니까?"

"아친왕과 함께 있을 이 말입니다."

이 재상의 손에 서찰을 쥐어 주고는 최 황후는 곧장 뒤돌아 걸음을 옮겼다. 상궁을 시켜 알아보았지만 이상한 것투성이였다. 희윤은 송 황후의 죽음 이후로 넋이 빠져 의심할 생각조차 하지 않았으나 최 황후는 달랐다. 그녀에게 우는 꽤나 큰 자리를 차지하고 있는 인물이었고, 이 갑작스러운 죽음을 당연하게 받아들일 마음은 없었다.

몇몇 이들은 우가 자살을 하였다고 생각하였다. 황후 자리를 빼앗긴 우가 상심하여 제 궐에 불을 질렀다고 하였다. 얼마 전 처소의 궁녀들을 다른 곳으로 보낸 것 역시 그 의심에 힘을 실어 주었으나 최 황후는 우가 그런 선택을 하지 않을 위인임을 이미 알고 있었다. 게다가 운의 움직임이 이상했던 것이다. 제 동생의 죽음에 제대로 된 조사도 하지 않고, 그저 서둘러 덮으려는 그 행태가 미심쩍었다. 그뿐만 아니라 아친왕이 도성을 떠나 청산의 아왕부로 향한 것을 알게 되었다. 모든 것이 딱딱 들어맞았다. 어차피 우는 황제의 여인이었고, 그것은 죽어서도 변하지 않을 사실이었다.

그렇다면 다시 태어나는 수밖에 없었다. 결국 우는 이비를 죽이고 자유를 얻은 것이다. 그녀는 제게 아무런 인사도 남기지 않고 떠난 우가 원망스러웠다. 결국 제가 그녀의 선택에 아무런 영향도 미치지 못했다는 것에 조금은 아팠다. 하지만 그래도 우가 살아 있다는 것에 그이는 안심하였다. 언젠가는 그 고운 얼굴을 다시 볼 수 있을 테니까.

우와 희원은 함께 청산을 향하고 있었다. 같은 길을 달리고 있음에도 전과는 달리 편안해진 마음 때문인지 그들은 기분 좋은 설렘으로 가득하였다. 새벽녘 어두컴컴했던 하늘은 어느새 밝아져 있었다. 활기차 보이는 사람들은 한층 가벼운 옷차림을 하고 있었고, 곳곳에 피어난 봄꽃이 사랑스러웠다. 창을 통해 보이는 봄이 완연한 풍경은 우의 눈을 사로잡았다.

한참을 달리다 해가 저물기 시작하자 마차가 멈추어 섰다. 곧 마차의 문이 열리고 희원이 보였다. 그 역시 우와 같은 기분을 느끼고 있었다. 기대와 설렘으로 그는 조금 상기되어 있었다. 우가 마차에서 내리려 문으로 다가서자 그는 양손으로 우의 허리를 부여잡고 조심스럽게 우를 내려 주었다. 우가 놀라며 얼굴을 붉혔고, 희원은 곧 마차에서 내리려는 박 상궁에게 손을 내밀었으나 그이는 희원의 손을 밀치며 스스로 치마를 부여잡고는 조심스레 내려왔다.

"소인은 필요 없으니 우리 아가씨나 잘 챙겨 주시면 됩니다."

장난이 섞인 그 말이 왜 그렇게 부끄러운지 우는 등을 돌리고 먼저 주막으로 향했다. 그런 우를 희원이 서둘러 뒤쫓아 가더니 곧 손을 붙들었다.

"아이고, 부부가 참 보기 좋소. 어디 가시오?"

주막 주인이 희원에게 물었다. 참으로 잘 어울리는 한 쌍이었다. 사내나 여인이나 얼굴이 멀끔한 것이 다른 손님들이 흘끔거릴 정도였다. 입고 있는 옷은 좋은 것이고, 까탈을 부릴 것처럼 보이지도 않았다. 돈을 후하게 쳐줄 거 같은 예감에 주인은 친근하게 물었다.

주인의 말에 기분이 좋은 희원이 활짝 웃었다. 사람이 많은 곳에서 우의 손을 잡는 것이 마냥 기쁜 듯하였다.

"집으로 갑니다."

"혼인하신 지 얼마 안 되었나 보구먼? 친정에 있다 가는 거요? 새색시가 아쉽겠소."

주인이 우를 보며 말했다. 그는 아무래도 우와 희원을 막 혼인을 올린 부부로 보고 있는 듯하였고, 우는 그저 말갛게 웃으며 아무런 말도 하지 않았다. 그 웃음에 얼굴이 빨개진 주인이 큼큼하며 목을 가다듬었다.

"아니요, 이제 제 집이 될 곳인걸요."

부끄러운 듯 작게 말하는 소리를 주인은 듣지 못했지만, 희원은 놓치지 않았다. 그는 힘주어 우의 손을 꼭 잡았다.

"우리의 집이지."

희원이 우의 이마에 살짝 입 맞추었다. 그 모습을 본 주막 주인은 슬쩍 자리를 피해 주었고, 박 상궁이 주인에게 다가가 이것저것 요구 사항을 말하였다.

우와 희원은 마주 보고 웃었다. 가슴이 간질간질하였다. 희원의 얼굴이 천천히 우에게 다가왔고, 곧 그 숨결마저 느껴질 때 그가 입을 열었다.

"사랑해."

고백과 함께 짧은 입맞춤을 한 희원은 다시 한 번 더 사랑을 고백했다.

"사랑해, 온 마음을 다해서."

다시 한 번 그의 입술이 우에게 와 닿았다. 우는 살며시 눈을 감으며, 그의 목에 제 팔을 둘렀다. 계속되는 부드러운 입맞춤에 우가 웃음 지었다. 우의 곁에는 그녀만을 따스하게 비추는 태양이 존재하고 있었다. 저녁노을이 붉게 하늘을 물들인 어느 봄날이었다.

<終>

第 九章
외전 모음

一
연심

"마마, 최 수령께서 서찰을 보내셨습니다."

최 귀비는 상궁이 건네는 서찰을 받았다. 유려한 글자가 가득한 서찰에는 뜻밖의 소식이 있었다. 이순이 내려간 군(郡)에 이상하리만큼 개인 호위가 많다는 것이었고, 그들 모두가 진양 이가와 관련되어 있다는 것이었다. 특이한 점은 개인 호위라고는 하나 간혹 눈을 피해 다 같이 훈련을 하고 있다는 것으로 의심이 간다는 내용이었다.

이순은 특별히 문제 삼기는 어려우나 수가 수이니만큼 그냥 넘어가기는 꺼림칙하다 전하고 있었다. 지난번 궐을 방문했을 때, 제 누이를 통해 이비와 인사까지 하였으니 혹여나 싶어 저에게 먼저 서찰을 보낸 것이 틀림없었다. 어쩌면 이것이 이 재상과 손을 잡을 기회가 될지도 모르겠다고 최 귀비는 생각하였다.

"이 재상에게 내 보자 하였다고 전하여라."

그가 최 귀비를 방문한 것은 다음 날이 되어서였다. 그사이 최 귀비는 머리를 굴려 과연 이 재상의 목적이 무엇일까 생각하였다.

"마마, 어쩐 일로 소신을 다 찾으셨습니까?"

인자한 어른의 얼굴을 하고 있는 그가 최 귀비를 향해 물었다. 그의 앞에는 최 귀비가 차를 음미하며, 해사한 미소를 짓고 있었다. 어여쁜 아니 그보다는 유혹적인 미소였다.

"내 아우께서 수령으로 계신 곳에 이상한 일이 있다고 하여 이 재상의 지혜를 얻어 볼까 하여 청하였습니다."

그 말에 이 재상은 곧장 최 귀비가 무엇 때문에 저를 불렀는지 확신하였다. 허나 그는 아무렇지 않은 듯 여유로워 보였다.

"이 못난 사람이 도움이 되겠습니까?"

"그거야 두고 볼 일이지요. 글쎄 그곳에 개인 호위의 수가 과하여 이것을 어찌 손써야 할지 제게 연통하였지 뭡니까? 그 아이가 아직 어려 나라의 일에는 서툴러서 말입니다."

"원하시는 게 있습니까?"

그가 던지는 질문에 최 귀비의 얼굴에 활짝 웃음이 피어났다. 그녀가 원하던 말이었다. 하기야 이 재상으로서도 어쩔 수 없는 선택이었을 것이다. 지금 모든 것이 어그러진다면 그가 계획한 모든 일이 실패로 돌아갈 것이 자명했으니 최 귀비와 손을 잡고 일단 이 순간을 넘어가는 것이 중요하였다. 가장 큰 목표는 역시나 황제였으니 말이다.

"이 사람에게 빚을 진 것을 잊지 마세요."

최 귀비는 원하는 것을 요구하는 대신 이 재상에게 빚을 달아 놓았다. 이것이 훗날 저에게 큰 도움이 되리라 생각하였다. 그는 최 귀비의 말에 고개를 끄덕였고, 그녀는 만족하였다. 그가 떠난 후, 최 귀비는 제 동생에게 서찰을 작성하기 시작하였다. 이것이 첫 답장이었다. 최 귀비는 묘한 기분에 휩싸였다. 서찰의 내용이라고 해 보았자 그저 아무것도 하지 말고 지켜보라는 것뿐이었으나 그것만으로도 그녀는 꽤나 어색한 기분이었다. 이순은 답장을 받고 기뻐할 것이 분명하였고, 더욱 자주 서찰을 보낼 것이다.

최 귀비가 이 재상을 눈감아 준 것은 제 이익에 반하지 않아서였다. 그러나 오직 그것만이 이유는 아니었다. 아주 조금은 우 때문이기도 하였고, 제 아비 때문이기도 하였다. 황제에게 이것을 말하지 않고도, 제 아비를 통해 이 재상을 압박할 수 있었다. 그러나 그것은 내키지 않았다. 제 아비와 함께 움직이는 것이 싫었던 탓이다.

최 귀비는 가능하다면 가문보다는 저 자신의 힘을 가지기를 원했다. 유난히 가문의 명예를 중시하는 아비 때문인지 가문이라면 지긋지긋하였다. 그것은 아마 이순도 마찬가지가 아닐까 싶기도 하였다. 최 귀비는 이순을 외동딸만 있는 적당한 가문에 데릴사위로 보낼까 생각하였다. 그러면 제 아비가 난리를 피울 것이다. 재미난 상상에 최 귀비의 얼굴이 미소로 물들었다.

최 귀비는 우에게 알려 주고 싶었다. 제가 도와주었음을 알리고, 더 가까이 다가가고 싶었다. 가까이 지내는 것 같으면서도 묘하게 거리를 유지하는 우에게 그녀는 다가갈 명분이 필요했다. 물론 저와 거리를 두는 우가 현명하다고 생각하기는 하였지만 말이다.

"이비에게 가겠다."

최 귀비는 단장을 다시 하고 제 처소를 나섰다. 우에게 가는 길은 멀게 느껴지기는 하였으나 그녀는 그 거리감이 기분 나쁘지 않았다. 초라하기는 하여도 사람이 많지 않은 곳, 유유하게 혼자 지내는 우가 나쁘지 않아 보였기 때문이다. 우는 조용한 것을 좋아하는 이였고, 오히려 황후로 지낼 적보다 지금의 생활이 우에게 더 편안함을 준다는 것을 그녀는 알고 있었다.

"어서 오세요."

우가 웃었다. 웃고 있는 우의 뒤로 저를 영 못마땅하게 보는 듯한 박 상궁이 있었다. 그 둘의 조화가 재밌기도 하고, 저를 보고 웃는 우가 기분 좋아 최 귀비 역시 웃었다.

우의 처소는 간소하지만 따뜻한 느낌이었다. 최 귀비는 제가 이러한 감정을 느끼는 것이 우에게 그 같은 마음을 품고 있어서인가 궁금하였다. 우는 언제나와 같이 그녀의 취향에 맞는 다과를 내어 왔다. 박 상궁이 홀로 모든 것을 책임지고 있어서 시간이 조금 오래 걸리기는 하였으나 그녀는 아무렇지도 않았다. 분명 다른 이가 그녀를 이렇게 대접했다면 사달이 났을 테지만, 지금 최 귀비의 기분은 아주 좋았다.

최 귀비는 우를 찬찬히 살폈다. 언제 보아도 질리지 않는 그 외모도 그렇지만 움직이는 행동마저 우아하기 짝이 없어 눈길을 사로잡았다. 눈을 내리깔 때면 긴 속눈썹이 만들어 낸 그늘이 예뻤다. 곧게 저를 응시하는 그 맑은 눈동자도 예뻤다. 가끔씩 드러나는 소매 안 가느다란 손목도 예뻤고, 최 귀비는 우의 모든 것이 예쁘게만 보였다.

"왜 그리 보십니까?"

최 귀비의 시선을 느낀 우가 의아해하였다. 아무것도 모른다는 저 표정마저 어여쁘구나 싶어 최 귀비가 소리 내어 웃고 말았다. 그녀를 제외한 모두가 이해할 수 없다는 듯 묘한 표정을 하고 있었다.

"예뻐서요. 이비가 아주 예뻐서 말입니다."

당황한 우의 얼굴을 보며 최 귀비는 다시 한 번 웃었다. 평소처럼 만들어 낸 웃음이 아니라 진정 참지 못해 터져 나오는 웃음은 최 귀비를 달리 보이게 하였다.

"그리 웃으시니 귀비께서도 더 어여쁘십니다."

당황한 얼굴은 여전했으나 우는 차분하게 말했다. 우가 보기에도 지금 웃는 최 귀비가 좋아 보였기 때문이다. 이유는 알 수 없었으나 지금의 최 귀비는 조금 풀어진 것처럼 보였다.

최 귀비는 갑자기 자리에서 일어나 우의 손을 잡았다. 당황한 우가 놀란 눈으로 쳐다보자 방긋 웃더니 손을 잡아끌고는 처소 밖으로 향하였다.

"산책을 하고 싶어요. 함께 가 주겠어요?"

이미 거절할 수 없도록 손을 잡아끌고 있으면서도 최 귀비는 태연하게 말했다. 그런 모습에 박 상궁이 이를 갈았으나 우는 그저 차분히 고개를 끄덕이며 승낙하였다.

소박한 차림새의 우와 화려하기 짝이 없는 차림새의 최 귀비가 나란히 서 있자 극과 극 같았다. 그 성품조차 비슷한 구석이 없는데 어찌하여 이리 가까이 지내는지 뒤따르는 이들은 이해할 수가 없었다. 특히 최 귀비의 상궁이 그러하였다. 제 주인이 유난히 이 비를 좋아하는 것을 모르려야 모를 수가 없었다.

"상쾌하네요."

활짝 웃어 보이는 최 귀비였다. 우는 그저 고개를 끄덕이며 적당히 장단을 맞춰 주고 있었는데, 그런 우가 못마땅했는지 최 귀비가 갑작스럽게 우에게 다가섰다. 코앞에 얼굴을 들이민 최 귀비는 우를 뚫어져라 쳐다보았고, 우는 그것이 부담스러워 슬쩍 고개를 돌렸다.

"아니, 이게 무슨!"

박 상궁이 큰소리를 내며 우를 향해 다가가려 하였으나, 최 귀비의 상궁에 의해 가로막혔다. 그리고 궁녀들은 슬쩍 주변을 살피며 우와 최 귀비를 둘러쌌다. 혹여나 누군가 보기라도 할까 봐 서둘러 움직이는 모습은 어째서인지 꽤나 익숙해 보였다.

최 귀비는 부드러운 손길로 우의 고개를 다시 돌려 저를 보게 하였다.

"귀비마마."

우가 저를 부르는 소리에 최 귀비는 나른한 한숨을 토해 냈다. 그 한숨은 곧 우에게도 닿았고, 우는 이 불편한 상황에서 빠져나가려 최 귀비를 밀어냈다. 허나 그녀는 한 발 멀어졌다가 오히려 우에게 한 걸음 더 가까이 다가왔다. 가늘고 긴 손가락이 우의 입술을 천천히 훑었다. 우의 얼굴이 확 하고 붉게 달아올랐고, 최 귀비가 마치 입술을 맞댈 듯 제 얼굴을 들이밀었다. 입술이 스쳤다고 느껴졌을 때, 최 귀비가 나른하게 웃으며 입을 열었다.

"얼굴이 붉어요. 열이 나는 것은 아니죠?"

마치 저를 놀리는 것처럼 느껴져 우는 최 귀비를 밀치고, 한 발짝 뒤로 물러났다. 최 귀비가 아쉬운 듯 우의 입술을 만졌던 제 손가락을 꼼지락거렸다.

"이게 무슨 짓입니까?"

붉게 달아오른 얼굴로 우가 최 귀비에게 소리쳤고, 박 상궁이 저를 가로막고 있던 이들을 뿌리치고 서둘러 우에게 다가왔다. 무슨 일인지 제대로 보지 못한 박 상궁은 최 귀비가 또 우를 전처럼 못살게 굴었나 싶어 도끼눈을 하였다.

"예뻐서요. 이비도 알다시피 내가 예쁜 것을 좋아합니다. 다음에 또 함께 산책하죠. 이만 가자."

최 귀비는 당황한 우를 뒤로하고는 자리를 떠났다. 떠나는 그 걸음이 묘하게 경쾌하여 최 귀비를 따르는 상궁과 어린 궁녀들이 저들끼리 눈짓을 주고받았다. 우와 박 상궁은 최 귀비의 뒷모습을 바라보며 아무 말도 하지 못했다.

처소에 돌아간 우에게 박 상궁이 최 귀비가 무슨 짓을 하였냐고 물었다. 그러나 우는 최 귀비의 입술이 제 것을 스쳤다고 말하지 못했다. 아마 앞으로도 그 일은 아무에게도 말하지 못할 것이 분명하였다.

二
달밤

풀벌레 소리 하나 들리지 않는 밤, 송 황후는 홀로 이불을 뒤집어 쓴 채 희윤을 떠올렸다. 그는 그날 이후로 다시는 냉궁에 오지 않았다. 송 황후는 그가 제게 상처받은 나머지 저를 보고 싶어 하지 않거나, 사랑하지 않게 된 것은 아닐까 하였다. 그것이 당연하다고 생각하면서도 그녀는 그가 한 번 더 제게 오기를 바랐고, 기대하였다. 희윤이 보고 싶었고, 제 아이가 보고 싶었다.

보고 싶은 이들을 그리며 훌쩍이던 송 황후는 갑자기 이불을 내팽개치고는 홀린 듯 뛰쳐나가 문을 두드렸다.

"폐하를 불러 주세요! 거기 아무도 없어요? 제발! 단 한 번만……."

손이 아픈 줄도 모르고 마구잡이로 문을 두들기며 소리쳤지만 되돌아오는 것은 침묵이었다. 송 황후는 결국 지쳐 흙바닥에 주저앉고 말았다. 살을 에어 낼 것만 같은 추위에 이가 딱딱 소리를 내며 부딪쳤으나 그녀는 그것도 모르고 멍하니 하늘만 올려다보았다. 휘영청 빛나는 달이 어여뻤다. 송 황후가 희윤을 만난 그밤의 달도 이처럼 고왔다. 그녀는 천천히 두 눈을 감고 그때를 회상하였다. 아무것도 모르고 그저 행복하였던 그때를.

희윤은 늦은 밤, 종추만을 데리고 호수를 찾았다. 밤하늘의 달이 호수 위에 잔잔히 빛나고 있는 것이 운치 있는 풍경이었다. 상소를 보다 지친 마음에 한숨 돌리러 나온 것이었는데, 나쁘지 않았다. 서늘한 밤공기가 답답했던 마음을 달래 주는 것처럼 느껴졌다. 그러나 그것도 잠시 호숫가를 거닐던 희윤은 훌쩍이는 소리에 이리저리 두리번거렸다. 종추 역시 같은 소리를 들은 것인지 주변을 살폈다. 그리고 희윤은 곧 구석진 곳에서 웅크려 울고 있는 궁녀 하나를 발견하였다. 그는 종추에게 멀찍이 떨어지라고 한 뒤 궁녀에게로 다가갔다. 가까이에서 본 이는 생각보다도 훨씬 작은 체구를 지니고 있었다.

"이 늦은 시간에 왜 여기서 울고 있느냐?"

사내의 목소리에 깜짝 놀란 이가 새된 목소리로 비명을 지르며 엉덩방아를 찧었다. 그이는 곧 천천히 뒤를 돌아보았다. 그곳엔 커다란 사내가 무릎을 구부리고 저를 보고 있었다.

"에, 저, 그것이……."

눈물로 엉망이 된 얼굴로 말도 제대로 하지 못하는 이의 모습에 순간 호기심이 일어 희윤은 그 옆에 아예 자리를 잡고 앉았다. 어린 궁녀는 눈물을 닦을 생각도 하지 않고 어리둥절한 얼굴로 그를 바라보고 있었다.

"이름이 무엇이냐?"

"소화요, 송소화!"

"한데 왜 울고 있었던 게야?"

"그게……."

그것이 시작이었다. 희윤은 소화와 밤마다 호숫가에서 약속이나 한 듯 만나기 시작하였다. 소화는 작고 사랑스러운 사람이었고, 희윤은 제가 황제인 줄 모르는 그녀가 편하고 좋았다. 천성이 밝고 천진하여 힘든 일이 있더라도 다음 날이면 밝은 얼굴을 하는 소화가 보기 좋았다. 궁녀 일이 힘든 것인지 때로는 희윤의 앞에서 엉엉 울기도 하였지만, 헤어질 때는 늘 웃는 얼굴을 하는 모습이 그에게 어째서인지 위로가 되고 있었다. 황제가 아닌 저를 좋아해 주는 이였기에 그녀가 더욱 좋았다.

"오늘은 다행히 혼나지 않았어요! 이제 조금씩 익숙해지나 봐요!"

맑게 웃는 소화의 손은 빨갛게 부어 있었다. 작은 손이 온종일 고생했을 것을 생각하니 안쓰러워 희윤이 소화의 손을 그러잡았다.

"어? 어!!"

소화가 당황한 듯 버벅거렸고, 희윤은 그런 소화의 입술에 쪽 하고 입을 맞추었다. 멍하니 얼어 있던 소화가 잠시 후 붙들리지 않은 손으로 제 얼굴을 가렸다. 손가락 사이로 보이는 얼굴은 이미 새빨갛게 달아오른 상태였다.

희윤은 그런 소화가 사랑스러워 저도 모르게 웃음을 터뜨렸고, 곧이어 소화를 잡아당겨 품에 안았다. 제 품 안에 쏙 하고 안겨오는 작은 체구의 여인이 긴장한 듯 뻣뻣하게 굳은 것이 느껴졌다.

"소화야."

"예?"

다정하게 제 이름을 부르는 소리에 소화가 몸을 부르르 떨었다. 그의 목소리는 제 것보다 훨씬 낮았고, 약간의 쇳소리가 섞여 있었다. 소화는 그 부름에 답하며, 그의 품 안에서 빠져나올 생각은 하지도 않았다.

"네가 좋다."

희윤의 말에 부끄러워진 소화가 그의 품 안에서 꼼지락거리더니 곧 제 팔을 빼내어 그의 등을 안았다.

"나도요."

소화는 희윤의 어깨에 고개를 파묻었다. 사내의 어깨가 참으로 넓구나 싶었다. 그에게 기대고 있으니 어째서인지 안심이 되었다. 홀로 타국에서 궁녀로 지내는 것은 꽤나 고달픈 일이었다. 출신 나라가 달라 박대를 받기도 하고, 일도 잘하지 못해 자주 혼나기도 하였다. 그러던 와중 만난 희윤은 소화의 유일한 버팀목이었다. 그 앞에서 펑펑 울고, 투정을 부리고 나면 모든 것이 괜찮아질 것만 같은 기분이 들었다. 큼지막한 손이 제 머리를 쓰다듬어 줄 때면 마음이 평온해졌다. 가끔 눈물을 닦아 주려 그의 얼굴이 가까이 다가오기라도 하면 심장이 고장 난 것처럼 요동치기도 하였다. 저와는 다른 크고 단단한 그가 소화는 좋았다.

소화와 희윤은 손을 맞잡고 나란히 앉아 어두운 밤하늘을 보았다.

"낮에 일하고 나면 피곤할 텐데, 이렇게 오래 있어도 괜찮아요?"

"너와 만나는 게 내 휴식이다."

그의 말에 소화가 부끄러워하면서도 소리 내어 웃었다. 여인이라기보다는 소녀에 가까운 그녀는 그의 말에 기분 좋은 듯 콧노래를 흥얼거렸다.

"하긴 내가 문제인 걸요. 내일 또 졸다 혼날 거 같아요."

희윤이 한숨 쉬는 소화의 등을 쓸어 주었다.

"난 진짜 잘하는 게 뭘까요? 매번 사고만 치고."

"날 웃게 하지 않느냐? 그것이면 되었지."

그가 소화의 목덜미에 얼굴을 파묻었다. 단내가 나는 것처럼 느껴져 그는 저도 모르게 입술을 가져갔다. 촉촉한 느낌에 소화가 움찔하고 놀라는 것이 느껴졌지만 멈출 수가 없었다. 소화가 약하게 그를 밀어내었다. 부끄러워서인지, 당황해서인지 얼굴에 홍조가 돌고 있었다. 희윤은 그런 소화가 사랑스러워 그 입술에 짧게 입을 맞추었다. 그러고는 소화의 어깨를 부여잡고 물었다.

"나와 혼인하지 않겠느냐?"

"예? 저는 혼인 같은 거 못 하는데……."

"할 수 있다면 나와 하겠느냐?"

"할 수만 있다면 뭐……."

그는 그 말이 기쁜 듯 소리치며 소화를 끌어안았다. 어리둥절한 소화는 왜 이렇게 그가 기뻐하는지 이해하지 못했다. 궁녀인 저는 혼인할 수 없었고, 그와 이리 만나는 것도 들키면 사달이 날 게 분명하였다. 그런데도 계속 희윤과 만나는 것은 아무래도 정말 그를 사랑하기 때문이 아닐까 하고 그녀는 생각했다.

할 수 없는 혼인이지만 제게 혼인하자고 한 그의 마음이 좋고, 기뻐서, 설레었다.

"고마워요, 내게 그렇게 말해 줘서."

그날 이후, 소화는 희윤을 만나지 못했다. 하루가 지나고, 이틀이 지나도 그는 그림자조차 보이지 않았고, 그녀는 밤새 호숫가에서 그를 기다리다 동이 트면 자리를 떠났다. 원체 밝았던 이가 침울해지자 주변에서는 말이 많았다. 친하지는 않더라도 그동안 정이 든 것인지 걱정하는 눈길이 따스했다.

"그러게 내가 밤마다 나갈 때부터 알아봤어! 감기 걸린 거지?"

신경질적인 목소리와는 달리 손에는 약이 들려 있었다. 소화는 약을 받아 들고 웃어 보였다. 그러나 그 기운 없는 모습에 점순이는 혀를 끌끌 차며 그녀의 머리를 쓰다듬어 주었다.

"네 몸은 네가 챙겨야지. 어머? 얘가 왜 이래?"

눈물방울이 뚝뚝 떨어졌다. 머리를 쓰다듬어 주는 손길에 그만 희윤이 떠오른 것이다. 그는 이제 저 같은 것은 안중에도 없는지 호숫가에는 나타나지도 않았다. 아는 것이라고는 이름과 호위 무사라는 것뿐이라 그를 어찌 찾아야 할지 감도 오지 않았다. 괜히 아무에게나 물었다 큰일이라도 날까 봐 겁이 나 누구에게도 말하지 못했다.

끅끅 소리를 내며 우는 소화의 얼굴을 점순이는 어색한 손길로 닦아 주었다.

"송소화가 누구인가?"

그때였다. 처음 보는 얼굴의 상궁이 소화와 점순이에게로 다가왔다. 점순이는 슬쩍 뒤로 물러났다. 겁을 잔뜩 먹은 얼굴을 한 점순이를 보니 소화 역시 눈물이 쏙 들어갔다. 정말 사달이 났구나 싶었다.

"내일 밤, 폐하께서 승은을 내리실 터이니 다른 곳 가지 말고 네 처소에 있어라. 내 아침 일찍 데리러 올 것이다."

제 할 말만 하고 떠나는 상궁을 보며 소화는 넋이 나갔고, 점순이는 호들갑을 떨었다. 어떻게 된 것인지 묻는 점순이에게 그저 저도 모르겠다며 소화는 울기만 하였다. 승은이라니, 마음에 다른 사내를 품고 황제의 여인이 될 수는 없었다.

소화가 승은을 입는다는 소문이 나자 곧 다들 소화에게 아무 일도 시키지 않았다. 그저 후에 저를 잘 봐 달라며 부탁을 해 올 뿐이었다. 덕분에 소화는 하루 종일 처소에서 멍하니 넋을 놓고 쉬다 밤이 되어 호숫가로 향했다. 익숙한 사내의 얼굴이 보이자 소화는 망설임 없이 그에게로 달려갔다. 그를 발견한 순간부터 눈물이 흘러 이미 얼굴은 눈물 자국으로 엉망이었다.

"도대체 어떻게 된 거예요? 얼마나 걱정했는지 알아요? 날 버리고 간 줄 알았단 말이에요!"

숨 쉴 틈도 없이 말을 쏟아 내는 소화를 보며 희윤이 난감한 얼굴을 하였다. 솔직히 제 신분을 알리기 위해 황룡포도 입은 상태였으나, 그녀의 눈에는 보이지 않는 모양이었다.

"잠시만."

"이럴 때가 아니에요. 도망가요, 예? 우리 빨리 도망가야 해요. 승은을 내린대요! 나랑 도망가서 살아요!"

소화가 그에게 매달리더니 곧 그의 손을 잡고 끌어당겼다.

"어서요!"

계속 울면서도 제 손을 잡고 도망치려는 모습에 희윤의 가슴이 간질간질하였다. 그는 곧 소화의 어깨를 부여잡아 저를 보게 하였다.

"나를 보아라."

눈물이 그렁그렁한 눈으로 소화가 그를 바라보았다.

"내가 입고 있는 옷을 보아라."

소화의 고개가 천천히 아래로 내려가더니 그의 황룡포를 확인하였다. 잠시 아무 말도 없던 이는 곧 무릎을 꿇고 고개를 조아렸다.

"폐, 폐하를 뵙습니다."

덜덜 떠는 소화를 보던 희윤이 크게 한숨 쉬더니 곧 그녀를 일으켜 세웠다. 그리고 다정하게 품에 안았다.

"내 이름을 불러 다오. 네가 불러 주는 내 이름이 좋다."

희윤이 소화의 이마에 입을 맞추고, 무릎을 숙여 소화와 눈높이를 같이 했다. 어느새 덜덜 떨던 소화는 동그란 눈으로 그를 바라보고 있었다.

"호위가 아니에요?"

"그래."

"황제였어요?"

"그래."

아주 잠깐의 침묵이 흘렀다. 그리고 소화가 침을 꼴딱 삼키고 다시 입을 열었다.

"……나를 좋아해요?"

희윤이 소화의 입술에 제 것을 가져갔다. 부드럽고 말랑한 그녀의 입술을 아주 조심스럽게 탐하였다. 소화의 입술이 발갛게 살짝 부어올랐을 때, 그가 그녀에게서 떨어졌다.

"사랑한다."

소화가 그의 품에 달려들었다. 이유는 알 수 없지만 자꾸 눈물이 나왔다. 아마 좋아서 그런 것이 아닐까 싶었다.

희윤은 부러 내일 승은을 내린다 하였다. 소화에게 미리 고백을 해야겠다고 여겼기 때문이었다. 저를 속였다 화를 낼까, 아니면 제게 실망할까 이런저런 고민에 며칠 동안 소화를 피하다 결국 승은 내리기 하루 전에야 겨우 말할 수 있었다. 그는 제 품에 안겨 오는 그녀를 보며 안도의 한숨을 쉬었다.

"이상하지 않았느냐?"

"무엇이요?"

진정한 소화와 희윤은 나란히 앉아 손을 꼭 잡은 채, 도란도란 이야기를 나누었다.

"왜 네게 못되게 굴었던 것들이 전부 다른 곳으로 가지 않았느냐."

"어? 그럼 혹시……?"

"눈치도 없구나. 네가 운이 좋아 그런 줄 알았느냐? 다 내가 한 것이다."

소화가 고개를 끄덕였다. 그러고 보니 희윤을 만나 투정하고 온 다음 날이면 저를 괴롭히던 것들이 싹 해결되어 있었다. 별생각 없이 그저 다행이구나 하고 넘어갔는데 전부 그의 명령이었던 것이다. 소화는 뿌듯한 얼굴을 하고 있는 희윤을 보았다. 황제라는 것이 아직 믿기지는 않지만 그가 주는 애정은 믿을 수 있었다. 그녀는 쪽 하고 희윤의 뺨에 입을 맞추었다.

"상이에요!"

방실방실 웃는 소화의 얼굴은 부어 있었지만, 희윤의 눈에는 더없이 어여뻐 보였다. 소화와 희윤은 서로를 마주 보며 손을 꼭 부여잡았다.

다정한 연인은 그렇게 사랑을 시작했었다. 둥그런 달이 반짝이는 어느 밤이었었다.

三
청산

    사시사철 푸르름을 간직한 그곳, 청산의 하늘은 구름 한 점 없이 맑았다. 사내는 제 품 안에서 곤히 자고 있는 여인을 바라보다 아주 조심스럽게 그 반듯한 이마에 입술을 가져갔다. 그는 하루하루가 전부 기적 같아 때로는 이것이 꿈인지, 현실인지 헷갈릴 지경이었다. 그는 품 안의 여인을 꼭 끌어안았다. 맞닿은 곳에서부터 번져 나가는 따스한 온기에 가슴께가 간지러웠다. 매일 겪는 일이지만 아직도 그는 제 품 안에서 평온한 얼굴을 한 채로 잠들어 있는 그녀의 존재에 가슴이 떨렸다.

    "으음."

    여인이 잠에서 깨어나는지 옴지락거리며 신음을 내자 그는 재빨리 눈을 감았다. 그의 품 안에서 그녀가 조심스럽게 빠져나가는 것이 느껴졌다. 그 순간이 아쉬웠지만 그는 눈을 뜨지는 않았다. 잠에선 깬 그녀는 다정한 손길로 그를 흔들어 깨우고 있었다. 이미 한참 전에 잠에서 깬 상태였건만, 그는 깊은 잠이 든 척했다. 저를 깨우는, 막 잠에서 일어난 여인의 목소리가 듣기 좋아서 그는 매일 이렇게 자는 척을 하고 있었다.

"조금만 더."

그는 잠에 취한 척하며 손을 뻗어 다시 여인을 제 품으로 끌어당겼다.

"이미 해가 중천에 떴어요. 다들 흉보겠습니다."

"우야, 조금만. 아주 조금만 더 이렇게 있자."

우가 작게 한숨 쉬더니 얌전히 그의 품에 안겨 들었다. 그녀는 손을 들어 조심스럽게 그의 머리카락을 넘겨 주었다. 갈색의 가느다란 머리카락은 우의 손가락에 부드럽게 휘감겼다. 부드럽고 다정한 손길이 기분 좋았던지 그는 얼굴에 희미한 미소를 띤 채로 눈을 감고 있었다.

"희원."

우가 그의 이름을 불렀다. 그는 우가 제 이름을 부르는 것이 좋았다. 우는 단둘이 있을 때만 그의 이름을 불렀고, 그 어여쁜 입술에서 나오는 제 이름은 어째서인지 특별했다. 묘한 울림을 가지는 소리가 그의 가슴을 간질였다. 그는 눈을 뜨고 저를 바라보고 있는 우를 보았다. 그 어여쁜 눈동자 안에 가득 찬 제 모습이 놀라우리만치 그를 행복하게 하였다.

"이만 일어나세요."

희원은 일어나려는 우의 입술에 재빠르게 입을 맞추었다. 그는 몸을 일으켜 우를 제 몸 아래에 눕히고 그 위로 몸을 굽혀 깜짝 놀란 얼굴을 하고 있는 그녀의 목에 얼굴을 묻었다. 그의 입술이 간지러운지 움찔거리는 우의 몸짓이 그의 열망을 고조시켰다. 그는 우의 목에 입을 맞추고, 목을 핥으며 아직까지 선명하게 남아 있는 제 흔적 위에 새로운 것을 덧새기고 있었다. 우의 손이 그의 등을 감싸 안았고, 희원은 우의 저고리 고름을 풀었다. 이제 시작될 모든 것은 지난 밤들의 반복이었다.

궐을 나온 우와 희원은 청산에 있는 아왕부에서 지내고 있었다. 우가 이곳에 도착하였을 때, 이미 왕부는 그녀를 맞을 준비가 다 끝난 상태였다. 새로운 주인마님이 나타났다는 소식에 일하는 이들은 모두 나와 그녀에게 인사하였고, 특히나 희빈의 몸종이었던 장희자는 기쁨을 감추지 못하며 우의 존재를 반겼다. 그녀는 우를 위해 준비한 모든 것을 자랑스럽게 보여 주었다. 새롭게 단장한 처소에는 비단 이불과 새로 지은 의복, 값비싼 장신구가 가득하였다. 모두 희원의 명으로 준비한 것이라며 호들갑 떠는 장희자에게 반응한 것은 우습게도 우보다는 박 상궁이었다. 박 상궁은 그 모든 것이 마음에 드는지 때때로 손뼉을 치기도 하였다.

처음엔 모든 것이 어색하였지만, 우는 곧 그것들에 익숙해졌다. 희원은 늘 우의 곁에 머물러 있었고, 제 주인이 나서서 그리 귀하게 여기니 일꾼들은 다들 그녀에게 잘 보이려 노력하였다. 특히나 왕부에서는 할 일이 많지 않아 우는 궐에서와 달리 여유로운 생활을 할 수 있었다. 누군가가 부르는 일도 없었고, 찾아올 이도 없었다.

오로지 이곳은 우와 희원의 공간이었다. 여유로운 시간을 즐기며 우는 창밖 풍경을 감상하였다. 멀리 보이는 청산이 그녀의 눈을 사로잡았다. 우는 한참을 그곳에서 눈 돌리지 못했다. 때때로 이렇듯 그 아름다운 풍경 속, 잠든 제 아이가 떠올라 그녀는 눈도 깜빡이지 않고 멍하니 그저 바라만 보았다. 청산, 그 변치 않는 푸름 속에 우와 희원의 소중한 이들이 각기 잠들어 있었다.

"소인, 들어가 보겠습니다."

박 상궁이었다. 이제는 더 이상 상궁의 신분이 아니라 호칭 역시 고쳐야 하겠지만 우와 박 상궁 모두 오랜 시간 굳어진 습관은 고치기 어려워 저도 모르게 아직도 궐에서의 호칭을 종종 사용하고는 하였다. 간식을 들고 온 그이는 조금 상기된 얼굴이었다.

"어찌하여 그런 얼굴인가?"

"마마, 혹시 회임하셨습니까?"

그 얼굴에 가득 담긴 기대와 설렘에 우가 나지막이 한숨을 내쉬었다. 어디서 무슨 소리를 들고 온 건지 짐작조차 되지 않았고, 괜한 말이 돌고 있는 것은 아닐까 하여 우는 엄한 목소리로 대꾸했다.

"전혀 아닐세. 자네, 어디서 그런 소리 들은 게야?"

좋지 않은 우의 표정에 박 상궁은 제가 실수했음을 곧바로 알아차렸다. 그이는 곧장 무릎을 꿇고 앉아 용서를 구하였다.

"소인이 오해를 했나 봅니다. 아랫것들 사이에서 말이 도는 것은 아닙니다."

박 상궁은 망설이다 우에게 어찌하여 이리 오해하게 된 것인지 털어놓았다. 희원이 고심하며 아이의 이름을 짓는 것을 보았다는 것이다. 그것을 보고 그녀는 우가 회임을 한 것이라 여겼다고 말했다. 박 상궁의 이야기를 들은 우는 생각에 빠졌다.

아이의 이름이라, 혹여 그가 서둘러 아이를 가지고 싶은 것은 아닌가 싶었다. 제게 직접 이야기하지는 못하고 이렇게 간접적으로 돌려 말하고 있는 것이 아닐까 우는 생각하였다. 뭐라 이루 말할 수 없는 기분이었다. 아이, 유산한 이후로 다시 회임할 거라는 생각은 해 본 적 없었다. 이렇게 희원과 함께 지내면서도 그와의 아이에 대해 생각해 본 적이 없었다. 아직 준비가 되지 않은 것인지, 그도 아니면 잃은 아이에 대한 죄책감 때문인지 알 수 없었으나, 그 속에 희원에 대한 생각이 없었다는 것에 미안한 마음이 일었다.

한참을 생각에 빠져 있던 우는 자리에서 일어나 제 방을 나섰다. 어떤 식으로 말을 꺼내야 할지 걱정이 되긴 했으나, 일단 그녀는 희원을 봐야 할 것만 같았다. 언제나 제가 먼저인 그 다정한 이가 홀로 속 끓였을지도 모른다 생각하니 마음이 좋지 않았다.

"왕야."

정자에 홀로 앉아 있던 희원은 우가 저를 부르는 소리에 자리에서 일어나더니 서둘러 그녀에게로 다가왔다. 그는 보기 좋게 웃으며 우의 손을 잡아끌었다. 정자에는 이미 단정하고, 힘 있는 서체로 채워진 종이가 한가득 있었다. 희원은 우를 자리에 앉히고는, 그중 하나를 집어 들어 보여 주었다. 기대가 가득한 그 얼굴이 사랑스러워, 우는 저도 모르게 설핏 웃고 말았다.

"좋은 이름입니다. 누구의 것입니까?"

모든 종이에는 각기 다른 이름이 적혀 있었다. 그중 어떤 것도 좋지 않은 것이 없었다. 우는 제가 받은 종이에 적힌 이름을 보았다. 한눈에 보아도 정성이 가득 담긴 필적이었다. 빛나는 보배라, 좋은 뜻을 지닌 그 이름에 희원의 마음이 가득 담겨 있었다. 그는 우의 손을 부드럽게 거머쥐더니, 천천히 입을 열었다.

"이름을 주고 싶었다. 이름을 새긴 비석을 세워야겠다고 생각했어."

생각지도 못한 답변에 우의 눈에 그렁그렁 눈물이 맺혔고, 그것은 금방 뺨을 타고 흘러내렸다.

"아이를 원하신다고 생각했습니다."

우는 제대로 말을 잇지 못했다. 눈물은 자꾸만 흘렀고, 입을 열면 금방이라도 울음이 그 틈을 비집고 튀어나올 것만 같았다. 만일 그가 진정 아이를 원하는 것이라면 어찌해야 할 것인지 우는 희원에게로 오며 고민했다. 다른 아이를 품어도 되는 것인지 그녀는 스스로의 질문에 답하지 못했다. 그리된다면 제가 놓친 그 가여운 생명은 어찌 되는 것인가.

희원은 조심스럽게 우의 눈물을 닦아 주었다. 그 다정한 손길에 그녀는 괜히 더 울고만 싶었다. 그는 제 얼굴을 그녀에게 가까이 가져갔다. 따스한 그 눈동자가 보기 좋게 휘더니, 그녀의 입술에 그의 것이 닿았다. 그 짧은 입맞춤은 다정하였고, 부드러웠다.

"내게 그 아이의 이름을 지을 수 있는 자격을 다오."

그 말이 끝나자마자 우는 희원의 품에 와락 안겨 들었다. 등을 쓸어내리는 그 손길과 저를 어르는 말이 이루 말할 수 없이 다정해서 그녀는 다시 한참을 울었다. 그는 울고 있는 그녀의 곁에서 제 품을 내어 준 채 그저 기다렸다.

희원은 이미 알고 있었다. 우가 청산으로 내려와 평온을 찾았다고는 하지만 아직 그 속에 지난날의 상처가 남아 있음을. 수많은 일 중 특히나 죽은 아이의 일은 평생 지워지지 않을 것이다. 그리고 그는 그 슬픔을 그녀 홀로 감당하게 두고 싶지 않았다. 그 가여운 죽음으로 인해 우가 슬프거나 괴로울 때, 제가 항상 곁에 있을 수 있기를, 그 슬픔을 함께 감당할 수 있기를 바랐다. 그래서였다. 그는 희윤이 제 아이에게 주지 않은 이름을 주고, 앞으로 우와 함께 몇 번이고 그 이름을 부르며, 셀 수 없이 수많은 추모의 시간을 함께하리라 다짐했다.

며칠 뒤, 청산의 작은 봉분에는 이름이 새겨진 비석 하나가 세워졌다. 우는 그것을 계기로 좀 더 마음을 편히 하게 되었고, 더이상 홀로 슬퍼하지 않았다. 우의 모든 순간, 그이의 곁에는 희원이 있었다.

우와 희원은 하루하루가 기쁨에 겨웠다. 누군가를 사랑하고, 누군가에게 사랑받는 것은 매 순간 감격스러웠으며, 그들을 행복하게 하였다. 그의 넘치는 마음 덕분인지 우는 날이 갈수록 더욱 반짝였다. 상처로 가득하던 우의 마음을 그는 예쁘고, 반짝이는 것들로 가득 채워 주었다. 일상의 평범한 것들은 서로가 존재함으로 인해서 특별한 것이 되었으며, 그들은 서로를 향해 온전히 집중하며 그 애정을 키워 나갔다.

"내일이면 볼 수 있겠구나."

나란히 앉은 우와 희원은 서로를 마주 보며 웃었다. 그리운 이가 오는 것이다. 희원은 물론, 우 역시 내일이 기다려지는 듯하였다. 그들이 청산의 왕부로 내려온 지 일 년 만에 맞이하는 첫 방문이었다. 사계절이 지나는 그 기간에 우와 희원은 더욱 가까워지고, 굳건해졌으며, 둘만의 것들이 조금 더 많아졌다.

다음 날, 새벽부터 아왕부는 손님맞이에 소란스러웠다. 저택 안은 음식 냄새로 가득하였고, 늘 차분하던 우 역시 이곳저곳을 돌아다니고 모든 일에 차질이 없는지 확인하였으며, 희원은 그런 우의 뒤꽁무니를 졸졸 따라다니고 있었다.

"오라버니!"

우는 제 오라비를 향해 뛰어들었다. 운 역시 오랜만에 보는 제 동생을 꼭 끌어안았다. 지금의 우는 제 기억에 남아 있던 전과는 달리 편안해 보였고, 행복해 보여 운은 만족하였다. 그는 우를 껴안은 채로, 제 친우에게 눈짓으로 인사를 보냈다.

갖가지 음식이 차려진 정자에서 셋은 오순도순 이야기를 나누며, 식사를 했다. 제가 좋아하는 것들로만 차려진 상차림을 보고 운은 설핏 웃었다. 그는 연신 웃는 얼굴로 제게 음식을 권하는 우의 얼굴을 살펴보았다. 고운 얼굴에 생기가 가득하였다. 전과 같은 초연한 웃음이 아니라 진정 행복한 듯 저도 모르게 방실방실 웃는 그 얼굴이 사랑스러웠다.

"저 녀석이 괴롭히지는 않고?"

장난스럽게 묻자, 우가 희원을 슬쩍 보더니 얼굴을 붉히며 고개를 저었다.

"그럴 리가요."

답하는 그 얼굴이 사랑에 빠진 행복한 여인의 얼굴이라 보기에 좋았다. 제 동생은 이곳에서 사랑받으며, 행복해하고 있었다. 그 오랜 세월, 수많은 상처로 시들어 가는 꽃과 같았던 아이는 제 짝을 만나 다시 활짝 피어나고 있었다.

"좋아 보이는구나. 한결 마음이 놓여."

오라비의 말에 우가 웃었다. 희원 역시 웃고 있는 우를 보며 웃었다. 도란도란, 시답지 않은 이야기를 나누며 모두가 즐거워하였다. 어릴 적 이야기를 하기도 하였고, 우스갯소리를 하기도 하였다. 식사를 마치고 난 후, 우는 운과 희원이 이야기를 나눌 수 있도록 자리를 피해 주었다. 운은 자리를 피하는 우에게 서찰 하나를 전했다.

운은 술잔을 들었다. 우처럼 그의 친우 역시 한결 좋아 보였다. 정착하지 못해 떠돌던 수많은 날들과 우를 위해 원치 않은 일에 가담했던 그는 이제야 제 모습을 찾은 듯 가벼워 보였다.

"좋은가?"

운이 물었다. 희원이 씩 웃었다. 굳이 말로 답하지 않아도 충분히 알 수 있었다. 그 미소에는 충분히 많은 것이 담겨 있었기 때문이다.

"아버지께서 물어보시더군. 아이에 대해서. 아무래도 우, 저 아이에게 좋지 않은 기억이 있고, 자네 역시 다른 이의 아이를 계속 마음에 품은 우가 편치 않을 테니 말이야. 둘이 하루라도 빨리 아이를 가지는 것이 좋지 않을까 하셨네."

희원은 운의 말에 곧장 대답하는 대신 술을 들이켰다. 생각을 정리하는 그 모습에 운은 차분히 제 친우의 답을 기다렸다. 이곳으로 떠나오기 전, 그 아비는 우에게 전할 서찰을 제게 내어 주며 이와 같은 이야기를 했었다. 다른 사내의 아이를 가졌던, 그리고 그 아이를 가슴에 품은 우와 그런 우를 제 품에 안은 희원에게 새로운 생명이 도움이 되지 않을까 하고 말이다. 그의 아비 역시 멀리 떨어진 우가 마음에 걸리는 듯하였다.

"지금도 충분히 행복해."

천천히 이야기를 꺼내는 희원은 더없이 진중해 보였다. 그는 차분히 제 속내를 털어놓았다.

"나는 지금 우가 낳은 아이의 아비가 되기보다는 그저 우에게 좋은 사내이자 지아비가 되고 싶을 뿐이라네. 이 재상께도 그리 전해 주게."

"죽은 아이는? 결국 폐하의 아이인데 괜찮은가?"

조금 망설이다 질문을 던진 운은 뚫어져라 제 친우의 얼굴을 살폈다. 결국 그러했다. 죽은 아이는 결국 황제의 아이였고, 그것은 변함없는 사실이었다. 운은 그것이 마음에 걸렸다. 우와 희원이 서로 아끼고, 사랑하고 있음을 충분히 느낄 수 있었다. 허나 결국 모든 것은 작은 틈 하나로 어그러지지 않던가.

"어떻게 설명해야 할지 잘 모르겠네만, 그냥 괜찮네. 우가 폐하를 마음에 담았던 것, 폐하의 여인이었다는 것, 그 모든 것이 변치 않을 사실이지. 허나 그것이 무슨 상관인가? 지금 내 곁에 있지 않나. 난 그것이면 충분하네. 내 곁에서 행복하기만 해 준다면 모든 게 다 괜찮네. 이 모든 것은 후사를 위한 것이 아니질 않았나. 단지 우의 행복을 위해서였고, 함께 있고 싶어서였지."

희원은 제가 죽은 아이의 아비 노릇까지 하고 있다고 말하며 웃었다. 우의 허락을 받고, 그 아이에게 제가 이름을 주었다고 했다. 운은 그 모습을 보고 알았다. 희원에게는 우, 그 아이만 주어진다면 그 어떤 것도 문제될 것이 없었다. 그에게 필요한 모든 것은 우를 행복하게 만들기 위한 도구일 뿐이었다. 그의 모든 선택은 우의 행복을 위한 것이었고, 그는 그저 우가 행복하면 모든 것이 괜찮았다.

"그래. 내 어머니께서는 손주를 애타게 기다리고 계시는데 이

거 아쉽게 되었군."

운이 농을 던지며, 희원과 술잔을 부딪쳤다. 술잔 안에는 둥그런 달이 담겨 있었고, 희원의 안에는 우가 담겨 있었다. 운은 희원에게 제 어미가 태몽을 꾸었다는 이야기는 전하지 않았다. 아비가 서찰에 적었을지는 모르겠지만, 굳이 이야기할 필요가 없어 보였던 것이다. 이런 마음을 품은 사내라면 모든 것이 괜찮으리라 그는 생각했다.

희원의 곁이라면 우 역시 죽은 아이에 대한 죄책감으로 제 회임을 괴로워하지 않을 것이다. 그가 우를 그리 둘 리가 없었다. 운은 제 어미가 꾸었다는 그 황금빛의 호랑이 꿈은 다음번 방문에 알려 주기로 하였다. 허나 그가 제 여동생 내외에게 어미가 꾸었다던 태몽을 일러 주게 된 것은 그의 예상보다도 훨씬 오랜 시간이 흐른 뒤였다.

다음 날 아침 일찍 운은 왕부를 나설 준비를 하였다. 내금위장으로 자리를 오래 비울 수 없었기에 그는 금방 떠나야만 했다. 우와 희원은 떠나는 운을 배웅하기 위해 나와 있었다. 이것저것 가득 담긴 보따리를 쥐어 주며 우는 부모님께 제 안부를 전해 달라고 말했다. 운은 제 동생의 머리를 두어 번 쓰다듬더니 다정히 인사하고 곧 말에 올라탔다. 만남은 짧았고, 아쉬움은 길었다.

"다음에 또 보자. 그때는 내 부모님도 함께 모시고 오마."

운은 보기 좋은 미소를 남기고는 떠나갔다. 점점 작아지는 그 뒷모습이 아쉬워 우는 쉽사리 눈을 떼지 못했고, 희원은 곁에서 그런 우를 끌어안았다.

※

"들어가도 될까?"

희원이었다. 침상에 앉아 창밖을 바라보던 우는 희원의 목소리에 답했다. 곧 그는 문을 열고 우의 방으로 들어섰다. 그는 성큼성큼 들어오더니 우의 무릎을 베고 누웠다.

"자꾸 이리 제 뒤만 쫓아다니시면 일하는 이들이 흉을 볼 겁니다."

"그럴 리가. 그들 역시 이곳에서 내가 가장 한가로운 이라는 것은 이미 잘 알고 있을 게다."

태연하게 말하는 그는 우의 손을 붙들어 만지작거렸다. 운이 떠난 후, 아쉬워하고 있을 우가 염려되어 그는 괜스레 우스갯소리를 하였다. 우 역시 그런 그의 마음을 알고 있었기에 그저 미소로 답했다. 굳은살이 박인 그의 손이 우의 손을 천천히 엮었다. 우는 붙잡히지 않은 손으로 가볍게 그의 머리를 매만졌다. 모든 것이 평화로웠다. 서로를 향한 애정은 그 둘이 함께하고 있는 공간을 따스하게 채워 나갔다.

창밖의 햇살은 따사로웠고, 청산은 푸르렀다. 일꾼들은 다들 우의 방 앞을 지나며 저들끼리 눈짓을 주고받으면서 소리 죽여 웃곤 하였다. 친왕께서 왕비를 어찌나 귀애하시는지 틈만 나면 그 뒤꽁무니만 졸졸 따라다니는 것이 우스웠던 것이다.

"산책이나 할까요?"

부드럽게 희원의 머리카락을 매만지던 우의 말에 그가 경쾌하게 응했다. 희원은 우의 손을 잡고 방에서 나왔다. 둘은 함께 정원으로 향했다. 궐에서 보았던 우의 정원이 마음에 걸렸던 그는 왕부의 정원을 화려하게 꾸몄다. 갖가지 종류의 꽃과 나무가 가득한 그것은 서툰 솜씨가 느껴지긴 하였으나, 정성이 가득 담겨 있어 우의 마음에 꼭 들었다. 하나부터 열까지 희원의 손길이 닿지 않은 곳이 없었던 것이다. 우가 가만히 그 다정한 풍경을 바라보며 희원의 가슴에 머리를 기댔고, 그는 자연스럽게 우를 감싸 안았다.

둘은 한참을 아무 말도 하지 않았다. 서로의 체온을 나눠 가지며, 서로의 존재를 확인했을 뿐이었다. 우도, 희원도 항상 바랐던 순간이었다. 서로를 향한 온전한 마음이 그들을 평온하게, 그리고 행복하게 만들었다.

우가 희원을 보고 미소 지었다. 그 해사한 미소에 희원 역시 미소 지었다. 그녀는 그의 얼굴을 제게로 당겼다. 미약한 손길에도 쉽게 그녀가 원하는 대로 움직여 주는 희원이었다. 그녀는 희원의 얼굴을 제 작은 손으로 감싸더니 쪽 하고 그의 입술에 입을 맞추었다. 너무도 사랑스러운 몸짓에 희원이 울 것 같은 얼굴을 하였다. 그가 낮은 목소리로 읊조리듯 말했다.

"사랑해, 사랑한다."

그 어떤 아름다운 말로도 그의 심경을 표현하지는 못할 것이다. 온 세상의 아름다운 것들과 귀한 것들을 모두 가져온다 해도 그의 마음에는 미치지 못할 것이다.

그는 천천히, 그리고 부드럽게 우에게 제 입술을 가져갔다. 미처 말하지 못한 우의 대답은 그의 입 안에서 맴돌았다. 우의 눈꼬리가 부드럽게 휘어졌다. 짧지 않은 입맞춤에 우의 얼굴이 붉어졌을 무렵, 우의 입술에서 떨어져 나온 그는 다시 우의 눈가와, 코 그리고 뺨에도 입을 맞추었다. 제 눈앞의 여인이 사랑스러워 그는 견딜 수가 없었다.

"저도요, 사랑해요."

붉어진 얼굴로 우가 희원의 고백에 답했다. 약간은 젖은 그의 눈가를 부드럽게 매만지며, 천천히 그를 끌어안았다. 저보다 훨씬 큰 사내를 제 품에 안았으나, 마치 그녀가 그에게 안긴 것 같은 모양새가 되었다. 우는 제 마음이 그에게 온전히 닿기를 바라며 힘주어 그를 끌어안았다.

그의 어깨 너머로 붉은 석양이 지고 있었다. 앞으로도 행복한 순간들이, 아름다운 순간들이 그들에게 가득하겠지만, 이 순간 역시 잊지 못할 것이다. 서로가 서로를 향해 온전한 마음을 품었던 순간을, 서로의 체온을 나누어 가졌던 순간을.

四

개화

눈앞의 여인은 화려하기 짝이 없었다. 그이가 걸치고 있는 비단뿐만 아니라 장신구, 그녀가 가지고 있는 모든 것들이 그러했다. 하나부터 열까지 귀하지 않은 것이 없었고, 좋지 않은 것이 없었다. 그녀가 누리고 있는 그 귀한 것들이 분에 넘친다고 느껴지지 않는 것은 이 모든 것들을 전부 스스로 쟁취했기 때문이라 이 재상은 생각했다.

"궐에 들라 하세요. 이야기 나눌 이가 없어 적적하던 차에 이 재상의 여식이 입궐하여 이 사람과 담소나 나누면 좋겠습니다."

최 황후의 말에 이 재상은 아무런 대답도 하지 않았다. 이미 최 황후는 모든 것을 다 알고 있었으니 우에 대해 거짓을 말할 수도 없었다. 한 배를 탔다고는 하나 언제 갈라설지 모르는 사이였으니 조심스러운 것도 사실이었다.

"강요하는 것은 아닙니다. 그저 내 말이나 전해 주세요."

"그리하겠습니다."

이 재상의 대답이 만족스러운 듯 최 황후는 고개를 끄덕였다. 이미 우가 새로운 신분을 얻어 아친왕과 지내고 있는 것은 알고 있었으나 종종 궁금하였다. 어떻게 지내고 있는지, 지금도 지난날을 떠올리며 괴로워하거나 슬퍼하지는 않는지 저어되었고, 모진 세월은 뒤로하고 새로운 곳에서 새로운 이와 잘 지내고 있는지 알고 싶었다.

"걱정하지 마세요. 이 재상께서 아친왕을 끌어들이지 않는다면 나 역시 그이를 끌어들이지 않을 겁니다."

뒤돌아 떠나는 이 재상을 향해 최 황후가 말을 던졌다. 이 재상은 잠깐 멈칫하더니 그대로 돌아보지 않고 떠났다. 그들은 현재 묘한 동맹 관계를 이어 나가고 있었다. 최 황후는 황태자의 짝으로 진양 이가의 여인을 선택하는 것으로 이 관계를 더욱 유지해 나갈 의지를 표명했다. 아직 태자의 나이가 어려 정식으로 혼례를 치른 것은 아니나 이미 황후 자리는 내정된 것이나 다름없었다.

예부상서는 그녀가 이 재상과 손잡은 것을 알고 분노하더니, 결국 발걸음을 끊었다. 물론, 처음부터 그 발걸음을 끊은 것은 아니었으나 제 여식이 결국 제가 휘두를 수 없을 만큼 자라 있으며, 집안을 일으키겠다는 제 뜻에는 관심마저 없다는 것을 알고는 포기한 것이다. 하나뿐인 아들과는 그래도 여전히 서찰을 주고받고 있지만, 그 아들 역시 결국 그녀의 뜻대로 움직이고 있다는 것을 알면 속이 탈 것이 분명했다. 제 뒤를 이어 집안을 이끌어 갈 아들이 제 누이의 뜻에 따라 어느 한미한 집안의 데릴사위로 들어가게 된다면 더할 것이고.

"태자를 보아야겠다."

최 황후는 이 재상이 떠난 후, 곧 자리에서 일어났다. 황태자궁으로 향하는 그녀의 뒤를 수많은 이들이 따르고 있었다. 그 화려한 행렬의 중심에 최이란, 이제는 황후가 된 그녀가 있었다.

황태자궁으로 향하는 길은 그리 멀지 않았고, 그녀는 우아한 모습으로 천천히 걸어 나갔다. 궁인들이 이미 눈을 치운 탓에 길은 깨끗하였지만, 나뭇가지에는 여전히 눈이 쌓여 있었다. 때때로 햇빛을 받은 눈이 반짝였다. 하늘은 맑았고, 싸늘한 바람에 상쾌한 기분이 들었다. 이 모든 것이 그녀가 만들어 낸 것이었다. 봉황무늬가 곱게 수놓인 붉은 옷과 뒤를 따르는 수많은 궁인들, 그리고 저를 어미라 부르는 어린 황태자. 하나부터 열까지 모두 스스로 얻어 낸 것들이었다. 최 황후는 묘한 기분이 들어 잠시 걸음을 멈추었다.

"마마."

상궁이 조심스럽게 그녀를 불렀다. 그러나 그녀는 답하지 않고, 그렇게 한참을 서서 궐을 바라보았다.

"오래도 걸렸구나."

작은 목소리에 상궁은 귀를 기울였으나 그 목소리는 다시 들리지 않았다. 상궁은 그저 기다렸다. 최 황후가 움직이기를. 이 작은 체구의 여인으로 인해 수많은 일들이 일어났었다. 그 모든 것이 그녀가 의도한 것이었음을 상궁은 알고 있었다. 작지만 큰 그녀의 뒷모습을 보며 상궁은 몸을 떨었다.

그리고 잠시 후, 최 황후는 다시 걸었다, 황태자의 궁으로.

"어마마마."

최 황후의 등장에 황태자는 예의 바르게 곧장 인사를 올리고는 제가 앉아 있던 상석을 내주었다. 갓난쟁이는 자라서 아이가 되었고, 그 아이는 제 어미를 진심으로 사랑하게 되었다. 엄격한 어미였으나, 그 엄격한 어미는 제가 거둔 아이의 든든한 뒷배가 되어주었다.

송소화, 이제는 그 얼굴조차 희미해진 여인이 남긴 유일한 흔적을 최 황후는 마주하고 있었다. 그가 유일하게 친어미와 닮은 것은 그 순한 눈이었다. 다른 것은 제 아비의 것을 빼다 박았지만, 그 순하고 맑은 눈은 송소화의 것과 꼭 닮아 있었다.

"태자, 서책을 보고 계셨나 봅니다."

책상 위, 펼쳐 놓은 서책을 본 최 황후는 부드럽게 미소 지었다. 수많은 이들의 걱정과 달리 그녀는 진정 그를 황제로 만들 생각이었다. 모두가 그녀가 제 아이를 가지고, 그 아이를 황위에 올릴 것이라 생각했었다. 그러나 그녀는 황제, 희윤의 아이를 가질 생각도 없었고, 그렇다 하여 다른 누군가의 아이를 가질 생각도 없었다.

그녀가 원한 것은 제가 낳은 아이가 황위에 오르는 것이 아니었다. 제 집안이나 황제의 그늘에서 벗어나 스스로 권력의 중심에 서는 것, 제 것을 가지는 것이었다. 여인으로 오를 수 있는 가장 높은 자리에 올랐으며, 이제는 황제나 이 재상조차도 함부로 대할 수 없는 이가 되었다. 만일 여인이 황제가 될 수 있었다면, 분명 그녀는 스스로 황제가 됐을 것이다.

의젓한 얼굴을 하고 있는 세윤에게 최 황후는 손짓했다. 그녀는 다정한 얼굴을 하고 가까이 다가온 아이의 손을 붙들었다. 작고 보드라운 아이의 손은 따뜻했다. 모두의 생각과 달리 그녀는 아이가 주는 무조건적인 애정과 믿음이 싫지 않았다. 아이의 얼굴에서 송소화의 흔적을 발견하여도 그저 그렇구나 했을 뿐, 아무런 마음도 들지 않았다.

그녀에게 있어 세윤은 그저 세윤일 뿐이었다. 제게 속한 아이는 더 이상 송소화나 희윤의 아이가 아니었다. 아이가 가진 애정과는 다른 형태로 최 황후 역시 아이를 어여삐하였다.

"높은 자리에 오를수록 책임져야 할 것이 많은 법입니다."

"예, 어마마마."

제가 낳은 아이는 아니었지만, 최 황후는 언제나 제 책임을 다했다. 다들 그녀가 송소화를 싫어했으니 세윤 역시 미워하지 하지 않을까 걱정하였지만, 그녀는 아무것도 모르는 어린 아이에게 화풀이를 할 만큼 감정에 휩쓸리는 이는 아니었다. 게다가 세윤은 그녀의 배를 타고 나진 않았지만 단 하나뿐인 자식이며, 황위에 오를 아이였다. 황제가 다른 여인을 취해 아이를 본다 하여도 이 아이만큼이나 애정을 가질 일은 없을 것이 분명했으니 제 아이로 자라는 것이 좋았다.

처음엔 그것이 전부였다. 허나 아기는 자라 아이가 되었고, 옹알이는 그녀를 부르는 말이 되었다. 아이는 그녀를 사랑했고, 그녀를 믿었다. 처음 받아 보는 그 애정과 신뢰는 그녀가 그토록 원하던 것이었다. 그녀가 우를 그토록 어리석다 하면서도 그 주위를 맴돌게 만들었던 그 조건 없는 애정을 세윤이 주고 있었다.

최 황후는 아이의 애정에 제 나름의 방식으로 답했다. 그녀는 차근차근 길을 닦아 주고 있었다. 세윤은 좋은 교육을 받고, 제대로 된 황제가 될 것이다. 그 아비와는 달리. 제 어미의 그늘 아래 벗어나려 했으며, 진양 이가를 찍어 누르고 싶어 했던, 그리고 결국 모든 것을 놓아 버린 황제처럼 만들지는 않을 것이다.

최 황후의 어린 시절 기억의 대부분은 벌을 받았던 것이었다. 몇 시간이고 땡볕에 서 있거나 회초리로 종아리를 맞거나, 혹은 굶는 것이 그녀가 받았던 벌이었다. 여자아이였던지라 몸에 흉이 남게 될까 회초리로 맞는 일보다는 굶거나 밖에 오랜 시간 서 있는 일이 많았다. 차라리 회초리를 맞는 것이 낫겠다고 어렸을 때의 그녀는 종종 생각했었다. 애정 없는 가르침을 주던 아비와 그의 기세에 눌려 어린 그녀를 외면하던 어미는 그녀에게 가문의 배경과 지식만을 주었을 뿐이다. 특히 그 아비를 보고 배웠다. 권세와 재물로 사람을 어떻게 부리는지 말이다. 최 황후는 알고 있었다. 제 아비를 끔찍이도 싫어하지만, 가장 그와 닮은 것 역시 저라는 것을 말이다.

그녀는 저를 빤히 바라보는 눈길에 방긋 웃어 보이는 아이의 뺨에 손을 가져갔다. 어린아이 특유의 젖살이 손바닥에 부드럽게 와 닿는 느낌은 나쁘지 않았다. 낳아 준 어미를 닮은 것인지 세윤은 유난히 잘 웃곤 하였고, 그녀는 제 친어미의 것과 쏙 빼닮은 아이의 그 웃음을 보며 묘한 느낌에 사로잡히곤 했다. 웃을 줄 밖에 모르는 멍청한 계집이라 생각하며 질색하였었는데, 그를 닮은 아이의 웃음은 나쁘지 않았다. 아니, 나쁘지 않다기보다는 오히려 좋았다.

"모든 이의 말에 귀 기울이세요. 옳고 그름을 판단하기 이전에 최대한 많은 이의 소리를 들어야 합니다."

최 황후는 계속해서 말을 하려다 입을 다물었다. 어린아이에게 할 만한 이야기가 아니라고 생각했던 탓이다. 말속에는 종종 숨겨진 비밀이 존재하곤 했다. 어떤 이라도 비밀로 간직하고 싶은 약점과도 같은 것들은 존재했고, 그것은 그 자신이나 혹은 다른 이의 입을 통해서 세상 밖으로 잠깐 튀어나오곤 했다. 그녀는 그런 것들을 놓치지 않았다. 물론, 치명적인 비밀뿐 아니라 소중히 여기는 것 역시 약점이 될 수 있음을 알고 있었다.

그녀는 타인의 약점과 혹은 소중한 것을 손에 쥐고 여기까지 올라왔고, 앞으로도 그렇게 살아갈 것이다. 언젠가는 제 아이에게도 알려 주어야겠지만 지금은 아니었다. 물론, 최 황후는 세윤이 지배하고, 다스리는 자가 되길 바랐다. 부서지는 쪽보다는 부수는 쪽이 되길 원했고, 휘둘리는 쪽보다는 휘두르는 쪽이 되길 원했다, 제가 그랬던 것처럼. 다만 조금 천천히 할 뿐이었다.

아이의 낭랑한 목소리가 울려 퍼졌다. 최 황후는 서책을 낭송하는 세윤을 바라보며 따뜻한 차를 음미했다. 그녀가 제 친어미를 죽음으로 몰아넣은 사실을 알게 된다면 훗날 제 목숨을 틀어쥐기 위해 움직일지도 모를 일이지만, 그런 불확실한 미래를 이유로 아이를 엉망으로 자라게 두거나 새로운 황태자를 만들기 위해 움직이지는 않을 것이다.

설사 세윤이 황제가 되어서 송소화의 죽음에 관한 사실을 알게 되어 그녀를 죽이기 위해 움직인다 하여도, 차라리 지금의 희윤처럼 절망하는 것보다는 나으리라는 것이 그녀의 생각이었다. 물론, 그 손에 목숨을 내어 줄 의향은 전혀 없었지만 말이다. 적어도 제가 기른 아이라면 그처럼 허망하게 모든 것을 포기해서는 아니 되었다.

물끄러미 아이를 바라보던 그녀는 천천히 자리에서 일어났고, 그와 동시에 서책을 낭송하는 목소리가 그쳤다.

"멈추지 말고, 계속하세요."

최 황후가 말했고, 세윤은 다시 책을 낭송하였다. 또랑또랑한 목소리를 뒤로하고 그녀는 걸음을 옮겼다. 작은 체구의 여인이 한 걸음, 한 걸음 옮길 때마다 수많은 이들이 고개를 숙이고, 숨을 죽였다. 실로 그녀는 황궁의 주인이 되어 있었다.

"어머니!"

볼이 발그스름한 사내아이 하나가 안채의 문을 열고 안으로 뛰어들었다. 사내아이는 창가에 앉아 있는 여인에게로 다가가 그 치마폭에 얼굴을 묻었다.

"아원아."

다정한 목소리에 슬쩍 고개를 든 아원이 배시시 웃었다. 언제나처럼 어미는 해사하게 웃으며 제 손을 붙들어 주었다. 그 웃는 얼굴이 어찌나 어여쁜지 아원은 제 어미가 세상에서 제일 곱다던 아비의 말이 참인가 보다 생각했다.

"수업은 끝난 게야?"

"예, 스승님께서 오늘은 일찍 가 보셔야 할 곳이 있다 하셨습니다."

우는 조심스레 제 아이의 머리를 매만져 주었다. 분명 단정했을 머리는 어째서인지 부스스해져 있었다. 제 나이에 비해 의젓한 아이가 가끔 보여 주는 그 나이다운 모습이 우는 좋았다. 어렵게 낳은 아이는 제 어미의 걱정을 알았는지 건강하고, 어여쁘게 자라고 있었다.

"춥지 않으십니까?"

초롱초롱한 눈으로 아원이 우를 바라보며 물었다.

"눈꽃이 예쁘지 않느냐?"

우는 아원을 안아 제 무릎에 앉혔다. 어느새 이리도 자란 건지 아이는 하루하루가 다르게 묵직해져 가고 있었다. 아마 조금 더 자라면 더 이상은 이리 무릎에 앉히기도 힘들 것이다. 우는 아이가 자라는 것이 기쁘기도 하였고, 아쉽기도 하였다.

아원은 어미의 말에 창밖 풍경을 바라보았다. 어미를 위해 아비가 심었다는 홍매화는 나뭇가지에 쌓인 눈 때문에 마치 백매화처럼 보였다. 눈이 잔뜩 쌓인 풍경 속 마치 흰 매화가 만개한 듯 아름다웠으나 입김이 나올 정도로 싸늘한 공기에 아원은 어미가 걱정되어 부러 춥다고 칭얼거렸다.

"어미가 우리 아원이가 추운 줄도 몰랐구나."

그제야 창을 닫은 우는 제 양팔로 아원을 꼭 끌어안았다. 아이 역시 저를 안아 주는 어미를 마주 안았다. 힘껏 어미를 껴안자 뺨에 어미의 차가운 옷자락이 닿았다. 제가 오기 전부터 한참을 눈꽃을 보고 있었던 탓이 분명했다.

"소자는 겨울이 제일 싫습니다."

품에 안긴 아이가 하는 말에 우는 의아한 얼굴로 아이의 얼굴을 들여다보았다. 어쩐지 아원은 조금 심통이 난 얼굴을 하고 있었다.

아원은 참으로 겨울이 싫었다. 눈싸움을 하는 것도, 눈 위에 제 발자국을 남기는 것도 재미있었지만, 어미가 이리 눈 구경을 하느라 고뿔이라도 걸리는 날이면 겨울이 없었으면 좋겠다고 생각했다. 그래서 부러 겨울이면 더욱더 자주 어미를 찾아 춥다고 어리광을 부리곤 했다. 제 어리광에 어미는 다정스레 웃으며 창을 닫고, 저를 꼭 껴안아 주곤 했다.

"어찌하여?"

"추운 것도 싫고, 고뿔 걸리는 것도 싫습니다."

아원의 말에 우가 작게 웃음을 터뜨렸다.

"어미도 겨울을 참으로 싫어했었다. 앙상한 나뭇가지가 외롭고, 꽃 하나 피지 않는 것이 서글프고, 추워서 겨울이 어서 지나기를 바라곤 하였지."

차분히 이어지는 우의 목소리에 아원이 조용히 집중했다. 등을 쓸어 주는 어미의 손은 다정하였고, 창문을 닫은 방 안에는 천천히 온기가 돌기 시작했다. 이야기를 들려주는 어미의 얼굴에는 부드러운 미소가 걸려 있었다.

우는 오래전 기억을 떠올렸다. 희원과 함께 보았던 그 겨울의 눈꽃을 떠올리며, 그의 다정함을 떠올렸다. 제게도 봄이 오기를 얼마나 바랐었는지 모른다. 돌아보지 않는 사람의 마음과 애정을 갈구하며, 지쳐 가던 시간들은 이제 색이 바래고 희미해진 채 기억에 남아 있었다. 그 기억들을 떠올려도 더 이상 슬프지 않고, 아프지 않은 것은 오로지 희원 때문이었다.

"헌데 지금은 어찌해서 이리 겨울을 좋아하십니까?"

아원이 이해가 잘 가지 않는다는 표정으로 고개를 갸우뚱거리며 물었다. 아비를 닮은 그 연한 갈색의 눈동자가 반짝이는 것이 사랑스러워 우는 아원의 이마에 입을 맞추었다. 외모도 그렇지만 제 아비의 다정한 성품을 그대로 빼다 박은 아이는 참으로 어여뻤다. 어린아이는 애정이 가득 담긴 그 입맞춤을 자연스럽게 받아들였다. 친구들이 알면 꽤나 놀림받을 테지만 아직은 어미의 다정한 입맞춤을 받는 것이 좋았던 것이다.

"오래전, 네 아버지와 함께 겨울 눈꽃을 본 적이 있었다. 그날의 눈꽃이 얼마나 곱던지……. 그때야 비로소 겨울이라 하여 꽃이 피지 않는 것은 아님을 알았지."

"하지만 눈꽃이 진짜 꽃은 아닌걸요."

아원은 어미의 말이 이해가 되지 않았다. 눈꽃은 결국 눈이고, 겨울에 꽃은 피지 않는 것이 사실이었다.

"어머니의 마음에 꽃이 피었나 보구나."

갑작스레 들려온 목소리에 아원이 고개를 돌리자 그곳에 아비가 있었다.

"왕야."

우가 희원을 불렀고, 그는 곧장 우에게로 다가와 쪽 하고 짧은 입맞춤을 나누더니 아원의 머리를 쓰다듬었다. 작고 부드러운 어미의 손과 달리 아비의 손은 크고 거칠었으나 어미의 손과 마찬가지로 다정하였다.

희원은 아원을 쓰다듬은 후, 우의 **뺨**에 살짝 제 손등을 가져다 대었다. 아직 **뺨**에 남아 있는 찬 기운에 그는 우가 한참 동안 창문을 열어 놓았음을 알아차렸고, 그는 곧장 우의 곁에 화로를 가져다 놓았다. 습관처럼 움직이는 그의 모습에 우가 빙그레 웃었다.

아비의 등장에 아원은 슬쩍 우의 무릎에서 내려와 당연하다는 듯 우의 맞은편 의자에 가 앉았고, 희원은 우의 옆에 자리하였다. 아원은 나란히 앉아 서로를 마주 보고 있는 제 부모를 바라보았다. 아비와 어미는 종종 저리 아무 말도 하지 않고 서로를 바라보며 웃곤 하였는데, 그 모습이 참으로 다정하고 따뜻해 보였다. 그래도 가끔은 저를 봐 주지 않는 부모에게 심통이 나 짜증을 부리곤 했는데, 그럴 때마다 다정하게 어르는 품이 좋아 부러 어리광을 부리기도 했었다.

아원은 어미의 마음에 꽃이 피었다는 아비의 말이 이해가 되지 않아 물어보고 싶었지만, 서로를 마주 보고 있는 부모의 모습이 좋아 보여 나중에 아비에게 따로 물어봐야겠다고 생각했다.

"소자는 가 보겠습니다."

아원의 말에 우와 희원이 그제야 고개를 돌려 저들의 아이를 바라보았다. 아이의 곳곳에 제가 사랑하는 이가 담겨 있었다.

"그래. 배움을 행하는 것에 있어서는 항상 부지런해야지."

"여기서 가장 게으름 부리는 이는 아버지라 들었습니다."

아이의 입에서 나온 말에 희원은 크게 소리 내어 웃었고, 우는 얼굴을 조금 붉혔다. 분명 아랫것들이 하는 우스갯소리를 어디선가 들은 모양이었다. 제가 가겠다고 하는데도 붙잡지 않는 부모가 서운해 조금은 심통이 난 아원은 그리 말하고 고개를 꾸벅 숙이더니 안채를 나섰다. 나이에 비해 영특하고 의젓하다며 글 선생에게 그리 칭찬을 들어도, 아이는 아이구나 싶어 우는 오히려 조금 안심했다. 그녀는 제 아이가 그저 아이답게, 걱정 없이 자랐으면 했을 뿐이었다.

"아원이가 서운했나 봅니다."

우의 말에 희원이 고개를 끄덕이며, 장난스럽게 말했다.

"그래도 일단 지금은 둘이 있고 싶구나."

그는 살며시 우의 손을 잡아 쥐었다. 제 것보다 훨씬 작고 여린 손이 주는 뭐라 설명할 수 없는 감정에 가슴께가 간질간질하였다. 그는 오랫동안 이 순간을 꿈꿔 왔었다. 그의 곁에는 그를 사랑하는 우가, 행복해하는 우가 있었다. 그것이 그에게 가장 중요했다. 우가 행복해하고 있다는 사실이.

우와 희원은 함께 몇 차례나 사계절을 났다. 봄이면 봄꽃을 보고, 여름이면 냇가를 찾아 발을 담그고, 가을이면 단풍을, 겨울이면 눈꽃을 구경하였다. 특별하진 않지만, 그 소중한 시간이 쌓여 갈수록 그들은 서로를 향한 애정을 더욱더 견고히 다져 나갔다. 우가 원하는 모든 것이 이곳에 있었다. 그녀는 제가 사랑하는 이가 행복하기를, 그리고 그이가 저를 사랑하기를 바랐을 뿐이었고, 그는 그녀가 바라는 모든 것을 주었다.

황궁에서 늘 홀로 모든 것을 견디고, 감당하던 스스로의 모습은 이미 우의 안에서 희미해져 있었다. 그녀는 더 이상 쓸쓸한 풍경에서 제 외로움을 찾지 않았고, 화사하고 아름다운 것들과 제 슬픔을 비교하지 않게 되었으며, 누군가를 미워하지도, 원망하지도 않게 되었다. 그저 지금 그와 있는, 제 아이와 있는 순간에 감사하였고, 행복해하였다.

"정말로 제 안에 꽃이 피었나 봅니다."

우는 살며시 희원의 어깨에 머리를 기대었다. 변함없이 제 곁을 지키는 사내의 애정은 깊고, 따뜻했다. 저를 위해 모든 것을 내던졌던 사내, 그를 향한 애정과 믿음이 그녀의 안에 가득하였다.

희원은 잔잔한 미소를 띠고 있는 우를 보고, 그 어깨를 감싸 안았다. 그이가 주는 충만감은 이루 말할 수 없이 거대하였다. 제 마음에 꽃이 피었다 말하는 우의 말이 그를 기쁘게 하였다. 오래전, 그의 기억 속 우는 항상 무표정한 얼굴로 쓸쓸함을 감추고 있었다. 그 깊은 곳에 숨겨져 있던 상처가 이제는 희미해지고, 그 자리에 꽃이 피었다니 그보다 기쁜 일이 어디 있을까. 오로지 우의 행복만을 바라 왔던 그에게 그 말은 평생 소중히 간직할 보물과도 같았다.

"오늘따라 예쁜 말만 골라 하는구나."

그는 우의 머리에 다정히 입을 맞추었다. 어느 한 곳 어여쁘지 않은 곳이 없었다. 고운 이가 고운 말만 골라하니 어찌 예쁘지 않을 수 있을까.

그들은 날마다 깊어지는 마음을 고백하고, 행복해했고, 감사해했다. 어려운 시간을 보내고 결국 소중한 이와 함께하게 된 것은 그동안의 슬픔을 모두 잊어버릴 만큼 달았다. 우는 희원의 어깨에서 고개를 들어 그를 바라보았다. 그 눈에 담긴, 처음과 변함없는 애정이 좋아서 웃고, 또 웃었다.

그녀는 희원과 함께하면서 제가 이리도 웃음이 많은 이라는 것을 처음 알았다. 손만 잡아도, 눈만 마주쳐도, 그저 함께 있는 것만으로도 좋아서 웃음이 나곤 했다. 굉장히 오랜 시간을 웃기는커녕 눈물을 참으며 살아왔는데, 지금은 새어 나오는 웃음을 막을 수도 없을 만큼 좋았다.

"예쁜 것만 보여 주시니 예쁜 말만 할 수밖에요."

우가 웃으며 답하자, 희원은 뚫어져라 우를 쳐다보았다. 그 곧은 시선에 우가 얼굴을 붉히며, 고개를 돌리려 하자 곧 큼지막한 손이 그녀의 두 뺨을 감쌌다. 그리고 곧 그의 입술이 그녀의 것에와 닿았다. 그 입술과 손길에 가득 담긴 애정이 그녀를 기쁘게 만들었다. 그는 이렇게 온몸으로 사랑을 말하고 있었다. 그가 하는 모든 말과 행동에 그녀가 있었으며, 그녀를 향한 애정이 있었다.

희원은 아원의 방에 천천히 들어섰다. 작은 초 하나가 어두운 방 안을 밝히고 있었으나, 아원은 이미 침상에 누워 잠이 든 것처럼 보였다. 그는 화로를 확인하고, 침상 가까이 다가가 이불을 목까지 끌어 올려 주었다. 그의 손길에 눈꺼풀 아래 아이의 눈동자가 바삐 움직이는 것을 본 그는 웃고야 말았다.

"잠들지 않은 게냐?"

희원의 말에 눈을 뜬 아원은 조금 모난 눈을 해 보이더니 입술을 삐죽였다. 제 투정에도 부드럽게 웃으며, 머리를 쓰다듬어 주는 아비의 손길에 서운한 마음이 조금은 풀어졌지만 아원은 아무말도 하지 않았다.

"어리광만 늘어 가는구나."

"소자는 신경도 안 써 주시고……."

아들의 어리광이 귀여워 그는 또 웃음을 터뜨리고야 말았는데, 오히려 그것이 아원을 더 화나게 만들었다. 토라진 그 얼굴에 다시 한 번 웃음이 날 뻔했지만, 희원은 웃음을 꾹 참고 아원을 토닥여 주었다.

"아원이가 이리 화가 났으니, 어쩔 수 없이 네 어머니와 둘이서 외가에 다녀와야겠구나."

외가라는 소리에 눈이 번쩍 뜨인 아원이 자리에서 벌떡 일어났다. 태어나 단 한 번도 왕부를 떠난 적이 없는 아이는 외가라는 소리에 깜짝 놀라며 소리쳤다. 제 외가가 수도에 있음을 어미에게 들은 적이 있었기 때문이다.

"아버지!"

"네가 이리 토라질 때마다 네 어머니께서 걱정하시는 건 알고 있느냐? 그러니 마음 풀고 어서 자거라. 네 어머니와 내가 너를 얼마나 아끼고, 소중히 여기는지 잘 알고 있으면서도 그러는구나."

콩 하고 희원의 머리가 아원의 머리와 부딪쳤다. 실은 아원도 알고 있었다. 제 부모가 얼마나 저를 귀히 여기는지 말이다. 그냥 보고 있으면 알 수 있었다. 어루만지는 손길과 저를 바라보는 눈빛에 담긴 그 다정함과 사랑을 아이는 본능적으로 느끼고 있었다. 그러나 그 다정과 사랑을 알고 있다 하여 서운하지 않은 것은 아니었다. 아원은 여전히 퉁퉁 부운 얼굴을 하고는 입술을 삐죽이며, 다시 누웠다.

희원은 아이의 반듯한 이마에 살짝 입을 맞추었다. 동그랗고 작은 얼굴에 뺨이 발그스름한 아이는 여전히 화가 난 얼굴을 하고 있었지만, 전보다 조금은 기분이 풀어진 것처럼 보였다.

"어머니는요?"

아원이 물었다. 아무래도 제 어미는 걱정이 되는지 조심스레 물어 오는 아이의 모습에 희원이 빙그레 웃었다. 천성이 다정하고, 너그러운 아이였다. 희원은 다정한 아원의 성품이 우를 닮은 것이라 생각하였고, 우는 희원을 닮은 것이라 생각하였다. 아원은 우와 희원에게 사랑스러운 이를 닮은 사랑스러운 아이였다.

"네가 많이 서운했을까 걱정하셨다."

"제가 먼저 와 있었는데, 매번 아버지만 오시면 두 분이서만 얘기하시고."

못내 서운한 마음을 드러낸 아원은 동그란 눈을 반짝이며 제 아비를 바라보았다. 어리광을 부릴 때면 큼지막한 손이 다정하게 머리를 쓰다듬어 주는 것이 좋았다. 물론, 그래도 서운하긴 했지만 말이다.

"아비가 잘못했구나. 다음에는 네 이야기에 집중하마."

"참말로요?"

"그럼. 사랑하는 우리 아원이에게 그 정도도 못 해 줄까."

빙그레 웃는 아비의 얼굴에 아원이 따라 웃었다. 매일 밤 잠에 들기 전 이렇듯 아비와 이야기하는 시간이 좋았다. 희원이 다시 한 번 아원의 이마에 입을 맞추었다.

"외가에 가는 것은 내일 어머니께 물어보기로 하고, 어서 자거라."

"예."

희원은 다시 한 번 아이의 얼굴을 들여다보고는 천천히 아원의 방에서 나섰다. 우를 위해 부러 치우지 않은 정원의 눈이 달빛에 반짝였다. 우의 정원뿐 아니라 모든 왕부의 정원에 그는 눈을 치우지 말라 명했다. 오히려 눈을 치우고, 화려하게 꾸며도 모자랄 판에 굳이 메마른 정원을 그대로 두려 하는 희원의 명에 처음엔 다들 말이 많았다. 하지만 얼마 지나지 않아 다정히 손잡고 겨울 정원을 거니는 왕야 내외를 본 후 다들 입을 꾹 다물었다.

아랫것들이야 늘 모시는 주인이 기분이 좋아야 편한 법이었다.

어차피 정원을 가꾸는 것도 왕야 내외를 위한 것이니 다들 그러려니 하는 것이다. 게다가 이제는 왕부의 모든 이가 왕비께서 기뻐하시면 왕야께서도 기뻐하심을 알고, 왕부의 모든 것이 우를 중심으로 돌아가고 있었다.

그는 잠시 걸음을 멈추어 그 풍경을 바라보았다. 추운 것도 잊고, 주변을 둘러보며 천천히 하나둘 기억에 새겼다. 매일 밤, 아원을 재우고 나올 때마다 그는 이렇듯 멈추어 서서 제 기억에 그 모든 것을 남기기를 원했다.

"왕야."

저를 부르는 고운 목소리에 고개를 돌리자 우가 그에게 다가오고 있었다. 그는 치밀어 오르는 감정에 손을 들어 제 얼굴을 가렸다. 이렇듯 종종 예상하지 못한 순간들이 그를 행복하게 만들었다. 그리고 그 모든 순간의 중심에 우가 있었다.

우는 무슨 일이라도 있는 것은 아닌지 걱정스러워 그에게 가까이 다가서서 얼굴을 살폈다. 눈가를 가리고 있는 희원의 손에 살며시 제 손을 가져가며 다시 한 번 그를 불렀다. 그 부름에 답하듯 천천히 그는 제 얼굴을 가렸던 손으로 우의 손을 잡고는, 그녀를 제 품으로 끌어당겼다.

"괜찮으십니까?"

"추운데 안에 있지 않고."

희원은 우를 꼭 안았다. 너무나 좋아서 안고 싶기도 하였지만, 어째서인지 조금 쑥스러운 기분에 제 얼굴을 보여 주기 부끄럽기도 하여서 그는 한참 동안 그녀를 제 품에 안고 있었다. 그렇게 한참 안고 있던 그들은 마주 보고 웃고는 자연스레 손을 잡고 걸었다. 겨울 날씨는 싸늘했지만 마주 잡은 두 손은 참으로 따뜻하였다.

겨울의 밤은 참으로 조용했다. 아무 말도 하지 않고, 천천히 걸음을 옮기며 그들은 때때로 서로를 바라보며 미소 지었고, 같은 풍경을 바라보았다. 이런 순간들을 얼마나 소망했던가. 이 평범하고, 특별하지 않은 순간들이 실은 그들이 그렇게나 그리고, 바라왔던 것이며, 어렵게 이룬 기적과도 같은 것임을 그들은 잘 알고 있었다. 그랬기에 함께하는 모든 순간이 소중하며, 아름다웠다.

"조만간 운의 생일이니 수도에 한번 다녀오는 게 어떠하겠느냐? 다들 아원이를 많이 보고 싶어 하신다더구나."

안채로 들어선 희원이 우에게 차를 내어 주며 말을 꺼냈다. 청산으로 내려온 후, 그들은 단 한 번도 수도에 가지 않았다. 가끔이 재상 내외가 청산으로 오기는 하였으나 아무래도 그이들에게 장시간의 여행은 무리였다.

"예, 조용히 다녀온다면 크게 문제 될 것은 없겠지요."

우는 희원의 예상보다 훨씬 가볍게, 그리고 아무렇지 않게 그의 제안을 승낙했다. 시간이 많이 흘렀고, 이미 죽은 사람인 그녀를 기억할 이는 많지 않을 것이라 우는 생각했다. 게다가 아이에게 제 외가와 수도를 보여 주는 것이 나쁘지 않을 것 같았기 때문이다. 이곳 청산이 조용하고, 인심이 풍족하기는 했으나 때로는 제 욕심에 아이를 작은 곳에 가두어 놓는 것은 아닌지 우는 종종 고민했다. 그리고 무엇보다 또래 친구들이 적은 것이 마음에 걸렸다.

"아원이에게 수도 구경도 시켜 주면 좋겠습니다."

"그래."

코끝에 맴도는 차의 은은한 향기가 마음을 진정시켜 주는 듯하였다. 언제나처럼 제 곁에 굳건히 머물러 있는 사내는 변함없이 다정하고, 믿음직스러웠다.

"제 곁에서 그저 평안하고, 걱정 없이 자라기를 바라지만 제 욕심이 지나쳐 아이의 발목을 잡는 것은 아닌가 걱정입니다."

아이가 자라면 자랄수록 이런 걱정은 점점 커져만 갔다. 우의 걱정에 희원이 그녀의 어깨를 토닥였다. 시간이 흘러 그들의 아이가 태어났고, 지금 그들은 제 아이의 앞날에 대해 함께 이야기하고 있었다. 참으로 신기한 일이었다. 그들은 부모가 되었고, 보통의 평범한 부부들처럼 제 아이의 걱정을 하고 있었다. 그리고 우는 지금 어미의 얼굴을 하고 있었다. 예전이라면 상상도 못 할 일이 일어나고 있었다.

"신기한 일이지. 너와 내가 부모가 되어 우리 아이의 장래에 대해 걱정하고 있다는 것이."

잔잔한 미소를 띤 얼굴로 희원이 말했다. 그 말에 우도 빙그레 웃었다.

"아직은 어리니 부모의 품 안에 있어야지. 후에 아원이가 제 스스로 무엇인가 하고 싶다고 하면 그때 도와주면 될 일이다. 게다가 외조부가 내로라하는 문인이며, 외숙부 역시 유명한 무인이니 무엇이 걱정일까."

그 말에 우는 고개를 끄덕였다.

"그 아버지 역시 문무에 뛰어난 사람이 아닙니까. 제가 괜한 걱정을 하고 있었나 봅니다."

빙그레 웃으며 농을 던지는 우를 바라보며, 희원은 자랑스럽게 고개를 끄덕이는 것으로 장단을 맞추었다. 그런 그를 보며 결국 우는 소리 내어 웃고 말았다.

늦은 밤, 안채에서 새어 나오는 웃음소리에 지나가던 일꾼들이 저들끼리 마주 보며 슬며시 웃었다. 왕야 내외께서 어찌나 사이가 좋던지 밤이 늦도록 불을 밝히고 이야기를 나누는 일이 허다했다. 종종 웃음소리가 방 밖으로 새어 나오기도 하였고, 왕야께서 직접 왕비를 위해 간식을 준비하는 일도 있었다. 날마다 할 이야기가 무에 그리 많은지 그들은 웃는 얼굴로 고개를 절레절레 저었다.

하루가 멀다 하고 먼 길을 떠나던 이가 새사람을 맞이한 뒤로는 그 곁에서 옴짝달싹하지 않아 처음에는 다들 말이 많았다. 제 버릇이 어디 가겠느냐, 조금만 지나면 또다시 이리저리 떠돌아다닐 것이 빤하다 하였는데 벌써 수년이 지났다. 달라지기는커녕 시간이 지날수록 더욱 애틋하니 그것이 보기에 좋아 다들 혀를 차면서도 슬그머니 웃고는 하였다.

볕이 좋아 우는 처소에서 나와 정원을 거닐었다. 눈이 잔뜩 쌓인 정원은 오통 하얗게 빛나고 있었다. 좋게 본다면 운치 있고, 나쁘게 본다면 삭막한 이 풍경이 우는 좋았다. 희원이 오로지 그녀만을 위해 만들어 준 이곳에 있노라면 그 다정함과 애정이 느껴지는 것만 같아서 포근한 기분이 들었기 때문이다. 한겨울, 꽃하나 피지 않은 정원에 있어도 더 이상은 마음 시리지 않았고, 다가올 봄을 생각하면 오히려 마음이 설레었다. 제가 좋아하는 것들로만 채운 이 작은 정원의 봄이 우는 기다려졌다.

추위에 볼이 빨개진 박 상궁은 뛰어오듯이 우에게 다가와 외투를 어깨에 올려 주었다. 마치 새끼를 돌보는 어미처럼 구는 것이 우스워 우가 소리 내어 웃자 그이는 잠시 못마땅한 얼굴을 하였지만, 맑게 웃는 우를 보며 저도 모르게 흐뭇한 얼굴을 하였다. 궐에서와 달리 잘 웃고, 잘 자고, 잘 먹는 우를 보니 한결 마음이 편안하였다.

"이리 자꾸 찬바람 쐬시다 또 앓으십니다."

우는 아원을 낳은 후, 유난히 추위를 많이 타게 되었다. 유산 직후에도 냉궁에서 몸조리를 잘 하지 못해 전에 비해 몸이 약해졌었는데, 아원을 낳은 이후로는 더욱 심해져 고생했었다. 다행히 많은 이들이 그녀를 챙기고 있었고, 희원의 고집으로 정기적으로 의원의 진찰을 받고 있기도 하였다. 많은 이들의 보살핌과 걱정 때문인지 우는 꽤 건강히 잘 지내고 있었다. 추위를 많이 타게 되었지만, 마음은 항상 따스한 봄날이었다.

"왕야께서는 어디 계시는가?"

타박에도 딴소리를 하는 우를 보며 박 상궁은 한숨을 내쉬며 답했다. 이미 희원은 우의 처소에서 그녀를 기다리고 있는 중이었다. 그것도 무엇인가 잔뜩 챙겨 오고선 말이다.

"그렇지 않아도 마마의 처소에서 기다리고 계실 겁니다."

웃고 있는 우가 어여뻐 박 상궁은 슬쩍 웃었다. 아무것도 모르는 이가 보더라도 우는 분명 좋아 보일 것이다. 원체 미색이 뛰어난 이가 방긋방긋 웃으니 세상천지 이보다 고운 이가 있을까 싶을 정도로 어여뻐 보였다. 맑게 미소 짓는 얼굴을 보니, 이리도 웃음이 많은 이가 슬픔에 젖어 울었던 지난날들이 떠올라 박 상궁은 마음 한구석 안쓰러운 마음이 훅 하니 일었다.

그 모진 시간들을 함께 보냈으니 오죽할까, 이제는 박 상궁이 아니라 박가 혹은 순애라고 불리고 있지만 궐에서의 기억은 여전했고, 특히나 멍하니 무표정한 얼굴로 창밖을 바라보던 우의 얼굴이 그치의 기억에 또렷하게 남아 있었다. 하기야 그 모습뿐이랴, 온갖 끔찍하고도 잔인한 기억들이 가득하였다. 상처 입은 우를 업고 교태전으로 돌아가던 날도, 기억하고 싶지 않은 냉궁에서의 날도 아직도 그치 안에 생생하게 남아 있었다. 이리 눈앞에 웃고 있는 우가 있음에도 박 상궁은 여전히 그녀를 향한 걱정을 멈출 수가 없었다.

"행복하신 거지요?"

조용히 박 상궁이 물었다. 그 질문에 우가 걸음을 멈추고, 그이를 돌아보았다. 제 곁에 있는 것이 당연한 사람이었다. 제 손과 발이었으며, 가족이기도 하였다. 함께 보낸 세월이 그 얼굴에 아로새겨져 있었다. 오랜 세월 곁을 지켜 준 가족과도 같은 고마운 이가 박 상궁이었다. 곁을 떠나도 이상하지 않을 순간에 오히려 함께해 주었던 믿음직스러운 이였다.

"더 이상 행복할 수 없을 만큼 행복하네."

"허면 되었습니다."

확실한 대답에 박 상궁은 말끔하게 개인 얼굴로 웃더니 걸음을 재촉했다. 이 어여쁜 이가 겪어야만 했던 잔인한 세월이 야속하지만, 지금 행복하다니 그것으로 족했다. 지나간 일을 이제 와 어찌할 수 없으니 지금 이 순간에 충실해야지 하고 박 상궁은 고개를 끄덕였다.

"자네에겐 항상 고맙네."

"아시지요? 제가 항상 마마의 편이라는 것을요."

고개를 끄덕인 우는 박 상궁의 손을 붙들었다. 두툼하고 따스한, 정감 있는 손이었다. 저를 위해 귀찮은 일을 도맡아 한 그 손이 고마워 우는 박 상궁의 손을 붙잡은 제 손에 꾹 힘을 주었다.

"자네가 원하는 것이 있다면 내 무엇이든 들어주겠네."

"저야 이 한 몸 잘 건사하고, 마마께서 평안히 잘 지내시면 그걸로 되었습니다. 허니 항상 지금처럼만 행복하세요."

투박하게 내뱉는 그 말에 담긴 배려와 애정에 우가 빙긋이 웃었고, 박 상궁은 태연한 얼굴로 걸음을 재촉했다. 그치에게 우는 주인이면서 동시에 제 가족이었으며, 보살펴야 할 자식과도 같았다. 많은 일들을 겪으면서 정확히 무엇이라고 정의하지 못할 관계가 되었지만, 분명한 것은 서로가 서로에게 소중한 이라는 사실이었다.

그들이 우의 처소에 다다랐을 때, 희원이 문을 열고 나왔다.

"소인은 이만 할 일이 있어 가 보아야겠습니다."

박 상궁은 씩 하고 웃더니 곧장 우와 희원만을 남겨 놓고선 자리를 떠났다. 희원은 빠른 걸음으로 우에게 다가와 그녀의 손을 잡더니, 처소 안으로 이끌었다. 처소 안, 침상 위에는 이것저것 새로운 장신구들이 놓여져 있었다. 가락지에서부터 머리 장식까지 온갖 것들이 가득하였다. 종종 희원은 지금처럼 우를 위해 여러 가지를 사다 날랐다. 때로는 장신구였으며, 때로는 옷이었고, 때로는 서책이기도 하였다. 그는 물건의 종류를 불문하고 좋은 것이나 특별한 것, 혹은 귀한 것들을 수없이 많이 우에게 가져다주었다.

"이 많은 것이 다 어디서 나셨습니까?"

우가 웃으며 물었고, 희원은 직접 물건 하나하나를 설명해 주기 시작하였다. 그는 즐거운 얼굴로 물건들이 무엇으로 만들어졌는지, 혹은 누가 만들었는지 우에게 알려 주었다.

"지난번에 가져오신 것도 아직 다 쓰지 못했습니다."

곤란한 얼굴로 웃는 우에게 희원은 가락지 하나를 끼워 주었다.

"곱지 않으냐?"

"예, 곱습니다."

희원이 물었고, 우가 답했다. 그는 우의 대답에 만족한 듯 고개를 끄덕이며 웃었다. 갈색의 눈동자가 보이지 않을 만큼 크게 휘어졌다.

"그래도 너무 많습니다."

우가 덧붙인 말에 희원이 우의 손가락에 끼운 가락지를 만지작거렸다.

"희원."

저를 부르는 소리에 희원은 답은 하지 않고 쪽 하고 우의 입술에 짧게 입을 맞추고는 빙그레 웃었다. 조금 놀란 것처럼 보이는 우의 얼굴이 사랑스러워 그는 소리 내어 웃더니 곧 우의 뺨을 양손으로 부여잡고 다시 한 번 가볍게 입 맞추었다. 그러고는 우를 천천히 끌어안았다. 그의 마음을 가득 채우고 있는 우는 무척이나 여리고 작았다.

"좋고, 예쁜 것을 보면 네 생각이 난다."

솔직한 희원의 말에 우가 뺨을 붉혔다. 다정한 사내는 사랑을 말하는 데 있어 망설이는 법이 없었다.

"네가 너무 좋아서, 무엇이든지 다 주고 싶어서 그런다. 그러니 너무 야단치지 말아다오."

우도 알고 있었다. 모르려야 모를 수가 없었다. 수도를 향하던 장사치들이 희원으로 인해 왕부에 방문한다는 것도 알고 있었으며, 어떤 날에는 그가 물건을 모두 사는 통에 장사치가 수도로 가지 않고 도로 제 왔던 곳으로 돌아가기도 한다고 듣기도 하였다.

물건을 늘어놓고 기대 어린 얼굴로 이것저것 설명하는 그의 목소리가 우는 좋았다. 어떤 것은 제가 좋아하는 색이라, 또 어떤 것은 제가 좋아하는 꽃문양이라 샀다는 그의 말이 예쁘고, 마음이 예뻐서 설레었다. 제가 마음에 들어 하는지, 기뻐하는지 살피는 얼굴에도 그 마음이 가득 담겨 있어 그의 애정을 모를 수가 없었다. 그러나 이미 알고 있음에도 그 입으로 직접 듣는 고백은 어쩐지 간질간질하여 우를 설레게 만들었다.

희원은 제가 가지고 있는 것들을 우를 위해 사용하는 것이 좋았고, 기뻤다. 이 세상의 좋은 것들을 모두 모아서 우에게 가져다주고 싶었다. 이 세상의 가장 진귀하고 어여쁜 것들을 보여 주고 싶었고, 또 선물하고 싶었다. 그는 항상 우를 조금이라도 더 행복하게 해 주고 싶었고, 기뻐하는 얼굴을 보고 싶었다. 소중한 사람에게 소중한 것을 주고 싶은 마음은 당연지사였다.

"알아요."

우가 희원을 꼭 끌어안았다. 다정한 사내였다. 그의 행동에도, 말에도 언제나 저를 향한 사랑이 있음을 우는 알았다. 이런 선물이 아니더라도 그저 그의 얼굴만 보고 있어도 충분히 알 수 있었다. 그 다정한 눈이며, 손길이 항상 그녀의 곁에 있었다.

"이미 제게 세상 가장 귀중한 것을 주셨습니다."

천천히, 그리고 아주 부드럽게 우가 속삭였다. 그의 마음이 제게 있는데 더 이상 바랄 것이 뭐가 있을까. 우 역시 그에게 수많은 것들을 주고 싶었다. 그가 재물을 바란다면 재물을 주려 했을 것이고, 권세를 원한다면 권세를 주려 했을 것이다. 예전의 제가 그랬던 것처럼 말이다. 누군가를 마음에 품게 되면 보통 그이가 원하는 것을 이루어 주고 그이를 행복하게 만들어 주고 싶어지기 마련이니까. 그러나 희원은 제 행복을 원했고, 제 마음을 원했다. 그러니 온 마음 바쳐 사랑하고, 또 사랑할 수밖에.

서로가 서로를 사랑한다는 것은 하루하루가 기적과도 같은 기쁨이었다. 그저 마음만으로도 모든 순간이 특별한 것이 되었다. 그들은 그저 눈을 마주치는 것만으로도 기쁘고, 손을 잡는 것만으로도 행복하였다. 사랑하는 이와 함께하니 모든 것들이 소중할 수밖에 없었다.

그렇게 우와 희원은 한참을 아무런 말도 하지 않고 있었다. 그것만으로도 충분히 좋았다. 눈이 마주치는 순간, 손끝이 닿는 그 순간들이 좋았다. 희원이 천천히 손을 엮어 올 때면 우 역시 그의 손을 잡았다. 나란히 앉아 서책을 읽는 것도 좋았으며, 그의 품에 안겨 창밖 풍경을 바라보는 것도 좋았다. 제가 사랑하는, 그리고 저를 사랑하는 사내의 다정하고도 따뜻한 품 안에서 바라보는 겨울 풍경은 참으로 따뜻하였다.

"우야."

나지막이 부드러운 목소리로 그가 불렀다. 저를 부르는 목소리가 좋아 우는 대답도 하지 않고 빤히 그를 바라만 보았다. 옅은 갈색의 눈동자는 곧게 저를 바라보고 있었고, 그 입술 끝에는 미소가 걸려 있었다.

"우야."

희원이 한 번 더 우를 부르더니, 우의 입술에 제 입술을 가져갔다. 짧지 않은 입맞춤이 끝난 후, 우는 자연스레 그의 품에 폭 안기었고, 그 역시 자연스럽게 우를 제 품에 감싸 안았다.

"제 이름을 불러 주시는 것이 좋습니다."

그의 가슴팍에 얼굴을 파묻은 우가 조용히 말했다. 우의 목소리에 귀 기울이던 희원은 그 말에 우를 더욱 꼭 끌어안았다. 그 역시 얼마나 부르고 싶었던가. 이미 아주 오래전부터 수없이 홀로 되뇌었던 이름이었다. 그 이름의 주인이 행복하기를 얼마나 기도했던가.

그는 제 품에 안기어 행복하다 말하는 우를 보며 감사했다. 태어나 처음으로 욕심낸 사람이었다. 제 사람이 될 수 없음을 알면서도 애타는 마음을 어찌하지 못하고 그 곁을 맴돌았다. 오랜 세월 그는 우가 제 곁에 있기를 바랐고, 행복하기를 바랐고, 웃기를 바랐다. 그리고 지금 그의 모든 바람은 이루어져 있었다. 우는 그를 사랑했으며, 행복해했고, 곧잘 웃었다.

오랜 시간이 걸렸지만 우는 결국 그가 원하는 모든 것을 들어주었다. 제가 행복한 것으로, 또 그를 사랑하는 것으로 그의 바람을 들어 주었다. 희원이 제 바람을 이루어 준 것처럼.

　희원은 아침부터 매우 분주했다. 수도로 떠날 채비를 하며 이 것저것 챙기느라 정신이 없었다. 이런 일은 안주인들이 맡는 것이 보통이었지만, 그는 우를 대신해 제가 직접 나섰다. 날이 차 걱정 이 되어 제가 직접 나서기로 한 것이다.

　그는 꽤 오랜 시간 마차를 타야 하는 우를 생각해 마차를 재정 비하고, 오랜만에 만날 이들을 위해 선물을 준비했다. 그의 곁에 서 이제는 박가 혹은 순애라고 불리고 있는 박 상궁이 일꾼들에 게 큰 소리로 무어라 외치고 있었고, 그이와 절친한 사이가 된 장 나인은 조용히 물건을 확인하고 있었다. 비슷한 연배의 두 치는 궐 생활이라는 공통점을 지니고 있었던지라 빠르게 가까워져 허 물없는 사이가 되었다.

　"확인 다 했소? 빠진 것은 없고?"

　"다 확인하였소. 전부 다 챙겼으니, 이제 사람만 오면 끝이네."

　"자네는 진짜 안 가도 괜찮겠소? 같이 가면 좋을 텐데……."

　박 상궁이 말했다. 그 말에 담긴 아쉬움에 장 나인은 손을 휘휘 저었다.

　"누구 하나는 있어야지. 자네나 잘 다녀오게. 올 때 선물이나 사 오고."

"내 좋은 걸로 챙겨 옴세!"

그들이 서로 이야기를 나누는 사이, 희원은 조용히 안채로 향했다. 준비가 끝났으니 우를 데리러 온 것이다. 그러나 그의 예상과 달리 안채는 텅 비어 있었고, 그는 지나가던 일꾼에게 우의 행방을 물었다.

"왕비께서는 어디 계시는가?"

"도련님과 함께 정원에 계시는 것을 방금 보았습니다."

"알았네."

희원은 성큼성큼 정원을 향해 걸었다. 안채에서 멀지 않은 정원, 그곳에 우와 아원이 있었다. 아원은 눈 위에 제 발자국을 남기고 있었고, 우는 그 모습을 바라보고 있었다. 그는 우에게 가까이 다가가 그 옆에 조용히 자리했다. 아이는 제 아비를 보더니 손을 몇 차례 흔들고는 다시 눈밭에 제 발자국을 새기느라 바빴다. 어린아이답게 티 없이 해맑은 모습이 보기 좋아 그는 빙그레 웃었다.

"준비가 다 끝났나 봅니다."

"조금 더 있을까?"

"예, 해가 좋습니다."

희원의 물음에 답한 우는 다시 제 아이에게로 시선을 돌렸다. 날씨는 싸늘했지만, 내리쬐는 햇살은 따뜻했다. 햇빛이 눈에 반사되어 반짝였고, 그 빛나는 풍경 속에서 제 아이가 즐겁게 놀고 있었다. 참으로 사랑스러운 풍경이었다.

희원 역시 우의 곁에서 아원의 모습을 바라보았다. 연두색 옷을 곱게 차려입은 아이는 활기차고, 밝았으며, 행복해 보였다. 그리고 그 모습을 바라보는 우 또한 행복해 보였다. 그래서 그 역시 행복했다. 사랑하는 이들이 행복하니, 그 역시 행복할 수밖에.

그러다 그는 문득 생각이 나 입을 열었다.

"황후께서 입궐을 권하셨다 들었다."

최 황후는 이 재상을 통해 우에게 입궐을 권하는 서찰을 보내왔고, 희원은 혹 우가 입궐하려는 생각이 있는지 궁금해 물었다.

"예, 허나 가지 않을 생각입니다. 저는 지금이 좋습니다. 그저 이리 조용하고, 편안히 지내는 것이 좋으니 가지 않을 겁니다."

우는 희원의 어깨에 머리를 기댔다. 수도에 간다 하여 입궐하지는 않을 것이고, 최 황후와도 인연을 이어 나가지 않을 것이다. 지금의 이 행복을 깰 수 있을 만한 어떤 행동도 우는 하고 싶지 않았다. 최 황후는 답변도 하지 않는 우에게 종종 서찰을 보내오곤 했으나, 우는 지금까지 그래 왔듯 앞으로도 답하지 않을 생각이었다.

최 황후는 우에게 적도 아니었고, 아군도 아니었다. 아니 어쩌면 둘 다였는지도 모른다. 그녀는 언제나 스스로를 위한 가장 좋은 선택을 알고 있는 듯하였고, 그 선택으로 인해 일어나는 타인의 고통이나 피해에 대해서는 크게 상관하지 않는 것처럼 보였으며, 제 이익에 따라 적과 아군을 주저하지 않고 바꿀 수 있는 사람이었다.

모든 일의 배후에 최 황후가 있었다는 것을 이 재상에게 들어 알면서도 우는 그녀를 원망하지 않았다. 결국 모든 이가 스스로 선택한 것이었기 때문이다. 우에게 누명을 씌운 이는 최 황후였으나, 제 말을 믿지 않고 냉궁행을 명한 이는 황제, 희윤이었다. 서찰로 송소화에게 희윤의 독살을 말한 이는 최 황후였으나, 결국 그것을 행하기로 마음먹은 이는 송소화였다. 그들뿐만 아니라 우 역시 전쟁을 일으켜 황권을 약화시키기를 원했고, 그녀를 포함한 모든 이들이 스스로 생각하기에 가장 좋은 것을 선택하였다. 결국 각자 스스로의 선택으로 만들어 낸 결과를 맞이한 것이었다, 물론 모두가 좋은 선택을 한 것은 아니었지만.

더 이상 우는 그 누구도 원망하지 않았다. 그저 제가 지키지 못한 생명을 안타까워하였을 뿐이었다.

"지난 인연은 모두 놓고, 지금에 충실하고 싶습니다."

"그래, 알았다."

희원은 우의 손을 잡으며, 답했다. 아마 그는 우가 입궐하겠다 하여도 알았다고 답했을 것이다. 들어줄 수 있는 것이라면 무엇이든지 해 주려 할 테니 말이다. 그 사실을 알고 있는 우가 미소 지었다. 다정하고, 따스한 사내는 그 누구보다 격정적이었다. 그 부드러운 얼굴 아래 숨겨진 마음이 마냥 부드러운 것은 아님을 우는 알고 있었다. 저를 위해 목숨까지 걸었던 이가 아니던가, 그런 이의 마음이 그저 다정하기만 할 리가 없었다.

"너무 행복하여 다른 곳에 신경 쓸 겨를이 없습니다."

우가 작게 웃으며, 말했다. 조금은 장난 섞인 어투였지만, 그것이 진심이라는 것은 우와 희원, 둘 모두 알고 있었다. 나란히 앉아, 손을 마주 잡고 바라보는 것이 하얀 눈밭을 뛰어 놀고 있는 소중한 저들의 아이라는 사실에 가슴 한편이 먹먹한 기분이었다. 그렇게 그들은 한참 동안 아원을 바라보며 기뻐했다.

"아원아."

기분 좋은 얼굴로 아원을 바라보던 희원은 잠시 후, 아이를 불렀다. 제 아비의 부름에 아원이 곧 달려왔고, 우는 추위에 발갛게 달아오른 아이의 뺨을 양손으로 감싸 안았다.

"이제 가요?"

"그래. 더 늦기 전에 출발해야지."

그는 아원의 손을 붙잡았다. 눈을 만진 탓에 얼음장같이 차가워진 아이의 손을 제 손으로 덮어 녹여 주었다. 아원은 그저 여행을 가는 것이 좋은지 연신 방실방실 웃어 대며 종알거렸다. 처음으로 왕부를 떠나 먼 곳으로 가는 것이 기대되어 가만히 있을 수가 없었던 탓에 아원은 방방 뛰기도 하였다.

두 대의 마차가 길을 떠났다. 한눈에 보아도 화려하기 짝이 없는 것에는 우와 희원, 아원이 있었으며, 나머지 하나에는 박 상궁을 비롯한 몇몇 이가 타고 있었다. 박 상궁이 타고 있는 마차에는 온갖 짐과 선물이 가득이었다.

아원은 마차가 출발한 이후에도 잔뜩 신이 나 가만히 있지를 못하였다. 창밖을 열어 멀어지는 왕부를 본 후, 수도에 관해 제 아비에게 이것저것 묻기 시작하였다. 끊임없는 질문에도 희원은 찬찬히 아원의 질문에 답해 주었다. 잔뜩 들뜬 아이는 쉼 없이 재잘거리다 잠시 조용하더니 금방 꾸벅꾸벅 졸기 시작했다. 그를 보며 우와 희원은 소리 없이 웃었다.

희원은 아원을 눕혀 제 무릎을 베게 하고는 담요를 덮어 주었다. 아이의 맑은 목소리로 가득 찼던 마차 안에는 어느새 색색거리는 아이의 숨소리만이 존재하였다. 잠든 아원의 얼굴을 물끄러미 바라보던 우는 살며시 아원의 머리를 쓰다듬어 주었고, 희원은 아원의 배를 토닥여 주었다. 제 부모의 따스한 시선을 느낀 것인지 잠든 아원의 얼굴에 희미한 미소가 떠올라 있었다.

아원은 멍한 눈을 끔뻑끔뻑하였다. 언제 잠이 들었던 것인지 아이는 제 아비의 무릎을 베고 있었다.

"아버지."

아원의 부름에 희원이 고개를 숙여 눈을 마주치더니, 곧 검지를 입술에 가져다 대며 고개를 돌렸다. 아비의 고개가 돌아간 쪽으로 시선을 돌리자 아원은 아비의 어깨에 기대어 곤히 잠든 어미를 볼 수 있었다. 아원은 천천히 일어나 제가 덮고 있던 담요를 슬쩍 밀어 놓고는 아비의 맞은편 자리에 가 앉았다. 흔들리는 마차 안, 그의 어미는 아주 평온한 모습으로 잠들어 있었다. 추위를 많이 타는 어미를 위해 아비가 준비한 짐승의 털가죽이 이미 어깨와 무릎에 자리를 잡고 있었다.

아원은 빤히 어미와 아비를 바라보았고, 아이의 시선에 희원은 보던 서책을 접고는 아이와 눈을 마주하며 빙그레 웃었다. 잠이 덜 깬 멍한 얼굴로 있던 아원 역시 제 아비의 웃음에 따라 웃었다. 그리고 아원은 소리 내지 않고 입 모양으로 제 아비에게 얼마나 더 가야 하느냐고 물었다. 입만 벙긋벙긋하는 아이의 얼굴이 귀여워 저도 모르게 희원은 소리 내어 웃고 말았고, 곧이어 우가 그 소리에 눈을 떴다.

웃음소리에 잠을 깨는 것은 참으로 기분 좋은 일이었다. 눈을 뜨자마자 보이는 것이 맑게 웃고 있는 제 아이라는 것 역시 기분 좋은 일이었고. 우는 웃고 있는 두 남자를 번갈아 바라본 후, 마차의 창을 열어 밖을 확인했다. 이미 해가 져, 사방이 어두웠다.

"곧 도착할 거다."

희원의 목소리에 우는 고개를 끄덕이고는 창을 닫았다. 차가운 공기가 상쾌하게 느껴졌지만, 아원이 신경 쓰였던 것이다. 그녀는 다정히 웃으며, 제 아이를 향해 양팔을 뻗었다. 망설임 없이 품에 안기는 아이를 꼭 안고 뺨에 입을 맞추었다.

"잘 잤니? 힘들지는 않고?"

우는 제 무릎에 아원을 올렸다. 아원이 이리 오랜 시간 마차를 타는 것은 처음이라 혹여나 불편하지는 않은지 걱정이 되었던 탓이다.

"저는 괜찮습니다. 어머니는요?"

도리어 저를 염려하는 질문에 우가 아원을 꼭 끌어안았다. 아이를 낳는 것도, 키우는 것도 쉽지 않았으나 이렇듯 소중한 순간들이 하나씩 생길 때마다 그녀는 아이의 존재에 기뻐하고, 감사했다. 아마 희원이 아니었더라면 알지 못했을, 경험하지 못했을 이모든 순간들에 우는 때때로 가슴이 벅찼다. 제가 누리고 있는 이모든 것들에 익숙해져 있다가도 어느 순간 그녀는 깨닫고는 하였다, 제가 이것을 얼마나 바라고, 원했는지.

아왕부에서 지내면서 모든 것이 순조로웠던 것은 아니다. 특히나 회임을 하게 되면서 지키지 못한 가여운 첫 아이에 대한 죄책감 함께 유산에 대한 불안감은 점점 더 깊어져만 갔다. 혹시라도 또 아이를 지키지 못하면 어찌하나 하는 걱정에 마음은 점점 약해져만 갔고, 마음에 그늘이 지니 몸 역시 절로 쇠약해져만 갔다.

희원은 그런 우의 곁을 묵묵히 지켰다. 그는 죄책감과 불안감을 떨쳐 내라 그녀를 강요하지도 않았고, 비합리적인 감정들에 대해 가르치려 하지도 않았다. 오랜 시간 곁에서 지켜보았다 하더라도 우가 느낀 모든 감정들을 이해할 수는 없다고 생각한 그는 함부로 우의 상처나 고통의 크기를 재단하지 않았다.

그저 그는 모든 시간을 외면하지 않고 우와 함께 지나 왔으며, 제가 할 수 있는 모든 노력을 기울여 우를 보살폈다. 지난 일을 쉽게 끊어 내지 못하는 제가 답답했을 만도 하건만 그는 늘 저를 그 품에 보듬어 안아 주었음을 우는 알았다. 제가 이리 행복할 수있는 것은 그의 애정과 보살핌 덕분이라는 것도 역시 잘 알고 있었다.

"어미도 괜찮다."

우는 아원에게 답하며, 희원에게로 시선을 옮겼다. 그는 이미 그녀를 보고 있었고, 그들은 눈을 마주쳤다. 언제나 제 곁에 다정한 얼굴을 한 그가 있었다. 온전히 제 모든 것을 받아들이고, 감싸 안아 주는 사내였다. 그의 모든 것이 좋았고, 감사했다. 언제나 따스한 빛을 내는 그 갈색의 눈동자도, 부드럽게 안아 주는 너른 품도, 사랑을 말하는 다정한 목소리도, 우는 그의 모든 것을 사랑했다. 우는 조심스레 제 손을 그의 손 위에 얹었다. 희원은 곧 우의 손을 맞잡아 왔다.

이 손을 잡고 있으면, 무엇이든 다 괜찮을 것만 같았다. 우에게 희원은 그런 사람이었다. 가장 믿을 수 있는 사람이며, 무슨 일이 있더라도 제 곁에 끝까지 남아 있을 사람이었다. 오로지 제 행복만을 위해 움직였던 사내는 세상 모두가 제게 등 돌리더라도 그만은 남아 있을 것이라 믿게 해 주었다.

무어라 말을 해야 제 마음을 전할 수 있을까, 단어를 고르고 골랐지만 그 어떤 말로도 전할 수가 없을 것만 같아서 우는 입을 꾹 다물고 그를 빤히 바라보았다. 그런 우를 바라보며 희원이 천천히 눈을 깜빡였다. 마치 모든 것을 알고 있다는 듯, 눈짓하는 그를 보며 우는 마주 잡은 손에 힘을 주었다. 맞잡은 손의 온기는 마치 불이 번지는 것처럼 온몸으로 퍼져 나갔다.

잠시 우의 품에 안겨 있던 아원은 다시 제자리로 돌아갔다. 키가 자라고, 나이가 들수록 아이는 점점 더 스스로 무엇인가 하기를 원했고 그것은 종종 행동으로 나타나기도 하였다. 제 어미의 품을 좋아하기는 하였으나 점점 더 안겨 있는 시간은 줄어들고 있었다. 의젓한 얼굴로 다시 제자리에 앉아 있는 아원을 보며 우와 희원은 웃었다.

갓난쟁이가 자라서 아이가 되었고, 이 아이는 자라서 소년이 될 것이며, 언젠가는 또 의젓한 사내가 되어 있을 것이다. 하루가 다르게 자라나는 아이의 성장은 놀랄 만큼 빨라 눈을 뗄 수가 없었다. 어쩌면 이 시간이 빠르게 느껴지는 것도 너무 행복해서 그런 것은 아닐까 우는 종종 생각했다.

앞으로도 우는 계속 희원과 함께할 것이다. 아원이 자라는 것을 함께 지켜볼 것이며, 또 계속 지금처럼 서로에게 사랑을 속삭일 것이다. 함께 겨울을 지날 것이고, 봄이 맞이할 것이다. 같은 순간을 공유하고, 기억할 것이다. 앞으로 만들어 나갈 순간들이 기다려진다고 우는 말하고 싶었다. 그와 함께할 모든 순간들이 기쁠 것이라고, 아름다울 것이라고 말하고 싶었다.

하루가 지날 때마다 행복이 쌓이고, 어제보다는 오늘이 더 행복한 것처럼 오늘보다는 내일이 더 행복할 것이다.

"내일은 또 얼마나 아름다울까요."

귀 기울이지 않았다면 듣지 못했을 정도로 작은 목소리였지만, 그 말에 담긴 기쁨은 작지 않았다.

"봄이 오면 함께 꽃놀이를 갈까요? 왕야께서 홀로 가셨던 곳을 함께 가는 것도 좋겠습니다."

"그것도 좋겠다."

우와 희원은 그렇게 또 내일을 약속했다. 홀로 쓸쓸한 마음으로, 그리운 마음으로 보았을 그 안타까운 풍경을 우는 제가 받았던 것처럼 따뜻하게 만들어 주려 하였다. 그곳을 떠올릴 때면 어찌할 수 없는 마음에 홀로 괴로워하던 그가 떠오르지 않기를, 저와 그리고 아원이 함께한 사랑스러운 기억이 떠오르기를 바라는 마음이었다.

그로 인해 제가 더 이상 쓸쓸한 광경을 보아도 아프지 않은 것처럼, 그 역시 무엇을 보더라도 행복하기를 우는 바랐다. 그의 안에 오로지 좋은 기억들만, 행복한 기억들만 가득하기를 바랐다.

우가 곤경에 처한 순간마다 그는 언제나 손을 내밀어 주었다. 힘들어할 때면 언제나 그가 곁에 있었다. 그가 만들어 준 어여쁜 순간들이 제 안에 있었기에 모든 것을 견뎌 낼 수 있었다. 다정한 사내의 조건 없는 사랑과 따스함이 우의 안에 꽃을 피워 냈다. 그것은 겨울이 와도 지지 않을 것이고, 어떤 것에도 스러지지 않을 것이다. 우의 안에서 항상 활짝 피어나 있을 것이다.

"또 두 분이서만!"

아원이 심술이 난 목소리로 외쳤고, 우와 희원이 소리 내어 웃었다. 제 부모의 즐거운 웃음에 입술이 삐죽이던 아원은 결국 같이 웃고 말았다. 무엇 때문인지는 알 수 없으나 저도 모르게 웃음이 났던 것이다.

어두운 밤길을 나아가는 마차의 안에는 단란한 세 식구의 웃음이 가득하였다. 손에 쥐지 못할 것이 행복이라 여겼는데, 서로가 곁에 있으니 너무나 쉬운 것이 행복이었다. 제게 행복을 가져다준 소중한 이들을 바라보며 우는 미소 지었다. 우는 제자리를 찾았고, 제게 맞는 옷을 입고 있었다. 누군가를 위해 억지로 스스로를 죽이고, 참는 것이 아니라 그저 제가 원하는 대로 말하고, 행동하며, 사랑할 뿐이었다. 그녀의 행복이 그의 행복이라는 사내의 다정함이 우를 우답게, 그리고 단단하게 만들어 주었다.

그리운 이를 만나러 가는 길, 소중한 이들과 함께하며 또다시 우의 안에 어여쁜 기억이 쌓였다. 그리고 그것은 희원과 아원에게도 마찬가지였다. 함께하기에 행복하고, 함께하기에 아름다운 것이니, 분명 앞으로 함께할 수많은 날들 역시 아름다울 것이라 우는 생각했다.

❦

희원은 아원과 함께 수도를 구경하였으며, 우는 오랜만에 만나는 제 부모와 긴 이야기를 나누었다. 생일을 맞이한 운은 희원이 가져온 선물보다는 그들의 방문을 더욱 기꺼워하였다. 이 재상의 내자는 박 상궁에게 우를 부탁하였으며, 박 상궁은 제가 받은 부탁을 충실히 이행할 것을 다짐하였다. 그리고 우 일행은 봄이 오기 전에 수도를 떠났다.

그들이 수도에 다녀갔음을 알게 된 최 황후가 우를 만나지 못해 크게 아쉬워한 것은 꽤나 오랜 시간이 흐른 후였다.

"그이는 더 이상 어떤 미련도 없나 보구나. 그것이 다행인가 싶으면서도 쓸쓸한 것을 보니 내게는 미련이 남았나 보다."

최 황후의 목소리는 겨울바람에 실려 어느 누구에게도 흔적 하나 남기지 못하고 그렇게 아스라이 사라졌다.

"어마마마."

저를 부르는 소리에 고개를 돌리자 조금 떨어진 곳에 세윤이 있었다. 제가 죽음으로 몰아넣은 이의 아이, 그리고 저를 어미라 부르는 아이. 최 황후는 제게 다가온 아이를 물끄러미 바라보다 아이의 손을 잡았다.

"내게는 네가 있구나."

"예?"

그녀의 말을 듣지 못한 아이가 다시 물었으나, 그녀는 그저 고개를 저었다. 황궁의 겨울은 그곳을 지배하고 있는 이에게도 추웠다. 그러나 계절은 공평하여 이 황궁에도 겨울이 가면 봄이 올 것이라, 최 황후는 다가올 봄을 기다리며 아이의 손을 꼭 붙들었다.

작가 후기

안녕하세요, 셀레네입니다.

사실 '악의 꽃'은 황후가 황제를 진정 사랑했다면 어떻게 되었을까 하는 질문에서 충동적으로 시작한 글입니다.

부족한 것 없이 자라 황후가 되었지만 황제의 마음을 가지지 못한 우, 오로지 황제의 사랑만이 가진 것의 전부인 소화, 제 힘을 가지고 싶어 스스로 황후가 된 이란까지. 로맨스를 걸고 나오기는 했으나 궁궐이라는 한정적인 장소 안에서 벌어지는 세 여인의 이야기라고도 볼 수 있겠습니다.

'악의 꽃'이라는 제목은 이 세 명의 여인을 상징합니다. 악화라는 오명을 얻은 우와 어리고 천진했으나 결국 궁지에 몰려 연인을 독살하려 했던 소화, 그리고 목적을 달성하기 위해 서슴지 않고 악행을 행한 이란은 모두 각기 다른 형태의 악의 꽃이었습니다.

희윤을 제외한 등장인물들은 각기 그들이 원한 단 한 가지를 위해 움직였습니다. 우와 희원, 소화는 사랑을, 이란은 힘을 위해 움직였고, 오로지 희윤만이 사랑과 권력, 두 가지를 가지기 위해 움직이지 않았나 싶습니다. 그랬기에 제 연인이 저를 가장 필요로 하는 순간에 황제일 수밖에 없었던 희윤의 불행은 어찌 보면 예견되었던 것일지도 모르겠습니다.

우, 이란, 소화, 희원, 희윤. 그들 모두가 원했던 것을 얻게 된 것은 아니지만 각자 최선을 다해 노력했다고 생각합니다. 끝내 죽음을 맞이한 소화 역시 제 딴에는 최선을 다해 희윤에게 보탬이 되기를 원했을 것이고, 마음 한구석엔 우에 대한 죄책감도 가지고 있었을 겁니다.

이야기를 넘기며 많은 분들이 소화를 미워하셨을 수도 있겠지만, 그저 상황이 소화를 그렇게 몰고 간 것은 아닐까 생각해 봅니다. 방법이 좋았다고는 할 수 없지만 그녀는 몇 차례 우에게 용서를 빌려 했었고, 원하지 않는 자리에 올라 사랑하는 연인을 위해 호된 가르침과 모욕들을 인내했습니다.

사랑을 위해 모든 것을 견뎠지만, 결국 그녀가 사랑한 이가 황제라는 사실이 비극의 이유가 아닐까 싶습니다. 벼랑 끝에 서 있던 그녀를 희윤이 황제로서 외면한 순간 그에 대한 믿음과 함께 소화, 그녀 자신도 부서졌다고 생각합니다.

이란은 결국 그토록 원하던 힘을 손에 넣었습니다. 크게는 가문, 작게는 아비의 그늘에서 벗어나 스스로의 힘으로 황후 자리는 물론이고 권력까지 손에 넣었습니다. 목적을 위해 악행을 행하기를 망설이지 않았지만, 매 순간 가장 합리적인 선택을 한 인물이었습니다.

만일 여인도 황제가 될 수 있었다면 그녀는 분명히 황제가 되었을 겁니다. 가장 황제라는 지위에 적합한 인물이었음에도 여인이라는 이유로 황후에 머물러야 했지만, 그녀는 결국 궐의 주인이 되었습니다.

우가 모든 것을 놓고 희원과 함께하는 결말이 조금 밋밋할 수도 있겠으나, 이런 심심하고 밋밋한 결말이 우가 가장 바라던 것이라 생각해 주시면 좋겠습니다.

우는 언제나 푸른 청산에서 희원과 함께 쾌청하고 맑은 나날들을 보내리라 생각합니다. 희원은 우의 변치 않는 애정을 당연하게 여기지 않을 테니, 우는 그와 함께 더욱더 행복한 나날을 만들어 갈 겁니다.

아직 이란과 세윤, 그리고 이 재상까지 복잡하게 엮여 있지만 이것으로 우의 이야기는 끝이 났습니다.

충동적인 연재로 시작해 이렇게 책이 나오기까지 꽤나 오랜 시간이 걸렸습니다. 그동안 도움 주신 분들과 이 글을 끝까지 읽어 주신 분들께 진심으로 감사 인사 드립니다. 다음번에는 조금 더 좋은 글로 찾아뵐 수 있었으면 좋겠습니다.

감사합니다.

2017년 2월, 셀레네 드림.

악의 꽃

1판 1쇄 찍음 2017년 2월 16일
1판 1쇄 펴냄 2017년 2월 23일

지은이 | 셀레네
펴낸이 | 정 필
펴낸곳 | (주)뿔미디어

편집장 | 박경희
기획 · 편집 | 박경희

출판등록 | 2002년 9월 11일 (제1081-1-132호)
주소 | 경기도 부천시 원미구 소향로 17, 303(두성프라자)
전화 | 032)651-6513 / 팩스 032)651-6094
E-mail | scarlets2012@hanmail.net
블로그 | http://blog.naver.com/dahyangs
비북스 | http://b-books.co.kr

값 9,000원

ISBN 979-11-315-7752-3 04810
ISBN 979-11-315-7750-9 04810(세트)

※파본은 구입하신 서점에서 교환하여 드립니다.